Holland

Ho

llan d

Rodaan Al Galidi

Roman

Uitgeverij De Kade

Omslagontwerp en grafische vormgeving: Steven van der Gaauw
Druk en afwerking: Drukkerij Wilco
Foto auteur: Harry Pierik

ISBN 978 90 903 2691 7 / NUR 301

Ga nu maar liggen liefste in de tuin,
de lege plekken in het hoge gras, ik heb
altijd gewild dat ik dat was, een lege
plek voor iemand, om te blijven.

Rutger Kopland

1

Op 9 februari 1998, om precies drie minuten over elf, landde ik in een vliegtuig van China Airlines op Schiphol. De temperatuur op die koude, grijze dag was min 3. Ik droeg slechts een T-shirt dat ik in Ho Chi Minhstad had gekocht voor tweeënhalve dollar. Erop stond de Franse vlag, waarvan ik dacht dat het de Nederlandse was.

Precies negen jaar, negen maanden, een week en drie dagen later droeg ik dikke winterkleren toen ik om zeventien minuten over twaalf van die eerste woensdag van november 2007 het A4'tje ontving waarop stond dat ik officieel een verblijfsvergunning in Nederland had.

In de periode tussen die momenten had Nederland twee belangrijke dingen aan mij veranderd: mijn hoofd en mijn schoenmaat.

Mijn hoofd was gaan werken op de manier waarop de Nederlanders mij dat in het azc hadden geleerd: ik luisterde aandachtig naar anderen, daarna deed ik alsof ik hard nadacht over wat ik precies wilde en koos vervolgens wat de ambtenaar van mij verwachtte. Dat mijn schoenmaat was veranderd, was nog erger, want omdat ik in schoenen met maat 43 geen dubbele, dikke sokken kon dragen die mijn voeten beschermden tegen de kou, begon ik grotere schoenen te kopen. Nederland veranderde mijn schoenmaat zo naar 46, zelfs in de zomer.

Eerlijk gezegd was ik van plan om met de verblijfsvergunning op zak zo gauw mogelijk uit Nederland weg te gaan. Maar het liep anders. Zoals een oude Arabische dichter ooit zei: *de wind waait niet vaak zoals de zeilen willen.*

Als een asielzoeker een verblijfsvergunning kreeg, kreeg hij een woning in een Nederlandse gemeente toegewezen. Met al die mensen die onder het generaal pardon vielen, werd het wachten daarop langer dan het daarvoor al was. Nog langer wachten was aan mij niet besteed. Na al die jaren was ik op, geestelijk en lichamelijk. Ik was klaar met wachten. Bovendien wist ik wat ik wilde: het heft in eigen handen nemen, niet meer afhankelijk zijn van ambtenaren of systemen, op eigen benen staan. En vooral: ik wilde leven.

Al snel besloot ik dus dat ik geen woning en geen uitkering wilde. Dus eerst naar het spreekuur van de sociale dienst in het azc, waar Annelies Vos, geliefd medewerker van het COA, mij binnenliet.

'Semmier, wat kan ik voor je doen?'

'Weet je, Annelies, ik heb toch een verblijfsvergunning gekregen en ik sta vast op de lijst om een woning te krijgen, maar eigenlijk wil ik... Vat het alsjeblieft niet persoonlijk op, maar ik wil niet meer naar Nederlandse ambtenaren luisteren.' Annelies lachte zacht.

'Maar niet alle ambtenaren zijn hetzelfde, toch?'

'Mijn zusje werd op onze boerderij in Irak ooit door een slang in haar voet gebeten. Nog steeds is ze bang voor zelfs een stuk touw, omdat ze denkt dat het een slang is. Daarom loopt ze nooit meer op blote voeten.'

Annelies keek op haar horloge. Mijn antwoord, te metaforisch, kostte haar veel tijd. 'Ik wil geen woning van jullie en geen uitkering,' zei ik daarom snel.

'Weet je dat zeker?' Ik knikte. 'En wat ga je dan doen zonder geld en zonder dak boven je hoofd?'

'Een reisdocument aanvragen en naar Zuid-Spanje vertrekken.'

'Zuid-Spanje?'

'Ja, naar Tarifa, een stad waarover ik in de bibliotheek heb gelezen. Het ligt in het zuidelijkste puntje van Europa. Ze noemen het de Hoofdstad van de Wind, omdat het er altijd waait en mensen er over het water vliegen. Daar ga ik Spaans leren. En dan zie ik wel weer verder. Ik heb al een pasfoto en vijftig euro voor het reisdocument klaarliggen,' zei ik en liet het aan haar zien.

'Oh, mooi,' zei ze. 'Een reisdocument aanvragen duurt trouwens twee tot vijf weken, dus als je echt snel weg wilt, kun je die misschien het beste zo snel mogelijk aanvragen in het gemeentehuis.'

Behalve met onverwachte regenbuien, de Aldi en de zee had ik niet zo gek veel ervaring met het leven buiten het azc. In een gemeentehuis was ik in die negen jaar, negen maanden, een week en drie dagen nog nooit geweest.

2

Een glazen deur. Ik liep het gemeentehuis in met de brief met de verblijfsvergunning in mijn hand. Naar het gemeentehuis gaan is misschien voor jou niets bijzonders, maar voor mij waren dat soort dagelijkse gebeurtenissen juist het onmogelijkste en het engste. Een haring bij zijn staart pakken, boven je hoofd hijsen en in je mond laten zakken, ongekookt, dat is voor mij geen lekker tussendoortje maar een marteling. Zo was het voor mij ook die eerste keer bij de gemeente.

Ik weet inmiddels dat Nederlanders meestal goed voorbereid ergens naartoe gaan. Ze weten precies wat ze willen en wat er van ze verwacht wordt om het te krijgen. Door de juiste voorbereidingen worden ze niet gezien als stommelingen. Ik wist op dat moment wat ik wilde: geen uitkering en geen woning, maar wel een reisdocument. Terwijl ik het gemeentehuis binnenstapte en probeerde te bedenken wat ik nu moest doen, haalde een oude vrouw met een rollator mij in. Een man in uniform met een sympathiek gezicht drukte voor de dame op een apparaat en gaf haar het papiertje dat eruit rolde. Hij vroeg wat hij voor mij kon betekenen, gaf mij ook een papieren nummertje uit het apparaat en wees me door naar de wachtruimte.

Regelmatig klonk er in de wachtruimte een piepje, waarna iemand opstond en naar een balie liep. Omdat ik tot dan toe altijd aan het azc had toebehoord en nu ineens bij de gemeente moest horen, begon ik zonder het te beseffen mijn oude wereld te vergelijken met de nieuwe. De receptie in het gemeentehuis zag er totaal anders uit dan die in het azc. Rustiger, schoner, ruimer en de receptie hier was er blijkbaar niet om alles in de gaten te houden. De mensen die binnenkwamen en met een nummertje plaatsnamen in de wachtruimte, liepen allen langs de receptie alsof die niet bestond. En de receptionisten keken niet op als er iemand langsliep. In het azc hielden de receptionisten alles en iedereen in de gaten en konden ze, vooral na vijf uur, als alle kantoren gesloten waren, met één telefoontje de vreemdelingenpolitie op je af sturen. Ze spraken altijd hard en schreeuwden soms, terwijl de receptioniste hier als ze sprak niet verder dan de persoon voor haar te horen was. Zelfs toen er een paar asielzoekers die niet goed Nederlands spraken binnenkwamen met hun kinderen, bleven de receptionisten kalm, raakten niet geïrriteerd en riepen niet: 'Ga weg en kom terug met een vertaler.' Ook de ambtenaren achter de balies hielpen iedereen zonder stemverheffing. Tegen niemand werd geschreeuwd. Soms hoorde je in de wachtruimte wel een buitenlander luid praten, maar de ambtenaren waren er niet te verstaan. Twee kinderen van een Somalisch gezin speelden met de koffieautomaat in de wachtruimte. Ze smeten met de plastic bekers en lepeltjes, maar er was niemand die 'van wie zijn die kinderen?!' schreeuwde.

Ik zat meer dan veertig minuten in die ruimte en keek wat onbestemd naar wat er allemaal gebeurde en hoe anders dat was dan wat ik kende. Mensen kwamen en gingen, ook mensen die na mij binnen waren gekomen, liepen naar de balie en vertrokken, en ik wachtte nog. Ik liep naar de receptioniste en vroeg haar waarom niemand mij nog geroepen had.

'Mag ik uw nummer even zien?' vroeg ze. Ze keek op het scherm en zei dat ik allang geroepen was, maar dat me dat misschien was ontgaan. Ze gaf mij een nieuw nummertje: x83. 'Goed opletten, nu, hè?' zei ze vriendelijk en een paar minuten later liep ik naar balie 5.

Ik was bang dat de ambtenaar boos zou zijn omdat ik niet had opgelet en een tweede nummertje had gekregen.

'Nummer x83,' zei ik tegen de vrouw achter balie 5, om te laten zien dat ik niet zomaar naar haar toe gelopen was, maar ze deed alsof ze niets had gehoord. Er stond een bakje met andere nummertjes erin waar ik mijn x83 bij legde.

De vrouw keek naar haar computerscherm. Ze was naar schatting ergens eind dertig.

‘Sorry, mevrouw, dat ik de eerste keer niet had opgelet,’ zei ik. Ze zei niet: ‘geen probleem’ of ‘hoe bedoel je’. Ze vroeg ook niet wat ik kwam doen, maar zei: ‘Uw legitimatie, alstublieft.’ Ik overhandigde mijn w-document, het identiteitsbewijs dat asielzoekers tijdens hun procedure krijgen, met de w van wachten. Ze pakte het met twee vingers in de hoek aan.

‘Waarom bent u hierheen gestuurd?’ vroeg ze. Niet waarom ik was gekomen, maar was gestuurd, alsof het w-document het bewijs was dat ik daar niet op eigen initiatief kon zijn. Ik had bedacht dat ik zou zeggen dat ik daar was omdat ik geen uitkering en geen woning wilde, maar wel een reisdocument, maar haar vraag en haar strakke blik met die blauwgroene ogen zorgden ervoor dat ik zei: ‘Mevrouw Annelies Vos heeft me hierheen gestuurd omdat ik het generaal pardon heb gekregen.’ Dat was de manier die ik in het azc had geleerd: duidelijk zeggen dat ik door iemand was doorgestuurd, dat betekende dat het echt de bedoeling was dat de vrouw achter de balie mij zou helpen en ik geen stappen overgeslagen had.

De vrouw controleerde het A4’tje en het w-document en noteerde iets.

‘Heeft u een adres buiten het azc?’

‘Nog niet, mevrouw.’ Ze keek weer op het scherm. ‘Kan ik het adres van het azc opgeven?’ Ze bleef naar het scherm kijken en gaf geen antwoord. ‘Ik wil graag een reisdocument. Ik heb een pasfoto en vijftig euro,’ zei ik en wilde die uit mijn binnenzak halen.

‘Met een w-document kunt u geen reisdocument krijgen, daarvoor heeft u een ander pasje van de IND nodig, met uw verblijfsvergunning erop.’

‘Hoe lang duurt dat?’ vroeg ik, zonder erbij na te denken. Haar blauwgroene ogen keken mij ineens nog koeler aan.

‘Meneer...,’ een blik op mijn w-document ‘...Karim. Wij zijn de gemeente. Niet de IND.’ Op een gele post-it schreef ze UVW of GSB of VVD, ik weet niet meer wat er stond, maar het waren in ieder geval drie letters. ‘Ga daarheen voor uw uitkering.’

‘Maar ik wil liever geen uitkering,’ zei ik zacht. Ik had net niet alleen slecht opgelet, ik had ook iets van haar gevraagd waar ze niets mee te maken had en, zo zou ik inmiddels toch moeten weten, zo werkte het niet.

'Meneer, u moet daar zijn,' zei ze en tikte met haar pen op het notitieblaadje. Ze duwde het A4'tje en het W-document in mijn richting en keek weer naar het computerscherm. Ik wist niet of ik moest gaan of blijven. In het azc zeiden ze het als je moest gaan, of bevalen ze het, maar deze vrouw verwachtte dat ik wist dat mijn afspraak met haar beëindigd was.

3

Altijd als ik vertel hoe ingewikkeld het bleek om geen woning te krijgen en geen uitkering te willen, zijn mensen verbaasd. Voor ik een reisdocument kon aanvragen, moest ik een andere identiteitskaart van de IND krijgen en die uitkering leek erg belangrijk te zijn.

Ik ging terug naar het azc, dit keer naar medewerker Anneke. Ik vertelde dat ik was doorgestuurd naar een plek voor de uitkering. Ik zocht in mijn broekzakken naar het gele notitiepapiertje met de drie letters, maar kon het niet zo gauw vinden.

'Ik moest naar een instantie met drie letters: BHB of UVW of VSB of IBN.'

'Hou maar op, ik hoef niet het hele alfabet te horen. Vertel me eerst maar waarom ze je daarheen gestuurd hebben.'

'Voor een uitkering, maar ik wil helemaal geen uitkering,' zei ik.

'O ja, dan moet je naar het UWV. U... W... V... Oké?'

Ik knikte en ging, maar even later was ik de afkorting alweer vergeten. Ik ging terug naar Anneke. Ze pakte mijn hand, schreef er met pen de drie letters op en zei dat ik mijn hand niet moest wassen. Er is niets moeilijkers voor asielzoekers dan afkortingen. Zelfs het asielzoekerscentrum, afgekort azc, werd daarom door hen niet 'azc' genoemd, maar 'het kamp'.

Ik herinner me nog de Libische Gamies. Die moest ooit naar de GGD voor een tbc-test. Twee afkortingen dus. Hij wilde de mensen onderweg vragen waar hij heen moest maar hij kon de afkortingen niet onthouden. Hij vroeg zelfs een keer: 'Waar is de tbc?' Dus bevond hij zich aan het eind van die dag ineens bij de KFC. Hij dronk cola en at kip en vergat waar hij naartoe moest.

Voor ik je vertel hoe mijn start in Nederland na het verlaten van het azc verliep, zal ik je nog even vermoeien met de laatste Nederlandse ambtenaar die ik voorlopig tegen zou komen. Die van het UWV, want daar moest ik immers heen voor de uitkering die ik niet wilde.

Ik ging het gebouw binnen en kwam in een ruimte met grote ramen en een lange tafel met kranten en mappen erop. Langs de kant stonden computers en in de ruimte een aantal bureaus met schotten ertussen. Ik meldde me en nam plaats bij een van de bureaus.

'Goedemiddag,' zei de dame achter het bureau. Ze had een vriendelijke stem. Haar haren waren grijs, maar haar gezicht was jong en nog vriendelijker dan haar stem. Ze straalde een rust uit die niet paste bij haar werk geld te geven, maar eerder bij de taak vrede, licht of dagelijkse wijsheden uit te delen. Ze gaf me een hand en stelde zich glimlachend voor.

'Esther Jacobs. Spreekt u Nederlands?'

'Ja, ik woon inmiddels al meer dan negen jaar, negen maanden, een week en drie dagen in het azc.'

'Alleen in jaren is genoeg, hoor,' zei ze met nog steeds dezelfde glimlach en ze keek bij alles in de computer of het klopte wat ik zei. 'U bent dus niet naar school geweest?'

'Nee, dat mocht niet. Ik was niet minderjarig.'

'Oké, dan heeft u recht op Nederlandse les,' zei ze, misschien meer tegen zichzelf of de computer dan tegen mij. Ze typte iets. 'En inburgering...'

'Mevrouw, ik ben hier eigenlijk naartoe gekomen om te zeggen dat ik geen uitkering wil.'

'Geen uitkering?'

'Nee, ik kan het allemaal wel zelf.'

'Maar meneer, u komt net uit het azc. Na meer dan negen jaar. Dat is lang.'

'Dat weet ik en daarom wil ik het juist niet. Ik wil naar Spanje vertrekken.'

'Wat voor verblijfsvergunning heeft u?'

'Generaal pardon.'

'Ik denk niet dat u dan zomaar ergens anders kunt gaan wonen... Voorlopig valt u nog gewoon onder de Vreemdelingenwet. U moet eerst Nederlandse les en inburgeringscursussen volgen en dan examen doen en als u dan de Nederlandse nationaliteit heeft, over een jaar of vijf, dan kan dat wel. En in de tussentijd moet u ergens van leven, toch? Omdat u zo lang in een azc heeft gezeten, zullen we u de komende twee jaar niet lastigvallen met sollicitatieplicht enzo...' Het was alsof ik voor een verkoudheid bij de dokter zat en te horen kreeg dat ik een dodelijke ziekte had. Voor me zag ik een lange officiële tunnel, waar ik, als ik erin zou gaan, niet meer uit zou komen. Maar dat zou me niet weer gebeuren.

'Toch wil ik geen uitkering,' zei ik resoluut.

'Oké, als u erop staat...,' zei Esther Jacobs. 'Ik ga even kijken hoe dat werkt, want dat heb ik nog niet eerder meegemaakt. Momentje.' Ze stond op en liep een deur door, waarachter ongetwijfeld meer bureaus en kantoren waren. Niet veel later kwam ze terug. 'Dat kan niet zomaar. Je moet namelijk verzekerd zijn.'

'Verzekerd?'

'Ja, je moet een verzekering hebben, voor je ziektekosten.'

'Ik heb een verblijfsvergunning gekregen, geen ziekte,' zei ik.

'Natuurlijk, dat snap ik, maar... Stel dat u wel ziek wordt, of van de trap valt en uw been breekt? Of een allergie ontwikkelt? Dan is het echt belangrijk dat u een verzekering heeft, anders brengt u uzelf in de problemen.'

Ik luisterde naar Esther Jacobs, die alle mogelijke gezondheidsproblemen opsomde, en probeerde te begrijpen hoe het kon dat het Nederlandse systeem eerst de straat tegen mij wilde beschermen, en nu mij tegen de straat! Uiteindelijk verliet ik onverzekerd het kantoor van het UWV. Esther Jacobs gaf mij een hand.

'Pas op,' zei ze vriendelijk ten afscheid. 'Straks wordt u overreden door een bus.' Terwijl ik naar buiten liep, dacht ik aan mijn voorouders die de afgelopen twee miljoen jaren niet verzekerd waren, en aan mijn familie in een land als Irak waar er meer raketten vielen, ongelukken gebeurden en ziektes bestonden dan er geschreven en ongeschreven regels in Nederland waren. Na een paar onverzekerde dagen kwam ik met een verzekeringspolis terug bij Esther Jacobs, zodat ik van een uitkering af was.

Sorry voor al dit gedoe en geregel, maar nog even en dan begint mijn verhaal. Dat beloof ik je.

4

Als er iemand was om aan een adres buiten het azc te komen, wat ik nodig had om weg te kunnen, dan was het wel de Professor. De Professor kwam uit Soedan en heette eigenlijk Omar, maar werd door iedereen in het azc de Professor genoemd. Ik weet niet of hij een echte professor was of dat hij die titel als bijnaam kreeg, omdat hij op elke vraag een antwoord had. Buiten dat hij voor alles de juiste informatie had en wijze raad gaf, deelde hij zijn netwerk en kennissen met alle andere asielzoekers.

'Een adres buiten het azc vinden is moeilijk, kopen kan wel,' zei hij en belde een kennis van hem in Rotterdam. Voor tweehonderd euro per maand kocht ik via hem een officieel adres waarvan ik niet wist waar het was, zodat ik een woning kon weigeren en mijn eigen weg kon gaan buiten het azc.

Ik deed de weinige bezittingen die ik had in een kleine tas. De verzameling oude fotoalbums, die ik in kringloopwinkels had gekocht of bij prullenbakken op straat als oud papier had gevonden, stopte ik in een vuilniszak. Daarna ging ik naar John, de Surinaamse medewerker van het magazijn, om afscheid van hem te nemen. Hij zat in zijn kantoortje.

'Je gaat dus,' zei hij. Hij stond op, legde met een bezorgd gezicht zijn hand op mijn schouder en keek in mijn ogen. 'Laat mij je nog een laatste advies geven. De tijd beslist wie zich aan moet passen. Als je korte tijd bij de Nederlanders blijft, zullen zij zich aanpassen. Maar als je lang blijft, moet jij je aanpassen.' Hij glimlachte teder.

Als een golf die door de lente bevrijd is uit het ijs en net in de wijde oceaan is beland, verliet ik het azc op weg naar mijn leven. Alles wat ik had waren een A4'tje waarop stond dat ik officieel in Nederland was en een vuilniszak vol oude fotoalbums. Opgelucht was ik, dat ik na al die jaren niet terug hoefde naar dat gebouw. Geen receptie meer, geen sociale dienst, vreemdelingenpolitie of IND. Niet meer leven tussen honderden asielzoekers met duizenden psychische problemen.

Ik heb je vast al eens verteld dat de asielzoekers met een verblijfsvergunning hun nieuwe adres niet snel aan andere asielzoekers gaven. Want stel dat iemand op straat werd gezet, dan wilden ze niet dat er een beroep zou worden gedaan op hun gastvrijheid. Bovendien wilden de meesten het azc achter zich laten en er geen verbinding meer mee hebben. Als hun nieuwe wereld stabieler werd, zochten ze naar andere asielzoekers – met verblijfsvergunning – om niet weg te zakken in de zware eenzaamheid van Nederland.

Ik had zevenenveertig telefoonnummers van mensen op wie ik misschien wel een beroep kon doen om een of twee nachtjes te logeren. Voor velen van hen had ik vaak vertaald in hachelijke, schrijnende, schaamtevolle of grappige situaties. Ik begon te bellen.

'Hé Moerat, hoe is het?'

'Hé Semmier, lang geleden.'

'Zeker. Hoe is het met jou? Waar ben je nu?'

'In Turkije, man. Bellen is duur, voor jou en voor mij. Ik bel je als ik terug ben.' Op de achtergrond hoorde ik een trambel.

'Rijden de Nederlandse trams door naar Turkije, Moerat?' vroeg ik. De lijn viel weg. Ik wiste Moerats nummer uit de lijst en belde de volgende.

'Hé Taher, hoe is het?'

'Semmier! Lang geleden!'

'Waar woon jij tegenwoordig?'

'Ikke? In Turkije, man. Bellen is heel duur. Semmier, ik bel je als ik terug ben! Groetjes!' Ik wiste ook het nummer van Taher.

'Hé Rafid, hoe is het?'

'Hé Semmier, lang geleden man. Hoe is het in het azc?'

'Ik ga binnenkort weg.'

'O, wat jammer, ik ben voorlopig niet thuis.'

'In Turkije zeker?'

'Ja, hoe weet jij dat?'

'Doe Moerat en Taher de groeten.'

Ik wiste de nummers die ik had een voor een. De meeste ex-asielzoekers zeiden dat ze in Turkije waren, of Griekenland, een noemde Jordanië en een paar Libië. Ik besefte dat ze de plekken kozen waarvandaan ze naar Nederland gesmokkeld waren omdat ze die goed kenden, wat hun leugen meer vertrouwen gaf.

In mijn slinkende lijst stond een naam die ik me niet kon herinneren: Calvin. Wie was Calvin? Ik wist niet of hij in het azc had gewoond of waar ik hem van kon kennen, maar hoe kwam dat nummer in mijn telefoon? Misschien stond het er nog in van de vorige eigenaar, een Angolees die de telefoon aan mij verkocht toen hij naar Duitsland wilde gaan. Ik belde.

'Hallo?'

'Hallo, met Semmier.'

'Semmier!' Hij reageerde meteen, dus hij kende me.

'Wie ben jij en hoe ken ik jou?' vroeg ik hem.

'Ach, man. We woonden anderhalve maand samen in Oranje. En toen ze mij in die koude klotewinter op straat gooiden, gaf je mij je jas en zeven euro, weet je nog?' Ik herinnerde me mijn jas, maar de zeven euro en Calvin niet.

'Luister, ik heb niet veel beltegoed en niet veel batterij meer, maar ik heb een logeerplek nodig. Een of twee nachten volstaat.'

'Kom hierheen, man,' zei hij en legde mij op een asielzoekerlijke manier uit hoe ik bij hem kon komen.

Met mijn laatste dagkaart voor het openbaar vervoer van de sociale dienst stapte ik na negen jaar, negen maanden, twee weken, twee dagen en een kwartier vertraging, op de trein naar het grote station dat Calvin me had genoemd. Daar aangekomen belde ik hem, waarop hij me de volgende stap uitlegde. Die asielzoekerlijke manier is belangrijk voor asielzoekers, want ze hebben nooit pen en papier bij de hand en kunnen bovendien vaak de genoemde steden en dorpen niet goed noteren. Ommen wordt dan Emmen, Middelburg wordt Tilburg, maar het ergste: Amsterdam kan zomaar Antwerpen worden.

Tweeënhalf uur en vier telefoontjes later, stapte ik uit bij een bushalte in niemandsland. Van ver zag ik Calvin op zijn fiets aan komen rijden, met zijn linkerhand aan het stuur en in de rechter een andere fiets. Hij stopte en smeet de twee fietsen in de berm, rende naar me toe en gaf me een knuffel.

'Heb je die andere fiets gestolen?' vroeg ik.

'Nee, man. In dit dorp zijn vier keer meer fietsen dan mensen. Als je een Hollander groet, vraagt hij meteen of je een fiets nodig hebt.' Hij lachte zijn hagelwitte tanden bloot en klopte me hard op mijn rug. 'Welkom in het echte Nederland,' zei hij en begon nog harder te lachen. 'Wat sleep je trouwens mee in die vuilniszak? Een lijk?'

'Oude fotoalbums,' zei ik.

'In een vuilniszak?'

'Dan is het meteen duidelijk dat ik ze niet gestolen heb, maar bij de prullenbak heb gevonden.'

Wat ik toen nog niet kon vermoeden, is dat ik in dat kleine, rustige dorpje de hardste klap zou krijgen, in mijn hoofd en hart tegelijk. Een klap waar ik nu nog onder lijd en die ik wellicht mijn hele leven niet te boven zal komen.

Het begon lang geleden in dat kleine dorpje: mijn tocht, waarvan ik dacht dat het was om de Nederlanders te leren kennen, maar waarvan ik achteraf beter kan zeggen dat het juist was om kennis te maken met mezelf.

5

Het dorp waar ik terecht was gekomen, leek in niets op een Irakees dorp. Als jij in een Iraaks dorp aan zou komen, is dat een spannende gebeurtenis voor de inwoners. Zoiets als het verschijnen van een Hollywoodster in Heerenveen. Eerst zal je de honden zien en horen. Sommige honden zullen blaffen, andere zullen op je af rennen om je te bijten. Kom je dichterbij de huizen, dan hoor je lawaai. Het lijkt een eeuwig kabbelen, als een zee of een waterval. Als je goed luistert, hoor je het huilen van pasgeboren kinderen, het huilen van piepende kinderen die iets ouder zijn, het huilen van piepende, vechtende kinderen die nog ouder zijn en het schreeuwen van kinderen die bijna geen kinderen meer zijn. Die mix van kindergeluiden wordt nog eens vermengd met het blèren van geiten, gekakel, gekwaak, gemiauw, geloei en geblaat. Overal doorheen hoor je het geluid van het water. Water in het dorp betekent leven, alle geluiden lijken er op water, ook de kinderen, de dieren, het gepiep van de waterpompen en het geklaag van de dorpsbewoners. Dat zou je ongetwijfeld nog het meest verbazen. Dorpsbewoners in Irak klagen over elkaar en over zichzelf en over het leven. Ze wachten allemaal op een oplossing van God. Als er bijvoorbeeld een kanaaltje is waarin al een paar kinderen zijn verdronken omdat twee planken van het bruggetje kapot waren, wordt het niet gerepareerd maar wordt er geklaagd dat Irak geen goede regering heeft om voor ze te zorgen en bidden de dorpsbewoners dag en nacht: 'God, er verdrinken hier kinderen!' Ze willen dat Hij persoonlijk uit de hemel naar beneden komt met spijkers, een zaag, nieuw hout en een grote hamer om het bruggetje te repareren.

Je zal denken dat de mensen die je tegenkomt er energiek uitzien, maar ze doen niets, en dan met name de mannen. Hun gezichten vol woede en geklaag, terwijl ze hoogzwanger lijken met hun dikke buiken. De vrouwen daarentegen zien er moe uit, met tanige gezichten en gespierde armen van het harde werken. De vrouwen in het dorp doen namelijk alles, op de akker en in het huis, terwijl de mannen vooral klagen dat ze alles doen en nog steeds arm zijn.

In een Iraaks dorp staan fruitbomen en dadelpalmen. Je ziet er veel riet en het ruikt er naar klei. De meeste huizen hebben lemen muren en een dak van dadelpalmbladeren. Een paar huizen, van mensen van wie de zoon in het leger zit, zijn van steen. De wegen zijn niet geasfalteerd, een chauffeur moet er heel voorzichtig rijden om alle kuilen en gaten te vermijden. In de zomer lijkt het stof achter de auto op mist, en als het regent kan een auto niet door de modder heen komen. Zodra je een asfaltweggetje vindt, weet je dat het de weg is van het huis van een hoge militair naar de snelweg. Ergens langs de route naar het dorp zitten een paar oude vrouwen met kleinkinderen die verkopen wat ze over hebben van de akker en het vee. Jonge meisjes zie je niets verkopen, die moeten van de mannen op de akker aan het werk, thuisblijven om kinderen te baren of water halen in de rivier. Dat is een dorp in Irak.

Een Nederlands dorp kun je niet vergelijken met een Iraaks dorp. Iets anders dan de eenzaamheid, die net als de Iraakse dorpshonden overal is, kan je in een Nederlands dorp niet bijten. Voor mij betekende het woord dorp 'fabriek van groente, fruit, vlees, eieren en soldaten' (omdat de kinderen in een Iraaks dorp niet naar school gaan, gaan alle jongens op hun achttiende in het leger). In een Nederlands dorp zie je trekkers, schuren, er groeien aardappelen, wortels en uien, maar je ziet geen Nederlander die de hele dag zwetend bezig is op de akker. Die het vee van anderen van zijn akker jaagt of zorgt voor de groente of vecht om meer water te krijgen voor zijn grond. Het lijkt alsof het dorp alles zelf doet. Ook in het kleinste dorp in Nederland is er een supermarkt, waar tot mijn nog grotere verbazing alle soorten fruit en groente verkrijgbaar zijn zonder dat je de bomen ziet waaraan ze groeien of het klimaat voelt dat ervoor nodig is.

Die eerste dag dat ik naast Calvin van de bushalte naar zijn huis fietste, zag ik buiten alleen een postbode en vanachter grote, schone ramen een paar oude gezichten naar ons kijken. Ik zwaaide groetend naar een grijze man die ons vanachter zijn raam nakeek, waarop Calvin siste: 'Niet doen, man.' Hij had ervaring met dat Nederlandse dorp.

'Waarom niet, heb je ruzie met hem?'

'Natuurlijk niet, maar de Hollanders houden niet van iemand die ziet dat ze in hun huizen zitten, terwijl jij bij ze naar binnen kijkt.'

'Waarom niet? Misschien zoeken ze juist contact met anderen.'

'Ach, Semmier, je bent minder slim dan ik dacht. Hollanders zoeken contact als ze je buitenshuis zien en ze je recht aankijken. Dan kan je groeten, maar wel meteen verdergaan, zodat hij denkt dat je druk bent. Dan vindt hij je interessant. Groet iemand haastig en ga verder, dan wordt hij nieuwsgierig, niet naar jou, maar naar jouw drukte.'

We fietsten even zwijgend verder, maar ik wilde meer van Calvin over de Nederlanders horen.

'En dan?' vroeg ik.

'Soms, na een paar maanden of een paar jaar, als die Hollander dan iets meer zegt dan 'hoi', kun je even blijven staan en babbelen. Als het tenminste niet regent. Maar sowieso niet te lang. En laat hem niet weten dat je hem ook in de gaten hebt gehouden, want dan zal hij zich schamen dat jij weet dat hij nieuwsgierig is naar wat je doet en waarom je zo druk bent.'

'Je kon hier wel geboren zijn,' zei ik.

'Man, man, gelukkig niet,' lachte Calvin. 'In dit dorp zijn genoeg psychische problemen voor heel Afrika. Man, man.'

We fietsten langs de ramen van waarachter nieuwsgierig naar ons werd gekeken, alsof wij behalve het weer het enige waren dat buiten gebeurde. Ik keek vanuit mijn ooghoeken naar die ramen, zonder mijn nek te draaien.

'Hoe kun je hier wonen, tussen al die grijsheid?'

'Vergis je niet, in Nederlandse dorpjes kun je soms meer meisjes krijgen dan in de stad.'

'Ga toch weg.'

'Nee, echt,' zei hij. Later zou hij me in geuren en kleuren vertellen hoe dat zat. Ik was in veilige handen beland, de ervaren handen van slimme Calvin.

We kwamen aan bij het huis van de familie Van der Weerde, het eerste Hollandse huis waar ik zou logeren. Wat een avontuur.

6

Calvin en ik zetten onze fietsen in de schuur, die netter was dan het museum in Irak, waar ik eens een beeldje van Ishtar zag, de godin van de vruchtbaarheid. Het was zeker 2.500 jaar oud en iemand had met een spijkertje in haar voorhoofd gegraveerd: 'Zahra, ik zal je nooit vergeten, 1967, M.' Die M., laten we zeggen dat hij Mahmoud heette, had in 1967 de tijd gehad om op zijn gemak al die lettertjes in het beeldje te graveren.

In deze schuur waande ik me ook in een museum. Aan de ene kant stond een groot fietsenrek, waar alle fietsen in pasten. Aan de muur hingen gereedschappen als schilderijen tegen een houten plaat, gesorteerd en op volgorde van grootte, tangen bij tangen, hamers bij hamers, schroevendraaiers bij schroevendraaiers, zagen bij zagen, heggenscharen bij heggenscharen en schoppen bij schoppen.

'Weten ze dat ik hier kom logeren?' vroeg ik.

'Of zíj het weten is niet belangrijk, maar Diesel moet het weten,' zei Calvin en riep Diesel. Meteen rende een hond op ons af. Het was zo'n hond die je in films sleeën ziet voorttrekken. Nooit zag ik een wezen met mooiere ogen dan Diesel. Ze schitterden, reflecteerden het licht om de wereld lichter te maken en zogen het op om de wereld te zien. Waren ze azuurblauw of lichtgroen? Het waren niet de ogen van een dier, maar van het licht.

'Hé Diesel, dit is Semmier,' zei Calvin opgetogen. Met beide handen aaide hij de kop van Diesel. Vooral toen ik tussen de hangende tong in de open bek de scherpe witte tanden zag, werd ik bang voor hem, want hij leek op de wolven die tijdens mijn kinderjaren door boeren werden gedood om hun veestapel te beschermen als ze te dichtbij kwamen.

'Raak hem aan, man, hij bijt niet,' zei Calvin.

Tijdens heel mijn verblijf in het huis van Van der Weerde, zou Diesel niet alleen een hond voor mij zijn maar ook een wijze gids. In die periode begon mijn interesse zich te richten op het begrijpen van mezelf, en niet het begrijpen van anderen, wat nooit eerder was gebeurd. Diesel, die prachtige hond, leerde mij veel door hoe hij reageerde op de bewoners van het huis en de afstand die hij tot hen nam. Naast hond en wijze gids was hij ook psycholoog.

Het huis was groot. Je had het een boerderij kunnen noemen als je er twee hanen liet vechten en een paar kippen liet scharrelen of drie lammetjes en zes geitjes liet dartelen. Waarschijnlijk was het vroeger ook een boerderij geweest. De gevel bestond uit oude stenen met kleine ramen met luiken ervoor. Hoeveel mensen er woonden had ik in het begin niet door. Ernaast stond een grote verbouwde schuur, waarin Daniëlle van der Weerde, de vrouw des huizes, een crèche runde. De ruimte achterin de schuur, met een deur aan de achterkant, was omgebouwd tot de woonruimte waar Calvin verbleef. Er was een kleine douche, een wc'tje, een simpel keukenblok met twee elektrische kookplaten, een hoog eenpersoonsbed met bergruimte eronder en een gaskachel. Er stond een oude rookstoel met gerafelde bekleding en een kleine, vierkante tafel waar net twee klapstoelen onder pasten. Aan de muur hingen schilderijen van Nederlandse landschappen, die Calvin er vast zelf niet had opgehangen, en er stond een uitgedroogde cactus in de kleine vensterbank. Wat wel zeker van Calvin was, waren de T-shirts, sokken en onderbroeken die overal rondslingerden.

Calvin liep voor mij uit de schuur in en Diesel sprong achter ons aan en om Calvin heen.

'O, man, Semmier. Wat leuk dat je hier bent,' zei Calvin. 'Maandenlang praat ik nu alleen met Diesel. Maar die stomme hond blaft alleen maar. Ik sprak Engels met hem, Portugees, een beetje Spaans en ook Frans en Nederlands, maar hij blijft maar blaffen. Een asielzoeker roddelt al na een paar maanden in het Nederlands, maar die hond... Geen woord Nederlands. Man, man, honden... Wat een stomme beesten,' zei hij en begon vriendelijk de kop van Diesel te aaien. Diesel leek blij om Calvin te zien. 'Ze leren honden goed naar hen te luisteren, die Hollanders, maar praten? Ho maar. Jammer, hè?' Hij lachte hard, waarop Diesel een keer kort blafte en opsprong. Calvin riep dat hij moest zitten, waarop Diesel hijgend op zijn achterwerk neerviel en naar Calvin bleef kijken, zijn tong uit zijn bek. Nog even en die tong valt eruit, dacht ik. We hingen onze jassen aan de kapstok achterop de deur.

'Chocolademelk?' vroeg Calvin en zette een pannetje op de kookplaat.

'Weten de mensen die daar wonen dat ik hier ben?' vroeg ik. Hij haalde zijn schouders op. 'Moeten we het ze dan niet even zeggen, straks schrikken ze als ze mij zien.' Ik was bezoeker van een bezoeker en ik wilde niemand tot last zijn. Ik wist toen nog niet dat mijn verblijf meer dan een kort bezoek zou worden.

'Nou vooruit, kom op dan,' zei Calvin, zette het pannetje naast de kookplaat en liep door de kou buiten naar het woonhuis.

De afstand van de schuur naar het huis was nog geen vijfentwintig meter, maar daarachter lag een andere wereld. Er waren dagboeken, fotoalbums vol geboortes, huwelijken en opgroeiende kinderen, foto's van opa's, vaders, kinderen en kleinkinderen. Uiteindelijk zou voor mij als vreemdeling alles worden geopend in het huis van Van der Weerde. Zo gesloten als de Nederlanders op straat zijn, zo open zijn ze thuis.

Hier maakte ik kennis met Lidewij.

7

De bewoners van het huis vochten generaties lang tegen een afschuwelijke vijand, die ze nooit konden overwinnen. Een vijand met een grijs leger, sterker dan de geest: de winter. Toen Calvin de deur zonder kloppen opende, rende Diesel voor ons uit een lange gang in. Er hing een rij winterjassen, regenjassen, bodywarmers, sjaals en er stonden bakken met mutsen en handschoenen en daarnaast een rij regenlaarzen, sneeuwlaarzen, klompen en schoenen. De deur naar het huis van de familie Van der Weerde was de grens tussen hen en hun eeuwige vijand, de winter, en dat gangetje was de loopgraaf. De oorlog tegen de winter zou nooit helemaal verdwijnen, ook op de mooiste zomerdagen zou je er sjaaltjes zien hangen of regenjassen, een vergeten wollen sjaal of een losse handschoen. Meteen dacht ik aan wat de Professor in het azc ooit zei: 'Als de Nederlanders hun vijand niet kunnen vernietigen, dan veranderen ze hem in een oude vriend die ze niet kunnen negeren.'

Calvin opende een van beide deuren in de gang naar een ruimte die een kantoor bleek te zijn. Diesel bleef hijgend en nieuwsgierig bij de deur staan. Ik zag dat hij niet naar binnen durfde tot hij toestemming kreeg. Zo leerde Diesel mij een nieuwe les: in Irak zijn de plekken om te bidden heilig, honden mogen er niet binnen, maar het heiligdom in Nederland is die van het harde werken: het kantoor.

Ik ging naar binnen en zag een bureau staan, met aan de muur erachter prikborden en een groot whiteboard voor notities. Op de prikborden hingen brieven, facturen, lijstjes, bonnetjes en trein- en buskaartjes. Op het whiteboard stonden namen, dagen, data, in verschillende groottes en kleuren. Naast het bureau stond een hoge kast met vakken vol papieren en formulieren. Tegen alle muren stonden kasten vol boeken, mappen en dossiers, waar iets met viltstift op geschreven stond, naast een jaartal. De dossiers liepen tot jaren terug. Daar zag ik meteen waartegen Nederlanders hun tweede eeuwige oorlog voeren: tegen de rommel.

Na de keurig georganiseerde schuur waar ik even daarvoor de fiets had gestald en de lange gang waardoor ik naar het kantoor was gelopen, overviel mij de gedachte dat zelfs een rommelige Nederlander rommelig is op een nette manier.

'Diesel, ga weg,' riep Daniëlle zodra ze zich omdraaide van het bureau. Ik zag dat de nieuwsgierige kop van Diesel in het kantoor was en zijn kwispelende staart nog buiten stond. Met zijn voorste helft in het kantoor was hij half schuldig, en Daniëlle was half boos op hem, maar ik schrok van de hele angst van Diesel voor de helft van Daniëlles boosheid.

'Goeie...,' zei ze en keek op haar horloge. 'Het is al middag,' zei ze tegen zichzelf en daarna tegen ons: 'Goeiemiddag.' Kouder dan die kennismaking, dacht ik, kan haast niet. Haar hand voelde ook koud aan, alsof die niet hoorde bij een lichaam van 37 graden.

'Daniëlle van der Weerde,' zei ze.

'Semmier.'

'Hij blijft een of twee nachtjes, anders wordt hij teruggestuurd,' zei Calvin. Ze draaide haar hoofd naar mij met een blik vol medelijden en keek hem daarna aan met stille blik. Wat er achter die blik zat, kon ik niet achterhalen. Wilde ze zeggen: waarom heb je hem hier gebracht? Of: ik heb je niet gevraagd hoe lang hij blijft. Of: het maakt mij niet uit, prima.

Ook na mijn kennismaking met Daniëlle werd mijn beeld van haar niet duidelijker. Er leek een soort woede in haar te zitten die ze kwijt kon aan de hond. Haar blikken konden ijskoud zijn, of betekenisloos, waardoor ik nooit goed kon inschatten wat ik aan haar had, maar haar daden waren gastvrij en ze zat vol verborgen zorgzaamheid.

Daniëlle was een vrouw die tussen haar veertigste en het jaar dat ik haar ontmoette, ze was toen zesenvijftig, in een herfst leefde waar ze eigenlijk nog niet aan toe was. Ze leek te hebben besloten dat de zin van haar leven was dat het geen zin had. Wat mij verwarde, was dat ze nooit zeurde of klaagde en geen gram zelfmedelijden had. Haar huis leek niet van haar te zijn. Als ze in de keuken stond, was de keuken een haastige, smakeloze maaltijd. Als ze in de woonkamer zat, leek de woonkamer op haar zwarte koffie of witte wijn. Als ze in de tuin stond, was de tuin haar sigaret. Ze was moeder van drie kinderen en pleegmoeder van Mieke. Daarnaast was ze de moeder van alle kleine kinderen in het dorp, die in haar crèche opgroeiden en ook de moeder van de moeders van die kinderen. En toch straalde ze een soort onbewogen starheid uit, die ik niet kon plaatsen.

8

De telefoon rinkelde. Daniëlle nam op en zei dat het geen probleem was als Thijs vandaag een halfuurtje later van de crèche zou worden opgehaald.

'Ze is weer aan het werk, nu kunnen we ontsnappen,' fluisterde Calvin, waarop we zachtjes het kantoor uit slopen. Calvin haalde opgelucht adem. 'Buiten het kantoor is ze heel aardig, hoor. Daarbinnen is zelfs Diesel bang voor haar.'

'Ze gaan mij niet terugsturen, ik heb nu een verblijfsvergunning,' zei ik.

'Maakt niet uit. Ik maak het wat zieliger voor je. Daniëlle is in haar kop bezig met honderden dingen tegelijk. Hoeveel nachten je blijft, waar je daarna wel of niet heen gaat, dat onthoudt ze niet eens, maar ze zal wel onthouden dat je heel zielig bent. En dan kun je blijven.' Hij lachte, terwijl wij de kou weer trotseerden om naar de schuur te gaan.

Calvins hart had slechts een paar millimeter diepte, daarom konden gevoelens zich moeilijk in hem nestelen. Hij doorzag mensen feilloos en kon in enkele scherpe woorden iemand neerzetten.

Wat hij de hele tijd deed was grapjes maken en toneelstukjes opvoeren om zichzelf aan het lachen te maken. Of anderen ook lachten maakte hem niet uit. Uiteindelijk zou ik ontdekken dat juist die eigenschappen ervoor zorgden dat hij als geen ander met vrouwen kon omgaan. Alle soorten vrouwen. De slimme en de domme, de mooie en lelijke, de oude en de jonge, elke vrouw zag in Calvin iets dat ze leuk vond, zonder door te hebben dat Calvin degene was die bepaalde wat ze leuk vond. Hij wist precies hoe hij zichzelf aantrekkelijk kon maken. Niet lief of betrouwbaar, maar gewoon aantrekkelijk.

In de schuur snelde hij naar de douche, droogde zich snel af en kleedde zich aan onder vliegende onderbroeken, sokken en T-shirts.

'Afspraakje,' zei hij knipogend. 'Sorry, makker, de eerste date. Ik moet precies op tijd zijn, anders denkt ze dat ik een illegaal ben, en niet de geadopteerde zoon van een doktersechtpaar, zoals ik haar vertelde.' Lachend trok hij zijn muts over zijn oren en ging.

Daar zat ik dan, in dat stille schuurtje in dat rustige dorp. Ik besefte dat tussen mij en mezelf meer dan negen jaar zat. Degene die ik was, was ver weg. Ik had zo gehoopt dat hij klaar zou staan om zich weer bij mij te voegen, nu ik uit dat azc weg was. Dat ik die periode achter me kon laten. Al die tijd had ik gewacht om alleen te kunnen zijn, maar nooit had ik gedacht dat de persoon die ik was, zou verdwijnen. En dat wellicht alleen het wachten en de leegte over zouden blijven.

Er werd zacht op de deur geklopt. Daniëlle. Precies zoals ik het mee had gemaakt in het azc, waar de medewerkers in de pauze met een ander gezicht rondliepen, was ook Daniëlles gezicht nu anders. Het gezicht van de Nederlander op zijn werk is niet per se zijn eigen gezicht, maar zijn uniform.

'Sorry dat ik je stoor, Sa...' Ze keek naar mijn naam die met balpen op haar hand stond. 'Semmier. Ik werd net onderbroken door een telefoontje, ik moest even werken, maar nu heb ik pauze.' Dus ook als Nederlanders een kantoor aan huis hebben, ook als ze eigen baas zijn, is werk werk en pauze pauze!

'Geeft niet, hoor,' zei ik. 'Fijn dat ik vannacht hier kan blijven. Bedankt.'

'Maar natuurlijk. En als je iets nodig hebt, kom gerust en neem wat je wilt. Zal ik je het huis even laten zien?'

Weer ontdekte ik iets typisch Nederlands: De Rondleiding. Daniëlle nam mij mee naar haar keuken. Ze liet mij zien waar de koffie stond en de vijf soorten thee. De rietsuiker, de kristalsuiker, de zoetjes en de honing in een andere kast. Ze liet me zien waar de wijnglazen te vinden waren, en de bierglazen en andere glaasjes voor drank waarvan ik de naam vergeten ben, en de sapglazen en de theeglazen en de koffiemokken en de espressokopjes. Ze liet mij de drie soorten brood zien, het zoete en het hartige beleg, en alle kruidenpotjes. Ze opende de koelkast en somde alles op wat erin zat. Ze deed voor hoe de wasmachine werkte, terwijl er ook een in de schuur van Calvin stond. Ze draaide aan de knoppen van het gasfornuis en liet zien hoe de elektrische vonk werkte en hoe de oven aan moest en waar de magnetron stond en deed uitgebreid uit de doeken wat er in het ene en in het andere hoorde. Ze sprak vol respect en tederheid, alsof ik er niet slechts een nacht of twee zou logeren. Aan het einde van de rondleiding zei ze dat Calvin net had gebeld om door te geven dat hij vannacht niet thuis zou komen. Ik kreeg een dekbed, een overtrek en een hoeslaken en nadat ik had geantwoord dat ik zelf geen handdoek had, kreeg ik die ook.

Ze wees me waar Diesels riem hing en het balletje dat hij terugbracht als je het weggooide, zodat ik met hem een rondje kon wandelen als ik dat wilde. Zelfs de hond was dus een deel van de gastvrijheid van Daniëlle. Meteen voelde ik me thuis.

Weer in de schuur plofte ik op Calvins bed zonder de lakens te verschonen of mijn jas en schoenen uit te trekken. Ik staarde naar het plafond en voelde mijn lichaam, dat jarenlang niet echt had kunnen rusten. Door de muur hoorde ik het zachte gehuil van de kinderen van de crèche en van buiten klonk het gekras van de kraaien. Ik zonk weg in een slaap die op een verdoving leek. Het leek alsof mijn lichaam het teken kreeg dat er nu, eindelijk, gerust kon worden. Hoe diep ik ook dacht dat ik sliep, toch voelde ik dat ik nog wakker was. Ik wilde de deken van onder mij over me heen trekken, maar dat lukte niet. Als bevroren lag ik. Ik hoorde kloppen op de deur, gekras van de kraaien en de stem van receptionist Melle, die in het azc inviel als iemand ziek was. Of was het de stem van Willem, vrijwilliger in de soos? 'Blijf slapen, je hoeft je niet meer te melden.' Ik werd wakker om naar de wc te gaan en zag dat het bijna half vier 's nachts was. Onder de deur door was een papiertje geschoven, waarop stond dat ik om zes uur mee kon eten als ik wilde. Ik strompelde terug naar bed en dommelde weer in slaap.

Ik droomde dat ik een dier was en in het donker liep. Het puntje van mijn staart gaf licht en ik draaide rond, dat lichtje volgend. Ik hoorde de stem van mijn oudste broer, die in 2014 door een aanslag om het leven zou komen. 'Semmier, word wakker, loop toch je staart niet achterna.' Hoe ik ook probeerde wakker te worden, ik zakte dieper en dieper in slaap.

Ik werd gewekt door een haan. Mijn lichaam voelde als een blok ijs. Het enige geluid dat ik kon voortbrengen was gekreun, nooit had ik gedacht dat ik zo zielig kon klinken.

'Semmier,' hoorde ik even later. Een klop op mijn schouder. Ik opende mijn ogen en zag Calvin. 'Man, je hoeft niet te doen alsof je ziek bent, je kan sowieso wel blijven, hoor.' Ik wilde zeggen dat ik niet deed alsof, maar kon alleen maar kreunen. Het lukte me nog net een paar woorden te fluisteren.

'Nog nooit zo ziek geweest. Maar gelukkig verzekerd.'

9

'Gaat het, Semmier?' Daniëlle stond naast me, achter haar Diesel en daarachter Calvin. Ze legde haar hand op mijn voorhoofd.

'Ja, het gaat,' zei ik schor. 'Ik ben gewoon een beetje moe.' Ik wilde haar bedanken voor de uitnodiging onder de deur, maar kon van de woorden die in me opkwamen geen zin maken. Daniëlle keek bezorgd.

'Hij is wel erg ziek, hè.'

'Natuurlijk, wat wil je. Hij heeft vijftien jaar in het azc gezeten,' overdreef Calvin, alsof mijn situatie nog niet dramatisch genoeg was.

'Jemig, vijftien jaar,' herhaalde Daniëlle zacht.

'Ja, wel meer dan vijftien jaar,' zei Calvin. 'In zijn land was hij een heel goede turner en kijk naar hem nu.' Terwijl heel mijn lijf pijn deed, probeerde ik vooral goed op te letten wat Calvin allemaal zei, zodat ik niet iets anders zou beweren, want dan zou hij een leugenaar zijn en ik zijn leugen.

'Maak je geen zorgen, hoor, Semmier, het komt goed, ik ga een paar telefoontjes plegen,' zei ze en ging.

'Kom op, man, morgen sta je op als een paard met vier poten, toch?' zei Calvin en klopte op mijn hoofd. 'Ik heb je vijftien jaar in het kamp gezet en van jou een turner gemaakt, om haar te laten zien dat ze daar in het azc zelfs getrainde spieren kapot kunnen maken. Denk erom, de volgende keer zet ik je twintig jaar in het kamp en zeg ik dat je pingpongkampioen was.'

Even later kwam Daniëlle weer binnen. Ze had een huisarts gebeld en had kalmeringsdruppels bij zich, een crème voor mijn spieren, wat slaaptabletten en een paar doosjes paracetamol. Ze zette een opklapbed neer en kwam drie keer per dag langs om te zorgen dat ik de druppels en tabletten op tijd innam, misschien was ze bang dat ik ze allemaal tegelijk in zou nemen. Toen ze doorkreeg dat ik de Nederlandse gerechten die ze bracht niet echt graag at, begon ze afhaalmaaltijden te brengen. Ik vroeg me af waar ze dat in het dorp kon halen. Ze zette de tasjes op de tafel als ze me de tabletten met glazen water bracht. Altijd zag ik dat er een prijsje op had gezeten, ze vergat nooit de stickertjes eraf te halen. Nooit kreeg ik het gevoel dat Daniëlle wilde dat ik zo snel mogelijk weer beter was, zodat ze weer verder kon met haar normale leven zonder de zorg voor mij. Ook zorgde ze voor mij zonder mij het gevoel te geven dat ik die zorg nodig had, of dat zij die zorg nodig had voor een goed gevoel over haarzelf. Het was allemaal heel vanzelfsprekend.

Diesel was degene die in die drie weken het meest naast mij zat. Ook als ik de deur op een kier zette, kwam hij niet zomaar binnen, maar blafte hij. Zijn geblaf was zijn kloppen. Zelfs de hond gaf mij daar het gevoel dat ik alleen kon zijn als ik dat wilde. Met zijn heldere ogen zat hij uren bij mij. Ik gooide mijn slipper weg, zodat hij die terugbracht. Als hij zag dat ik moe was, duwde hij die aanmoedigend in mijn hand. Soms wilde ik iets tegen hem zeggen, maar dan bedacht ik dat hij het niet zou begrijpen, soms verraste hij me dan door te blaffen, alsof hij wilde zeggen dat hij me zonder woorden begreep.

Op een vrijdag hoorde ik een onbekende stem. Diesel lag naast mij en werd geroepen. Hij spitste zijn oren en stond meteen op. Diesel blafte op het moment dat de deur voorzichtig open werd geduwd en hij zich door de kier naar de persoon daarachter perste. Vanaf het bed zag ik dat Diesel tegen een jonge vrouw opsprong.

'Diesel!' zei ze enthousiast, terwijl ze hem over zijn kop aaide. Diesel was alleen nog zijn staart, hij kwispelde en danste om haar heen.

'Sorry,' zei ze tegen mij, terwijl ik verbaasd naar haar keek. 'Hij is altijd zo enthousiast als hij me een tijd niet heeft gezien.' Ze overdonderde mij met haar aanwezigheid.

Ze leek niet verbaasd dat ik er was. 'Rustig, rustig maar,' zei ze tegen Diesel en keek mij aan. 'Jij bent de nieuwe...' Ze moest zoeken naar het woord dat volgde.

'De nieuwe Calvin,' vulde ik aan.

'Wat?' Ik wist niet of ze me niet had verstaan of mijn grap niet door had.

'De nieuwe asielzoeker,' zei ik.

De ontmoetingen die het belangrijkste zijn in mijn leven gebeuren altijd op verkeerde momenten. De schuur rook op dat moment naar de afhaalmaaltijd die ik aan het opwarmen was. Ik had een gestreepte pyjamabroek aan die ik voor anderhalve euro in de kringloopwinkel had gekocht en door mijn borsthaar leek ik op een kruising tussen een aap en een zebra.

'Ik heb gehoord dat jij turner bent,' zei ze vriendelijk. 'Maar dat je een spierziekte hebt gekregen in het azc.'

'Elke aap is een Olympisch turner,' zei ik, ongemakkelijk grijnzend. Zo verliep mijn kennismaking met het mooiste en het meest dramatische in mijn leven.

'Lidewij,' zei ze en gaf me een hand. 'En, hoe voel je je nu? Nog ziek?'

'Ik voel me behoorlijk oké,' zei ik.

'Behoorlijk oké?' De blik waarmee ze me aankeek was ijskoud en haar stem klonk geïrriteerd.

Terwijl ik naar haar keek, dacht ik aan mijn sokken en die van Calvin, misschien stonken ze. En rook ik het zelf niet, omdat ik al dagenlang in die geur lag. Zo verdwaalde ik in mijn gedachten toen ik haar hoorde roepen: 'Diesel, kom!'

Ze ging en liet mij in verwarring achter. De niet zo'n beste eerste indruk die ik had gemaakt, flitste door mijn hoofd en ondertussen kreeg ik nog meer het gevoel dat mijn manier van praten haar irriteerde. Kraaien krasten en overstemden het gehuil van de kinderen door de muur. Ik liep naar het raam en keek naar buiten.

Lidewij. Wie was zij?

10

Nog nooit was ik zo lang ziek geweest. Drie weken lag ik in bed en was ik afhankelijk van mensen die ik niet kende. Ik telde de afhaalmaaltijden die Daniëlle elke twee dagen bracht, en later elke drie dagen, toen ik dat aan haar vroeg.

Hoe moeilijk als je behalve je lichaam niets hebt, en je lichaam laat je in de steek. Toen ik uit Irak vluchtte, sliep ik vaak in hitte en kou, onder dak en zonder, op bed, matjes, op de grond. Ik at uit prullenbakken of bij offerplekken en soms niet, als ik niets kon vinden. Maar altijd had ik mijn eigen lichaam. Als een soort laatste maaltijd achter de hand, en een laatste dak en het laatste bed. In het azc werd dat anders. Ik werd een probleem, niet zozeer voor de wereld om mij heen, maar voor mezelf. Ongeduldig had ik gewacht om het azc uit te komen, maar nu overviel mij het gevoel dat het leven erbuiten onmogelijk was geworden. Het was alsof ik in dat gebouw het dierbaarste wat men kan verliezen, verloren was: het geloof in het leven.

’s Nachts werd ik vaak angstig wakker, alsof ik iets in mijn hoofd wilde ontvluchten, of verscheuren of vernietigen. Gelukkig sliep Calvin diep en werd hij niet wakker. Een keer stond hij om drie uur ’s nachts naast me. Hij droop van de regen en schudde aan mijn schouder.

‘Semmier, sta op en was je gezicht. Drink even wat water, man. Je hebt een nachtmerrie.’

De paar nachtjes die ik zou doorbrengen in het huis van Van der Weerde duurden nu al een paar weken. Aan het gezicht van Daniëlle kon ik niet aflezen of ik welkom was of niet. Wat ze deed, zorgde ervoor dat het niet anders kon dan dat ik welkom was in haar huis, maar zodra ik naar haar gezicht keek, begon ik daar weer aan te twijfelen. Ik kon haar niet peilen. Moest ik straks zo snel mogelijk weg of kon ik nog even blijven, tot ik tenminste een andere plek had gevonden of werk om mezelf te onderhouden? Soms dacht ik dat ze voor mij deed wat ze deed omdat ze geen andere keuze had. Een andere keer dacht ik dat ze gewoon een goed mens was en zonder iets terug te verwachten iets deed voor iemand die het nodig had. Toen ik opknapte, besloot ik dat het beste wat ik kon doen was geld te regelen en haar voor mijn verblijf te betalen.

Ik belde met mijn familie in Irak, maar wist eigenlijk al wel dat zij niets hadden om in euro's te wisselen. De vrienden van het azc waren niet echt betrouwbaar. Daar hadden we onze ik leren kennen en waren we onze wij vergeten. De vrienden die ik tijdens mijn vlucht had gemaakt, waren echte vrienden. Hen had ik ontmoet in de donkerste tijden van honger en angst en ze waren in die slechte tijden vrienden gebleven. Maar doordat ik in het azc terecht was gekomen voor de tijd van Facebook, mobiele telefoons en de populariteit van internet en er inmiddels jaren voorbij waren gegaan, was ik ze uit het oog verloren.

Het minste wat ik nu kon doen, was Daniëlle vertellen dat stokbrood met jam eigenlijk ook wel lekker was. Ik besloot naar haar toe te gaan om te zeggen dat ik geen afhaal meer hoefde.

De deur van het huis stond op een kier. Er lag een laars tussen zodat hij niet dichtviel. Na de rondleiding van de eerste avond en nadat ze me had verteld dat ik me op mijn gemak moest voelen, dat ik kon binnenkomen wanneer ik wilde en dat ik uit de keuken kon nemen wat ik wilde, dacht ik dat ik niet aan hoefde te kloppen. Als ik dat wel zou doen, zou Daniëlle dat mogelijk zien als overdreven beleefdheid en zou ze denken dat haar wonderlijke rondleiding voor niets was geweest. Na enige aarzeling opende ik de deur. Ik voelde me een inbreker die klaar stond om hard weg te rennen als iemand me zou zien. Ik liep de gang in en zag dat de deur van het kantoor openstond. Ik stak mijn hoofd naar binnen, precies zoals Diesel had gedaan en zag dat ze er niet was. Ik stapte naar binnen en dacht dat ze elk moment kon komen, dan kon ik haar bedanken en doorgeven dat de afhaalmaaltijden niet meer nodig waren. Ik bekeek de dossiers langs de muur en las wat er met stift op geschreven stond.

'Semmier! Het is niet de bedoeling dat je hier zomaar binnenkomt.' Hoe was ze binnengekomen zonder dat ik haar voetstappen had gehoord? Haar stem klonk net zoals toen ze Diesel berispte, maar de toon was lager. Om mij te laten zien dat ze wel boos op me was, maar ik geen Diesel, schreeuwde ze daarna 'ga' naar Diesel, die net zijn kop naar binnen stak om te kijken wat er aan de hand was.

'Sorry,' zei ik en wilde gaan.

'Je hoeft niet te gaan, ik ben hier nu toch. Wilde je me iets vragen?' zei ze. Haar stem was nu zachter, maar ik hoorde nog een lichte irritatie.

Hoe pijnlijk als iemand ongevraagd wekenlang voor je zorgt, en dan, op het moment dat je een beetje energie hebt en je diegene wilt bedanken en haar tegemoet wilt komen, gebeurt er zoiets.

'Ga zitten, neem plaats,' zei ze en wees naar een stoel. 'Ik maak koffie voor mezelf, het is pauze, wil je iets drinken?'

'Nee, dank je wel,' zei ik en probeerde haar zo duidelijk te maken dat ik haar niet wilde storen.

'Het is geen moeite, ik ga toch naar de keuken.'

'Water, graag. Een glaasje water,' zei ik. Water kon ik in een of twee slokken wegslikken, maar thee of koffie was daar te warm voor en ik wilde zo snel mogelijk weg uit dat kantoor. Ze kwam terug met een mok koffie en een glas water.

'Voel je je al wat beter?'

'Zeker.' Ik wilde vertellen dat ik voor de nachten dat ik er geslapen had wilde betalen, en ook de afhaalmaaltijden, maar ik durfde niet. Van Daniëlles gezicht was niets af te lezen.

'Ik ben hier eigenlijk om te vertellen dat je die afhaal niet speciaal meer hoeft te brengen. Ik voel me al een stuk beter,' zei ik toch maar.

'Nee joh, het is helemaal geen moeite. Jan Dirk van verderop rijdt er toch elke dag langs.'

Als een bejaarde pinguïn liep ik terug naar de schuur. Ik moest zo snel mogelijk weer helemaal gezond zijn. Terug naar het mooiste wat ik kon doen: mezelf onderhouden. Weer op bed besloot ik dat ik snel weer naar Daniëlle zou gaan met een envelop met het geld dat ik haar had gekost en een bos bloemen.

De tweede keer dat ik Lidewij ontmoette, was ik net in slaap gedommeld. Ik hoorde zacht geklop op de deur.

'Binnen,' zei ik. Lidewij kwam binnen met de riem, zonder hond.

'Ik ga een stukje wandelen. Heb je misschien zin om mee te gaan?'

'Aan die riem?' grapte ik, maar ze leek het niet te hebben gehoord.

'Binnen tien minuten?' zei ze.

Ik had de mooiste reden om mijn vermoeidheid achter me te laten en de wereld in te gaan: Diesel en ik zouden worden uitgelaten door de schoonheid.

11

Voor de tien minuten om waren, stond ik buiten te wachten op Lidewij. Na exact tien minuten kwam Diesel kwispelend naar me toe. Toen ik die hond precies op tijd zag komen, moest ik even in mezelf lachen en dacht aan die verre dag dat ik voor het eerst kennis maakte met het begrip tijd. Op het internationale vliegveld van Bagdad wachtte ik eens met mijn vader op een Libanese vriend van hem, die naar Zweden was gevlucht tijdens de Libanese burgeroorlog, en die nu regelmatig bij ons op bezoek kwam. De verhalen die hij vertelde over dat verre land fascineerden mij. Het meest verbazingwekkende verhaal, dat hij misschien verzonnen had, was dat de Zweden geloven dat ze na hun dood naar een koude hel gaan en niet naar een brandende hel. Die dag op het vliegveld tilde hij mij op.

'Wat ben je groot geworden in die twee jaar,' zei hij. Daarna, zonder te wijzen omdat er meer mensen van de geheime dienst dan passagiers op het vliegveld rondliepen, zei hij me naar de klok aan de muur te kijken.

'Semmier, kijk eens naar die klok. Hoe laat is het?' De klok stond op zeven minuten over tien. Hij draaide zich om en liet me een klok aan een andere muur zien. Daarop was het kwart over tien. Er hing ook nog een derde klok, die stond stil op een paar minuten over een. 'Denk niet dat Irak of Saddam Hoessein belangrijk zijn voor je leven,' fluisterde hij in mijn oor. 'De tijd, die hier zelfs op het vliegveld geen waarde heeft, heeft dat in Zweden wel.'

Die herinnering sprong in mijn gedachten toen ik die Hollandse hond na precies tien minuten naar buiten zag springen. Had Lidewij hem verteld dat hij na tien minuten klaar moest staan? Kon hij klokkijken? Vragen die alleen ik kon stellen en die alleen Diesel kon beantwoorden. Ik stond afwisselend op mijn rechterbeen en op mijn linker, als een ooievaar, tot Lidewij verscheen. Ze had de riem om haar linkerhand gewikkeld. De blik waarmee ze mij aankeek, bevatte geen verbazing over dat ik stond te wachten, tenslotte had ze me zelf gevraagd, maar ook geen enthousiasme. Het was meer een blik van: ja, ik heb hem meegevraagd, maar was dat wel zo'n goed idee?

'En nu, kom op, jongens,' zei ze en klapte in haar handen, misschien meer tegen mij dan tegen Diesel, want die bewoog heel zijn lijf alsof hij geen hond was maar een nieuwe Duitse dieselmotor.

Lidewij had veel ervaring met het uitlaten van honden, maar niet met het uitlaten van asielzoekers. Ik had de afgelopen drie weken vooral op bed gelegen en voelde me beter, maar mijn spieren waren stijf. Ik liep een stukje en rustte staand even uit. Lidewij liep zigzaggend en lette niet op wat er om haar heen gebeurde, alsof ze in haar gedachten aan het wandelen was. Soms lette ze op omdat Diesel aandacht vroeg en gooide een balletje voor hem weg, dat hij terugbracht in ruil voor een aai over zijn kop. Het drong tot haar door dat ik niet zo snel liep.

'Semmier, kom op!' riep ze met hetzelfde enthousiasme in haar stem als waarmee ze Diesel riep. Ze kwam op me af. 'Je loopt net als Michael Jackson.' Ze lachte, maar stopte toen en keek mij met grote ogen aan.

'Maar wacht eens, kennen jullie Michael Jackson eigenlijk wel in het azc?'

'Is hij niet de eerste zwarte president van Zuid-Afrika?'

'Nee joh, dat was Nelson Mandela, ken je die niet?'

'Jawel, voor hij uitgeprocedeerd was, woonde hij in ons azc.'

'Nelson Mandela uitgeprocedeerd? Dat kan toch niet?' Ik barstte in lachen uit. Lidewij tikte mij met de riem op mijn hoofd en schoot ook in de lach. Haar lach op die kleurige herfstdag was de best denkbare massage voor mijn spieren.

'Lidewij, stel dat je iets weggooit en ik breng het terug, krijg ik dan ook een aai over mijn kop?'

'Uiteraard,' zei ze, terwijl ze een stok weggooide. Ik bleef staan. 'Waarom ben je eigenlijk zo stijf?'

'Misschien omdat ik niet gewend ben aan de rust hier,' zei ik kreunend.

‘Hoe lang zat je in het azc dan?’

‘Negen jaar, negen maanden, een week en drie dagen,’ zei ik.

‘Nee, nee, even serieus.’

‘Negen maanden,’ zei ik.

‘En al die tijd maar wachten? Dat is te lang. Wij gingen eens op vakantie naar Milaan. Daniëlle had een hotel gereserveerd, maar het werden drie vreselijke dagen. De bedden waren niet goed en het was er smerig. Ik zag er zelfs een muis. Als ik daar nog negen dagen was gebleven, was ik ook gek geworden en zouden mijn spieren kapot zijn. En jij negen maanden? Hoeveel mensen woonden er in dat gebouw?’

‘Vijfhonderdvijftig.’

‘Wat? Even serieus.’

‘Ik bedoel vijftig.’

‘Vijftig? Jeetje. Met één persoon verlies je al de helft van je privacy, hoeveel blijft er over als je met vijftig mensen samenleeft? Vreselijk. We gingen een keer met een groep van zeven vakantiegangers naar Peru. Na een paar dagen werd ik gek van een man in de groep en van mijn tante die de reis betaalde.’ Ik keek naar het gezicht van Lidewij boven de roze sjaal die haar nek verwarmde. Ik dacht: wat heerlijk, in Nederland heb je alleen de ellende van vakanties, hotels en Italiaanse muizen.

‘Was er psychische hulp in het azc?’

‘Zeker, en een sauna en een zwembad met een lange glijbaan. En McDonald’s, maar helaas geen coffeeshop,’ zei ik, maar ze lachte niet, ze verfrommelde haar gezicht, alsof ze zichzelf verweet dat ze mij serieus nam terwijl ik dat niet verdiende. Ik wilde van gespreksonderwerp veranderen, maar maakte het alleen maar erger. Ik vroeg haar naar de naam van de muis die ze in het Milanese hotel had gezien. Ze leek geïrriteerd door mijn poging weer een grap te maken middenin een gesprek dat voor haar serieus en ernstig was. Zo eindigde mijn eerste gesprek met Lidewij met een anonieme Italiaanse muis en een uitgeprocedeerde Nelson Mandela.

Net als Daniëlle gaf Lidewij mij het gevoel dat ik nog als een gitaar gestemd moest worden op de Nederlanders in gesprekken, en niet andersom. Ik ontmoette Spanjaarden, Portugezen, Russen, Zuid-Amerikanen, Grieken, Duitsers en Belgen. En ja, ook dan werd er tijdens gesprekken gestemd, soms ik een snaartje op de ander, soms de ander een snaartje op mij. Maar helaas bleek nu dat ik om een gesprek te voeren met een Nederlander alle snaren precies goed gestemd moest hebben. Of liever nog: het hele instrument inruilen. Daarom dacht ik, weer in bed, dat ik Lidewij had geërgerd met mijn poging om grappig te zijn. Zij ergerde mij ook, niet omdat ze geloofde dat ik dacht dat Nelson Mandela net als ik een asielzoeker was, maar omdat ze dacht dat ik Michael Jackson niet kende. Zelfs mijn oma kende hem.

Lidewij, die op kamers woonde in Utrecht, was de oudste dochter van Daniëlle en bleek net zo onpeilbaar, met het verschil dat Daniëlle zorgzaam was en mij tegelijkertijd angst inboezemde, terwijl Lidewij mij overdonderde en van mijn stuk bracht, terwijl ze koud en gevoelloos overkwam.

Diezelfde avond nog kwam ik erachter dat Lidewij helemaal niet geïrriteerd was tijdens onze eerste wandeling. Daniëlle nodigde mij uit voor de avondmaaltijd. Dat zou ook een avontuur worden, en niet alleen voor mijn maag.

12

Er werd op de deur geklopt. Mijn excuus als ik telkens vertel dat er wordt aangeklopt. In Nederland ga je nooit naar binnen zonder kloppen, ook niet als je in hetzelfde huis woont.

Daar stond Daniëlle. Het was de eerste keer dat ik haar zag glimlachen, wat niet zo goed paste bij haar gezicht vol stress of zorg.

'Heb je je vermaakt met Lidewij en Diesel?' vroeg ze. Met haar glimlach wilde ze dus zeggen dat ze het goed vond dat ik met hen had gewandeld.

'Wandelen met Diesel was wel leuk, maar met Lidewij niet zo,' zei ik.

'Hoezo?'

'Ze had een plastic balletje dat ze weggooide voor Diesel, maar ik kon er niet achteraan rennen.'

'Dat hoeft toch ook niet?'

'Echt niet?'

'Zeker niet.' Ook Daniëlle nam alles serieus, maar toen ze zag dat ik alleen wat luchtig babbelde, begon ze hard te lachen. Misschien om mijn grap, of omdat ze mijn grap serieus nam of omdat ze zich schaamde en niet wist wat ze anders moest doen.

'Ik zie het helemaal voor me,' zei ze, terwijl ze haar tranen wegveegde. 'Zeg, Semmier. Heb je zin om vanavond met ons mee te eten?'

'Jawel, maar ik heb nog afhaal genoeg voor twee dagen.'

'Voor de gezelligheid dan. Je kan de afhaal ook meenemen en bij ons opwarmen.'

'Dan eet ik wel met jullie mee.'

'Oké, om zes uur. Tot zo dan.'

Ik was moe van de wandeling, maar deze uitnodiging kon ik niet weigeren. Dat zou in mijn ogen heel onbeleefd zijn: wel wandelen met Lidewij en Diesel en niet een halfuur met de familie aan tafel zitten voor het eten.

Dus liep ik om vijf voor zes naar het huis. Ik dacht alweer na of ik deze keer aan moest kloppen of gewoon naar binnen moest gaan. Als ik zou aankloppen zou Daniëlle misschien denken dat ze te hard was geweest in haar kantoor, maar als ik zomaar door zou lopen, zou ze misschien weer chagrijnig reageren. De deur stond een stukje open door dezelfde laars als de vorige keer. Ik bleef staan. Wat nu? Aankloppen of de deur zachtjes opendoen?

Het lastige is, en dat vind ik nog steeds, dat een Nederlands gezicht voor mijn gevoel niet langzaam verandert van gezichtsuitdrukking, maar dat het meer op schakelen lijkt. Uit ervaring weet ik dat er een gemene of harde reactie kan komen als men vindt dat je iets verkeerd doet, in een opmerking of een gebaar. Ineens, zonder dat degene weet dat het gemeen of hard is en dat misschien zelfs niet zo bedoelt. Het bezorgde mij vele dagelijkse filosofische problemen en maakte mij met de jaren psychisch almaar verder in de war.

Daar stond ik dus met het filosofische probleem 'aankloppen of doorlopen', maar Diesel redde mij. Hij duwde de deur verder open met zijn kop, kwam blaffend naar buiten en sprong tegen mij op. Ik hoorde Daniëlle roepen uit de keuken.

'Semmier, kom verder!' Alsof niet Diesel maar ik had geblaft.

Ik had nog geen idee wie er allemaal in het huis woonden, want tot dat moment had ik in de schuur op bed gelegen. Behalve Lidewij, Diesel en Daniëlle had niemand zich in de schuur laten zien, ze waren of niet geïnteresseerd genoeg, of hadden geen tijd om kennis met mij te maken. Calvin liet soms wat namen vallen, maar wie dat waren wist ik nog niet. Maar die avond om zes uur zag ik aan die tafel voor het eerst zoon Maurice van vijftien, dochter Tessa van zeventien en de zestienjarige Mieke, die er woonde omdat ze problemen had met haar eigen familie. Ze had geen bloedband met hen en haar familie was ook niet bevriend met de familie Van der Weerde, waardoor het voor mij een raadsel bleef hoe ze daar terechtgekomen was.

'Goedenavond,' zei ik. Het 'goedenavond' dat ik terugkreeg was koud, alsof de winter zelf mij antwoord gaf. Aan Diesels staart, die 360 graden draaide alsof hij wilde gaan vliegen, meende ik te kunnen zien dat ik toch welkom was. Ik gaf Maurice een hand terwijl hij bezig was met een Rubiks kubus. Hij gaf me een hand, maar bleef naar de puzzel kijken alsof hij ertegen wilde zeggen dat hij zo terug was. Zo snel als hij de puzzel met twee handen kon laten bewegen, zo slap was zijn hand in de mijne. Ook Tessa gaf ik een hand, maar al snel zag ik dat zij meer bezig was met haar mobiele telefoon dan met andere dingen om haar heen. Elke keer piepte het apparaatje en dan glimlachte Tessa en typte enthousiast iets terug. Meteen daarop werd haar gezicht weer onrustig tot er een piepje kwam en ze weer glimlachte. Mieke was de enige die opstond toen ik haar een hand gaf. Ze zei haar naam, ging weer zitten en keek vooruit. Daniëlle wees mij een stoel, waar ik ging zitten voor een bord, een mes en een vork. Daniëlle riep uit de keuken naar Lidewij, die van de trap afliep en tegenover mij aan die donkere houten tafel plaatsnam met een korte knik in mijn richting.

De woonkamer die aan de open keuken vastzat, was schemerig, met dat zachte licht dat de bewoners Van der Weerde zo gezellig vonden.

'Eten!' riep Daniëlle. Het leek alsof ze uit gewoonte naar boven riep, want inmiddels zat iedereen aan tafel. Het was de eerste keer dat ik met een Nederlandse familie aan tafel zat en geloof me, voor mij was het ingewikkelder dan uitgelaten worden door Lidewij.

13

Daniëlle zette een dampende pan aardappelpuree op tafel en een schaal groente. Er was geen geur of kleur van kruiden te bekennen. Waren die aardappels gekookt of gestampt? De groentes leken met elkaar te hebben gebokst in plaats van in de pan te zijn gestoofd. De aardappels hadden hun bleke kleur behouden, de groentes leken juist van hun kleur bestolen te zijn. Wat ik nog vreemder vond, was de vraag van Daniëlle of ik wilde bidden voor het eten. Ik zou het als grap hebben opgevat als haar gezicht niet zo ernstig had gestaan. De andere tafelgenoten keken aandachtig naar mij. Wat zou hij doen?

'Bidden? We gaan toch eten?' zei ik, waarop Daniëlle het teken gaf dat de maaltijd kon beginnen.

Gekletter van bestek op borden, glazen die gevuld werden, vorken en messen die elkaar raakten en daartussen een zware stilte. Het bestek leek de stilte te willen snijden en het naar de monden te willen brengen. De monden leken de stilte te kauwen en door te slikken. Er klonk geen boer, geen roep of lach die in de lucht boven die tafel vrijgelaten werd met wat korreltjes rijst of druppeltjes soep, waar ik als kind altijd vrolijk naar keek tijdens de maaltijden. Er werd niet tegelijkertijd gekauwd en gesproken en er vlogen geen sterke verhalen of leuke gebeurtenissen over en weer. Er werd niet eens met de hand gegeten, maar met mes en vork, wat ervoor zorgde dat ik onwennig mijn best deed ook bestek te gebruiken. Ik zag dat Tessa door het geluid dat ik daarmee produceerde met haar ogen kneep. Het was duidelijk dat die toevoeging aan het klassieke bestekconcert voor haar klonk als een motorzaag. Daardoor viel het me nog meer op dat de anderen in hetzelfde ritme leken te eten, alsof ze samen in een orkest speelden.

Het leek me onmogelijk dat dodelijke maal van aardappels en groente te eten. Daarom nam ik uit een schaal drie stukken vlees.

Ook die waren niet zodanig klaargemaakt dat ze smolten op mijn tong, dus probeerde ik met mes en vork het vlees te snijden om het in kleine hapjes op te eten. Voorzichtig keek ik hoe de anderen aten en zag dat op het bord van Mieke geen vlees lag. Ik vroeg haar of ze vegetariër was. Ze schudde haar hoofd.

'Ik vind vlees niet altijd lekker,' zei ze met een beleefde glimlach. Toen ik de drie stukjes vlees op had, wilde ik er nog een, maar de schaal was leeg. Ik keek naar het bord van Daniëlle, ook zij had geen vlees. Toen zag ik dat er precies evenveel stukken vlees waren als er mensen aan tafel zaten. En ik had, toen de maaltijd amper begonnen was, de helft al opgegeten.

Daniëlle vroeg Lidewij naar iemand die Tim heette. Lidewij vertelde dat het beter met hem ging na de revalidatie. Omdat ik niet was uitgenodigd aan die tafel om stil te zijn, dacht ik, probeerde ik me in het gesprek te mengen en vroeg Lidewij:

'Wie is Tim?' Mijn stem klonk hard en vijandig, omdat mijn mond gewend was aan de Arabische klank, ook als ik aan het kauwen was. Lidewij had net haar mond vol. Ze schrok van mijn vraag en keek verrast op, terwijl ze het eten niet meer kon uitspugen en niet kon doorslikken. Ze beheerste de Arabische techniek van tegelijk eten en praten niet, waarbij je de hap in tweeën deelt en je beide wangen met een helft vult, zodat je op een hamster lijkt, of gewoon de hele hap in een wang parkeert, waardoor je op iemand met kiespijn lijkt. Haar mond bleef stilstaan, ze hield er een hand voor en begon met de andere hand te gebaren dat ik even moest wachten, alsof ze haar excuses wilde aanbieden voor de vertraging van het antwoord. Ik zag hoe moeilijk de hap was voor haar en voor haar hals, waarin dat arme hapje vervolgens afdaalde. In de tussentijd puilden haar ogen uit en haalde ze diep adem, alsof ze net was bevallen van haar eerste kind.

'Sorry, wat was je vraag?' Op dat moment was het laatste wat ik wilde weten wie Tim was. Omdat ik gewoon maar een praatje wilde maken, veranderde ik de vraag.

'Hoe lang woon je al in Utrecht?'

'Je vroeg net iets anders,' zei ze, terwijl ze haar handen naast haar bord legde en stopte met eten.

'Hij vroeg je wie Tim is,' zei Daniëlle.

'O, Tim. Een goede vriend.' Verder niets. Door haar blik werd me duidelijk dat Tim het niet verdiende dat ze bijna was gestikt. Ik dacht dat ze geen zin had in praten maar toen haar bord leeg was, nam ze kleine slokjes wijn en vertelde ze over onze wandeling met Diesel. Het klonk alsof ze het geweldig had gevonden. Volgens haar was het grappig en leuk. Zelfs mijn vraag naar de naam van de muis in het hotel in Milaan vertelde ze als een leuke grap.

Toen iedereen uitgegeten was, was al het eten op. Er was geen kruimel over voor een miertje, een muisje of een kip die stiekem binnenkwam om de afwas te doen. Alsof Daniëlle door ieders mond naar binnen was gegaan en de honger in de magen had opgemeten, om te weten hoeveel eten erin paste, zodat ze die precies kon vullen. De maaltijd was stil, de tafel was stil en de vijf Nederlanders aan tafel waren stil. Zelfs Diesels staart was stil.

Er was een toetje en er kwam nog koffie en thee, maar ik verexcuseerde me en ging. Ik had genoeg energie gebruikt die dag. Ik ging op bed liggen en bedacht hoe lastig het was dat ik bij de familie Van der Weerde rekening moest houden met elk van hen, in plaats van met hen allemaal als een. Ik was het gewend dat ik met mijn gevoelens kon smijten, met zoveel mogelijk overdrijving. Als ik ergens was waar ik het leuk vond, herhaalde ik telkens maar hoe blij ik was. Niet alleen tegen de mensen, maar ook tegen de muren, tegen mezelf, tegen mijn kop thee. Als ik iemand leuk vond, zei ik dat ook voortdurend. Voor een grammetje goed gevoel gebruikte ik tien kilo woorden. Maar daar, in huize Van der Weerde, kon dat niet. De woorden die je uitsprak, waren jouw woorden, en jij was er verantwoordelijk voor. Hoe vermoeiend.

In Irak is wat je voelt een ballon, en wat je zegt de lucht. Soms ontploft je gevoel en verdwijnt het door de hoeveelheid woorden die je erin hebt gepompt. In Nederland is wat je zegt je eigen bankpasje en je gevoel de pincode. Als die niet kloppen, komt er niets uit.

Na die kille maaltijd begon ik Tessa, Maurice en Mieke te zien, alsof ze daarvoor niet in dat huis woonden. Ik knapte langzaamaan op en bedankte het lot en Calvin dat ik bij deze familie verzeild was geraakt.

Tijdens een van de spaarzame momenten dat Calvin thuis was, vertelde ik hem dat ik binnenkort in staat was om weg te gaan.

'Blijf toch, man. Waarom zou je gaan? Breng de winter hier door. Buiten vriest het en hier is alles gratis.'

'Dat vind ik juist zo lastig. Die arme Daniëlle werkt dag en nacht en ik zit hier op haar kosten. Dat wil ik niet.'

'Onzin. Jij kost haar minder dan Diesel, man,' zei hij, sloeg een handdoek als sjaal om zijn nek en ging de deur uit. Na een halfuurtje kwam hij terug met de mededeling dat hij het er met Daniëlle over had gehad, en dat ik, als ik wilde blijven, de crèche kon schoonmaken. Geweldig! Dan hoefde ik nog geen afscheid te nemen van Calvin en Diesel. En bovendien, schoot het door mijn hoofd, kon ik dan Lidewij nog eens zien. Die laatste gedachte zette ik snel weer van me af.

14

Zo werd ik schoonmaker in de crèche van Daniëlle.

Graag vertel ik je wat het verschil is tussen een baan in Nederland en in de andere landen waar ik heb gewerkt, en dat zal ik nog vaker proberen, maar de vergelijking maken tussen de dadel uit Irak en de aardappel in Nederland is makkelijker. Ik kan je verzekeren dat werken als schoonmaker van een crèche in Nederland beter en waardiger is dan werken als civiel ingenieur in Irak en in andere landen waar ik werkte. In Nederland betaal je met tijd om geld te krijgen. In andere landen geef je alles, zelfs je waardigheid, en word je soms niet eens betaald. Het kan voorkomen dat je een dag werkt en vervolgens een week om je geld moet smeken. In Nederland heb ik dat niet meegemaakt. Bovendien zijn er in Nederland banen die nergens anders bestaan. Ik herinner me een uitgeprocedeerde Armeen die als een generatiefabriek werkte door zijn zaad aan de spermabank te verkopen.

Ik dacht dat het schoonmaken van de crèche een vies karweitje zou zijn, rondslingerende luiers, kinderen die over wc-brillen plassen, op de grond spugen, maar het viel mee. Ik begon het werk na acht uur 's avonds. De eerste keer zag ik al meteen dat het er best netjes was. Het stonk nauwelijks en de tafels waren schoon. Ik opende de ramen voor frisse lucht en liet de stofzuiger draaien. Niet omdat er nodig gestofzuigd moest worden, maar om de properheid schoon te maken. Daar had ik geen ervaring mee, niet met properheid en al helemaal niet met het schoonmaken ervan. Maar ik moest toch iets doen. Toen ik die eerste avond bezig was, kwam Daniëlle binnen. Ze riep hard mijn naam, zodat ik haar boven de stofzuiger uit hoorde.

'Netjes!' Ze bleef verbaasd staan kijken, alsof de crèche nog nooit zo schoon was geweest, en ik deed alsof ik het gestapelde stof van jaren aan het verwijderen was. Ze ging weg en ik nam het keukenblokje af. Ik maakte het koffiezetapparaat schoon, spoelde de waterkoker om, waste glazen en bordjes. De ramen deed ik van binnen en buiten, en zelfs de kozijnen, alleen om langer bezig te zijn. Na anderhalf uur dacht ik dat het genoeg was voor die eerste dag. De tweede dag veegde ik ook de tuin aan en ruimde de schuur op, de derde dag nam ik de paden naar het huis mee en gaf de planten in de kas water. Daarna vroeg ik Daniëlle cement te kopen en kluste ik niet alleen in de crèche, maar ook in het huis en de tuin. Zo ging het een tijdje door. 's Avonds maakte ik schoon in de crèche en overdag deed ik wat ik kon doen in het huis of de tuin. Ik ontstopte rioleringen, hing planken op, wiedde onkruid, ververste olie en plakte fietsbanden. Nooit begon ik zonder het Daniëlle te vragen en altijd zei ze: 'Prima.' Ik verfde deuren en kozijnen en zelfs krakende bedden liet ik zwijgen.

Na een tijdje had Daniëlle door dat ik best een carrière als klusjesman zou kunnen starten. Ze riep me bij zich en zei dat ze een klus voor me had geregeld bij een ander huis. Het ging om het bijhouden van de tuin van een zekere Robert Frederiks. Robert opende de deur van het majestueuze huis.

'Dit is Semmier,' zei Daniëlle. De manier waarop ze dat zei maakte duidelijk dat ze hem van alles over mij had verteld. 'Tot straks.'

Robert Frederiks, een man van rond de zeventig, bleef bij de deur staan. Het voelde ongemakkelijk. Het leek alsof hij een groot probleem had, en dat grote probleem stond voor hem: ik.

'Valerie is niet thuis...,' zei hij. Ik wist niet wie Valerie was, zijn kat, zijn vrouw of zijn dochter. Ik wist ook niet waarom ik moest weten dat Valerie niet thuis was. Ik kwam voor de tuin, niet voor Valerie.

'Ik kan wel terugkomen als Valerie er is.' Ik wachtte tot hij zou zeggen dat dat goed was, maar hij bleef zwijgend staan. Voor dat huis, waarin je de koning van Spanje kon uitnodigen, stonden die keurig geklede man en ik, een asielzoeker die een paar eurootjes zou verdienen, en we wisten beiden niet hoe we het probleem van onze ontmoeting konden oplossen, want Valerie was niet thuis.

'Zal ik maar gaan?' vroeg ik uiteindelijk.

'Nee,' zei hij, alsof hij van gedachten was veranderd. 'Kom achterom en ik doe de poort voor je open.' Ik liep om en de poort ging open.

'Valerie is niet thuis,' zei hij weer, alsof hij me niet net hierheen had gestuurd. Maar nu liet hij me binnen in een tuin zo groot dat je er een kudde paarden in kon laten grazen.

Daar stond ik met die man toen er opeens een vrouw met wijdopen ogen met grote stappen op ons afkwam. Ik denk dat ze dacht dat ik een inbreker was en dat Robert Frederiks mij op heterdaad had betrapt en nu niet wist wat hij moest doen. De blik die ze me gaf was afkeurend, Robert Frederiks kreeg een streng vraagteken toegezonden. De twee blikken gaven Robert en mij eenzelfde angst en verwarring.

'Ik was je vergeten te vertellen...,' zei Robert tegen Valerie en hij leek even te twijfelen wat hij moest zeggen om haar duidelijk te maken wie ik was, zonder mij te beledigen. 'Hij is de asielzoeker die in het huis van Daniëlle woont. Volgens Daniëlle kan hij iets doen in onze tuin.' Het vraagteken veranderde in teleurstelling dat hij dat niet eerder had gezegd. 'Ik had je willen...' Hij stopte midden in de zin, maar had vast het woord 'waarschuwen' willen gebruiken.

'Heeft u een hoveniersdiploma?' vroeg ze. Ik schudde mijn hoofd. 'Heeft u eerder in tuinen gewerkt?' Ik schudde mijn hoofd. 'Hoeveel heeft u afgesproken dat u krijgt?' Ik haalde mijn schouders op. 'Hoeveel heb je afgesproken dat hij krijgt?' zei ze, nu tegen haar man.

'Daniëlle zei dat alles wel oké was.'

'Hoeveel wilt u?'

'Tien euro?'

'Per uur?'

'Nee, per keer,' zei ik, bang voor Valerie, bang voor die tuin, bang voor de angst van Robert Frederiks en bang om te zeggen dat ik eigenlijk op dat moment niets liever wilde dan wegrennen.

Ze knikte, Robert Frederiks liet mij zien waar het gereedschap stond en na het maaien van het gras en het snoeien van wat struiken, kreeg ik van Valerie vijfentwintig euro. Ik nam het aan, omdat ik niet durfde te weigeren.

15

Zo begon ik via Daniëlle allerlei grotere en kleinere klusjes te doen bij anderen in het dorp, meestal bij ouderen. Ik vroeg nooit een bedrag, werd contant betaald en kreeg altijd meer dan ik verwachtte. Langzaamaan begon ik zelf werk te vinden. Of het werk vond mij. Niet alleen in het dorp maar ook verder weg.

Op een dag werd ik gebeld door een man die Jaap Beekhuis heette. Hij vertelde dat hij mijn nummer had gekregen van Lotte Slager, die van Arend Noordhoff ('met dubbel f aan het eind,' zei hij erbij) had gehoord dat ik voor een vriendin van Margot Petrussioli had gewerkt, die Valerie Frederiks heette.

'Jij woont bij Van der Weerde, toch?'

'Klopt,' zei ik.

'Dan heb ik werk voor je.' Hij kwam me ophalen. Aan zijn auto zag ik meteen dat deze man een dikke portemonnee had en me vast goed zou betalen. Hij was een jaar of zestig en had twee voorzichtige, maar nieuwsgierige ogen die hem er jonger uit lieten zien. Ik stapte in de auto en we reden weg.

'Hoe lang heb je een uitkering?' vroeg hij mij.

'Ik heb geen uitkering.'

'Hoeveel is een uitkering normaal gesproken?'

'Dat weet ik niet.'

'815 euro,' zei hij. Om tien uur klonk het nieuws op de radio. De nieuwslezer begon met de aanslagen in Bagdad: drie bussen, vier auto's, twee mannelijk jihadisten en een vrouw in een boerka waren ontploft.

'Sjongejonge, wat heftig, zeg, daar,' zei hij. 'Ik kan me voorstellen dat het hier met een uitkering een stuk beter is. Maar er zijn er al zoveel, van die asielzoekers. Soms krijg ik het gevoel dat ze alleen voor de uitkering komen. Maar ach, is 815 euro per maand de moeite waard? Daar kan iemand toch nauwelijks van rondkomen.' Ik dacht aan de aanslagen waarover we net gehoord hadden. De dochter van mijn oudste broer was op dat moment negen jaar. Ze sliep slecht en durfde het huis niet uit. Zelfs op de wc was ze bang om alleen te zijn. Ze had voor haar ogen een auto op de vrijdagmarkt zien ontploffen. 'Een paar straten verderop woont zo'n Somalisch gezin. Die mensen krijgen elke anderhalf jaar een kind! Ze hebben er nu een stuk of zes, en dus meer uitkering. Kassa!' Ik zweeg, wat hij opvatte als goed luisteren.

In zijn huis begon hij allereerst over de fouten van mijn voorgangers. Hij bracht me naar de schuur waar het gereedschap aan een houten bord hing. Hij vertelde wat waar hing en maakte me duidelijk dat het op dezelfde plek moest worden teruggehangen als waar ik het vandaan had, ook als ik het even later weer nodig zou hebben. Dan bleef alles netjes en overzichtelijk. In de keuken vulde ik een glas water en dronk het in een teug leeg. Na een tijdje wilde ik weer wat water, maar ik wist niet waar ik het glas neergezet had, dus pakte ik een nieuwe. Jaap Beekhuis zei daarop meteen dat ik al een glas gepakt had en wees glimlachend naar de plek waar mijn glas stond.

'Het is wel handig als je weet waar je je spullen laat.'

Er was geen vrouw in het huis, en geen plant, geen hond, geen kanarie, geen mug. Met een zeer moderne microscoop zou ik ook geen bacterie hebben kunnen vinden, want voor de middag was ik er al van overtuigd dat alle leven met Jaap Beekhuis onder een dak onmogelijk was.

Na die ene dag nam ik nooit meer op als Jaap Beekhuis belde, dan liever armoede. Gelukkig waren de meeste klussen wel de moeite waard, zoals die bij mevrouw Dotinga. Ze was vijfentachtig jaar oud, was ooit huisarts geweest en hield van rozen. Ze kon nog autorijden maar deed het liever niet. De eerste keer dat ik bij haar kwam, vroeg ze me mee te lopen naar de tuinwinkel, waar ze grond kocht en handschoenen en een overall voor mij, alsof ik een contract voor onbepaalde tijd had getekend. Zo begon ik voorzichtig de grond om haar rozen in afvalzakken te doen en te vervangen door nieuwe grond.

Ook haar hondje zou ik niet snel vergeten. Hij was doof en als hij mij zag, begon hij meteen te blaffen, maar hem roepen om daarmee te stoppen had geen zin want dat hoorde hij niet. Daarom bleef hij maar blaffen, tot mevrouw Dotinga moeizaam uit haar stoel was opgestaan, naar hem toe was gekomen en hem met enkele gebaren duidelijk maakte dat hij niet hoefde te blaffen. Dan stopte hij. Als zij te moe was om op te staan en bleef zitten, bleef dat hondje maar blaffen. Ik weet zeker dat als dat hondje had kunnen spreken, hij tegen mevrouw Dotinga zei: 'Ik vertrouw die asielzoeker niet.' Hij volgde mij op de voet om te zien of ik iets zou stelen. Dat hondje wist zelfs wanneer hij nog meer op zijn hoede moest zijn, want als mevrouw Dotinga een dutje deed in haar stoel was hij strenger, alsof hij ook haar slaap wilde bewaken. Dan blafte hij niet maar gromde als ik me bewoog. Alsof hij wilde zeggen: 'Denk erom, klootzak, ik zie wat je doet.' Mevrouw Dotinga zei altijd dat het haar vijfde en laatste hond was. Ik zal je zijn naam niet geven, zodat die klotehond een beest kan blijven. Zo secuur als hij mijn bewegingen volgde, zo secuur telde mevrouw Dotinga mijn minuten in haar tuin om ze tot de seconde uit te betalen. Vanaf het moment dat ik aanklopte tot ik weer ging, en ze telde er altijd wat bonustijd bovenop, zoals ze dat noemde. Zelfs de tijd die ik met haar naar het tuincentrum liep of met haar theedronk en naar haar luisterde, veranderde ze in euro's. Ach, hoe vaak fietste ik rijker terug naar het huis van Van der Weerde, waar ik wachtte om Lidewij te zien.

Lidewij was de reden dat ik zo lang in dat dorp bleef, Diesel was de reden dat zij daar elke vrijdag verscheen. Diesel was voor mij de aanwezigheid van Lidewij. Hij was de riem waarmee Lidewij van haar leven in Utrecht naar dat grijze dorp werd getrokken om het te veranderen in iets mooiers dan Bali. Ik was inmiddels door Diesel besmet. Als ik Lidewij zag, wilde ik ook springen, blaffen en kwispelen (helaas had ik geen staart), en naar haar toe rennen, zodat ze met haar handen door mijn haren kon woelen en mijn kop kon aaien.

Ik heb mijn geloof in God tijdens de oorlog verloren, mijn geloof in de wereld na het oversteken van de grens van Irak en mijn geloof in mezelf in het azc, maar Lidewij zorgde ervoor dat ik gelukkig was dat ik dat alles kwijt was, want daardoor was ik daar aangekomen en had ik haar ontmoet.

Die winter in dat verre noorden zal ik nooit vergeten. Het was de winter van Lidewij, die zachte, mooie, warme Lidewij.

Ik weet nog dat ze mij eens verdrietig zag zitten en dat ze mij vroeg waarom.

'Om Diesel,' zei ik.

'Heeft hij je gebeten dan?'

'Dat niet, maar ik heb hem gevraagd om mij een keer naar jou in Utrecht te brengen voor een weekendje, maar hij keek in zijn agenda en zei dat hij echt niet kon.' Ze lachte en maakte ook mij weer vrolijk.

'Goed idee, kom een keer naar Utrecht. Dan laat ik je de stad zien, en het Domplein, waar we altijd afspreken.' Ik was blij met haar positieve reactie, maar ondertussen ook bang dat Daniëlle het niet goed zou vinden. In de Arabische cultuur houdt de vrouw de eer voor heel de familie hoog, ze mag niet worden aangeraakt, behalve door dc hand van hct huwelijk.

Daarom was ik opgelucht toen Daniëlle eens zei: 'Sinds jij hier bent komen wonen, is Lidewij weer vaker thuis.' De glimlach die daarop volgde was voor mij groen licht, waardoor ik in mijn hoofd verder durfde te gaan met Lidewij, maar als ik weer op de Arabische manier nadacht, sprong het stoplicht op rood. Zo verwarrend. Wat kon wel en wat niet, waar lag de grens? Calvin verzekerde mij dat Daniëlle heel blij was dat ik zulk goed contact met Lidewij had.

'Volgens mij maakt Daniëlle zich zorgen, het gaat niet altijd goed met Lidewij, maar ze zei laatst tegen mij dat het goed was dat ze met jou zoveel kon lachen.'

'Hoezo gaat het niet goed met haar?' vroeg ik verbaasd, want ik had niets aan haar gemerkt. Hij zei dat hij dat niet wist.

Ik begon erop te letten en het klopte dat Daniëlle zich zorgen maakte over Lidewij. Ik wist niet goed of ik ernaar kon vragen, want als ze dat wilde vertellen, had ze het allang gedaan. Wat er in mijn hoofd draaide, was: iemand zoals Lidewij, die er aan de buitenkant gelukkig uitziet, gezond is en sterk en vrij en rijk, kan die zich aan de binnenkant niet goed voelen? Dat begreep ik op dat moment niet en dat vind ik nog steeds moeilijk te begrijpen.

16

Elke vrijdagavond kwam ze, vaak terwijl ik nog bezig was de crèche schoon te maken. Ik kon aan Diesel horen wanneer ze aankwam. Dan stak ze even later haar hoofd om de hoek.

'Kijk wie we daar hebben, Diesel. Onze luierschoonmaker.'

'Ik ruik naar babypoep! Ga weg!' zei ik dan en zij deed of ze lachte om die grap, die ik elke vrijdag maakte.

'Je stinkt inderdaad,' zei ze en lachte echt. 'Ik kom zo theedrinken, maar je moet wel eerst douchen, hoor.' 's Avonds kwam ze dan naar de schuur om op Calvins bed neer te ploffen, waaronder ik net daarvoor zijn onderbroeken had verstopt. Diesel lag op de grond naast haar. Lidewij had geen idee dat ik alleen maar in dat dorp bleef om haar elk weekend te kunnen zien.

Met haar praten was niet makkelijk. Het leek zelfs alsof we elkaar minder begrepen als we meer praatten. Lidewij was voor mij een oceaan vol walvissen en zeesterren, eb en vloed, onbewoonde eilanden, dolfijnen en haaien. Ik had niet in de gaten dat Lidewij eigenlijk een kraan was die wachtte om geopend te worden, zodat ze kon stromen, of die wachtte tot ze mij genoeg vertrouwde, zodat ze zichzelf kon openen. Altijd moest ik diep ademhalen om kopje onder te gaan in het oceaanwater. Het was verwarrend dat ik vanaf de eerste ontmoeting nooit een duidelijk idee van haar kreeg. Pas later ontdekte ik dat ze niet wilde dat ik haar echt leerde kennen en dat het daarom moeilijk was haar te begrijpen. Op de een of andere manier leek het of ze mij juist wilde bewijzen dat ze slechter was dan ik dacht.

Maar als ik iets negatiefs over haar zei, verraste ze mij door te zeggen dat ik niet zo negatief over haar moest denken, want ze had toch ook positieve kanten die gezien mochten worden. Als ik alleen naar haar positieve kant keek, zei ze dat ik haar negatieve kant niet moest vergeten, en pas toen ik tegelijkertijd naar haar negatieve én positieve kant keek, nam ze aan wat ik haar zei en kreeg ze niet meer het gevoel dat ik slijmde of overdreef.

Voor mij was dat moeilijk. Ik had geleerd dat ik of naar de negatieve kant van een persoon keek, en dan werd zijn positieve kant ook negatief, of naar de positieve kant van de persoon, en dat maakte zijn negatieve kant ook positief. Een persoon was dan of helemaal slecht, of helemaal goed. Lidewij dwong mij op een andere manier te kijken, wat mij nog meer verwarde.

Mijn idee over Lidewij was dat zij zowel van binnen als van buiten een schoonheid was, zonder dat het een het ander in de weg stond of het een het ander domineerde. Maar die binnenkant bleek donkerder dan ik had kunnen vermoeden. Dat heb ik nooit goed doorgehad. En dat spijt me nog steeds.

Als afleiding repareerde ik vulpennen of opende ik de vuilniszak waarin ik nog steeds oude fotoalbums bewaarde. Sinds ik in het dorp woonde, waren er geen fotoalbums bijgekomen, want eerder kocht ik ze in de kringloopwinkel en die was er niet in het dorp, of soms vond ik ze bij het afval, maar ook daar vond je in dit dorp dat soort persoonlijke schatten niet.

Ik begrijp niets van kunst en toen ik over kunstgeschiedenis ging lezen om het te begrijpen, begreep ik de kunstgeschiedenis, maar niet de kunst. Een kunstenaar zei me eens dat ik kunst niet hoefde te begrijpen, maar moest voelen. Ik stond voor vele schilderijen en voelde niets, behalve mijn benen. Ooit nam een vrijwilliger van Vluchtelingenwerk, die voor zijn pensioen les had gegeven op het conservatorium, mij mee naar Amsterdam. Uitgebreid besprak hij in het Rijksmuseum *Het melkmeisje* van Vermeer. Het enige aan het schilderij wat mijn aandacht trok, was dat de niet spierwitte melk die het meisje schonk, volle melk moest zijn. De vrijwilliger was lichtelijk teleurgesteld in mijn niet zo brede observatievermogen.

‘Wat jammer. De koe heb je begrepen, maar niet Johannes Vermeer.’

Vanaf die onsterfelijke volle melk geloof ik dat de hersencellen die verantwoordelijk zijn voor kunst bij mij niet werken, of misschien helemaal niet aanwezig zijn. Wat ik wel begrijp zijn foto's, vooral portretten. Daar kan ik urenlang naar kijken, tot ik het vlees, het bloed, het zweet en de traan voel die de foto vulden toen de persoon erop nog in leven was. Ik kan urenlang naar een foto kijken van Saddam Hoessein, tot ik de hel voel. En als ik een recente foto onder ogen krijg van Brigitte Bardot, kan ik de tijd erin aanraken en ervan schrikken.

Iedereen heeft elke seconde een gezicht. Daarom kan je iemand niet zien: hij is altijd in beweging, ook als hij stilstaat. Maar een foto steelt een gezicht en spijkert het aan het kruis van de tijd. Een foto laat mij niet verdwalen in de talloze gezichten van iemand, maar laat me kijken naar dat ene gezicht. En door dat ene gezicht kan ik alle andere gezichten weer in leven zien en weet ik wie hij is.

Ik weet nog dat ik eens een foto zag van een vriendinnetje van mijn zus. Dat meisje was uit een dadelpalm gevallen en overleden. Ik keek net zo lang naar die foto tot ik haar dood erin kon zien.

'Kijk,' zei ik tegen mijn zus. 'De dadelpalm in haar ogen.'

'Ik zie geen dadelpalm,' zei ze. 'Dat is alleen maar jouw fantasie. Als ze in de Eufraat was verdronken, had je gezegd: kijk, ik zie een rivier in haar ogen.' Ik keek opnieuw urenlang naar de foto tot ik de rivier zag, die klaarlag voor een andere dood van dat meisje als ze niet uit een dadelpalm was gevallen. Een rivier die ook mijn zus had gezien, zonder het te beseffen.

In Irak had ik een archief van foto's van mensen die ik kende en mensen die ik niet kende. Daar liet men misschien in het hele leven hooguit een of twee foto's maken, en van veel mensen die geen identiteitskaart of paspoort hadden, was er zelfs niet eens een foto. In Nederland verbaasde het mij dat bijna iedereen een eigen archief aan foto's had. En vaak niet alleen van zichzelf, maar ook van zijn voorouders van vanaf de tijd dat de camera werd ontdekt. Pure magie. In elk Nederlands huis school een museum. Albums vol, die je kan openen om verder en verder het verleden in te zeilen, waar de golven gezichten zijn en de stranden geboortekaartjes of doodsprentjes. Van gezicht naar gezicht naar gezicht. Tot één gezicht je naar het nu terugbrengt. Die albums waren voor mij een schat van tijd. Het eerste album vond ik in een doos bij een prullenbak en toen ik dat opende, zag ik foto's vanaf 1871 tot 1999. Daarna kocht ik ze in kringloopwinkels en ik nam ze mee toen ik het asielzoekerscentrum verliet.

Op een woensdag begon Diesel bij mij in de schuur onverwacht te blaffen en te springen en te kwispelen. Hij rende niet naar de deur, maar wilde mij iets duidelijk maken. Iets dat niet alleen voor hem belangrijk was, maar ook voor mij. Lidewij klopte aan en Diesel rende op haar af. Ik keek verbaasd op van de vulpen die ik probeerde te repareren.

'Het is toch woensdag?' zei ik.

'Nou en?' zei ze. Ik kon maar niet geloven dat ze daar voor mij stond, zonder dat ik klaar was voor haar aanwezigheid. 'Wat ben je aan het doen?'

'Ik probeer deze Waterman te repareren,' zei ik en hield hem omhoog. Zij keek niet naar de pen maar naar de geopende vuilniszak, waarin ik mijn fotoalbums bewaarde.

'Wat zit er in die zak?'

'Families,' zei ik. Ik haalde er een van de albums uit. Ze bladerde erin.

'Privéfoto's,' zei ze tegen zichzelf. Het klonk beschuldigend, alsof ik die foto's niet in mijn bezit mocht hebben. Toen ik zweeg, vervolgde ze: 'Hollandse kaaskoppen.'

Daarna boog ze haar hoofd naar Diesel, aaide hem en ging er met hem vandoor. Ik probeerde haar ergernis het niet te laten winnen van de blijheid die ik voelde omdat ik haar weer zag. Een halfuurtje later kwam ze terug met vier fotoalbums.

'Voilà,' zei ze, toen ze ze met een klap op de grond liet vallen. 'Nu kun je een kijkje nemen in de chagrijnigheid van dit gekkenhuis,' zei ze, waarna ze op het bed van Calvin ging zitten. Ik bleef haar aankijken. 'Kijk niet zo naar mij,' zei ze.

'Waarom ben je vandaag al gekomen? Die arme hond is nu helemaal van slag, hij zal denken dat het vrijdag is.'

'Daniëlle brengt me vannacht om vier uur naar het vliegveld want ik ga een weekendje naar Lissabon.' Ze legde haar hoofd op het kussen. Daarna griste ze iets van onder haar hoofd vandaan en hield het omhoog. Een onderbroek van Calvin, die ze met een sierlijke zwaai weggooide. Daarna pakte ze iets van onder haar rug, weer een onderbroek van Calvin, die ze ook de lucht in smeet. Toen ze de deken helemaal over zich heen trok, volgde er nog een van haar buik.

'Die Calvin heeft meer onderbroeken dan...'

'Dan een kip veren,' zei ik.

'Niet overdrijven,' zei ze, terwijl ze haar ogen dicht deed. 'Het waren er maar drie.'

Daarna deed ze iets waarmee ze het bloed naar mijn hoofd liet stromen. Ze bewoog haar handen onder de deken en gooide haar broek erbovenuit.

'Zo kan ik beter slapen,' zei ze. 'Ik moet vannacht vroeg op, ik doe even een tukkie, hoor.' Ze viel met haar gezicht naar het plafond en een glimlach om haar mond in slaap.

Ik pakte de fotoalbums onder de onderbroeken van Calvin vandaan en opende ze zachtjes een voor een. In die albums verscheen Lidewij voor het eerst in 1914. Ik zag haar staan. Een verre septemberdag. Een boeket bloemen in haar handen. Achter haar een statig huis. Daarna verdween ze uit het album en verscheen in 1936, en opnieuw verdween ze. Daarna zag ik haar op een foto van een meisje van acht in 1944 en verdween ze wederom. Het was alsof ze alleen in deze familie verscheen om te verdwijnen. In al die foto's dezelfde ogen, dezelfde starende blik die naar een leegte zonder horizon kijkt. Ik bladerde door de albums. Niet op zoek naar de Lidewijs die verschenen en verdwenen in de tijd, maar naar de Lidewij die nu op bed lag. Ik vond haar, 24 juli 1996. Eén foto liet mij stoppen. Ze stond erop met eenzelfde blik zoals die van al die meisjes en vrouwen die ik net in verschillende tijden had zien verschijnen en verdwijnen. Die foto, dacht ik, had de laatste van haar moeten zijn.

Ik liep naar het raam en keek naar het grijze buiten. Een kraai kraste. Ik durfde niet naar haar slapende lichaam te kijken, bang dat ze al was verdwenen.

17

Die tijd in dat dorp heeft mij veranderd. Het was niet alleen Lidewij die mij verwarde. In dat dorp draaide niet de vraag in mijn hoofd wat ik die dag zou eten of hoe ik mezelf die nacht tegen de kou zou beschermen, of de geheime dienst me vandaag zou oppakken, maar hield ik me meer bezig met vragen als: wie ben ik? En: wat betekent het leven voor mij? En: wat is eigenlijk de zin van het leven? Ben ik er klaar voor om met iemand samen te zijn? Of moet ik mezelf beter leren kennen? Zulke vragen hadden niet eerder de weg naar mijn gedachten gevonden, maar de Nederlandse cultuur had er nu alle mogelijke wegen voor aangelegd: snelwegen, treinsporen, fietspaden, rivieren. Ze gleden probleemloos mijn hoofd in en bleven daar ronddraaien.

Een grote verandering die die Nederlandse familie in mij teweegbracht, was de simpele vraag – in plaats van wanneer: waarom stopt de oorlog in Irak nooit?

Zelfmoordaanslagen waren in Irak aan de orde van de dag. In 2003 was Saddam Hoessein uit Bagdad verdreven, maar in plaats van vrede volgde er ellende. Niet van dictatorschap, angst en martelingen, maar van terreur en zelfmoordaanslagen.

Ik volgde het nieuws zo min mogelijk, maar dat er bussen ontploften en autobommen afgingen, kon ook mij niet ontgaan.

Vaak vroegen Daniëlle of de mensen waarvoor ik kluste me hoe het in Irak was en of mijn familie in orde was. Meestal zei ik er niet zoveel over, maar op een dag had ik net het nieuws gezien en vertelde ik Daniëlle wat ik had gehoord.

'Vandaag zijn zeshonderdelf mensen omgekomen bij verschillende bomaanslagen in Irak.'

'Zeshonderdelf? Meen je dat?' zei Daniëlle. Ik knikte. 'Dat is toch vreselijk. Zou iemand van jouw familie ook zijn omgekomen?' Ik haalde mijn schouders op, daar dacht ik liever niet over na. Maar de hele verdere avond en ook de volgende dag zag ik Daniëlle regelmatig haar hoofd schudden, en ze herhaalde: 'Zeshonderdelf op een dag, dat is ons halve dorp...' Ik kreeg het gevoel dat ik de oorlog was geworden in dat rustige dorp. In ieder geval had ik de rust in Daniëlles hoofd gebombardeerd. Daarom besloot ik van mijn tong geen microfoontje meer te maken voor de oorlog in Irak en er niets meer over te zeggen, zodat de zachte vrede waarin ik terecht was gekomen niet werd bekrast. Daniëlle zei juist dat ik erover moest praten om het kwijt te raken, maar ze kon mij niet overtuigen er iets over los te laten.

Lidewij vroeg mij nooit naar Irak, soms zei ze dat het vreemd was dat ik nog een verre familie had en een moeder die zich vast zorgen om mij maakte, maar ze vroeg me er niet naar. Ik begon, nadat Calvin had verteld dat Daniëlle zich zorgen om haar maakte, beter op haar te letten. Ik wist toen nog niet dat zij, net als veel andere Nederlanders, opener was dan ik dacht, en dat ik, in plaats van goed naar haar te kijken, beter gewoon de simpele vraag had kunnen stellen: hoe gaat het met jou?

Maar voordat ik verder vertel over Lidewij, wil ik eerst dat je de andere familieleden wat beter leert kennen, te beginnen met Calvin, die voor mij ook een deel van de familie Van der Weerde is.

Dat dat niet alleen voor mij zo was, merkte ik toen hij in Breda was opgepakt door de vreemdelingenpolitie en Daniëlle vervolgens dagenlang bezig was en veel weg, tot ze op een avond terugkwam met Calvin. Daniëlles zorg voor Calvin had ervoor gezorgd dat hij niet langer in een cel van de vreemdelingenbewaring hoefde te blijven. Ik weet nog dat ze 's avonds de oprit opkwam en ook Calvin uitstapte, met zijn brede witte glimlach. Dit keer rende Diesel kwispelend naar Calvin, alsof die wist dat hij opgesloten had gezeten.

'Waar zat je toch?' vroeg ik hem in de schuur.

'Even op vakantie,' grinnikte hij.

'Was de cel klein?'

'Nee, man, alleen 's nachts zat ik opgesloten. Overdag zat ik de hele tijd in een zaal of in een kantoor. Met Daniëlle. Volgens mij zat de cel in haar hoofd. Ik zat er niet,' lachte hij. We omhelsden elkaar. 'Heeft Nienke nog naar me gevraagd?' vroeg hij. 'Of Elisa?'

Calvin kende vele vrouwen en meisjes uit het dorp. En hij had ze allemaal gehad, zonder dat een van hen hem had. Hij sliep met oudere vrouwen voor het geld. Niet om voor de seks te worden betaald, maar omdat de vrouwen medelijden met hem hadden als zielige asielzoeker zonder verblijfsvergunning. Het geld gaf hij dan weer uit aan jonge vrouwen. Ook als hij nieuwe schoenen kocht of dure parfums, zei hij dat het niet voor hemzelf was maar voor die meisjes.

Hij zei eens tegen mij dat hij net als Daniëlle ook een eigen bedrijfje had, namelijk zijn lul. Hij schepte graag op over waar die allemaal rondhing.

Na een tijdje wist ik wanneer de penis van Calvin aan het werk moest of wanneer hij voor de lol ging. Als Calvin oude kleren droeg en versleten schoenen en eruitzag als een asielzoeker, dan ging hij naar een oudere dame. Verliet hij de schuur met nieuwe kleren, lekker ruikend en met een stoer horloge, dan ging hij naar een meisje. Als ik hem vroeg of hij ook weleens wat geld naar zijn familie stuurde, zei hij: 'Niet alleen de Nederlanders hebben regels in hun bedrijven, mijn lul ook, hoor. Wat hij ontvangt van een oude dame gaat meteen naar meisjes die het wat minder breed hebben. Zo zorgt de oudere generatie voor de jongere.'

Calvin zei telkens tegen mij dat omgaan met Lidewij was als spelen met vuur.

'Godver, Semmier. Rem je hart, man! Gewoon op de rem staan, niet op het gas.'

'Mijn hart is geen auto,' pruttelde ik. 'Ik zou niet eens weten waar de rem zit.'

'Ha! Lidewij is in dit dorp zeker het allergevaarlijkst!' zei hij. 'Op Helma na dan.'

'Helma?'

'Och, een trut.' Hij maakte een wegwerpgebaar. 'Ze woont hier iets verderop. Je hebt haar vast al gezien, maar ze is je nog niet opgevallen. Houden zo.'

'Waarom?'

'Gewoon. Pas op voor Lidewij, maar pas vooral op voor Helma. Serieus, Semmier, doe alles hier, voor mijn part met Daniëlle, al zouden we dan wel uitgeprocedeerd op straat worden gezet. Maar vergeet dat ik ooit de naam Helma heb genoemd.' Uitgerekend Calvin was degene die me een keer in de rij bij de buurtsuper een jonge vrouw aanwees en zei dat dat 'trut Helma' was.

Nu moet ik je echt eerst vertellen over een dramatische gebeurtenis in de familie: het overlijden van Edward.

18

Die ochtend was ik vroeg op, omdat Daniëlle spullen met me wilde kopen om de schutting achterin de tuin te repareren. Maar meteen toen ik het huis binnenkwam, zag ik dat Daniëlle bleek en verward was. Al voor ze iets zei, voelde ik dat er iets vreselijks was gebeurd.

'Sorry, Semmier, het gaat niet lukken nu. We doen de schutting een andere keer.'

'Is er iets?'

'Ja, het gaat niet goed met Edward. Zomaar opeens.' Haar stem klonk gepijnigd en ze had een brok in de keel. Tessa kwam het kantoor van Daniëlle binnen en zonder op te merken dat ik er ook was, omhelsde ze Daniëlle en begon te huilen.

Het verdriet bouwde een donkere tent boven het huis Van der Weerde. Het nam zelfs bezit van de staart van Diesel, die dit keer niet vloog, maar als een dode tak aan zijn achterwerk hing. Maar... wie was Edward? Een oom, een vriend van de familie, de beste vriend van Tessa? Het verdriet kreeg ook grip op mij en ik vond het stom om nu te vragen wie Edward was. Dat zou betekenen dat ik verdrietig was omdat het niet goed ging met Edward, zonder te weten wie dat was. Hij was beslist niet Tessa's vriendje, want die had, als ik Calvin moest geloven, alleen relaties met Marokkanen, en ik denk niet dat er een Marokkaan rondloopt die Edward heet.

Tessa kon niet stoppen met huilen, Daniëlle bleef sussende geluiden maken en ik ging maar terug naar de schuur, waar Calvin nog sliep als een roos. Ik zette thee en wachtte tot hij wakker was.

'Zeg Calvin, wie is dat eigenlijk, die Edward?' vroeg ik.

'Het konijn van Tessa,' zei Calvin. 'Hoezo?'

Ik weet dat de dood van een huisdier pijnlijk kan zijn, maar in mijn fantasie had ik van Edward een man gemaakt met nette kleren en een stropdas. Nu moest ik dat beeld veranderen in een konijn. Ik barstte in lachen uit.

Edward, de stille en de rustige, veroorzaakte een zware droefheid in het huis. Ik hoop niet dat het een verkeerde indruk wekt, maar Calvin en ik ontliepen de familie in die tijd van Edward op zijn sterfstro.

In Irak had ik vele soorten verdriet gezien, verdriet van oorlog, moord en dood. Verdriet van armoede, ziekte of onrechtvaardigheid. Van verlies, het verdwijnen van iemand of de vlucht. Maar nooit zag ik verdriet dat een familie compleet verlamde, zoals dat van de naderende dood van konijn Edward. Calvin en ik waren bang dat wij in de lach zouden schieten om dat verdriet en dat vonden we niet aardig. De angst om te lachen maakte de behoefte daaraan nog sterker. Calvin stopte zijn tandenborstel, tandpasta en een paar onderbroeken in een tas.

'Semmier,' zei hij. 'Ik piep er even tussenuit. Stuur me een sms als dat klotekonijn dood en begraven is.'

Toen besloten werd dat het konijn niet onnodig moest lijden en een spuitje zou krijgen, kwam Tessa voor het eerst naar de schuur. Ze vertelde mij met tranen in haar ogen dat het, als ik afscheid van Edward wilde nemen, mogelijk was tot kwart over twaalf. Ik bad tot alle goden, profeten en hemelen dat mijn afscheid van het konijn zonder lachbui zou plaatsvinden. Om tien voor twaalf sloot ik mijn ogen en deed een andersom-meditatie. Normaal gesproken mediteer je om rustiger na te kunnen denken, je denkt aan watervallen, zonsondergangen, vlinders. Nu deed ik het tegenovergestelde, ik dacht aan kapotgeschoten lijken, raketten en bombardementen, aan de Chaweng-gevangenis in Thailand, aan de IND, aan asielzoekers en ijskoude celletjes, en toen ik uiteindelijk het gevoel had dat er door al die ellende geen lach naar mijn lippen durfde te komen, liep ik geconcentreerd naar het huis. Daar zag ik dat iedereen nette kleren aanhad en meteen voelde ik dat het stom was om afscheid te nemen van Edward in mijn zebra-pyjamabroek en met slippers aan. Door Tessa's teleurgestelde blik in mijn richting, draaide ik me zachtjes om en snelde naar de schuur. Ik trok vlug mijn beste kleren aan en Calvins mooiste schoenen, ondanks dat zijn voeten een volle maat kleiner waren, en ging afscheid nemen van het konijn.

'Boven,' zei Tessa. Ik liep de trap op, gelukkig alleen. Ik rook wierook en hoorde zachte klassieke muziek. De gordijnen waren dicht, een zachte lamp en een paar waxinelichtjes brandden. Het was onmogelijk niet te lachen, maar ineens veranderde in de kamer van Tessa mijn vrees om dat te doen in de vrees te gaan huilen. Tessa had van haar kamer een ruimte van afscheid gemaakt. Overal hingen tekeningen die ze als kind van Edward had gemaakt en handgeschreven gedichten. Ik zag foto's van Tessa met Edward vanaf haar zevende. Dat konijn was Tessa's tijd en het waren haar kinderjaren en haar gevoelens vanaf haar zevende tot nu. Het waren haar kinderjaren die een spuitje zouden krijgen, niet het konijn. Daarvan moest ze straks afscheid nemen en dat raakte mij diep.

19

Mieke en Daniëlle kwamen in die rouwperiode vaker naar de schuur.

'Vind je het goed als ik hier mijn koffie even opdrink?' vroeg Daniëlle.

'Natuurlijk,' zei ik. Ze ging aan het tafeltje zitten, waaraan ik haar in een van de fotoalbums had zien zitten op een foto gemaakt in het huis van haar grootouders.

'Is het zo erg dat het konijn dood is?' vroeg ik haar, om haar te laten zien dat ik wist waarom ze in de schuur kwam pauzeren.

'Bedoel je Edward?'

'Ja, Edward.'

'Nou ja, het is vooral erg voor Tessa. Ze is zo verdrietig, ze weet niet goed hoe ze ermee moet omgaan. Het is de eerste keer dat iemand zo dicht bij haar is gestorven. De hele tijd maakt ze ruzie met iedereen die maar in de buurt komt, zelfs met Diesel.'

Nu begreep ik waarom die arme hond ook vaker naar de schuur toekwam.

In de tijd dat het verlies van Edward het huis Van der Weerde vulde, riep Daniëlle mij vaker iets met hen te drinken of voor een klusje, met name als Tessa in de buurt was. En inderdaad, onder één dak met het verlies van het konijn en Tessa samen, en de leegte die Edward achterliet, was ondraaglijk. Zelfs de radio die altijd babbelde in de keuken als Daniëlle daar was, zweeg. Tessa was veel boven en blies de eerste verdieping op met Coldplay.

Ontelbaar veel jaren geleden, of zo voelde het in elk geval, was ik onderdeel geweest van een verdrietige familiesfeer. Het was de laatste winter tijdens de oorlog tussen Irak en Iran. Tot die avond waren wij een complete familie: een vader, een moeder, broers en zussen.

Een van mijn oudere broers was afgestudeerd aan de universiteit. Dat was geen feestelijke gebeurtenis, integendeel. We waren somber gestemd, want nu moest hij kiezen: de dienstplicht vervullen of vluchten. Hij koos voor dat laatste. Mijn moeder kookte zijn lievelingsmaal. We wisten allemaal dat hij, als hij bij de grens gepakt zou worden, in een cel van de geheime dienst terecht zou komen om daar te worden gedood als landverrader. Dan zouden we hem zelfs als lijk niet meer zien. Maar ook als het hem wel lukte te ontsnappen uit het Irak van Saddam Hoessein, zouden we niets meer van hem horen. Behalve voor trekvogels en raketten was contact met de buitenwereld in die tijd onmogelijk. Zelfs brieven kwamen niet ongeopend aan. Na die avond zouden we nooit meer een complete familie zijn. Mijn broer was de eerste die vluchtte, een jongere broer en ik zouden later volgen. Mijn vader stierf voor wij hem weer terug konden zien. Mijn oudste broer werd vermoord tijdens een aanslag, mijn zus overleed een paar maanden later door verdriet. Mijn jongste broertje trouwde met het meisje waarop hij verliefd was. Hij, een sjiiet uit het zuiden, had haar ontmoet op de universiteit van Bagdad, een soennitisch meisje uit Mosul. Tegen de gebruiken in trouwden ze en kregen vier kinderen. Een huwelijk dat je zou kunnen vergelijken met dat van een Duitse jongen met een Joods meisje in de Tweede Wereldoorlog. Ze vluchtten uiteindelijk met vele anderen naar Turkije. Behalve in onze dromen was het onmogelijk ooit nog eens bij elkaar te zijn als familie. De laatste avond zonderde steeds een van ons zichzelf buiten af om te huilen. Daarna werden de tranen weggeveegd en kwam hij weer binnen, terwijl hij net deed alsof hij had moeten plassen. Een van mijn broers huilde, veegde zijn tranen af en kwam terug.

'Moest jij ook al plassen?' vroeg ik hem.

'Ja, maar uit mijn ogen,' zei hij. We schoten allemaal hard in de lach, zodat er tranen van verdriet konden vallen.

Bleek verscheen Tessa in de schuur. Voor ik haar kon vragen of ze iets wilde drinken, stelde ze een onverwachte vraag, alsof ze speciaal voor die vraag naar me toe gekomen was.

'Heb jij ooit het lijk gezien van iemand waar je van houdt?'
'Vaak,' zei ik luchtig.
'Hoe was de eerste keer?'
'Er was geen eerste of tweede keer. Het is altijd één keer die herhaald wordt.' Ze keek mij aan, alsof wat ik zei geen antwoord was. Ik vatte het op als een vraag om haar duidelijker te antwoorden en vertelde haar het volgende verhaal:

Door het dorp waar ik mijn kinderjaren doorbracht, stroomde een zijriviertje van de Eufraat. In plaats van de kinderen te leren zwemmen zodat ze niet zouden verdrinken, leerden de volwassenen de kinderen bang te zijn voor het water. Een goede vriend van mij, Shafik, was nergens bang voor. Niet voor de schoolmeester, terwijl die een stok had, niet voor de soldaten die vaak door ons dorp trokken en voor wie alle kinderen wegrenden, niet voor slangen, schorpioenen of het donker, niet voor de wolven die 's nachts kippen uit het dorp wilden stelen en zelfs niet voor zijn vader. Op een hete zomermiddag waren hij en ik op stap samen met Daoud, een vriend die juist wat bangig was. Daoud zei tegen Shafik dat hij vast deed alsof hij nergens bang voor was, maar dat hij toch zeker doodsbang was voor het diepe water.
'Ik ben niet bang voor het water,' zei Shafik. 'Maar ik kan gewoon niet zwemmen.' Met scherpe ogen keek hij Daoud aan, die uitdagend terugkeek.
'Nee, dat is het niet. Je bent bang voor het water en je kan niet zwemmen, omdat je bang bent.'

Ik weet nog dat ik op dat moment in het verhaal voelde ik dat het fout was Tessa dit te vertellen. De rest zou misschien te zwaar zijn voor haar en bovendien zou ze denken dat ik er een trauma voor water aan over heb gehouden. Zodra je namelijk iets vertelt over een heel gewoon dagelijks iets in Irak aan een Europeaan, verbindt hij het niet aan het leven daar, maar aan een psychische ziekte of een beschadiging die je beslist moet hebben opgelopen. Tessa hoorde mijn twijfel.

‘Misschien is het te emotioneel voor je om de rest van het verhaal te vertellen, Semmier,’ zei ze bezorgd.

‘In moeilijke situaties, en die zijn er vaak, denk ik juist aan die dappere Shafik en vraag ik me af of het niet wonderlijk is dat zijn heldhaftigheid hem al aan het begin van zijn leven redde van al die oorlogen en rampen die hem anders te wachten hadden gestaan.’

‘Waarom zeg je dat zo?’

‘Hij stierf maar één keer. Zelf ben ik minstens duizend keer doodgegaan. Dat is het fijne van helden: ze sterven slechts één keer.’

‘Denk je dat er leven is na de dood?’ vroeg ze. Ze wilde vast weten of ik geloofde of ik Shafik nog eens zou terugzien, maar ze voegde er iets aan toe met tranen in haar ogen: ‘Ik zou Edje zo graag nog een keer willen zien.’

‘Edje?’

‘Edwardje,’ zei ze. Ze had een brok in haar keel. Ik moest even slikken, maar vond dat Tessa een antwoord verdiende.

‘Ik ben ervan overtuigd dat er iets na de dood is, de hemel of het paradijs. En Edward is daar.’

Opvallend aan Tessa was dat ze niet stil kon zitten. Ook aan tafel ging ze vaak staan en je zag haar regelmatig op haar handen staan, of als een ooievaar op één been. Mieke vertelde mij dat Tessa de slimste van de familie was en de meeste talenten had, vooral op creatief gebied, sport en talen leren. Daarom was ze door Daniëlle op allerlei cursussen gedaan: viool- en pianoles, tekencursussen, gymnastiek, vier talen, atletiek en ga zo maar door. Eigenlijk hadden al die lessen de talenten in haar verlamd en ze niet laten groeien, maar ze juist in potjes gezet zonder ze ooit te verpotten. Zo waren Tessa’s talenten Tessa’s vervelingen geworden.

20

Tessa kwam nooit naar de schuur zonder een vraag in haar hoofd die ze meteen stelde als ze al bij de deur stond. Toen de vragen op waren, nam ze haar broertje Maurice soms mee, alsof ze zonder vraag niet alleen bij mij durfde aan te kloppen.

Op een dag, toen de telefoon van Tessa weer eens begon te piepen, ging zij met haar piepjes naar buiten en liet Maurice bij mij achter. Hij zat aan de tafel en leek op een toerist die net bij het strand ontdekt dat hij zijn zwembroek is vergeten. Ik dacht dat hij het lastig vond met mensen te praten, dat hij onzeker en verlegen was, maar dat bleek niet zo te zijn.

Maurice is denk ik nooit kind geweest. In de fotoalbums kwam ik hem drie keer tegen in zijn familie. Een keer in militair uniform, en elke keer met dezelfde vurige blik die hij had en hetzelfde dunne gezicht.

Hij was mager en lang en had een bleke huidskleur. Hij droeg altijd zwarte legerlaarzen en kleren van camouflagestof. Misschien wilde hij er stoer uitzien, omdat hij van binnen zwak en naïef was. Maar zodra ik in zijn ogen keek, zag ik een sterke blik, waardoor ik zijn dunne, witte lijf vergat. Ik weet niet hoe, maar ik zag meteen dat hij een militaire geest had. Hij was geboren op een verkeerde plek, een Nederlands dorpje, waar de oorlog alleen in de hoofden van de mensen wordt gevoerd, niet in de hemel boven hun hoofden, en niet op de aarde onder hun voeten. Maurice keek graag oorlogsfilms. Eens had hij een afspraak met zijn vrienden, die net zulke kleren droegen en ook allemaal zo dun waren. Ze zouden samen een oorlogsfilm kijken, maar op het laatste moment kwamen ze niet. Daarom vroeg hij of ik zin had om mee te kijken. Ik zei 'ja' uit beleefdheid, want hij had me niet eerder uitgenodigd, maar tijdens de scène waarbij iemand aan een paal op een plein werd vastgebonden en geëxecuteerd, sprong ik benauwd op en snelde rillend naar de schuur. Ik zocht meteen de Ventolin en nam twee pufjes. Maurice kwam naar me toe. Hij bleef bij de deur staan.

'Sorry dat ik je film heb verpest,' zei ik.

'Geen probleem, hoor, ik heb hem op pauze gezet.' Zijn stem klonk niet als die van een puber. Hij observeerde me. Toen de Ventolin zijn werk deed, glimlachte hij vaagjes.

'Ik dacht dat mensen die uit een oorlogsgebied kwamen en het met eigen ogen hadden gezien, niet zouden schrikken van een filmscène,' zei hij, oprecht geïnteresseerd.

'Het deed me denken aan een executie op een voetbalveld naast onze middelbare school. Die man had, net als die in de film, ook een sigaret in zijn mond. Toevallig,' zei ik en haalde mijn schouders op.

'Interessant,' zei hij, om me aan te moedigen meer te vertellen, maar ik zweeg. 'Zou je me er wat meer over willen vertellen?'

'Ik zou best willen, maar ik weet niet of je het echt allemaal wilt weten,' zei ik, hij bleef mij aankijken.

'Dat kan nog wel eens meevallen.' Ik vertelde, om mijn schaamte voor het wegvluchten bij de filmscène te maskeren, dat de militairen de middelbare school binnen waren gekomen met automatische geweren, waarmee ze ons allemaal uit de lokalen naar dat voetbalveld duwden. Maurice was niet zozeer geïnteresseerd in de situatie van de man die geëxecuteerd zou worden, hoe hij eruitzag, of hij bang was of niet, of hij smeekte om genade of niet, maar hij wilde van alles weten over de soldaten, die hem aan de linkerpaal van de goal bonden. Hoeveel waren het er, waar stond de officier, had hij ook een automatisch geweer en wat voor soort dan. Ik vertelde hem dat ze het net met messen van het doel sneden en wegsmeten. Ik zei hoe ver de soldaten van de man afstonden. Ik beantwoordde zijn vraag of de officier na de executie met zijn geweer in het hoofd schoot. Hij vertelde dat de kogel die na een executie door het hoofd geschoten werd, 'coup de grâce' wordt genoemd, en hij begon na mijn verhaal historische feiten te geven over executies, alsof hij een gids in het Colosseum was. Hij sprak over de hoeveelheid bloed die een mens heeft en hoeveel minuten het duurt voor iemand na een executie is leeggebloed. Maurice bleef praten. Soms vroeg hij mij iets, niet om iets te weten, maar meer om te checken of zijn informatie met de praktijk klopte. Ik antwoordde hem zonder mijn verbazing te laten merken.

Hij zocht toenadering om over de echte oorlog te horen, niet die in films, documentaires of computerspellen. Ik zocht toenadering tot hem om te weten over de oorlog die niet echt is, maar zich in het hoofd van een mens afspeelt die geen reden heeft om de oorlog te leren kennen. Toch was Maurice een aardige jongen en straalde hij een rustige energie uit. Hij was slim en beleefd. Die jongen van vijftien was in tijd en afstand ver geboren van oorlog en liet mij iets beseffen dat mij tot nu toe wanhopig kan maken: er is oorlog omdat er mensen voor geboren worden.

Toen ik een paar dagen later de achterband van zijn fiets plakte, begon hij uit zichzelf een praatje, alsof het gat in de fietsband nodig was als trefpunt tussen ons, en hij zonder dat trefpunt niet wist hoe hij een gesprek moest beginnen. Hij vroeg mij naar de oorlog in Irak.

'Hou jij eigenlijk van oorlog?' vroeg ik hem. Mijn vraag trof hem als tomatensoep een trouwjurk.

'Niet van oorlog,' zei hij geïrriteerd. 'Ik heb interesse in het leger.'

'Dat klinkt als iemand die zegt: ik hou niet van alcohol, maar ik vind het interessant om alcoholist te zijn,' zei ik. 'Pas op voor je ziel. Oorlog brengt nooit iets goeds.' Zijn vurige ogen keken mij streng aan en ik voelde dat ik op dat moment zijn respect en vertrouwen verloor. Daarna ervoer ik dat een Nederlander je kan negeren, ook als je met hem in hetzelfde huis woont. Vanaf die dag leek Maurice mij niet meer te zien, ook niet als ik tegenover hem aan tafel zat.

21

Mijn contact met Tessa en Maurice was als de bliksem, het kwam snel en eindigde snel, maar met Mieke was het als een appelboom, het groeide langzaam. Zij was, tot ze moeder werd, niet alleen een goede vriendin van mij, maar ook een soort zus. Voor haar voel ik een warmte die je alleen voor familieleden kunt voelen. Mieke vroeg ik, toen we goed bevriend raakten, vaak naar de details in het leven van Lidewij, waarvan ik dacht dat zij er zelf niet over wilde praten, omdat het pijnlijk voor haar was. In het begin vertelde Mieke niet zo veel, ze vond dat ik het aan Lidewij zelf moest vragen, maar toen ze erachter kwam dat het geen nieuwsgierigheid was waarom ik het vroeg, maar omdat ik verliefd op haar was en dat ik het moeilijk vond om haar te begrijpen, vertelde ze soms iets meer. Bijvoorbeeld dat ze niet dankbaar was voor wat ze kreeg, maar dacht aan wat ze niet gekregen had. Of dat ze zich snel ergerde. Altijd als Mieke zoiets zei en zag dat ik ervan schrok, voegde ze er iets positiefs aan toe, zoals dat ze wel het meeste gevoel voor humor had in de familie.

Mieke was zestien en had een zachte geest in een zacht lichaam. Behalve Daniëlle vond iedereen in het huis haar nogal saai. Tessa, die qua leeftijd het dichtst bij haar stond, was te druk met zichzelf en haar eigen vervelingen om bevriend te kunnen raken met Mieke. Maurice vond het leger interessanter dan welk meisje ook. Voor Lidewij was Mieke een soort extra zusje, maar omdat ze niet meer thuis woonde, leerde zij haar nooit echt goed kennen, terwijl Mieke door haar goede contact met Daniëlle Lidewij misschien wel beter kende dan wie dan ook in de familie. Ook Calvin, die haar alleen toevallig tegenkwam, vond haar saai en zelfs Diesel duwde zijn kop niet tegen haar aan om zich te laten aaien.

Niet eerder in mijn leven, niet in Irak noch in de landen die ik bezocht of in de jaren in Nederland, noch in de boeken die ik las, was ik iemand als Mieke tegengekomen. Het leek wel of ze geen eigen wil had. Ze had iets van een emmer: gooi je er afval in dan is het een vuilnisbak, vul je die met grond en zaai je er bloemen in dan is het een bloempot. Elke man kon Mieke laten doen wat hij maar wilde. Mieke zou alles gewoon doen, zonder na te denken of te twijfelen. Ze was bereid om alles van iedereen te accepteren.

Niet alleen de grens tussen goed en kwaad, of goed en slecht voor haar, kende ze niet, maar ze had ook geen notie van liefde of haat.

Toen ze bij me langs begon te komen in de schuur, kwam ze uit zichzelf, op verschillende tijden en altijd onverwachts. Soms vaak achter elkaar, dan weer een tijdje niet. Ze had weleens rond zes uur met een vol bord aan de deur gestaan. Dan klopte ze aan, maar wachtte niet tot Calvin of ik 'kom binnen' zei. Ze duwde de deur open alsof ze er woonde en alleen even eten was gaan halen. Ze vroeg nooit 'heb je ook honger?' Of: 'hoe is het?' Of: 'komt het uit als ik hier even ben?' Nee, Mieke behoorde niet tot de plek waar ze was of de plek waar ze vandaan kwam, ze was er gewoon. Soms kwam ze binnen als ik de crèche aan het schoonmaken was. Dan bleef ze staan alsof dat was wat ze daar van plan was te gaan doen.

Ik wist dat Calvin haar saai vond, maar ik had geen idee of er ooit iets tussen hen was voorgevallen. Ik vroeg haar eens wat ze van Calvin vond.

'Hij komt heel snel klaar.' Ze zei het niet als grap of als kritiek, maar gewoon als haar mening over Calvin. Achteraf is het misschien wel de raakste beschrijving van Calvin. Toen ze dat zei, en ik zag dat ze het zei zonder erover na te denken en niet als iets vreemds, maar gewoon als precies wat ze vond, vroeg ik haar wat ze van mij vond.

'Jij hebt altijd koude voeten,' zei ze. Ik had haar daar nooit over verteld, ook niet dat ik zelfs in de zomer dubbele sokken droeg. Haar opmerkingsvermogen verbaasde me en maakte dat ik haar met andere ogen ging bekijken. Mieke was iemand zonder beslissingen en zonder mening maar ze was beslist niet dom. Ik denk dat haar intelligentie niet uit haar hoofd kwam maar uit haar hart, als je dat zo kan zeggen.

'Waarom woon je hier eigenlijk?' vroeg ik haar.

'Mijn moeder had relaties met mannen die niet goed voor me waren. Ik ben door twee van hen misbruikt,' zei ze emotieloos. Eens zei ze dat haar moeder makkelijk mannen kon krijgen, maar nooit voor lang. En ze vertelde dat ze van de dierentatoeages op de armen van een van hen nu nog soms nachtmerries had.

Over haar vader zei ze alleen dat die weg was gegaan toen zij een paar maanden oud was en dat ze nog een halfzus had van haar vader en een andere vrouw, die hij ook verliet toen dat meisje nog een baby was.

Haar verhaal raakte mij. Wat voor man was die vader, die wellicht in de kroeg biertjes zat te drinken, terwijl zijn dochter misbruikt werd door andere mannen? En als hij over zijn leven sprak, had hij het vast nooit over zijn dochter. Maar het meest verbaasde ik me over de moeder van Mieke, want dat was nieuw voor mij. Een vrouw die, zo hoorde ik later, aan dezelfde hel had geleden als Mieke, want ook zij was als kind verlaten door haar vader en misbruikt door de mannen van haar moeder, en dat zij dan nu haar dochter daar niet tegen beschermde maar juist aan blootstelde?

Achter die stille, goed geïsoleerde Nederlandse muren, van buiten bevroren en van binnen verwarmd, met allerlei soorten licht en muziek, kan het een hel zijn. Zo ontdekte ik de betekenis van de zegswijze 'elk huisje heeft zijn kruisje'. De verhalen die Mieke vertelde over haar kinderjaren en het leven bij haar moeder lieten mij de oorlog zien die de ziel van een mens verschroeit. Die een mens uitholt en zijn bestaan laat verdwijnen.

'En heb je het hier naar je zin?' vroeg ik haar. Ik verwachtte dat ze zou zeggen: 'ik vind het geweldig' of 'het is hier fantastisch', vooral in vergelijking met het leven bij haar moeder.

'Gaat wel,' zei ze.

'Gaat wel?' vroeg ik door. Ik dacht ze zich hier veilig zou voelen.

'Hier heb ik een grotere kamer en het uitzicht is veel mooier,' zei ze. Om een punt achter haar bezoek te zetten, zei ik zoals altijd dat ik ging douchen. Mieke keek mij aan met een lege blik. Als ik zou zeggen: 'blijf maar zitten tot ik klaar ben' zou ze dat doen. Als ik zou zeggen: 'doe maar een dutje' dan zou ze vragen of ze op mijn bed, dat van Calvin of haar eigen bed moest gaan liggen. Als ik zou zeggen: 'ga mee douchen' zou ze meteen naar de douche gaan.

'Ga maar. We zien elkaar later,' zei ik met zachte stem.

'Wanneer?' vroeg ze.

'Wanneer je wilt. Je bent altijd welkom,' zei ik. Daarna ging ik naar de douche, waste me, droogde me af en stapte de douche weer uit. Tot mijn schrik, omdat ik even twijfelde of ik al wel een onderbroek droeg, zag ik Mieke nog aan de tafel zitten. Of alweer. Ik had dan ook gezegd dat ze kon komen wanneer ze wilde. Blijkbaar vond ze het fijn in de schuur, of had ze niets anders te doen.

Mieke was degene waar Daniëlle het meest mee praatte. Eens was ik in de keuken aan het klussen onder de aanrecht, terwijl Daniëlle en Mieke koffiedronken. Daniëlle ratelde maar door, Mieke luisterde. Af en toe zei Mieke iets of vroeg ze iets, misschien wel om het gepraat van Daniëlle geen monoloog te laten lijken.

Wat een verschil met het contact tussen Lidewij en Daniëlle. Ik weet nog dat ik op een vrijdagmiddag Lidewij zag komen aanlopen van de bushalte. Daniëlle werkte in de tuin. Lidewij riep Diesel en de hond rende kwispelend op haar af. Daniëlle groette haar dochter met een woord als een hagelsteen: 'Hoi.' Lidewij groette terug met datzelfde woord. Daniëlle riep mij om thee met hen te drinken. Toen Diesel aan Lidewijs voeten in slaap viel, viel ook de connectie tussen Daniëlle en Lidewij stil. Ik keek naar die twee vrouwen en wist niet hoe ik die connectie weer tot leven kon brengen.

Wat mij eerder niet was opgevallen, was dat Lidewij en Daniëlle de hele tijd erg hun best deden niet te botsen. Als Lidewij er niet bij was, sprak Daniëlle over haar met alle zorg en liefde van de wereld, en Lidewij sprak in haar afwezigheid met een soort verlegen trots over haar moeder. Maar zodra ze bij elkaar waren, leken ze voorzichtig met elkaar. Alsof wat ze verbond een ragfijne draad was en ze meer met die draad bezig waren dan met elkaar.

Lidewij zag in haar moeder hoe ze zou worden als ze niet oplette en haar zwakke punten de ruimte zou geven. Daniëlle zag in Lidewij hoe ze zelf had kunnen zijn als ze haar sterke punten tot bloei had laten komen. Wat er tussen hen lag, bleef voor mij iets onbegrijpelijks. Was het zorg of liefde? Haat of medelijden? Het leek alsof Lidewij haar moeder graag wilde laten zien hoeveel ze van haar hield, maar in plaats daarvan was er ergernis. Lidewij leed onder het besef dat haar moeder haar pijn nooit zou kunnen aanvoelen en Daniëlle leed onder het vermoeden dat Lidewij pijn had van iets dat zij ook voelde, zonder dat ze dat Lidewij kon duiden.

Alleen als Lidewij het Nederlands zou spreken op zijn asielzoekers, zou ze wellicht kunnen zeggen wat ze voor Daniëlle voelde. Met open hart zou ze in plaats van 'ik hou van jou' tegen haar zeggen: 'mama, ik haat van jou.'

Op een donderdag in februari vroeg ik Mieke of Lidewij toe was aan een relatie.

'Ik weet het niet,' zei ze. 'Maar het gaat nu goed met haar. Ze is vaak hier en ze heeft een betere relatie met Diesel.' Als Lidewij een goede relatie had met een hond, was ze dan klaar voor een relatie met een asielzoeker?

22

Urenlang bracht ik door met Diesel naast me, bladerend door de fotoalbums van de familie Van der Weerde. Tessa was de enige die ik in de verleden gezichten van de familie niet terug kon vinden. Ik bladerde door generaties en generaties. Ik zag de man die haar vader moest zijn in twee tijden. Zelfs Mieke, die eigenlijk niet bij de familie hoorde, zag ik op foto's verschijnen, maar Tessa was er niet. Zij leek op een dwaalgast, een trekvogel die haar groep verloren was en door de nacht overvallen op een tak geland was om te slapen, om met de eerste stralen van de zon haar weg te vervolgen.

Toen ik op een zaterdagmiddag door de familiealbums bladerde, kwam Lidewij binnen.

'Jij bent wel nieuwsgierig,' zei ze. 'Omaatjes hadden vroeger soms een spiegeltje bij het raam om voorbijgangers te kunnen bespioneren. Daar lijk je op.' Ze kwam naast me staan. Ik had haar een week niet gezien en ik miste haar en dook juist in die foto's als afleiding, maar dat wilde ik niet laten merken.

'Wie is die vrouw?' vroeg ze mij en wees naar een foto op het opengeslagen blad.

'Johanna, de moeder van de oma van Daniëlle,' zei ik.

'Waarom kijk je naar haar? Vind je haar soms aantrekkelijk?'

'Nou, ik was op zoek naar Tessa en kan haar niet vinden. Misschien heeft Tessa dezelfde blik als die Johanna. In de ogen van Tessa kan ik niet lang kijken om dat zeker te weten, maar bij die vrouw wel.'

'Waarom niet in die van Tessa?'

'Omdat haar mobieltje ze altijd wegneemt,' zei ik. Lidewij glimlachte.

'Onzin,' zei ze. Ik legde het fotoalbum aan de kant, zij gooide zich op Calvins bed. Ik schonk haar een kop thee in. Ze hield de warme kop tussen haar handen, alsof ze de warmte van de thee wilde stelen.

'Wat voor soort boek is dat?' vroeg ze, toen ze het boek open zag liggen, dat Annelies Vos mij had gegeven in het azc toen ik haar over mijn plan om naar Tarifa te gaan had verteld.

'Gedichten.'

'Kun je me er een voorlezen?' Het was een gedicht van César Fernandez Moreno. Het stond er op de ene pagina in het Spaans en op de pagina ernaast in het Nederlands.

'Hoe kan ik,
zoete tijd,
iets zeggen over je gaan en komen.
Wat voor lak laat ik stollen over je voortdurende belofte?
Wat voor letters sjabloneren de tonen hoe je terugkeert?'

Lidewij verbeterde mijn uitspraak van sommige woorden terwijl ik las. Daarna stond ze op, nam het boek van mij over en begon de tekst in vloeiend Spaans voor te dragen.

'Stop!' riep ik plots.

'Wat?'

'Stop! Hoe laat is het nu precies?'

'Dertien uur zesendertig.'

'Precies om dertien uur zesendertig ben ik verliefd geworden. Op jou. Ik ben de eerste mens die precies kan vertellen hoe laat hij verliefd werd. Dit is echt de meest bijzondere gebeurtenis op aarde.'

Lidewij begon zo hard te lachen dat de tranen over haar wangen rolden.

'En nu,' riep ze, 'is het dertien uur zevenendertig. Precies de tijd dat ik ontdek dat jij een lolbroek bent!' In haar ogen leek ik te zien dat het tijdstip van de ontdekking dat ik een lolbroek was voor haar belangrijker was dan het tijdstip van mijn verliefdheid op haar, terwijl dat laatste voor mij belangrijker was dan de appel die op de kop van Isaac Newton viel.

'Je reageert wel heel erg droog op mijn liefdesverklaring,' zei ik.

'Omdat wat je zegt niet klopt, ik hoorde dat je allang verliefd op me bent en van alles over me wilt weten.' Ze veegde de tranen van haar wangen.

Om mezelf af te leiden van haar en van Mieke, die alles wat ik had gevraagd had doorverteld, bladerde ik door het fotoalbum en zocht naar Lidewij in de verleden tijd. Ze stond op van het bed en keek mee over mijn schouder.

'Kijk naar jou in 1951,' zei ik. 'Naar hoeveel woede je hebt.' Ze staarde zwijgend naar de foto. Ik keek in haar ogen. 'Hoe is het eigenlijk met jou?'

'Met mij? Hoezo?'

'Hoe is het echt, bedoel ik.' Ze nam de laatste slok thee.

'Om eerlijk te zijn... Heel slecht,' zei ze. Het was alsof ze had gewacht op deze vraag. Ze keek me diep in mijn vragende en ik in haar trieste ogen. Ik zag haar zoals ik haar nooit eerder had gezien.

Ze is vrij van de wereld om haar heen, maar gevangen door de wereld in haar, dacht ik.

Ik zag door het raam dat het miezerde. De tranen die haar gezicht net daarvoor nat hadden gemaakt van lachen, maakten nu een verdrietig gezicht nat. Ze huilde. Dit keer veegde ze haar tranen niet weg. Misschien dacht ze dat ik ze zou opmerken als ze dat deed. De tranen maakten het onmogelijk om stil te zijn en onmogelijk om iets te zeggen.

'Heb je ooit in je leven een lijk gezien van iemand waar je van houdt?' vroeg ze. Het was precies de vraag die Tessa had gesteld toen Edward net was overleden.

'Bedoel je met iemand een konijn of een mens?' vroeg ik serieus, naar aanleiding van het verdriet dat ik zag in het huis rond de dood van het konijn. Tessa en Daniëlle zouden mijn vraag niet als belediging hebben opgevat, maar Lidewij deed dat wel. Woedend keek ze mij aan.

'Laat maar,' zei ze. Haar gezicht was van droevig naar boos veranderd. Misschien niet boos op mij, maar op zichzelf, omdat ze even haar diepte voor iemand had geopend, of haar muur had afgebroken, en meteen bleek dat het niet begrepen werd. Ze stond op en vertrok zonder iets te zeggen. Ik dacht: wat zou haar reactie zijn geweest als ik had gezegd dat ik duizenden lijken in mijn leven had gezien en minstens honderd van mensen die ik had gekend?

Hoe onhandig was ik.

'Ze is vreselijk,' zei ik hardop tegen mezelf. 'Wat moet ik toch met haar?'

Ik trok mijn regenjas aan en ging naar buiten. Ik stampte de deur uit.

'Wacht even, Semmier,' riep Lidewij plots vanuit het huis.

'Vijf minuten, geen seconde langer,' riep ik terug.

'Ik ben er zo,' riep ze en kwam terug met laarzen tot haar knieën en een regenjas om haar schouders.

23

We wandelden zonder Diesel, maar Lidewij praatte over hem. Vooral over toen hij puppy was. Hoe ze hem hadden gekozen, waarom, wat ze leuk aan hem vond en hoe vermoeiend het was toen hij eerst niet alleen wilde slapen. Toen we het dorp achter ons lieten, begon ze ineens over zichzelf te praten, alsof ze buiten Diesels territorium was. Het viel me op dat ze over zichzelf op dezelfde toon praatte als toen ze over Diesel sprak. Ze gebruikte een uitdrukking die tot dat moment vreemd voor mij was: 'de biologische vader'. Iets wat je in het Midden-Oosten nooit zou horen. Lidewij praatte, maar in plaats van medelijden met haar, kreeg ik medelijden met haar moeder.

Daniëlle had met iemand geslapen terwijl ze dronken was. Negen maanden later werd Lidewij geboren. Toen Lidewij veertien was, wilde ze haar biologische vader ontmoeten. Daniëlle had haar best gedaan om die afspraak te regelen. De eerste en laatste ontmoeting tussen Lidewij en haar biologische vader volgde. Hij wilde niets te maken hebben met zijn kind, maar gaf het meisje van veertien de kans hem te zien. Het was een klap voor Lidewij en voor Daniëlle als moeder. Het enige wat Lidewij zich de hele tijd afvroeg was: hoe heeft mijn moeder met zo iemand naar bed kunnen gaan? Hetzelfde had Daniëlle die verre nacht gedacht toen ze zichzelf de volgende ochtend terugvond in een stinkend bed en haar kleren aandeed om er ongezien vandoor te gaan, niet wetend dat vanaf die nacht afstand niet hielp om ver van die man te zijn, omdat iets van hem in haar begon te groeien.

Zo werd die man de verwijdering tussen Lidewij en Daniëlle. Het werd ook Lidewijs schaamte. Ze vertelde mij erover, terwijl ze rilde onder de bomen omdat het miezerde.

'Stel je voor, Semmier, die man was mijn biologische vader... Ik heb zijn genen. Als ik hem in de trein zou tegenkomen, zou ik niet naast hem durven gaan zitten, zo'n soort man. En Daniëlle heeft met hem geslapen en een kind met hem gemaakt. Een ongewenst kind. Daniëlle noemt mij altijd een 'gelukkig ongelukje'. Ze zei het met een ingehouden woede, die een oceaan vol haat in haar bedekte.

'Ik vind het wel heel bijzonder dat Daniëlle een prachtig kind kon maken met een smerige man. Ze is knapper dan Picasso, want Picasso maakte van een mooi blond meisje een monster. Jouw moeder niet. Integendeel. Zij sliep met een viezerik en maakte een goddelijk kind.' Ze keek mij aan met een lege blik. 'Ik vind je toch echt mooier dan een abortus,' zei ik en ineens barstte ze in lachen uit. 'Ik meen het,' ging ik verder, blij dat ik haar had opgevrolijkt. 'Met een abortus kan ik niet wandelen en lachen. Ik kan er niet verliefd op worden, maar op jou wel.' Nu lachte ze nog harder.

'Je bent flauw, maar wel leuk,' zei ze. 'Soms denken wij te veel.'

'Jullie denken niet veel, jullie denken alleen maar,' zei ik. Ik keek op mijn horloge. 'Veertien uur zesenveertig, precies de tijd dat we zo dicht bij elkaar zijn gekomen dat we zouden kunnen zoenen, maar jammer genoeg ruikt mijn mond naar knoflook.' Ik keek in haar heldere blauwe ogen en was trots op mijn flauwheid, omdat het haar ogen weer had doen twinkelen. Nooit had ik me zo gelukkig gevoeld. Niet alleen mijn hart, maar zelfs mijn sokken klopten voor Lidewij.

'Denk niet zo veel aan je vader,' zei ik tegen haar. 'Dat is niet goed voor je.'

'Nu klink je als een schoolmeester, of eerder als een dominee.'

'Denk niet zoveel na! Hij is slechts een schakel in een eindeloze ketting. Ik heb dezelfde vader en dezelfde moeder als al mijn broers en zussen. We waren volgens mij met twaalf, als ik het me goed herinner. Mijn vader was een goede vader en mijn moeder een goede moeder, maar een van mijn broers is een naar mens. Je zou niet denken dat hij uit dezelfde vader en moeder voortkwam als ik, maar toch is het zo.'

'Genoeg knoflook en families,' zei ze met een wegwerpgebaar. 'Als je zo doorgaat, zoenen we over zes jaar nog niet.'

Als Lidewij over zichzelf begon te praten, begon ze altijd vol zelfvertrouwen, maar hoe langer ze praatte, hoe meer dat verdween. Ze kon over zichzelf praten alsof ze het over een onbekende had met het verlangen die te leren kennen. Ze zag zichzelf als een apparaat met gebruiksaanwijzing.

Maar ook toen haar gedachten in mijn oren steeds dichterbij kwamen, was het alsof ze haar lichaam op dezelfde afstand hield. Er stond iets anders in de weg, iets grimmigs dat tussen haar lijf en mij in stond als een muur, maar waarvan ik niet wist wat het was.

24

De dagen liepen rustig maar rechtstreeks naar de lente. Ik keek er met hoop naar uit, en met dankbaarheid voelde ik hoe de winter achter mij begon te verdwijnen. Die winter was de eerste die ik doorbracht omringd door natuur, warmte en de zachte kant van het leven, zoals verlangen en liefde. Vroeger was de angst een deel van mijn leven. Tijdens die winter begon Calvin genoeg te krijgen van de rust en liet zich steeds minder zien in de schuur. Hij vertelde me dat hij naar Canada wilde. Hij had geen verblijfsvergunning en begon, zoals hij zei, eindelijk te geloven dat hij zonder in Nederland niets kon bereiken. Uit zijn mond klonk dat vreemd. Ik wilde de echte reden weten waarom hij weg wilde en kwam erachter dat zijn broer inmiddels in Canada was aangekomen en hem daarnaartoe wilde halen.

'Ik zal je echt missen, Calvin,' zei ik tegen hem. Hij keek me verbaasd aan.

'Mij missen? Hebben we soms liggen neuken dan?'

'Nee, man, ik ga je missen als vriend.' Hij lachte.

'We houden contact, man. En als het daar goed is, laat ik je overkomen. Ik zweer het je.'

In plaats van het geld dat hij van oudere vrouwen kreeg aan meisjes te spenderen, begon hij te sparen. Hij gaf het geld aan mij in bewaring, omdat hij geen rekening kon openen, en vroeg of ik hem nooit een cent wilde geven, ook niet als hij smeekte, en zei dat ik het goed moest verstoppen, anders zou hij het vinden en opmaken. Zijn plan was om drieduizend euro bij elkaar te sparen. Dan zou hij iemand zoeken die op hem leek en psychische problemen had die door de coffeeshop verholpen werden. Het paspoort van die persoon zou hij dan gebruiken om naar Canada te gaan. Een betere plek om dat te vinden dan Rotterdam was er volgens hem niet. In die stad woonden zoveel Afrikanen, daar zou hij zeker iemand vinden die in aanmerking kwam. Een foto in een paspoort veranderen werd steeds moeilijker sinds de pasfoto's daarvoor gescand worden. Daarom ging hij steeds vaker naar Rotterdam, waar hij een paar dagen bij vrienden logeerde en overdag langs de coffeeshops liep, op zoek naar een dubbelganger.

Elke keer als Calvin terugkwam uit Rotterdam, begon hij te zeuren.

'Nu weet ik waarom overal Chinezen zijn. Man, man. Elk Europees paspoort van een willekeurige Chinees kan voor een miljard Chinezen gelden. Was ik maar Chinees... In dat hele klote-Rotterdam is er niemand die op mij lijkt.'

'Dat is toch fantastisch? Het is het bewijs dat je uniek bent,' zei ik.

'Helemaal niet. Eerder het bewijs dat ik pech heb.' Ik tokkelde ondertussen op de gitaar die Daniëlle mij had uitgeleend een verdrietig deuntje, dat mijn stemming weergaf. Lidewij was dat weekend niet op komen dagen.

'Je speelt droevig, Semmier.' Ik zuchtte.

'Ik ben zo verliefd.'

'Op Diesel?'

'Nee, op zijn bazin.'

'Oh nee, toch. Semmier, nee! Word nooit verliefd op een Hollands meisje, man. Ben je soms niet goed bij je hoofd?'

'Waarom niet?'

'Als je verliefd bent op een Hollands meisje, neuk je haar een kwartiertje en luister je de rest van de dag naar haar onzin. Urenlang,' lachte hij. 'Ach, arme Semmier. Dan moeten je oren harder werken dan je lul.'

'Maar jij gaat toch ook met Hollandse meisjes? En je zegt altijd dat ze de eerlijkste en de veiligste zijn.'

'Ja, beslist, zijn ze ook. Een glaasje wijn bij het eten is gezond, maar twee flessen is een kater. Zo is het ook met de Hollandse meisjes. Zij weet dat liefde blind is en dat je nooit weggaat. Dan legt ze een riem om je nek en moet je haar volgen als een gecastreerd hondje. Van de verjaardag van een collega naar de verjaardag van een jeugdvriendin naar een verjaardag van een oude huisgenoot naar een verjaardag van een achternichtje en naar elke verjaardag van haar exen. Sjongejonge. En let op mijn woorden, na een tijdje scheren ze zich niet meer. Dan is hun schaamhaar langer dan een baard van een moslimterrorist. En dan hebben ze tijd voor alles, voor ruzie, voor uitleg, voor collega's, voor beste vrienden, voor de osteopaat en de psycholoog, maar niet voor neuken.' Ik haalde mijn schouders op en speelde verder. *Lágrima* van Francisco Tárrega.

'Stop toch met die droevige klotemuziek! Lidewij zal een anker voor je leven zijn. Ze zal je naar dit verrekte dorp trekken, man. En jij, Semmier, jij hebt geen anker nodig, maar een schip om weg te gaan.'

Maar weggaan was voor mij geen optie. Ik kon Lidewij niet uit mijn hoofd zetten.

Die avond, toen ik het licht uitdeed om te gaan slapen, begon ik te twijfelen. Niet of ik moest weggaan of blijven, maar of ik wel goed genoeg was voor Lidewij.

Op een dag vertelde Calvin dat hij iemand die op hem leek had gevonden, niet lichamelijk, maar geestelijk en het was een meisje. Zo begonnen de onderbroeken en sokken vanuit de schuur naar Rotterdam te verhuizen en lieten een saaie leegte achter. Dat meisje wist niet dat Calvin met haar samen was om iemand te vinden die op hem leek. Als hij een beetje geld had, verscheen hij in het dorp en gaf mij bankbiljetten om voor hem te bewaren.

Eens kwam hij langs om de 1.175 euro die ik voor hem had bewaard mee te nemen, omdat hij iemand had gevonden die op hem leek, qua gezicht en lengte. Verder waren zijn psychische problemen net niet groot genoeg om naar de psycholoog te gaan, maar groot genoeg voor de coffeeshop. Als hij in het dorp was, kwam hij bijna alleen nog in de schuur om te douchen en zich om te kleden. Hij was eens bezig met kleding en parfums voor een van zijn laatste dates met een meisje, en vroeg mij ondertussen: 'Semmier, wat denk jij, wat is de verbinding tussen liefde en seks?'

'Ik heb niet zoveel ervaring als jij. Maar laten we zeggen: verliefdheid laat de man denken dat hij alle vrouwen heeft in die ene, en laat de vrouw geloven dat ze die ene juiste man heeft gevonden.'

'Stel dat liefde niet bestond, man, alleen maar seks. Dat zou toch veel handiger zijn.'

'Volgens mij zijn liefde en seks verbonden met elkaar. Je kan het niet los zien. Zeg maar: de liefde is de auto en de seks het rijbewijs.'

'Nee, man. Seks is de auto en liefde het rijbewijs,' lachte Calvin. 'Of nee, nee... Seks is de auto en het rijbewijs en de benzine en de snelweg, en liefde is de alcoholcontrole, de file, de ongelukjes onderweg en de boetes voor te hard rijden.' Hij lachte hard.

'Weet je, Calvin, vanaf het moment dat ik Lidewij zag, ben ik ervan overtuigd dat de Nederlandse vrouw de mooiste ter wereld is.'

'Onzin, man, dan ken je Helma nog niet,' grinnikte hij. 'Maar Lidewij is een redelijk wagentje, al betaal je voor de apk wel meer dan voor de auto zelf. Ze staat al veel te lang stil en nu is er overal roest,' zei hij lachend.

25

Het was de tweede keer dat Calvin de naam Helma liet vallen. Helma maakte mij duidelijk dat mijn beeld van dat moment van 'de Nederlandse vrouw' niet klopte. In dit hoofdstuk zal ik je over haar vertellen. Ik zal het kort houden, want ik wil niet dat ze in dit boek veel ruimte inneemt, zoals ze in mijn leven wel deed. Ik hoop dat haar gif niet doorsijpelt van de hoofdstukken waarin ik over haar vertel naar andere hoofdstukken.

Een weekend in maart stonden Calvin en ik in de rij voor de kassa in de buurtsuper, toen Calvin me aanstootte en zei: 'Kijk, dat is die trut waar ik over vertelde.' Het woord 'trut' uit Calvins mond betekende nog niets, want hij noemde vrouwen die niet met hem het bed in doken trutten, maar de vrouwen die hij wel kon krijgen ook. Ik keek nieuwsgierig op om te weten wie Calvin deze keer met 'trut' bedoelde en zag dat er voor en achter ons in de rij mensen begonnen te schuifelen. Ik realiseerde me dat Calvin het woord 'trut' hardop had gezegd en dat er meerdere vrouwen voor en achter ons in onze rij en die ernaast zich aangesproken leken te voelen en dachten dat Calvin hen bedoelde.

'Goh,' zei de grijze vrouw achter ons verontwaardigd, het klonk als een blafje van een hond. Calvin zag haar ingetogen boosheid en begon het op zijn manier goed te maken.

'Schattige, lieve, beschaafde mevrouw. Ik bedoel niet u met trut, ik zweer het op de Here Jezus. U ziet er niet uit als een trut. Totaal niet. Ook niet als u chagrijnig naar mij zou kijken omdat ik uit Afrika kom. U bent echt de vriendelijkheid zelve.' Iedereen in de supermarkt keek naar ons, ook de twee caissières, zodat het gepiep van de kassa's even stopte. Calvin keek om zich heen in die kleine supermarkt in dat dorp waar iedereen elkaar kende.

'Ik bedoel... Ik bedoel...,' zei Calvin, die zich toch wat ongemakkelijk begon te voelen. 'Mijn moeder is de trut. Ze stond net hier in de rij en ging naar buiten om een sigaretje te roken.' Hij wist dat als zijn moeder daar was geweest, iedereen haar zeker had gezien, dus ging hij verder. 'Trouwens, mevrouw, ken je iemand met maat schoenen tussen 43 en 47, die ze niet meer wil? Ik was ooit asielzoeker, nu niet meer, nu ben ik illegaal en ik heb schoenen nodig. Misschien van iemand die is doodgegaan?' De vrouw keek hem boos aan, net als de andere mensen in de rij, maar het woord 'trut' begon weg te zakken in de andere woorden van Calvin. Hij draaide naar mij. 'Kijk Semmier, gelukkig denkt niemand meer aan het woord trut.' Hij zei het zo hard dat iedereen ook dat kon horen. Het gepiep van de kassa's was weer begonnen, de eerste schrik loste op en de rij schoof weer door.

Ik keek naar Helma in de rij naast ons. Een vrouw van midden dertig, schat ik. Stil en beleefd. Klaar om vriendelijk te glimlachen, om je het gevoel te geven dat ze aardig is. Na deze scène in de supermarkt zag ik haar vaker. Meestal wandelend door het dorp in haar jas met bontkraag, waarin ze haar gezicht deels verstopte. Ze keek nooit naar mij en groette niet. Ze gaf mijn ogen niet de kans de hare te kruisen.

Niet lang daarna liepen Lidewij en ik op een van de eerste mooie lentedagen met Diesel door het dorp. Lidewij vroeg mij wat ik het gekste Nederlandse woord vond. Daar hoefde ik niet lang over na te denken.

'Mierenneuker. Ik weet nog dat iemand dat zei, en dat ik dacht: ik weet wat mier is en ik weet wat neuken is, maar is dit nu iets positiefs of negatiefs over die persoon?' Lidewij lachte.

'En wat is het moeilijkste woord?'

'Überhaupt. Ik heb geleerd hoe ik het kan gebruiken, maar ik kan nog steeds niet uitleggen wat het betekent.' Lidewij lachte weer en zo liepen wij in het flauwe lentezonnetje.

Terwijl we lachten en spraken, hoorde ik iemand ons groeten. Het was Helma. Haar kleine stemmetje paste niet bij haar lengte. Ze praatte even met Lidewij en aaide de kop van Diesel. Mij gunde ze geen blik waardig, maar vanaf dat moment begon Helma mij op straat te groeten en als ik met Diesel liep, stopte ze om een praatje te maken. Dat wil zeggen, ze had het tegen mij, terwijl ze bezig was met Diesel. Het voelde alsof Diesel de reden was dat ze stopte en niet ik. Maar het duurde niet lang of ze gaf me haar hand en zei dat we ons nog niet aan elkaar hadden voorgesteld. Vanaf dat moment stopte ze altijd om met me te praten en kreeg Diesel geen aandacht meer van haar. Ze duwde zelfs zijn kop weg als hij wilde snuffelen. De eerdere aandacht voor Diesel bleek een smoes om met mij te kunnen praten.

Op een avond kon ik door de toenemende terreuraanslagen in Irak niet meer thuisblijven en rond elf uur besloot ik even naar buiten te gaan voor wat frisse lucht. Het dorp was uitgestorven. Ik zag dat Helma haar huis uitkwam.

'Het gaat straks regenen. Kom binnen, dan drinken we thee,' zei ze. Het werd de duurste thee die ik in mijn leven zou drinken. Het zou me de nieuwe weg kosten die ik in mijn arme, al jaren verdwaalde leven, wilde inslaan.

Bij haar deur floepte automatisch een lamp aan. Het leek haar te irriteren. Ze zocht in haar zakken naar de sleutel. Het verbaasde mij, de snelheid waarmee haar gezicht veranderde, net vriendelijk, nu geërgerd.

'De sleutel,' siste ze binnensmonds. 'Waar is die?'

'Gaat het goed?' vroeg ik haar, mijn hoofd nog bij de aanslagen en de bloederige beelden die ik op internet zag. Misschien moest ze snel naar de wc? Of zou het zo al gaan stortregenen? Meteen werd haar gezicht weer vriendelijk. Snel opende ze de deur en zei me binnen te komen. We waren nauwelijks binnen of ze keek me aan met een smekende blik en haar lippen zogen zich vast op die van mij. Alles gebeurde snel, mijn lichaam gaf mijn hersenen geen tijd, en in een impuls duwde ik haar hard van me af. Ze belandde met haar rug tegen de deurpost. Haar net zo smekende, vurige blik veranderde plots naar vriendelijke onschuldigheid, die uitstraalde dat ze veel pijn had doordat ik haar had geduwd.

Ik had het in honderden situaties moeilijk gehad in oorlogen en gevangenissen, maar nooit was ik zo radeloos als dat moment met Helma.

'Sorry,' zei ze met een kinderlijke stem.

'Ik ga, als je dat niet erg vindt, misschien drinken we een andere keer thee,' zei ik benauwd.

'Maar het gaat regenen,' zei ze, of misschien heb ik gedacht dat ze dat zei. Ik heb in elk geval geen antwoord gegeven, draaide me om en ging naar buiten. Ik wist niet hoe snel ik daar weg moest komen. En in de regen onderweg naar de schuur kon ik niet bevatten wat me net was overkomen.

Nat van de regen en bedekt met ijskoud zweet kwam ik thuis. Ik was in de war. Wat het precies was wat me zo verwarde, kan ik nog steeds niet uitleggen, maar deze situatie met Helma was helemaal nieuw voor mij. Ik wist niet hoe ik hiermee om moest gaan. Ik dacht alleen: heb ik haar te hard geduwd? Heb ik haar pijn gedaan? Was ze boos?

Meteen dacht ik: moet ik dit Lidewij vertellen? En zou ze mij dan geloven, als ik zei dat Helma het was die mij wilde zoenen en ik haar wegduwde?

In mijn cultuur zou je nimmer in zo'n situatie terecht kunnen komen. Ten eerste woont een vrouw nooit alleen en ten tweede word je als man nooit door een vrouw thuis uitgenodigd. Ik was compleet in de war. Helma was voor mij geen vrouw meer, maar een fles gif van 1 meter 78 lang.

26

Graag wilde ik van Helma weten of ik me ergens zorgen over moest maken, of ik die avond te ver was gegaan, maar het rare was dat ik haar, of ik nu met of zonder Diesel rondliep om haar tegen te komen, nergens meer zag. Zoals ik haar niet had gezien voordat Calvin me op haar attendeerde, zo leek ze ook nu niet te bestaan. Elke avond controleerde ik het licht in haar huis. Zo wist ik dat ze nog steeds in het dorp was en ik begon mezelf nog meer af te vragen waarom ik haar niet meer tegenkwam. Was ze misschien bang voor mij? Of zou ze zich schamen? Of had ik haar wellicht het verkeerde idee gegeven, dat ik iets met haar wilde?

Hiervoor gaf de aanwezigheid van Lidewij, als ze er in het weekend was, mij vrede, maar nu wist ik niet wat ik moest doen. Haar vertellen over de situatie met Helma of niet?

Omdat ik Calvins raad miste en hij niet meer naar het dorp kwam, ging ik naar hem toe. Ik wachtte op hem achter het Centraal Station waar hij kwam aanlopen met een hond aan de riem die op Churchill leek.

'Semmier, wat is er met jou? Je ziet zo bleek!'

'Ik heb je hulp nodig.'

'Is Lidewij zwanger?' vroeg hij lachend. 'Ben je in haar klaargekomen, omdat ze zei dat ze aan de pil is?' schreeuwde hij, terwijl drie conducteurs die naast ons stonden te roken en een paar reizigers opkeken.

'Nee, man,' zei ik. 'Dat was een oplossing geweest.'

'Aha, je hebt met Daniëlle geneukt. En nu voel jij je schuldig, omdat je verliefd bent op Lidewij,' riep hij. Hij keek naar de conducteurs en de twee reizigers. 'Lidewij is de dochter van Daniëlle. En hij is verliefd op haar.'

'Ook dat niet!' zei ik hard, zodat iedereen om ons heen het kon horen.

‘Met Tessa dan?’
‘Zij is zeventien, man.’
‘Maakt niet uit, heb je iets met haar gedaan?’
‘Nee.’
‘Met Mieke? O, met Maurice!’
‘Hou op, man.’
‘Wacht even, dan is het Diesel.’ Hij grinnikte.
‘Ook niet.’
‘Dan is er niets aan de hand,’ zei hij, waarmee hij vooral de omstanders gerust wilde stellen. We liepen met de hond achter ons aan naar een huis waarvan ik nooit had gedacht dat er zoveel honden in pasten.
‘Hier zitten alleen honden die niet blaffen. Anders blaffen de buren ook, en de politie. En dat kunnen we niet hebben.’ Hij vertelde dat de vrouw in wiens huis hij af en toe woonde zwerfhonden uit Spanje haalde, ze castreerde of steriliseerde, om ze vervolgens een ander thuis te geven. Ze woonden tijdelijk in haar huis. Overal lagen honden te slapen.
‘Ben je het dorp zat? Wil je er weg?’ vroeg hij, terwijl hij de kop van een borstelig wit hondje aaide. ‘Dan kom je toch hier wonen, man! Als je maar niet blaft.’ Hij glimlachte, zoals altijd meer met zijn witte tanden dan met zijn lippen.
‘Helma,’ zei ik.
‘Is Helma zwanger van jou?’ riep hij uit, alsof een zwangerschap het enige bestaande probleem kon zijn.
‘Gelukkig niet. Maar voor ik vertel, wil ik van jou weten waarom je mij voor haar waarschuwde. Ik dacht dat je overdreef, maar nu denk ik dat je me niet genoeg gewaarschuwd hebt.’ Zijn brede glimlach verdween op slag.
‘Helma is een geval apart. Toen ik net in het dorp woonde, keek ze me niet aan. Maar toen ze zag dat alle mooie meisjes uit het dorp met mij mee wilden, begon ze nieuwsgierig te kijken en naar me te glimlachen. Ik wist: die kan ik naaien. Op een dag bij de deur van de supermarkt vroeg ze ondeugend of ik die avond ook ging wandelen. Ik wandel nooit ’s avonds, maar na het eten douchte ik en wandelde

in de richting van haar huis. Haar gordijnen waren dicht en ik besloot me om te draaien, toen de deur opengіng alsof ze had staan wachten en ze me wenkte. Een kopje thee bood ze me aan. Ik was nog niet binnen of ze viel me aan. Ze begon me te zoenen en binnen *no time* waren we in haar slaapkamer beland. Ik hoefde niets te doen, zij nam al het initiatief. Sjonge, wat een monster...'

'Kon je niet ontsnappen?'

'Ontsnappen? Ben je gek, man. Het was geen vuur of passie. Het was... een bulldozer. Ze smeekte me steeds harder te gaan. En toen ze twee keer was klaargekomen, draaide ze haar billen naar me toe en zei me te slaan. Ik sloeg ze zachtjes en ze wilde maar harder. Hoe harder ik sloeg, hoe rustiger ze werd. Ze bleef maar met zichzelf spelen. Ik denk dat ze wel zes keer gekomen is.'

'Ik dacht dat zoiets jou wel aansprak?' vroeg ik.

'Tjee, man. Ik snap het nog steeds niet. Even later legde ze mijn hoofd op haar schoot en aaide ze me, teder als een leeuwin haar welpen. Ja, zo was het. De liefste vrouw. Twee avonden later belde ze me op. Of ik langs wilde komen. Ik zei dat ik geen tijd had. Ik had namelijk een afspraak met een meisje dat een miljoen keer mooier was. Maar toen zei ze boos dat ik tijd moest maken. We moesten praten, zei ze. Want ik was de vorige keer te hard geweest en had haar pijn gedaan. Het klonk dreigend, dus ging ik maar. Zodra ik binnen was, wilde ze me weer zoenen, maar ik niet. En toen zei ze dat het in Afrika misschien normaal was vrouwen te slaan maar hier toch echt niet. Ik wist niet wat ik hoorde. Ze zei dat het nog overal pijn deed. En dat ik op moest passen, want daar kon je in Nederland voor worden opgesloten. Ze liet me haar billen zien. Ja, die waren helemaal blauw. En ik wist, als ze naar de politie ging, zouden ze die blauwe billen meer geloven dan mijn zwarte lippen. Daarna trok ze me weer naar de slaapkamer. Ik werd bang. En dan kan je niet geil zijn. Ik niet tenminste. Maar ze liefkoosde me, was zacht en ja, ik ging om. Maar zodra 'ie stijf was, wilde ze weer dat ik haar billen sloeg.'

'En daarna, ben je toen gestopt?'

'Nee, man. Ik ging elke keer als ze belde en soms belde ik haar zelf.'

‘Waarom?’

‘Anders zou ze de politie bellen. Ik dacht: ik stop ermee zodra haar billen niet meer blauw zijn... Toen heb ik haar gebeld en zei dat een GGD-test uitwees dat ik een soa had.’

‘Echt?’

‘Nee natuurlijk niet, maar dat zei ik. Het is de beste smoes als je een trut niet wilt neuken. Haha, Semmier. Onthoud die! Helma heeft me daarna nooit meer gebeld. Maar dat zij niet spoort, dat is wel zeker.’

Ik vertelde Calvin wat mij was overkomen en hij schoot in de lach.

‘En heb je niet eens haar bed gezien? Man, Semmier. Je maakt je druk om niets!’

‘Ik maak me geen zorgen om Helma, maar om Lidewij. Wat zal zij denken?’

‘Jij staat tussen twee Hollandse vrouwen. Erger kan niet,’ lachte Calvin. ‘Maar ik heb de oplossing: verlaat dat *fucking* dorp en zeg dat je teruggaat naar Irak. Serieus!’

‘Van Saddam Hoessein kon ik ontsnappen maar van Lidewij niet. Ik ben stapelverliefd op haar.’

‘Liefde...,’ zuchtte Calvin. ‘Dan kan ik niets voor je doen.’

In de trein bedacht ik dat ik echt eerst met Helma moest zien te praten, om te weten wat zij dacht. Pas dan zou ik gerust met Lidewij verder kunnen. Of ik moest toch gaan, zoals Calvin had geopperd. Een kamer zoeken in Utrecht. Dat zou me ver van Helma brengen en dichter bij Lidewij.

27

Een paar dagen nadat ik het had opgegeven Helma tegen te komen, zag ik haar ineens in de supermarkt. Ik groette haar. Ze groette terug en vroeg hoe het met me ging en met Diesel. We spraken even over ditjes en datjes en meteen voelde ik dat ik me te druk had gemaakt, wellicht omdat ik de Nederlandse cultuur en omgangsvormen niet goed kende. Dagenlang was ik in de war geweest. Een retourtje Rotterdam en twee minuten babbelen met de vrouw waarvoor ik zo bang was geweest, en alles leek weer prima. Ik had Lidewij twee weken niet gezien, maar begon weer uit te kijken naar haar komst dat weekend, in plaats van er tegenop te zien door Helma.

'Semmier van der Weerde!' riep ze, toen ze de bus uitstapte. 'Ik heb je gemist!' Glimlachend omhelsde ze mij.

'Meer of minder dan Diesel?'

'Minder, natuurlijk.' Wat was ik blij om haar te zien. 'Hoe is het hier?' vroeg ze, terwijl we naar huis liepen.

'Misschien moet ik hier weggaan,' zei ik.

'Te saai?'

'Niet per se, maar ik ga een kamer zoeken in Utrecht omdat jij daar woont. Dan kan ik je vaker zien.'

'Daar heb ik soms niet eens tijd voor mezelf. Hier kun je me vaker zien, hoor. En bovendien zal Diesel je missen.'

'Ik heb een praktische vraag.'

'Zeg het maar.'

'Stel dat wij elkaar leuk vinden, wanneer kunnen we dan zoenen?'

'Je hebt je kans gehad,' zei ze glimlachend.

'Nu niet meer?'

'Nu moet je wachten tot ik dronken ben. Een tweede kans heeft alcohol nodig.'

Die avond bij mij in de schuur hield ik haar glas wijn zo onopvallend mogelijk in de gaten. Er was slechts twee centimeter uit gedronken. Toch bracht ik mijn gezicht dichter bij het hare. De seconde die volgde kan ik in eeuwen en eeuwen niet voor je beschrijven. Het was het leven. Het geluk. Na jaren en jaren onderweg te zijn geweest.

Mijn lippen raakten de hare. Even. Zacht.

Ze trok haar gezicht voorzichtig terug, keek mij aan en zei ineens: 'Nu we op dit punt zijn beland, moet je iets weten over mij.' Tijdens mijn zwerftochten in Zuidoost-Azië had ik met meisjes gezoend uit Florence, Tokio, Montenegro en Canberra, maar ik verzeker je dat er geen meisje op de wereld is dat een goddelijk moment zo in iets rampzaligs kan veranderen als een Hollandse.

Ze begon te vertellen. Toen ze net eenentwintig was, had ze een relatie gehad met een zekere Gerard. Na drie maanden werd ze verliefd op iemand anders en ging ze bij hem weg. Niet lang daarna sprong Gerard onder een trein. Maandenlang sloot ze zich op in haar kamer en uiteindelijk kocht Daniëlle Diesel voor haar, zodat ze af en toe wel naar buiten moest. Vanaf dat moment had ze nooit meer iets met een jongen gedaan. Onze 'zoen' was de eerste sinds die tijd.

Ze ging naar het huis en kwam terug met een foto van Gerard. Ik keek lang naar die jongen, die dood mijn leven binnenkwam. Hij zag er sterk uit en eerlijk. Ik kon me voorstellen dat hij iemand was die zijn leven opofferde voor iets waarin hij geloofde. In de tijd dat ik in het azc woonde, had ik meegemaakt dat mensen zich van het leven beroofden, maar dat gezonde Nederlandse jongeren dat deden, was nieuw voor mij. Terwijl ik met veel vragen in mijn hoofd naar de foto keek, hoorde ik Lidewij zeggen: 'Waar denk je aan?'

'Aan die Gerard. Weet je waarom hij is gesprongen?' Ze schudde haar hoofd.

'Niemand weet het. Maar er is geen moment dat ik niet aan hem denk, en aan zijn dood. Had ik maar geweten wat hij zou doen, dan was ik bij hem gebleven,' zei ze met een brok in haar keel.

‘Hij is...,’ zei ik. ‘Hij veranderde zijn leven in een uurtje vertraging voor die trein en een paar jaar vertraging voor jou.’

‘Meer dan een paar jaar,’ zei ze en probeerde de brok in haar keel weg te slikken. ‘Denk je dat ik met iemand anders kan zijn, als ik de oorzaak ben van iemands dood?’

‘Jij bent niet de oorzaak. Er zijn miljoenen en miljoenen meisjes die miljoenen en miljoenen Gerards hebben verlaten. Maar er is maar één Gerard die zichzelf onder de trein gooide. Moeten al die miljoenen meisjes dan alleen blijven omdat een van hen zichzelf misschien onder de trein zal gooien?’ Lidewij keek mij aan en glimlachte even door haar tranen heen. ‘Heb je een rijbewijs?’ vroeg ik.

‘Ja, hoezo?’ Ik dacht: we kopen een busje met dieselmotor. Daar bouw ik dan een bed in en een klein keukentje. En dan rijden we naar Tarifa. Naar het zuidelijkste punt van Europa. Ik dacht het, maar zei niets.

‘Waarom vraag je dat?’

‘Zomaar.’

Ik vroeg me af of ik nu met haar had gezoend. Vond ze mij leuk? Vond ze me leuk genoeg? Was ze ook verliefd op mij? Ik zei niets omdat ik niet wilde dat ze, net zoals ze onze eerste zoen had veranderd in een drama, ook het busje, dat al op de snelweg van mijn dromen richting het zuiden begon te rijden, veranderde in pech onderweg.

28

'Ga je Lidewij van de bushalte halen?' riep Daniëlle. Diesel blafte en ik riep 'ja'. (Ik denk dat Diesels blaf ook 'ja' betekende.) Om tien voor acht stonden we er en even later zag ik de bus van veraf aankomen. Diesel blafte weer toen hij de bus zag, mijn hart ook. Toen Lidewij uitstapte, rende Diesel naar haar toe. Ze aaide zijn kop.

'Laat me de andere hond ook een beetje aandacht geven, hij is hier niet voor niets,' zei ze, omhelsde mij en gaf mij niet drie zoenen op de wang zoals eerder altijd, maar een korte op de lippen. Ik voelde dat ze van mij was.

'Ik heb een cadeautje voor je,' zei ze.

'Een riem en balletje?' vroeg ik gekscherend.

'Nee, maar die krijg je dan ook.'

'En een foto van jou?'

'Dat kan, maar meer niet, hoor!' We liepen hand in hand naar het huis. Bij de deur zei ze: 'Wacht even.' Voordat zij naar haar kamer ging en ik de schuur in gaf ze me een pakje en haalde een oude riem van Diesel en een kapotgebeten balletje uit het huis en een foto in een envelop en gaf die aan mij. In het pakje zat een boek om Spaans te leren. Toen ik de envelop opendeed zag ik een foto die ik niet eerder in een album had gezien. Lidewij keek glimlachend in de camera, Diesel stond naast haar tussen de bladeren en keek naar haar met zijn tong uit zijn bek.

Om tien uur die avond kwam ze naar de schuur.

'Kom,' zei ze. Ik hielp haar om de matras van het bed van Calvin en die van mijn opklapbed naast elkaar te leggen. 'En nu hebben wij...,' zei ze.

'Een relatie?'

'Nee, een tweepersoonsbed.' Ze lachte hard.

Lidewij trok haar kleren uit, ging met alleen nog een slipje aan op de matrassen liggen en trok het laken over haar borsten. Ik stond naar haar te kijken. Ze zei niet 'kom naast mij liggen'.

Als ik er nu aan terugdenk, denk ik niet aan dat ze mooi was. Nee, ze was alles. En alles was mooi. Ik, de schuur, mijn leven, dat dorp. Wat ik mezelf nooit zal vergeven is dat ik op dat goddelijke moment zo dom was niet aan mezelf te denken, of aan Lidewij of het universum, maar aan wat Daniëlle zou denken als ze wist dat Lidewij bij mij in bed lag.

Die nacht sliep ik geen seconde. Na zes uur werd Lidewij wakker. Ik sloot mijn ogen en deed alsof ik diep sliep, om haar te laten zien dat ik het prettig vond dat ze naast me lag. Ik hoorde dat ze haar kleren aantrok en ging. Toen ik de deur hoorde dichtgaan, voelde ik opluchting. De hele nacht had ik geprobeerd om stil te blijven liggen, om haar niet wakker te maken of te storen, tot al mijn spieren vast zaten. Ik stond op om mijn spieren te rekken, toen Lidewij weer binnenkwam en mij zag staan in het midden van de schuur. Ik schrok.

'Ben je ook wakker?' vroeg ze.

Om haar verwarring niet te voeden, gaapte ik vals, alsof ik de hele nacht de diepste slaap had geslapen. Zij pakte haar beha die ze had laten liggen en ging weer. Ik hoopte dat ze de beha onopvallend mee zou nemen als ze de schuur uitkwam, zodat niemand haar zo zou zien, maar door het raam zag ik haar zwaaiend met de beha door de ochtendschemering lopen.

Na de lunch gingen we met Diesel wandelen. Lidewij sloop langzaam maar zeker steeds dichterbij. Ze legde haar hand op mijn schouders en sloeg even later haar arm om me heen. Sinds ze mij het drama van haar leven had verteld, was ik blij dat ik dicht bij haar was en tevreden met wat ik kreeg van haar: haar nabijheid.

Opeens doemde Helma op. Ze groette, maar stopte niet om even met Lidewij te praten zoals ze eerder altijd deed. Dit keer negeerde ze mij juist niet, maar keek me aan met een lange, rare blik, zo duidelijk dat Lidewij er niet omheen kon.

Toen Helma doorgelopen was, keek Lidewij mij vragend aan. Ik wist niet wat ik moest zeggen.

In het verre zuiden waar ik was opgegroeid, mocht de man geen ruzie maken met een vrouw die hij niet kent. Misschien doorgrondde Helma mijn angst en wist dat ik niets tegen haar kon beginnen. Dat ik graag met Lidewij wandelde, dat zij haar arm door de mijne stak en dat het duidelijk was dat ik in het dorp bleef voor Lidewij, wekte bij haar wellicht een soort jaloezie op, of iets dat ik niet kende.

Achteraf, jaren later, weet ik dat ik meteen aan Lidewij had moeten vertellen wat er was voorgevallen tussen Helma en mij, en ook aan Daniëlle en Mieke en Diesel en alle honden en katten in het dorp. Als ik iedereen in detail had verteld wat er wel en niet gebeurd was, en als het voor Helma duidelijk was dat ik dat had gedaan, had zij geen poot om op te staan. Maar ik was onwetend. En dat voelde Helma aan.

Een week later liep ik met Lidewij en Diesel een rondje. Zij liep een meter of vijf voor mij en gooide een balletje weg, waar Diesel achteraan rende. Ik zag Helma ons tegemoet komen lopen. Niet in wandeltempo en omdat ze recht op ons af leek te lopen, voelde het niet als toeval dat ze daar was. Ze stopte voor ons en groette Lidewij met een kinderlijk zacht stemmetje. Daarna liep ze op mij af en keek me aan met een pijnlijk gezicht. Ze zei met een dwingende stem, alsof ze al vele keren geprobeerd had mij te pakken te krijgen, harder dan daarnet: 'Kunnen wij even praten? Ik heb nog steeds pijn van de vorige keer.' Had ze het nu tegen mij of tegen iemand anders? Haar ogen keken mij smachtend aan.

'Diesel, kom!' riep Lidewij. Diesel rende naar haar toe, ze deed hem de riem om en ging ervandoor. Ik bleef staan, verlamd door mijn onbegrip van wat er aan het gebeuren was.

Tot mijn verbazing draaide ook Helma zich om en ging weg, zonder nog iets te zeggen.

'Welke pijn bedoel je?' riep ik Helma verward na.

'Laat maar,' antwoordde ze, terwijl ze de andere kant op liep en haar hand de lucht in zwaaide zonder zich om te draaien.

Inmiddels weet ik dat zij een van de hoofdpersonen van het Oude Testament had kunnen zijn, zo'n vrouw die van machtige koningen het hoofd vraagt van andere mannen, die haar niet hadden gewild. Maar toen wist ik niet wat me overkwam. Ken je het schilderij *De stierenvechter* van Manet? Een man, die even daarvoor vol leven en trots was geweest, ligt nu bewegingsloos op de grond. In hem zie je leven en dood verenigd. Zo liep ik naar het huis van Van der Weerde.

Ik klopte op de deur. Daniëlle deed open en ik vroeg of ik Lidewij kon zien.

'Ik zal het haar vragen,' zei Daniëlle. Aan haar stem en reactie wist ik dat er iets veranderd was. Ze kwam terug en zei dat Lidewij moe was en even wilde uitrusten. Het gezicht van Daniëlle leek teleurgesteld. Ik voelde dat er iets voorbij was voor mij in dat huis. Onrustig wachtte ik in de schuur. Ik hoorde kraaien krassen en zag door het raam dat ze de boom voor de schuur hadden veranderd in een zwarte yurt. Toen ik Lidewij met Diesel naar buiten zag komen, liep ik meteen de deur uit en vroeg of ik mee kon wandelen. Ze knikte. We wandelden, maar de hele tijd keek ze me niet aan en zei ze geen woord.

Dat weekend zag ik haar niet meer, en tijdens die hele week wist ik niet of ik welkom was in het huis of niet.

De volgende drie weken kwam Lidewij niet naar het dorp. Ik belde haar maar ze nam niet op. Ik dacht: als ik langer blijf, moet Diesel nog langer op haar wachten. Ik klopte op de kantoordeur van Daniëlle om haar te bedanken en afscheid van haar te nemen, mijn tas met spullen, aangevuld met de riem, de bal en de foto en de vuilniszak met de fotoalbums in mijn hand.

'Je gaat weg,' zei ze, alsof ze dat wist, of erop had gewacht.

Ze pakte een envelop van de tafel, liet mij zien dat er briefjes in zaten van vijftig euro. 'Je loon voor de afgelopen dagen in de crèche.'

‘Dat hoeft niet,’ zei ik.

‘Jawel, je hebt ervoor gewerkt, Semmier.’ Ze gaf mij de envelop. ‘Veel geluk.’ Ik liet de envelop achter op een klein tafeltje bij de deur waar soms de post op lag. Daarna nam ik afscheid van Diesel. Hij bleef maar om mij heen springen, tot Daniëlle hem riep.

Ik keek naar de plek die een nieuw begin voor mijn leven was geweest. Een plek die een nieuw leven voor mij had kunnen zijn. Ik draaide me om en ging.

29

Misschien is de hel het sterven van de hoop die jou er even uit haalde.

Ons huis in Irak was een adres voor ellende. Een bushalte voor onverwachte wonden. Een station voor tranen en verdriet, waar de treinen van ons leven soms jaren stil bleven staan. Ik geloofde dat geluk op deze planeet niet bestond, behalve in boeken en films. Maar in het huis van Van der Weerde, waar geen angst was voor een generaal, een president of armoede, daar waar Lidewij was, had ik gevoeld dat geluk echt bestaat. En dat geluk had een hond en die hond heette Diesel. Dat geluk woonde in Utrecht en kwam op vrijdag om zeven over acht aan met bus 119, om mijn leven te vullen.

Ik belde Calvin om naar hem toe te gaan.

'Hé Calvin, kan ik een paar nachten bij jou slapen? Ik ben weg uit de schuur.'

'Natuurlijk, Semmier. Maar je hebt dan wel een goede smokkelaar nodig.'

'Ben je in...'

'Ja, man. Canada.'

'Sinds wanneer?'

'Net, echt net. Ik heb een heel goed paspoort. De eigenaar zal de komende maand zijn verloren paspoort niet melden, dat heb ik met hem afgesproken. Ik kan het naar je toe sturen maar de foto gaat niet werken, helaas.' Hij lachte hard. 'Maar kom hiernaartoe, man.'

Ach, hoe hard had ik die jongen op dat moment nodig. Al was het maar een weekje.

Afgezien van de familie Van der Weerde waren er niet veel mensen die ik zou missen, maar voor ik ging, moest ik afscheid nemen van mevrouw Dotinga. Ik had haar de afgelopen tijd regelmatig bezocht. Gewoon voor de gezelligheid. Dat had ze me gevraagd, om af en toe een kopje thee met haar te drinken. Meestal bedacht ze terwijl ik er was een klusje en deed zo ongevraagd haar best om mij wat te laten verdienen aan mijn bezoek. Toen ik het gevoel kreeg dat mijn bezoekjes aan mevrouw Dotinga haar armer maakten en mij rijker, ging ik niet meer bij haar langs, maar belde haar soms alleen even.

Bij haar thuis aangekomen, zag haar hondje mij. Hij blafte luid achter het raam en toen hij zag dat ik het pad naar de voordeur nam, sprong hij weg en klonk het blaffen achter de deur. De rozenstruiken van mevrouw Dotinga zaten vol bloemknoppen, terwijl het nog koud was.

'Rustig, rustig,' hoorde ik haar krakende stem. Ze deed open en de hond keek mij aan, nog steeds blaffend. 'Wat leuk om je weer eens te zien, Semmier,' zei ze toen ze me zag. 'Je hebt je spullen meegenomen. Ga je het dorp verlaten?'

'Helaas wel,' zei ik met een brok in mijn keel.

'Lidewij heeft het erg moeilijk gehad. Misschien is de tijd niet rijp voor jullie om samen te zijn. Misschien later,' zei ze, zonder dat ik iets hoefde uit te leggen. Hoe snel verspreidden nieuwtjes zich in dit dorp. Ze keek naar mijn tas en de vuilniszak, waaraan de hond achterdochtig snuffelde.

'Waar ga je heen?'

'Ik had een vriend in Rotterdam, maar die zit nu opeens in Canada.'

'Calvin bedoel je?' Ik knikte. Even wilde ik weten of ze ook iets wist over de situatie tussen mij en Helma, maar ik wist niet hoe ik het gesprek daarop moest brengen. 'En waar ga jij heen?'

'Ik zou graag naar Zuid-Spanje gaan, maar dan heb ik andere papieren nodig.'

'Maar waar ga je nu dan heen?' vroeg ze weer.

'Nu weet ik dat nog niet, maar als ik zo meteen bij het station ben, weet ik het,' zei ik.

Er was iets in mevrouw Dotinga dat haar uit deed stijgen boven het dagelijkse leven en de dagelijkse babbel en de dagelijkse pijn, die herhaald wordt tot het geen pijn meer doet. Mevrouw Dotinga had de oorlog meegemaakt. Wellicht zorgde dat ervoor dat ik haar kon vertellen over de pijn in mij zonder die te hoeven verkleinen, om haar niet het gevoel te geven dat ik om medelijden vroeg. Wellicht was dat het waarom ze mij begreep, ook zonder woorden. Als ik iets pijnlijks had verteld, konden we kort daarna samen lachen. Zij begreep dat de hardste lach juist van een diepste pijn komt.

Met haar vredige oude ogen keek mevrouw Dotinga mij aan. Ze zag de pijn van het verlies van Lidewij. Omdat ik het niet wilde hebben over Lidewij, begon ik over Irak.

'De aanslagen,' zei ik, en vertelde over de terreur en de jihadisten en de angst die zij veroorzaakten. Terwijl ik daarover sprak kon ik alleen maar denken aan Lidewij. Aan de pijn van het idee dat ik misschien te overdreven had gereageerd en dat er niets aan de hand was, maar dat ik niet wist hoe ik het goed kon maken. Aan dat ik me verlamd voelde van binnen. Wat raar was, was dat de woorden over het drama in Irak ook konden vertellen over mijn drama met Lidewij. Nu ik daarover nadenk, schrik ik hoe diep de oorlog in mij zit. Dieper dan liefde en geluk. Ik had geen ervaring met liefdesverdriet, maar wel met pijn van oorlog, en op de een of andere manier leken die op elkaar.

Ik stond op om weg te gaan.

'Wat wil jouw ziel?' vroeg mevrouw Dotinga ineens. Een vraag die me in het verre noorden nooit eerder was gesteld. Toch hoefde ik niet lang na te denken over het antwoord.

'Weg van mensen, voor even. Een plek waar ik geen rekening hoef te houden met iemand anders.'

'Zou je daar nu heen willen?'

'Zo'n plek bestaat niet, en zeker niet in dit land,' zei ik.

'Misschien wel. Zodra je die plek echt nodig hebt, bel mij dan. Als je het nu wilt, geef me dan even de tijd om het te regelen.'

Ik had geen idee van de plek die zij in gedachten had, maar was bang dat ze een reservering zou maken bij een duur hotel dat haar veel geld zou kosten. Daarom ging ik. Ik nam de bus. Als je mij in die tijd zou vragen wat ik zou kiezen: koning worden in een Arabisch land, burgemeester op Bali, een ster in Hollywood, een gelukkige boeddhist in India of Diesel, zou ik zonder nadenken zeggen dat ik Diesel wilde zijn. Dan had ik meteen de mensheid verlaten, niet in een kist, maar met een staart. En dan zou ik altijd dicht bij Lidewij zijn. Dan zou het niet nodig zijn iets aan haar te geven om haar hart voor altijd te hebben. Alleen mijn hart en mijn staart zouden voldoen.

30

Ik nam de trein naar Utrecht, in de hoop Lidewij op het station tegen te komen, terwijl ik wel wist dat dat niet waarschijnlijk was. Maar die onwaarschijnlijkheid gaf mij in dit geval ook een beetje hoop. Op het Centraal Station dacht ik even dat ik haar kon bellen. Ik zocht in de telefoon naar haar nummer, maar durfde niet op het groene telefoontje te drukken, bang dat ze weer niet op zou nemen. Ik ijsbeerde van de achterkant naar de voorkant van het station en naar de taxi-uitgang. Toen greep ik mijn telefoon en belde haar zonder nog te twijfelen. Ik hoorde haar stem. Ze klonk ijskoud. Ik zei dat ik op Utrecht Centraal was. Daarna zweeg ik, in afwachting van haar reactie, maar toen de stilte erg lang duurde, durfde ik niet meer te vragen of ik haar kon zien. Ik wenste haar een goede dag en meteen wiste ik haar nummer uit mijn telefoon, zodat ik haar niet op een zwak moment toch weer zou bellen en haar koude stem zou horen.

Er was maar één plek in Nederland, waar ik naartoe kon vluchten. Het azc. Bij de receptie, waar ze niet-bewoners altijd vroegen voor wie ze kwamen, zei ik, zonder te checken of Abdoelsalaam er was, dat ik bij hem op bezoek kwam. Omdat hij degene was die het langste in het azc verbleef van ons allen, geloofde iedereen dat alleen een wonder hem uit het azc zou halen. Hij was er inderdaad nog en verbleef in dezelfde kamer. Het generaal pardon was er niet in geslaagd om het gebouw leeg te maken. Er waren misschien nog vijftig asielzoekers over. De afdelingen Geel, Groen en Blauw stonden leeg, alleen Oranje was nog open. Op dat moment had elke asielzoeker een kamer voor zich alleen en hoefde er nog slechts maandelijks gemeld te worden. De asielzoekers leken op dieren geboren in een dierentuin: ze beseffen niet dat de tralies geen deel van hen zijn. Ik liet mezelf zonder iets te zeggen op een van de vier bedden in de kamer van Abdoelsalaam vallen en hij gooide een deken over mij heen. Om drie uur 's nachts werd ik wakker. Abdoelsalaam lag te slapen. Zijn mond hing open alsof iemand er een druif in zou laten zakken. Hij snurkte niet constant, maar onregelmatig. Ik deed het licht uit en voor ik de kamer uitging, hoorde ik hem in het asielzoekers zeggen: 'Meneer Willem, vandaag niet zondag.'

Ik liep door de gangen van dat gebouw, zoals ik dat ook mijn eerste nacht lang geleden en vele nachten daarna had gedaan. Allerlei herinneringen schoten door mijn hoofd en ontnamen me mijn slaap, maar zorgden er ook voor dat ik niet meer door die gangen wilde wandelen. Ik besloot op bed te gaan liggen. Toen ik wakker werd, zag ik de ogen van Abdoelsalaam boven me hangen. In die paar maanden dat ik hem niet had gezien, leek hij grijzer en ouder geworden. Zou hij dit gebouw ooit verlaten?

'Hoe was het buiten het kamp?' vroeg hij mij nieuwsgierig.

'Abdoelsalaam, ga nooit weg van hier,' zei ik.

'Waarom niet?'

'Als je eenmaal weg bent, is het onmogelijk om hier terug te keren. Achteraf is dit misschien de beste plek voor ons.'

James kwam binnen. 'Hé broer, drie dagen geleden had ik een dagkaart zonder datum. Ik riep je overal. Semmier, Semmier! Bij de poort, bij de receptie. Ik wilde hem aan je verkopen voor vijf euro.' Voor James woonde ik nog steeds in kamer Oranje 139. 'En hé, je moet naar de receptie, want er is een brief voor jou van dat Russische sletje van 0124.' Bij de receptie was inderdaad een brief voor mij aangekomen van Jelena, maar die was inmiddels naar mijn officiële adres in Rotterdam doorgestuurd.

Abdoelsalaam maakte de linzensoep klaar die hij in die jaren in het azc heel goed had leren koken.

'Semmier, je bent veranderd. Waar heb je toch gezeten?'

Ik sliep de hele tijd. Als ik wakker was, kreeg ik thee of linzensoep van Abdoelsalaam. Naar buiten wilde ik niet en door de gangen van het azc lopen ook niet. De herinneringen maakten er tunnels van in mijn hoofd.

Terwijl ik in het azc best langer dan de twee toegestane nachten kon blijven, omdat er niet meer werd gecontroleerd, kon ik na een paar nachten niet meer. Ooit was dat gebouw genoeg geweest voor mijn lichaam, maar nu was het niet meer genoeg want het probleem waarvan ik dit keer ontsnappen wilde, zat in mijn hoofd. Het telefoontje van mevrouw Dotinga kwam dan ook als geroepen.

'Ben je op een plek waarnaar je op zoek was voor je ziel?' vroeg ze. Ik zei dat dat niet zo was. Nog diezelfde dag kwam een grijze, stille man voorrijden in de auto van mevrouw Dotinga. Zij zat ernaast, haar hondje achterin.

Na anderhalf uur stopten we bij een groot gebouw omringd door oude eiken. We waren aangekomen bij een klooster. Nooit eerder was ik in een klooster geweest. We beklommen een trap met brede treden en klopten aan bij een grote donkere houten deur. Binnen was in een ruime hal een glazen kantoortje gemaakt waar een computer, een printer, een koffieapparaat en een telefoon met fax op een bureau stonden. Een vrouw met azuurblauwe ogen, glimmend zoals die van nachtdieren als het licht erop valt, verscheen toen onze chauffeur een belletje liet rinkelen.

'Hallo mevrouw Dotinga,' zei ze.

'Dag Lea.' Het was in die stille wereld dat mevrouw Dotinga een kamer voor mij had geregeld. 'Hier kun je een tijdje blijven, Semmier. Zonder kloosterleven, dat zou misschien wat te veel voor je zijn.' Ze glimlachte teder. De hond reageerde met een grom, waarvoor de ruimte in het klooster als versterker werkte. Mevrouw Dotinga boog moeizaam en keek streng naar de hond.

'Hier niet. Sjjj,' zei ze en liet de hond haar vinger op haar lippen zien. 'Als je iets nodig hebt, bel Manfred,' zei ze tegen mij. 'Hij staat voor je klaar.' De stille chauffeur gaf mij zijn kaartje. Daarna lieten ze mij achter bij Lea van Dijk, de vriendelijkste receptioniste die ik ooit zou ontmoeten in de muzikaalste receptie, die mij naar mijn kamer bracht. Bij de kamer keek ze mij vriendelijk aan.

‘Mag ik even vragen wat er in die zak zit?’
‘Oude fotoalbums,’ zei ik. Ze glimlachte.
‘Fijne tijd.’

Daar zat ik dan. Op het eenpersoonsbed in een kamertje.

31

In het klooster had ik geen contact met de buitenwereld. Ik sliep op het bed, keek naar het kleine raam of naar de stoel en het tafeltje. De deur van het kamertje kwam uit op een hoge gang met meer deuren, en de gang kwam uit in een ruimte waar een koelkast en een robuuste eettafel stonden. Achter een luik in een muur was een keuken. Op het moment dat ik er de eerste keer binnen liep, was er niemand. Het leek een plek die gebruikt werd door mensen die ergens anders woonden, want van medebewoners zag ik in eerste instantie niets. Soms hoorde ik een vrouwelijke stem vanuit de eetruimte. Dan wachtte ik tot het stil werd en pas dan ging ik erheen om iets te eten of te drinken, of wat fruit of een koekje te pakken, dat er altijd klaar stond.

De eerste dagen gingen voorbij terwijl ik in mijn kamer aan het tafeltje probeerde vulpennen te repareren, maar ik brak de penpunten of beschadigde de pennen, omdat mijn gedachten telkens naar Lidewij gingen. Ik bladerde door de fotoalbums om even weg te raken van mijn gedachten, maar ook daarmee lukte dat niet. Lidewij, die misschien in een kroeg op het Domplein zat te babbelen over Daniëlle of Diesel, beheerste mijn gedachten, zodat er geen ruimte was voor iets anders en er niets uit mijn handen kwam. Hoe erg is verliefdheid.

Een keer hoorde ik gezang. Klassieke liederen. Zacht opende ik de deur van mijn kamer zodat die niet piepte en liep op mijn tenen richting de muziek. Ik liep tot in de receptie en zag door de ramen van het kantoortje dat Lea aan het zingen was. Ik ging op de stenen bank in de hal zitten en luisterde vanaf die dag altijd naar de liederen die Lea tijdens haar lunchpauze zong.

Ik leefde buiten de tijd in dat klooster. Ik weet niet welke dag van mijn verblijf ik in de eetruimte zat, toen een oude grijze man binnenkwam. Hij knikte vriendelijk en groette mij. Ik vroeg me af wat ik moest zeggen als hij me zou vragen wat ik daar aan het doen was. Ik dacht dat het vreemd was voor mij als moslim om in een klooster te zijn om rust te krijgen, maar de man vroeg alleen of ik iets wilde drinken. Ik zei dat ik niet wilde. Daarna kwam een meisje binnen met een rond gezicht. Ze heeft zich toen aan me voorgesteld, maar ik moet je eerlijk zeggen dat ik na al die jaren vergeten ben hoe ze heet. Je zult je sowieso misschien afvragen waarom ik vertel over mijn korte verblijf in het klooster, maar die dagen waren belangrijk voor mij.

Het meisje zal ik Mirjam noemen, omdat die naam me elke keer te binnen schiet als ik aan haar denk. Ze groette de grijze man en zei 'u' met groot respect. Nu zaten we met z'n drieën aan tafel. Het meisje en de man met een kop koffie, ik zonder. Er heerste een prettige stilte die soms werd bekrast door een vrouw in de keuken.

'Ben jij een non?' vroeg ik Mirjam. Ze glimlachte eerst een beetje, en toen dat niet genoeg was voor wat ze voelde, lachte ze hardop. Ook de oude man begon te glimlachen.

'Lichamelijk wel,' zei ze. 'Maar geestelijk helaas niet.'

'Ben jij dan een monnik?' vroeg ik de man.

'Priester.'

'Wat is dat? Een man als hij non is?' vroeg ik. Mirjam schoot opnieuw in de lach.

'Een... priester... is de...,' zei de man met een trage stem. Ik kon hem niet laten uitpraten, want in dat klooster waren de zinnen langzaam en had je geduld nodig om het helemaal te horen. En geduld was niet mijn beste eigenschap.

'Is hij de dominee van de katholieken?' zei ik alsof ik een kind was dat op de basisschool aan de juf wilde laten zien dat hij alles wist.

'Zoiets,' zei de oude man glimlachend. Hij begon te hoesten. De hoestbui duurde lang en zijn gezicht werd rood. Daarna werd hij stil en trok het rood weer uit zijn gezicht. Een vrouw uit de keuken riep iets, waarop hij opstond, ons knikkend groette en ging.

‘En jij? Wie ben jij?’ vroeg Mirjam aan mij.

‘De laatste ex van Lidewij, als je dat zo kan noemen. De eerste ex gooide zichzelf onder de trein en ik eindig in een klooster.’

‘Ben je hier om die Lidewij uit je hoofd te zetten?’

‘Nee, ik besloot de eerste en de laatste moslim-monnik ter wereld te worden.’

‘Interessant,’ zei ze.

‘En jij? Waarom ben jij hier?’

‘Om mijn scriptie af te maken.’

Later in mijn kamer dacht ik: komen de studenten in Nederland naar een klooster om hun scriptie af te maken? Maar toen ik wat langer in het klooster was en Mirjam prettig gezelschap bleek, leerde ik haar verhaal kennen. Haar moeder was per ongeluk zwanger geraakt van haar. De vader had het kind niet gewild en zij had zelf ook getwijfeld of ze de baby wilde houden, maar nadat ze een weekend in dat klooster verbleef om er goed over na te denken, besloot ze het kind, Mirjam dus, te houden. Voor Mirjam voelde het alsof dat klooster de reden was van haar bestaan. Zonder de rust die haar moeder er kreeg, was ze er wellicht niet geweest. Vanaf haar negentiende was Mirjam regelmatig te gast in het klooster, voor een paar dagen of langer. Ze nam mij mee naar de kamer waar haar moeder had geslapen toen ze zwanger was. ‘Hier, op dit bed sliep ze toen. Hier besloot ze dat ik zou blijven bestaan. En nu slaap ik er. Te gek, toch?’

De aanwezigheid van Mirjam was sterker dan de stilte van het klooster. Ze was een goede reden om die te verbreken. Ze lachte altijd, of er hing een glimlach om haar mond. Ze was zacht en aardig. Ze was slim en straalde de rust uit die het klooster ook uitstraalde. Ik wandelde met haar tussen de eiken die het klooster omringden of in de boomgaard. Zo was het klooster niet helemaal stil, maar na Mirjams vertrek – haar scriptie was nog niet helemaal af, maar ze zei dat het goed zou komen – trad toch de stilte in. Nog nooit had ik zo lang gezwegen. Dag en nacht. Zonder iets te zeggen, maar vooral ook zonder dat het nodig was om iets te zeggen. Terwijl mijn kamer maar klein was, dacht ik geen seconde dat het een hostel was of een cel. Het was de enige kamer waar je de oppervlakte kon tellen in geest en niet in vierkante meters.

Ik had ervaring met het verlies van dierbaren door de oorlog, of door de vlucht. Altijd volgde een immense pijn, maar daarna kwam ook altijd een soort opluchting. Met Lidewij leek dat niet zo te gaan. Zij was voor mij toen ik haar ontmoette niet het water dat me redde van een beetje dorst, maar van de woestijn. Lidewij vulde mijn gedachten en ook als ik niet aan haar dacht, drong het tot mij door dat ik niet aan haar dacht. Tot mijn verbazing miste ik haar als ik werd afgeleid van het denken aan haar. Alsof de pijn door het verliezen van Lidewij de verbinding met haar was. In het klooster wilde ik aan haar denken en me de hele tijd op haar concentreren, juist zodat het de grootste pijn zou doen, omdat ik dacht dat ze daarna uit mijn gedachten zou verdwijnen. Zoals een pleister die je in een keer van een wond aftrekt.

Na een week of twee voelde ik dat ik in een verdriet zou zinken waarvan ik niet wist hoe lang het zou duren. Misschien wel voor altijd. Ik besefte dat ik met Lidewij niet één grote pijn voelde, die eens zou oplossen, maar grote pijnen die bleven terugkeren. Daarom besloot ik mijn verlies van Lidewij te negeren en ik voelde dat het daarvoor nodig was het klooster te verlaten. Want in de buitenwereld zou ik geen tijd hebben om aan haar te denken. Daar moest ik werken om te overleven.

Eenentwintig dagen verbleef ik in dat klooster. Precies de tijd die het kuikentje doorbrengt in een ei om zichzelf te bouwen. Ik kwam erachter dat de problemen die ik altijd had, de juiste problemen waren voor mij, dat ze bij mij pasten. En het enige wat ik moest doen was geen medelijden met mezelf hebben maar doorgaan. Ik kwam het klooster niet beter en niet slechter uit, maar precies als wie ik was en dat was het beste wat ik kon bereiken.

Ik belde mevrouw Dotinga om te vertellen dat ik het klooster zou verlaten. Ze zei dat mijn stem beter klonk en dat was ook zo. Daarna durfde ik haar niet meer te bellen. Ik had altijd het gevoel dat het, als ik haar belde om haar te bedanken, nooit genoeg kon zijn. Een jaar na mijn vertrek uit het klooster hoorde ik van Mieke dat mevrouw Dotinga overleden was.

Lea gaf me bij de receptie een envelop van mevrouw Dotinga. Daarin zat een kaartje en wat geld, bedoeld om, in haar woorden, die ik zelf niet kon lezen vanwege haar ouderwetse handschrift, maar die Lea – ook met moeite – voorlas: *weer op je eigen benen te leren staan*. Maar ik kon op dat moment al staan en zelfs al lopen.

32

Ik heb voor je geschreven en zal voor je blijven schrijven in de verleden tijd. Over wat gebeurde en voorbij is. Dat geldt niet voor Lidewij. Ze is de enige in dit boek over wie ik heb geschreven en zal schrijven zonder dat ze voorbij is.

Ik had lang geloofd dat liefde de oplossing van mijn leven kon zijn, maar na mijn ervaring met Lidewij wist ik dat liefde niet de oplossing was maar juist het probleem. Het idee dat ik na elke mislukte ervaring in de liefde met een Nederlandse vrouw naar een klooster zou moeten gaan om mezelf opnieuw op te bouwen, beangstigde mij. Ik zou na een paar verliefdheden op Nederlandse vrouwen een monnik zijn geworden.

Lea legde mij uit waar de bushalte was, waar eens in het uur een bus voorbijkwam. Wandelend naar de bushalte, tussen mais dat de landerijen groen kleurde en over niet al te lange tijd de horizon zou verstoppen, dacht ik: ik moet dit land uit... Ik hees de zeilen, maar de wind kreeg er geen vat op.

Daar liep ik dan. Mijn verblijfsvergunning stond op een A4'tje, maar ik had geen pasje. Ik had een verblijfsvergunning in de computer van de IND, maar niet in mijn zak. De vis zwom nog in de oceaan en lag niet in mijn oven.

Na de bus nam ik de trein naar Amsterdam omdat ik dacht dat ik na het klooster in die stad zou kunnen verdwalen. Maar ook om te verdwalen in Amsterdam heb je geld nodig. Van straat naar straat liep ik, en Amsterdam was overal dorstig en hongerig naar euro's. Het is een enorme stad, waar je op elke straathoek wordt gevraagd wat je wilt hebben, en waar je alles kunt krijgen als je maar betaalt. Maar als je niet kunt betalen, kun je ook niets vragen. Er waren gespierde jongens in sportkleren die me vroegen of ik hasj wilde, of pillen, of een vrouw. Als ik zei dat ik een goedkope plek zocht om te slapen, wezen ze allemaal naar een kant: het Centraal Station.

Ik stond op het Centraal Station, mijn tas op mijn rug en de vuilniszak met fotoalbums in mijn hand, en keek op het grote blauwe bord naar de vertrektijden van de treinen, zonder te weten welke ik zou nemen. Mijn oog viel op een trein die twaalf minuten vertraging had.

'Dat is míjn trein,' zei ik tegen mezelf. 'Hij heeft twaalf minuten op mij gewacht.'

Zoals veel asielzoekers kocht ik een kaartje met veertig procent korting, terwijl ik geen ov-kortingskaart had. Omdat bijna elke Nederlander een kortingskaart had, waarop drie mensen met korting konden meereizen, was het doorgaans geen probleem iemand te vinden die al in de trein zat en van wie je die mogelijkheid kon gebruiken als je ernaar vroeg. Ik liep de trein in en zag een meisje dat een boek las met de titel *Hoe God verdween uit Jorwerd*. Ze was ongeveer halverwege. Ik ging naast haar zitten. De titel van dat boek intrigeerde mij. Daardoor had ik niet zo op haar strenge gezicht gelet. Ze wierp een korte blik op de vuilniszak naast mij en keek vervolgens alsof ze net kilo's uien had geroken.

'Ken je nu de halve reden van het verdwijnen van God uit Jorwerd?' vroeg ik haar, om eerst een praatje te maken en daarna te vragen of ik op haar kortingskaart kon meereizen. Geërgerd keek ze op. Meteen zag ik dat ze niet iemand was met wie je kon beginnen over meereizen op een kortingskaart. Ik wilde opstaan en verder zoeken toen de conducteur al voor me stond.

'Uw vervoersbewijs, alstublieft,' zei hij. Ik gaf hem mijn kaartje en hij keek erop. 'En uw kortingskaart, alstublieft.'

'Ik reis met haar,' zei ik en wees naar het meisje naast me.

'Nee,' zei ze kortaf en angstig.

'Het spijt me, meneer, u zult een nieuw kaartje moeten kopen zonder korting en u krijgt bovendien een boete van 35 euro.' Het meisje sloeg haar boek weer open en ging verder met lezen. Ik betaalde de conducteur 22,50 euro vol tarief voor het kaartje zonder korting en de boete van 35 euro. De conducteur controleerde het kaartje van het meisje en ging verder.

'Sorry dat ik de conducteur zomaar vertelde dat ik samen met jou reisde,' zei ik tegen haar.

'Geeft niet,' snauwde ze en las verder.

'Ik reis altijd met een kaartje van mezelf en een kortingskaart van anderen,' ging ik door om uit te leggen dat mijn verzoek helemaal niet zo vreemd was en ik glimlachte erbij, om te laten zien dat ik haar niets kwalijk nam. 'Ik kan zelf geen kortingskaart kopen, want ik heb het pasje van de IND nog niet. En reizen met vol tarief is zo duur.'

'Wat zegt u?' zei ze. Ik herhaalde het, maar ze begreep me niet. Toen begon ik maar in mijn slechte Engels en dat leek ze beter te begrijpen. De woorden die ik in het Engels niet kende, zei ik in het Nederlands en daarna ging ik verder in het Nederlands, wat ze opeens wel begreep. Het Engels was mijn deur om Nederlands met haar te praten. Ik vertelde haar dat ik naar dezelfde stad ging als zij, omdat de trein twaalf minuten vertraging had gehad. Ik bleef babbelen, terwijl ik zag dat ze terug wilde naar het boek, en zei dat ik niemand kende in die stad en de stad zelf ook niet. Dat ik een klein en goedkoop kamertje zocht, liefst als onderhuurder, omdat ik het pasje van de IND niet had om een huurcontract te ondertekenen. Ze luisterde zoals een tandarts naar de radio luistert terwijl hij een kies trekt. Ik had geen idee of ze geïrriteerd was of geïnteresseerd.

Toen stopte ze het boek in haar tas en begon de laatste twintig minuten van de reis te praten. Ze heette Christel. Ze was onderweg naar Nick, op wie ze hopeloos verliefd was. Als ze zijn naam zei, begonnen haar ogen al te stralen. Terwijl ik geen gebruik had kunnen maken van haar kortingskaart, gebruikte ik daarna iets van veel grotere waarde: haar hart.

'Kom mee,' zei ze op het perron toen we aangekomen waren. Daar wachtte Nick op haar. Hij was zo verliefd dat hij niet schrok toen hij haar zag verschijnen met een asielzoeker met een vuilniszak. Nick zoende Christel en Christel hem en ik stond wat ongemakkelijk naast hen. Ik draaide me de andere kant op, om ze hun privacy te gunnen, en zag op een van de stationsklokken dat hun zoen drieënhalve minuut duurde. Daarna hoorde ik Christel aan Nick vertellen dat ik een klein en goedkoop kamertje zocht.

'Toevallig heb ik een vriend die een piepklein kamertje heeft in een studentenhuis. Is dat oké?' vroeg hij, nadat we elkaar een hand gaven. Ik knikte. Nick belde zijn vriend die Harro heette, maar kreeg hem niet te pakken. Ze vroegen mij om met hen mee te gaan, tot ze Harro hadden bereikt, maar ik gaf ze mijn telefoonnummer en zei dat ik wel op het station zou wachten.

Toen ik ze weg zag lopen, dacht ik dat ze zouden verdrinken in hun verliefdheid en dat ze die asielzoeker met zijn vuilniszak op het station zouden vergeten. Ze waren de enigen die ik in die stad kende. Nog geen halfuurtje later belde Nick dat hij eraan kwam.

'Hé Harro, hier is...,' zei hij toen hij even later naast me stond en Harro belde. Hij vroeg me mijn naam.

'Semmier.'

'Hier is Semmier. Hij heeft een kamertje nodig. Heb je de huisbaas gebeld dat er iemand geïnteresseerd is in de kamer...? Ja. Ja, ik zal het even zeggen.' Hij richtte zich weer tot mij. 'Het is een kamer van twee bij drie, is dat niet te klein?'

'Nee, dat is perfect,' zei ik.

'Ja, Harro, geen probleem. Ja, twee bij drie. Oké, die sms ik je zo. En dan bel jij hem? Top. Ja, doen we. Later.' Hij richtte zich tot mij. 'Harro zal je bellen. En als hij dat niet doet, bel je mij terug, oké?' Hij gaf me een hand en ging. Nooit zag ik een wonderbaarlijker verliefdheid zoals die van Nick. Het veroorzaakte niet alleen vlinders maar ook goedkope kamertjes.

33

Tien minuten later belde Harro en vroeg mij om half vijf te wachten bij de deur van Molenweg 26. Het was niet ver van het station en ik stond er op de stoep, voor een groot raam. Ik zag een kamertje met een wastafel en donkerblauwe vloerbedekking, de smerigste die ik ooit had gezien. Ik was er veel te vroeg en liep elke keer even een rondje, zodat de buren die al door het raam gluurden, niet bang zouden worden. Om half vijf stopte er een grote auto met een kooi achterin, waarin een grote hond zat.

'Ben jij de nieuwe huurder?' vroeg de man, terwijl zijn blik aan mijn vuilniszak bleef hangen.

'Ja.'

'Ook student?'

'Zoiets.'

'Wat studeer je?

'Nederlandse taal.'

'Aha, ik begrijp het, want wat je zegt is moeilijk te volgen Nederlands voor mij.' Hij lachte. Ik moest juist heel goed naar hem luisteren om te begrijpen wat hij zei. Hij was een man van in de zeventig. Sterk, net als de Nederlandse boeren, en praktisch, net als de Nederlandse boeren.

'Waar woonde je hiervoor?'

'In een klooster,' zei ik.

'Wat?' Hij keek me aan, zocht daarna in een bos met minstens veertig sleutels naar de juiste en voor ik duidelijk kon maken waar ik vandaan kwam, deed hij de deur open en gingen we naar binnen.

'Het mag, de muren schilderen en nieuwe vloerbedekking erin. Maar pas op. De gordijnen mogen niet lager komen dan de vensterbank in verband met de gaskachel.' Hij herhaalde nog een aantal keer dat de gordijnen niet zo laag mochten hangen dat ze de gaskachel raakten, anders zouden acht studenten en ik levend verbranden.

'Nee, niet negen mensen, de halve Molenweg, als het 's nachts gebeurt,' zei hij. 'Kijk, die studenten doen niets anders dan zuipen. Ze vergeten ook vaak het gas in de keuken. En als het huis in de fik vliegt, denk maar niet dat ze wakker worden, hoor. Die liggen in coma, tot ver in de ochtend. Op welk nummer van de Kloosterstraat woonde je?

'Niet in de Kloosterstraat, maar in een klooster,' zei ik.

'Ja, ja. Ik begrijp wat je zegt, maar welk nummer?'

'139,' zei ik.

'En waarom ben je verhuisd?'

'Ik had een relatie met een meisje, enne...' Ik dacht aan een naam en een verhaal om te vertellen.

'Ik hoef niet alles te weten, hoor,' zei de man, die in het midden van het kamertje stond, maar hij vroeg toch opeens: 'Maar hoe heet ze?'

'Lidewij,' ontschoot me. Hij draaide zich om en liep de gang in, zonder verder iets te zeggen over de kamer. In de gang stonden een stuk of vijf fietsen, je kon er nauwelijks langs.

'Het is absoluut verboden hier fietsen neer te zetten,' zei hij. 'Fietsen moeten buiten op de stoep. Maar niet tegen het raam.' Naast de deur van de kamer rechts was de keuken, daarnaast een wc. Hij wees naar boven en vertelde dat daar op de eerste verdieping de douche was. Ik hoorde een kat.

'Huisdieren zijn verboden,' zei de man. 'Geen huisdieren.' Er verscheen een kat op de trap en daarachter nog een. Hij boog zich, aaide ze en keek daarna streng naar mij. 'Huisdieren zijn strikt verboden.'

Hij liep weer voor me uit naar het kamertje, wees naar de gaskachel en zei nogmaals dat de gordijnen zeker niet dicht bij de kachel mochten komen.

'Je identiteitskaart dan nog.'

'Heb ik niet.'

'Paspoort?'

'Ook niet.'

'Bankrekeningnummer?'

'Heb ik niet.'

'Wat was je vorige adres?'

'Kloosterstraat 139.'

'Oké, volgende keer, volgende keer,' zei hij. 'De huur is 285 euro per maand. Ik geef je zo het rekeningnummer. Betaal voor de vierentwintigste.'

'Kan ik ook cash betalen?' vroeg ik.

'Waarom?'

'Ik wacht op een pasje van de IND en als ik dat heb, kan ik een bankrekening openen.'

'Hoe lang duurt dat?

'Geen idee. Maar hopelijk niet zo lang,' zei ik. Hij keek me twijfelend aan.

'Ik ben civiel ingenieur. Als iets hier kapot is, kan ik het repareren.'

'Dan is de huur 250 euro. Als een student over je klaagt, heb je een maand om te vertrekken. O ja, ik vraag een maand huur als borg. Heb je 500 euro?'

'Heb ik.' Ik pakte de envelop van mevrouw Dotinga en gaf hem 500 euro. Hij zag dat er niet veel geld meer in de envelop achterbleef, dus gaf hij me 250 euro borg terug. 'Zonder borg, maar zonder problemen. En denk aan de gordijnen.'

'Meneer Hofkamp,' klonk een meisjesstem aan de andere kant van de gang. 'De afvoer in de keuken loopt niet door.'

'Hallo Marga,' zei hij luid. Hij keek me aan, gaf een knipoog en riep naar het meisje: 'Bel me vanavond maar als het nog niet is opgelost.'

Toen meneer Hofkamp weg was, ontstopte ik de afvoer. Uiteindelijk loste ik elk probleem in het huis op, tot de huur daalde naar 200 euro per maand. Ik zag meneer Hofkamp eens per maand. Dan kwam hij de huur halen, maar ik kreeg het gevoel dat hij ook kwam om even te kletsen. Hij vroeg naar het leven van mijn familie in Bagdad, hoeveel geld ik opstuurde en hoeveel geld ik verdiende in Nederland. Soms gaf hij me geld terug van de huur, om op te sturen. Ook toen ik stopte met vertellen over de situatie in Irak, zodat hij niet dacht dat ik de huur niet kon betalen, nam hij uiteindelijk 150 euro per maand. Ik zal nooit vergeten dat hij me diep aankeek en zacht zei: 'Ik ken de oorlog...'

Mijn leven in het studentenhuis begon dus met het repareren van een gootsteen. Harro heb ik uiteindelijk nooit ontmoet, maar Nick en Christel bleef ik af en toe zien. Ik had toen nog niet door dat ik in een vulkaan van gekte terecht was gekomen. Maar ik had de beste huisbaas die ik me maar wensen kon, een kamertje van twee bij drie meter met een wastafel en acht huisgenoten die ik nog niet kende. Rijker ben ik nooit geweest.

34

Over het studentenleven in Nederland had ik geen enkel idee. Zelf was ik ook student geweest aan de universiteit voor civiele bouwkunde in Arbil, zoals de Arabieren het noemen, of Hawleer, zoals de Koerden het noemen.

Naast de universiteit stonden twee gebouwen, één met een hoge muur met prikkeldraad eromheen. Hier woonden de vrouwelijke studenten. Het gebouw zonder muur was voor de mannelijke studenten. Na acht uur 's avonds was het voor een meisje verboden om naar buiten te gaan, behalve als er een acute medische reden was. Daarom had elke studente met een afspraakje een ambulance nodig om naar haar date te gaan. Het gebeurde dat meisjes voedselvergiftiging hadden of blindedarmontsteking, en dat de ambulance naar het gebouw kwam om het meisje op te halen. Halverwege het ziekenhuis was de pijn dan over en stapte het meisje gezond de ambulance uit. Een van de chauffeurs van de ambulance stond erom bekend dat hij aardig was en de meisjes vroeg waar haar date was, om haar in plaats van naar het ziekenhuis, daarnaartoe te brengen. Een man kwam het gebouw nooit in, behalve tijdens de vakanties om iets te repareren.

In het gebouw voor de jongens woonden verschillende studenten uit heel Irak en een paar internationale studenten. Dat waren er hoogstens vijftien. Hun ouders waren lid van de Ba'athpartij in andere Arabische landen. Zij kregen van Saddam Hoessein een beurs om in Irak te studeren en te verblijven. De slaapkamers deelden we met z'n vieren. Aan het begin van het jaar werden er altijd twee Arabische en twee Koerdische studenten bij elkaar gezet. Een maand later wisselden we stiekem van kamer, dan verbleven de Arabieren bij de Arabieren en de Koerden bij de Koerden. Nog later werd er weer gewisseld: een Koerd ging naar de kamer met Koerden die zijn dialect spraken en de Arabieren gingen naar de kamer met studenten die hetzelfde geloof hadden, soenniet, sjiiet of christelijk. Regelmatig vonden er vechtpartijen plaats in het gebouw. Als twee Arabieren vochten, of twee Koerden, dan werd het opgelost door de groep. Maar ontstond er een vechtpartij tussen een Koerd en een Arabier, dan breidde het gevecht zich uit. Het gebouw was niet alleen een studentenflat maar ook een vechtsportschool voor boksen, karate, jiu-jitsu, kungfu, wat je maar wilde. In dat gebouw leerde ik wat mensen bij elkaar brengt. Niet religie of afkomst, maar eten, muziek of literatuur. Ontmoeting door eten duurt een maaltijd. Ontmoeting door muziek duurt een concert. Ontmoeting door literatuur duurt een leven lang.

Altijd al hield ik van eten, ik speelde gitaar en op de universiteit begon ik nog meer van boeken te houden. Daarom kreeg ik vrienden uit alle bevolkingsgroepen en religies. We waren een groep van zes of zeven studenten. Wij hoorden bij iedereen en bij niemand. We lazen boeken. Als de vechtpartijen in het gebouw begonnen, viel niemand ons lastig, want wij waren bevriend met iedereen. Het gebeurde vaak dat ik me rustig bij de douches stond te scheren terwijl achter mij de Koerden en Arabieren elkaar molesteerden. 's Avonds zag ik dezelfde vechters dan samen zitten eten in het enige kebabrestaurant dat betaalbaar was voor een student.

Aan de Molenweg 26 moest ik vaak terugdenken aan ons studentenhuis in Arbil. Ik was blij dat de afvoer in de keuken verstopt was, want daardoor kon ik in dat kamertje wonen zonder huurcontract. Wel dacht ik vaak aan de woorden van huisbaas Hofkamp dat er niet over mij geklaagd mocht worden. Daarom liet ik me zo weinig mogelijk zien in de gang en de keuken.

Ik was bezig met het aanrecht, toen ik hoorde dat er iemand de keuken in kwam. Ik draaide me om en zag het meisje dat Marga heette. De linkerhelft van haar haar was halflang geknipt, de rechterhelft hing tot over haar schouder. Het eerste wat ik zag waren haar konijnenpantoffels. De zachtheid van de pantoffels en haar fluwelen pyjama waren niet voldoende om haar gezicht zacht te maken. Ze vroeg me chagrijnig hoe lang het nog duurde.

'Hooguit een halfuurtje,' zei ik.

'Okeeeee,' zei ze en ging. Na een halfuur kwam ze terug. Inmiddels stonk het behoorlijk in de keuken, want ik had de zwanenhals onder het aanrecht geopend en die was gevuld met rottend eten. Marga kneep met haar gezicht terwijl ze mij aankeek, alsof ik het was die de keuken met stank vulde. Ik begon me te haasten en nog een halfuur later was het aanrecht weer bruikbaar. Zij kwam terug, zette de afzuigkap aan en opende het raam. Ondertussen keek ze mij aan met een blik waarmee ze leek te willen zeggen dat het nu toch weer beter had moeten ruiken, maar ja, ik stond er nog.

Ze dacht vast dat ik de klusjesman was, en niet dat ik in dat kamertje kwam wonen, waarvan ik later hoorde dat geen student het er langer dan drie maanden volhield, omdat het zo klein was.

'Of kom je soms ook hier wonen?' vroeg ze, toen ze zag dat ik de deur naast de keuken in wilde gaan. Mijn contact met haar bleef ongemakkelijk, en vaak had ik het gevoel dat ze vond dat ik stonk als ze naar me keek, zelfs als ik net onder de douche vandaan kwam.

De eerste dagen was ik bezig met de inrichting van mijn kamer. Het belangrijkste was om niet te lange gordijnen te vinden. Mijn kamertje lag pal aan de stoep en het was onmogelijk er te slapen zonder gordijnen. Dat was zoiets als in een plastic badje in een overvolle trein liggen. Die eerste dag ging ik naar de kringloopwinkel in de buurt en kocht een kussen, twee witte lakens vol vlekken en een deken, alles bij elkaar voor nog geen vijf euro. Als ik een karretje had gehad, had ik ook een eenpersoonsmatras gekocht voor een tientje, maar voorlopig had ik genoeg. Ik hing een van de lakens voor het raam als gordijn, en inderdaad, al binnen een halfuur rook ik brandlucht. Het laken schroeide aan de onderkant. Snel knipte ik het korter, zodat het ver boven de gaskachel hing.

Al voor de zon van mijn eerste dag in het studentenhuis onderging, had ik door hoe gastvrij de Nederlandse straten zijn. In de verhalen van *Duizend-en-een-nacht* was er een magische lamp, waarop je moest wrijven om een geest te laten verschijnen. Die geest vraagt dan wat je wilt en maakt het voor elkaar. Maar de straten van Nederland zijn nog magischer. Op elke hoek vind je wat je maar nodig hebt. Wil je een magnetron? Even goed zoeken. Wil je vier eetstoelen, binnen een week heb je ze bij elkaar. Een eettafel? Geen probleem.

Binnen de kortste tijd had ik mijn inrichting bij elkaar. Ik zag bij een prullenbak een televisie staan. Ik dacht dat hij het niet meer zou doen of zwart-wit was, maar nam hem mee, en hij deed het, en nog in kleur ook. Ik ging van straathoek naar straathoek en van prullenbak naar prullenbak en vond allemaal verrassingen. Een tafeltje, een zwart stoeltje met gebroken poot. Een omafiets zonder slot, zonder zadel en zonder lucht in de banden. Ik nam het allemaal mee naar mijn kamertje. Zo leerde ik die eerste dagen vele prullenbakken kennen. Het enige wat ontbrak, was een matras. Ik vond er geen, maar de matras vond mij.

Een overbuurvrouw wenkte mij. Ze zei dat ze had gezien dat ik allerlei spullen naar binnen had gebracht en dat ik vast nog een matras nodig had. Ik knikte. Ze liep voor me uit naar het schuurtje achter haar huis. Ik was blij dat ik die eerste dag een laken had opgehangen als gordijn, anders had deze vrouw me vast ook verteld wat voor onderbroek ik aan had.

In de schuur vroeg ze mij of ik ook een vriendin had. Om me duidelijk te maken dat het een puur praktische vraag was, wees ze naar twee matrassen, een een- en een tweepersoons.

'Ik heb geen vriendin,' zei ik.

'Neem dan deze,' zei ze. 'En als je een vriendinnetje krijgt, kom hem dan gerust ruilen voor die tweepersoons.' Ze gaf mij ook een ouderwetse elektrische stofzuiger, hoeslakens voor de matras en nog twee kussen en wat handdoeken. En ook een koekenpan en drie borden, wat lepels, vorken en messen, een elektrische typemachine met A4'tjes, twee oude fietsen, gereedschappen, theekoppen en kleine espressokopjes, een doos vol sapglazen, bierglazen en wijnglazen, een sappers, een dikke oude telefoongids, een regenjas, een mixer, een infraroodlamp, een EHBO-doos, een paar leesbrillen, een boek over Rome en een over Brazilië, met notities erin. Ik werd de opruiming voor haar schuur en zij de drukte in mijn kamertje. Elke keer als ze mij zag, riep ze mij, liepen we naar de schuur en gaf ze mij iets. Als ik haar niet had overtuigd dat ik niet van plan was bejaard te worden in de komende dagen, had ze mij de rollator gegeven die haar moeder had toebehoord.

De overbuurvrouw heette Connie Tichelaar, haar man heette Bram. Ongelofelijk hoe deze vrouw al meer dan veertig jaar met die man onder een dak kon wonen. Het gekste was dat ze niet doorhadden dat ze allang geen partners meer waren, maar ruzie.

35

Elke keer als Connie mij het huis uit zag komen, en ik leek niet gehaast, klopte ze op haar raam en wenkte me. Dan vroeg ze eerst of ik iets nodig had uit haar schuur en nodigde mij daarna uit om thee te komen drinken. Als ik binnenkwam merkte ik meteen of zij en Bram net ruzie hadden gehad, nog steeds ruzie hadden en even pauzeerden, of dat er zo een ruzie zou uitbreken. Na een paar keer kwam ik tot de conclusie dat hun leven met elkaar gewoon één lange ruzie was.

De keren dat ik bij Connie en Bram op bezoek was, leken zo op elkaar dat elk van de bezoekjes de eerste keer kon zijn. Ze schonken thee om drie uur 's middags en om acht uur 's avonds. De eerste keer dat ik er op bezoek kwam, was om acht uur 's avonds. In de woonkamer zag ik de elektrische rolstoel van Bram staan, en nog een gewone, die Bram gebruikte om zijn spieren te trainen. Bram leek droevig. Connie zette een klein schoteltje voor me neer met twee engeltjes erop waar het theezakje op kon. Ik twijfelde of ik Bram iets hoorde zeggen, of misschien zei hij iets dat alleen Connie kon horen. Of misschien zei hij niets, maar zou hij zeker iets zeggen dat Connie zou irriteren.

'Wacht even, ik ben met Semmier aan het praten,' zei Connie met een ingehouden woede, alsof wij net aan het praten waren. Bram mompelde weer iets onbegrijpelijks. 'Ik zei toch dat wij aan het praten zijn. Kun je niet even wachten?' zei Connie. Nu was de woede minder ingehouden. Ze draaide zich naar mij toe en zei heel zacht, met een soort woedende rust, zodat ze tijd had om haar woede te laten verdwijnen: 'Dat doet 'ie nou altijd. Als ik met iemand praat, houdt hij daar geen rekening mee.'

Bram zweeg en Connie ook even, en daarna vroeg ze mij opeens waarover we het ook alweer hadden. Ik wist niet hoe ik haar moest antwoorden. Moest ik zeggen dat we niet eens aan het praten waren? Dan zou ze misschien ook boos worden op mij.

Achteraf vind ik het dom van mezelf dat ik niet wist wie de vogel was en wie de kooi. Ik dacht namelijk dat Connie de kooi was voor Bram, maar toen ik veel later door de fotoalbums van de familie van Connie bladerde, besefte ik dat het anders in elkaar zat. Bram had haar stamboom van lachen beëindigd.

Er waren geen mensen in het leven van Connie en Bram, en er waren geen gebeurtenissen. Ze hadden behoefte aan praten, maar dat was lastig, want babbelen over iets dat niet gebeurd was, werkte niet. Na hooguit drie koppen thee was ik leeg en had ik niets meer te vertellen. Connie had een ijzersterk geheugen. Als ik iets voor de tweede keer vertelde, zei ze meteen, lichtelijk geïrriteerd: 'Klopt, dat had je donderdag al gezegd.' Of, als ik het verhaal iets anders vertelde: 'Maar toen zei je dat...' En dan verbeterde ze mij. Door haar controle had ik steeds minder te vertellen. Als ik bij hen op visite was, voelde dat niet als gezellig theedrinken en kletsen, maar als vastgebonden zitten aan een ijzeren stoel in een koude kelder, waar je niets anders dan precies de waarheid mocht zeggen.

Na een paar keer werd het ondraaglijk voor mij om een uurtje bij Connie en Bram te zijn. Als liefde of samenzijn een appel was, dan hadden Bram en Connie die appel al jaren geleden opgepeuzeld en was er niets van overgebleven. Waarschijnlijk dachten ze dat ze nog steeds in dat appeltje hapten en hadden niet door dat ze eigenlijk elkaar aan het opeten waren.

36

Gelukkig hoorde Connie Tichelaar niet bij het soort mensen dat aanbelde of aan de deur klopte. Ze riep mij alleen als ze mij naar buiten zag komen, en als ik haastig was, deed ze het niet. Daarom begon ik, om hen te ontlopen, steeds haastiger het huis te verlaten, alsof ik een Nederlander was.

Niet lang nadat ik Connie leerde kennen, hielp ze mij om tweehonderd euro in de maand te besparen. Het was een onverwacht maar welkom geschenk van haar. Ik vertelde haar dat ik betaalde voor een adres in Rotterdam en dat me dat tweehonderd euro kostte, gewoon om iets te vertellen wat ik nog niet eerder had verteld.

'Onzin, waarom betaal jij voor een adres, terwijl je hier een adres hebt? Zonde van het geld! Ik zal je in de Molenweg 26 laten inschrijven.' Hoe ze dat voor elkaar kreeg zonder huurcontract weet ik niet, maar ze liet mij zien dat veel Nederlanders zich niet konden voorstellen dat hun systeem rommelig kan zijn, maar wel geloofden dat vreemdelingen soms niet helemaal begrepen hoe het werkt.

Later, toen ik het studentenhuis verliet, ging ik elke paar maanden even bij Connie en Bram op bezoek. Ik zag ze als oude vrienden, zij keken naar mij als iemand die ze ooit ontmoet hadden en om een onbekende reden af en toe nog bij hen kwam. Toen de terreur in Irak steeds heftiger werd, vergat ik ze.

Eens kocht ik een oude verzameling vulpennen via Marktplaats, een paar straten bij de Molenweg vandaan. Ik dacht van de gelegenheid gebruik te maken weer eens een blik op het studentenhuis te werpen. Ik stond op de stoep voor het raam van mijn oude kamertje en dacht aan wat ik daar had meegemaakt. Het voelde alsof die mooie tijd er nog was, daar achter dat raam en dat die er altijd zou blijven. Het was geen tijd die passeerde, maar tijd die zou blijven zolang ik mijn geheugen heb. Daarna zag ik dat het huis van Connie en Bram leeg stond. Er was niets meer dat verwees naar die man en die vrouw. Ook de klok die nog aan de muur hing, wees niet naar hen, maar naar de tijd die ze niet meer hadden. Door het raam zag ik verfspullen staan in een hoek en grote emmers muurverf. Ik belde aan bij een buurvrouw.

'Ze zijn er niet meer,' zei ze, terwijl ze uit het keukenraam hing. Bram bleek al meer dan anderhalf jaar geleden overleden. En Connie vorige maand. Via een zijstraatje liep ik naar de achtertuin, opende het hekje en zag dat de deur van de schuur openstond, zoals die altijd voor mij had opengestaan. Ik zag de rolstoel van Bram. Er hing een badjas overheen en er stonden dozen met oud papier en een doos met medicijnen, ook een magnetron en een broodrooster, en in de hoek van de schuur een paar vrouwenschoenen, sokken en vier op elkaar gestapelde fotoalbums.

Ik zocht naar een plastic zak, waar ik de fotoboeken in stopte, zodat de miezerregen ze niet nat zou maken, en nam ze mee.

'Wat heb je meegenomen uit de schuur van Tichelaar?' klonk het in het steegje. Door de klimop zag ik het gezicht van een oude vrouw.

'Wat is er?' hoorde ik een man roepen. Toen de man verscheen, durfde de vrouw ook tevoorschijn te komen.

'Laat maar. Hij is een vriend van hen,' zei hij. 'Fijne dag verder,' waarmee hij wilde zeggen dat het goed was en dat ik kon gaan.

Het was half negen 's avonds, 25 augustus. Een merel zong bij een zacht licht, geen daglicht en niet grijs. Licht dat ik nergens anders dan tijdens de zomer in Nederland heb gezien. Een licht dat je vooral voelt.

In het park opende ik de zak met de fotoalbums. Het waren de boeken van haar familie. Twee van de boeken waren in zwart-wit, de derde begon zwart-wit en eindigde met vage kleuren. De vierde was in kleur. Bram stond er voor het eerst bij op de foto's na de zevenentwintigste verjaardag van Connie, op 9 november.

Het eerste fotoalbum begon met de foto van een zekere Wilhelm

Nijland, geboren in 1835. Zijn foto was genomen op 16 april 1858. Ik bladerde door het album en mijn aandacht werd getrokken door het aantal glimlachende gezichten, meer dan ik me van mijn andere fotoalbums kon herinneren.

Wat me ook opviel waren de details van de gegevens op de geboortekaartjes. Patrick was 3.855 gram, Judith 4.102 gram, Paul 3.781 gram, Olivier – in de oorlog – 2.110 gram, Hanna – na de oorlog – 3.020 gram, geboren vijf minuten over acht op 3 september. Douwe werd geboren om vier minuten over twaalf, net op 15 februari. Henriëtte om zes minuten over een 's middags. Van elke persoon waar ik een geboortekaartje van zag, kwam ik later een rouwkaart tegen, met daarop precies de sterfdag en zelfs vaak het sterfuur. Ik zag een gezicht groeien als een bloem. Glimlachend met één tand, daarna met twee, met een compleet gebit, glimlachend tijdens een ontmoeting van waaruit andere gezichten geboren werden. De oorlog begon en een paar gezichten verdwenen, de oorlog eindigde en een paar gezichten verschenen. Na de oorlog werden de gezichten weer vleziger en de glimlachen vrolijker.

Ik bladerde door en zag kinderen springen van de dikke buiken naar geboortekaartjes, van geboortekaartjes naar de straat, van de puberteit naar huwelijksfoto's. Ik zag nieuwe kinderen, die door de tijd sprongen van foto tot foto tot ze zelf vaders werden en opa's, en verdwenen in rouwkaarten.

In een van de dikke buiken onderaan een dijk zat Connie, die er een pagina verder uitgesprongen was met een grote bos haar. Ik volgde haar als enig kind in de oorlog. Ze groeide glimlachend elke foto iets groter. Altijd omringd door anderen, neefjes, nichtjes, vrienden en vriendinnen. Geen foto waar Connie alleen op was te zien. Maar na haar zevenentwintigste verjaardag, nadat Bram verscheen, verdween de glimlach, langzaam maar zeker. Uiteindelijk bleef niemand over, behalve zij en Bram. Bram was het einde van de glimlach. Op de laatste pagina's in het album was niet alleen Connies glimlach verdwenen maar ook Connie zelf, want alleen Bram stond nog op de foto's. Ook een persoon die de foto's moest nemen om

Connie erop te laten staan was er niet meer. Connie moest de foto van het verdwijnen van haar familie nemen.

Ik keek naar die twee mensen in die voorbije dagen. Niet in een woonkamer, waar ze elkaar aan het bijten waren, maar ik zag ze in Rome, Venetië, Rio de Janeiro, Nieuw-Zeeland, Kenia, Indonesië en Japan. Ik zag ze op verre stranden, bij watervallen en op ijs. In woestijnen en bossen. Op golven en kamelen. Die man had het leven van die vrouw gestolen en hij had haar de wereld gegeven. En toen ze haar leven terug wilde, nam hij van haar ook de wereld.

37

Het studentenhuis aan de Molenweg had drie verdiepingen. Op de eerste en tweede verdieping waren drie kamers en een wc. De eerste verdieping had een douche. Op de begane grond waren twee kamers en daar was ook de gezamenlijke keuken en een wc. En dan was er nog een zolder, waar zich ook een kamer bevond.

Ik probeerde in het begin vooral in mijn kamer te blijven en mezelf niet te veel te laten zien, omdat ik niet wilde dat er over mij geklaagd zou worden. Omdat mijn kamer op de benedenverdieping lag, naast de voordeur en naast de keuken, leerde ik al snel mijn medebewoners kennen, tenminste van gezicht.

Bij de voordeur waren negen bellen. Niet bij allemaal stond een naamplaatje. Soms werd er op meerdere bellen tegelijk gedrukt.

De belangrijkste plek in het huis was de keuken. In het midden van de keuken stond een grote ronde tafel, waarop van alles geschreven stond en in gekerfd was. Harten met pijlen, tekeningen van poppetjes in posities die je zelfs in de *Kamasutra* niet tegen zou komen, zoals die op een vouwfiets. Spreuken die ik me goed herinner, zoals: *God is er als je behoefte hebt aan zijn bestaan*. En vooral namen en data. De muren hingen vol met foto's van studenten die er woonden of hadden gewoond. Pasfoto's, foto's van groepjes rond de keukentafel of in de tuin. Portretten met bier, zonder bier, met sigaretten en zonder sigaretten.

De meest bizarre foto was er een van een penis, inclusief haar en ballen. Eronder hing een papiertje: *Dit is mijn lul. Te huur als ik een probleem heb met de stufi. Gr. Ard*

Als ik in de keuken was, stond ik vaak naar de muur te kijken. Hoeveel gezichten waren daar in die ruimte geweest? Hoeveel verhalen zaten daarachter? Iedereen leek er klaar om te feesten en gek te doen. De muur was als een momentopname die jaren duurt.

Achter het studentenhuis was een tuin met hoog gras. Er stonden altijd spullen die over waren van een of ander feestje. En er lag een hoop afval.

Achterin de tuin stond een schuur vol spullen van studenten die inmiddels verhuisd waren. Helemaal achterin was een geheime plek gecreëerd, door iedereen Schiphol genoemd. Daar stonden marihuanaplanten onder sterke lampen. Toen ik daarachter kwam, begreep ik waarom huisbaas Hofkamp altijd zeurde over de elektriciteitskosten. Als hij kwam, deed hij overal de lampen uit, maar hij wist niet dat de rekeningen zo hoog waren door wat er in de schuur groeide. Huisbaas Hofkamp heeft die geheime plek niet ontdekt, want hij was goed verstopt achter een verduisteringsgordijn.

De studenten verlieten het huis overdag en verschenen 's avonds. De meesten van hen hadden een speciale manier van opruimen. Ze kookten en lieten de pannen en borden vies achter in de keuken. Als iemand anders wilde koken, maakte hij de vieze borden en pannen schoon (vaak onder luid gevloek) en kookte, om vervolgens weer alles achter te laten voor de volgende.

Als Marga een terrasje was, was ik de onweersbui. Haar blik was altijd chagrijnig. Als ik iets kookte en klaar was, deed ik de afzuigkap uit. Vervolgens deed zij de afzuigkap weer aan, ook als ze niet kookte of in de keuken zat. Ik dacht: misschien zijn de kruiden die ik gebruik te sterk. Daarom begon ik minder kruiden te gebruiken, maar dat veranderde niets. Het geluid van de afzuigkap werd voor mij het geluid van haar walging. Nu zat ik met twee Marga's, een in de kamer naast mij en een elektrische in mijn oor.

In de keuken stond een grote koelkast. Iedereen in het huis maakte er gebruik van, ook ik. Op een dag zag ik dat de bak met eten die ik erin had gezet, met plastic was afgedekt. Marga. Ik besloot de koelkast niet meer te gebruiken. Nog even en ik zou me om haar ook niet meer douchen of de wasmachine gebruiken.

Ik kwam er al snel achter dat donderdagavond een belangrijke uitgaansavond was voor de studenten. Dan stond de keuken vol kratjes bier en die werden vanaf een uur of negen tot ongeveer elf uur leeggedronken. 'Indrinken', noemden ze dat. Daarna gingen ze naar de kroeg en kwamen pas rond vier uur thuis. Dan werd ik wakker van hun geroep en geschreeuw. Vaak klonk er langdurig gekras met de sleutel bij het slot en gevloek, omdat het niet lukte de deur te openen. Lukte dat wel, dan werd de deur altijd hard dichtgeslagen, werd er in de gang gestommeld en hard gepraat of zelfs gezongen. Soms brachten ze iemand mee, die op hun kleren overgaf. Soms werden ze geleid door meisjes, omdat ze zelf niet meer konden lopen door de alcohol. Soms werd er op de stoep voor mijn raam gezoend of gelachen of gediscussieerd. Soms hoorde ik de studenten kreunen van genot, maar de kans dat de alcohol veranderde in orgasmes was veel kleiner dan dat het veranderde in geschreeuw of gekots.

Na de eerste donderdagavond ontdekte ik hoe belangrijk het woord 'alcohol' was. En hoe lastig voor mij. Het hele huis werd dronken. Ongelofelijk. Waren ze verslaafd? Hadden ze behoefte om te schreeuwen en durfden ze dat niet zonder alcohol? Hadden ze een verborgen agressie die er alleen door alcohol uit kon? Op hun leeftijd zou ik in vrijheid denken aan zoenen, vrijen, verliefd worden. Waarom kwamen ze met de mooiste meisjes thuis om samen te kotsen? Als ze op deze leeftijd niet bezig waren met schoonheid, liefde en intimiteit, wanneer dan wel?

Maar daarna ontdekte ik ook dat ze niet allemaal zo dronken waren en dat sommigen deden alsof om te kunnen schreeuwen of stoer doen. Alcohol was een soort make-up om hun onzekerheid te bedekken en anderen te laten zien dat ze eindelijk vrij waren van regels en strenge mama's, gesloten papa's, chagrijnige zusjes of gereformeerde oma's. Toen ik later eens koeien zag die voor het eerst uit de stal naar buiten gaan als de winter voorbij is, en zag hoe ze rennen, begreep ik de studenten.

Nadat ik ze een beetje leerde kennen, ontdekte ik hoe streng hun ouderlijke huizen waren geweest. En het ergste, zo dacht ik, nog even en ze zijn afgestudeerd en dan krijgen ze kinderen en dan herhalen ze het rondje van strengheid en komen hun kinderen in soortgelijke studentenhuizen en gaan ze ook zo los. In Nederland heb je alleen van je achttiende tot je vijfentwintigste de tijd om te vliegen.

Rond zes uur 's ochtends werd het stil in huis. Dan kon ik weer slapen. Het huis dat urenlang op een disco leek, was veranderd in een begraafplaats. Tot ver in de middag was het doodstil. Als ze rond een uur of drie uur wakker werden, stonden ze bleek in de keuken, hielden hun hoofden vast van de hoofdpijn.

Eind van de middag vertrokken de meesten naar hun families, en in de loop van de zondag kwamen ze vol energie terug. Ik luisterde als een muis goed voor ik de kamer uitging, om Marga te ontlopen. Als ik mijn kamer uit wilde, en iemand in de keuken hoorde, wachtte ik even. Omdat de deur van mijn kamer zo vlakbij de voordeur was, kon ik makkelijk naar buiten gaan of binnenkomen, zonder dat iemand het opmerkte. In mijn kamer repareerde ik mijn vulpennen en probeerde niet te denken aan Lidewij. Of ik dacht aan Lidewij om niet aan de IND te hoeven denken. Of ik dacht aan de IND om niet aan Irak te denken. Het leek de studenten, en hun katten, niets uit te maken dat ik er woonde.

Ondertussen begon het geld dat ik van mevrouw Dotinga had gekregen op te raken. Elk briefje dat ik aanbrak, smolt snel weg in mijn portemonnee. Het werd tijd om werk te zoeken.

38

Beste Lidewij, Jarig zijn is duur. Het kost je een jaar ouder worden. Gefeliciteerd, en nodig mij alsjeblieft uit voor een thee. Koud water is ook warm als het van jou is, schreef ik op een verjaardagskaartje en ik verstuurde het nadat ik mijn naam met mijn nieuwe adres eronder had gezet. Een antwoord kreeg ik niet.

In plaats daarvan kwam een telefoontje van mijn familie uit Irak dat ze geld nodig hadden. Duizend euro. Zo snel mogelijk.

Nu moet ik je vertellen over hoe fascinerend Nederland voor mij is. Nederlanders hebben na honderden jaren werken en denken een systeem gebouwd waarin niemand op de nek van een ander hoeft te zitten. Behalve in de naam van liefde en psychische problemen, maar niet als het om geld gaat. Hoe uitzonderlijk dat is heb je niet in de gaten als je geboren bent op een plek waar voor elk mens gezorgd wordt, hoe zwaar gehandicapt ook, of hoe oud, of hoe alleen. Niemand wordt op straat gegooid of hongerig of koud genegeerd. Nee, er wordt voor iedereen gezorgd, niet alleen tot de laatste snik, maar tot en met de begrafenis.

In Irak berooft de regering haar burgers. Er is geen pensioen of AOW, geen sociale hulp. Iedereen moet zichzelf zien te redden en als hij dat niet kan, door een ongeluk of lichamelijke omstandigheden of wat dan ook, dan redt zijn familie hem. Kan zijn familie dat niet, dan zijn er misschien vrienden. En daarna is er de islam, vooral in de tijd van ramadan, als mensen door het vasten meemaken hoe hard honger is. Het laatste redmiddel is bedelen of stelen. Dat is het sociale systeem in Irak.

Toen ik er nog woonde, had ik niet door wat mijn familie allemaal voor mij deed. Ik was een dromer. Ik las boeken, lag op bed, was lui, speelde gitaar en werkte heel af en toe in het bedrijf van mijn vader.

Mijn eerste studiejaar kregen we van de regering een bed in een studentenkamer en werd de studie betaald, maar door de oorlog stopte dat en werd de familie mijn studiefinanciering. Behalve de studie, die gratis bleef, betaalden ze alles: mijn kamer, de dokter als ik ziek was, kleren, de bus heen en weer naar de universiteit, zelfs het wekelijkse telefoontje naar hen waarin ik zei dat ik geld nodig had, betaalden ze. In die tijd hield ik me er niet mee bezig hoe ze dat voor elkaar boksten.

Als je na je studie niet vluchtte, ging je het leger in en dan betaalde de regering alles. En als je niet sneuvelde in het leger, ging je daarna aan het werk en steunde je je familie. Zo werkt het in Irak. Maar door de vele oorlogen, gevolgd door terroristische aanslagen, kwamen familieleden om of raakten gehandicapt, vluchtten veel jonge mensen en bleven huizen achter met alleen kinderen, oude mensen en zieken. Ook in mijn familie waren er met de tijd steeds minder volwassenen die konden werken.

Toen ik werd gebeld door mijn broer en hij zei dat ze duizend euro nodig hadden, wist ik dat ze alles al geprobeerd hadden om het te regelen. Die duizend euro was niet voor drankjes of restaurantjes of vakantie of een nieuwe telefoon.

Met-Dani-zoende-het-minder-lekker-dan-met-Kees, Renske-gaat-weer-een-andere-studie-doen-nu-in-Nijmegen en de-cavia-van-Saskia-wil-de-kooi-niet-in-dus-slaapt-bij-haar-in-bed-en-haar-nieuwe-vriendje-is-er-allergisch-voor... In die sfeer van heerlijke onzin werd ik om kwart over elf 's avonds gebeld door mijn broer die later zou omkomen door een aanslag van IS.

'Het komt goed,' zei ik. Als je in een klein bootje zit op zee en iemand steekt zijn hand omhoog uit het water, dan zeg je niet dat de boot te klein is.

Geld overmaken naar Irak doe je niet via een bank maar via Western Union. Je brengt dan een bedrag naar een willekeurige vestiging, toont je identiteitskaart of paspoort, verstrekt de gegevens van je familie aan wie je geld wilt versturen, betaalt het bedrag plus een flinke vergoeding voor Western Union en je familielid kan het datzelfde moment na vertoning van het paspoort ophalen bij een vestiging in de buurt. Een uitkomst voor veel mensen met familie in niet-westerse landen. Maar omdat ik geen paspoort of IND-pasje had, was ik aangewezen op Mohammed Super Western Union in Den Haag.

Mohammed Super Western Union werd zo genoemd omdat hij sneller en makkelijker was dan Western Union. Je gaf hem het geld, hij belde waar je bij stond iemand in Irak, en die persoon gaf het geld dat jij had betaald aan je familie. Mohammed Super Western Union was goedkoper dan Western Union en het was niet nodig om een paspoort te laten zien. Alleen het vertrouwen in hem was voldoende. Daar stuurde ik alles wat ik had naar Irak. Terwijl het minder was dan ze hadden gevraagd, gaf het mij rust dat ik iets had kunnen sturen. Zo trok het leven mij verder. De duizend euro die naar Irak moest, bevrijdde mij van het denken aan Lidewij. Terreur is de beste afleiding van de liefde.

De honger begon mij te bijten. In andere landen waar ik gezworven had, deelden de armen hun dagelijkse brood met je. In het azc waren vijfhonderdnegenenveertig andere asielzoekers met wie je mee kon eten. Als je in Nederland honger hebt, denkt men dat je wilt afvallen of dat je van je geld hasj of alcohol hebt gekocht of gokverslaafd bent.

Tijdens mijn zwerftochten door Thailand en Laos boden de offerplaatsen van Boeddha uitkomst als ik honger had en geen geld, maar zoiets had je niet in Nederland.

Ik opende de koelkast in de keuken om te kijken of er iets in stond wat ik kon pakken, maar ik wist niet wat van wie was en ik zag het gezicht van Marga voor me als ze zou ontdekken dat er iets van haar verdwenen was. Daarom sloot ik de koelkast en ging naar buiten.

Ik fietste, zoals vaker als ik er even uit wilde, naar de kinderboerderij. Mijn voorkeur ging uit naar de tijd tussen half zes en zeven, etenstijd in Nederland. Dan was het er rustig. Op de kinderboerderij zag je vaak mensen die met hun kinderen kwamen om oud brood te voeren. Er was zo'n overvloed, dat de dieren na een tijdje geen honger meer hadden. Naast het hek stond een grote bak, waar je je oud brood in kon doen. Die avond was de bak zo vol dat er zelfs zakken vol brood aanhingen. Genoeg voor een week. Wit, bruin, met rozijnen, stokbrood. Wel oud, maar niet beschimmeld. Voor die zes varkens, dertien geiten, vier kippen, negen konijnen en vier schapen was er te veel.

Ik trok een zak open en begon van het brood te eten. Een geitje kwam op me af. Ik wierp hem een stuk toe maar hij had geen honger. Hij was razend nieuwsgierig, hij was gewend aan handen die hem brood gaven, niet monden die kauwden. Ik glimlachte.

'Aangenaam, ik ben de nieuwe gast,' zei ik. 'Wij gaan elkaar vaker zien de komende tijd.'

In Thailand was het Boeddha die mij van de honger bevrijdde, in Maleisië waren het de moskeeën, in Nederland de geiten.

39

Zoals de geiten de oplossing boden voor mijn maag, kwam de oplossing voor mijn portemonnee van de kippen. Nog steeds had ik geen pasje van de IND en daarmee was het zoeken naar werk ingewikkeld. Maar op een dinsdagmiddag zag ik toevallig een busje stoppen aan de rand van de stad. Er stapten vier donkere mannen uit. Ik vroeg me af waar ze vandaan kwamen. Ze zaten onder de veren en vogelpoep en je kon ze van meters afstand ruiken.

'Zijn jullie ook asielzoekers?' vroeg ik.

'Ja, of zien we er soms uit als wethouders?' zei een van hen, terwijl de anderen lachten.

'Ik zoek werk,' zei ik meteen.

'Morgenochtend vijf uur. Precies hier, op deze plek. Niet azc-tijd. Hollandse tijd,' zeiden ze.

'En dan kan ik gewoon mee? Moeten jullie dat niet eerst vragen?'

'De baas vraagt ons elke dag of er niet meer asielzoekers zijn die willen werken.'

Kwart voor vijf 's nachts liep ik met de slaap nog in mijn ogen over schone en nette stoepen naar de plaats waar ik het busje had gezien. Behalve mijn voetstappen was er niets dat de stilte kon verbreken. Hier en daar was zacht licht in huizen zichtbaar. De vier anderen stonden er al. Ze droegen andere kleren dan gisteren en het was duidelijk dat ze hadden gedoucht, maar desondanks rook ik die vreemde geur. Ik wilde ze niet laten merken dat ik het rook, maar het eerste dat een van hen tegen me zei was: 'Geen shampoo of zeep kan deze stank verdrijven. Wen er maar aan.' De mannen lachten, maar het bleek geen grap, eerder een waarschuwing.

'Niet erg,' zei ik.

'Kun je een beetje stinken in het huis waar je woont dan?' vroeg een andere man, en weer lachten ze. Ik dacht meteen dat het wel een probleem zou zijn als ik zo zou stinken in het studentenhuis. En niet alleen voor Marga, voor wie de echte stank slechts een bevestiging zou zijn voor wat ze al tijden dacht te ruiken. Maar ik had geld nodig.

Twintig over vijf stapten we uit het busje op het erf van een kippenboerderij. Een stevige man met rood haar in overall en laarzen tot aan zijn knieën liep op ons af.

'We hebben een nieuwe,' zei Basil.

'Mooi,' zei de boer.

'Nu ben je kippenvanger,' zei Aziz.

Bert van Lier gaf mij de grootste hand die ik ooit geschud heb.

'Spreek je een beetje Nederlands?' vroeg hij.

'Ja.'

'Mooi.' Ik volgde hem naar een kantoortje waar hij me een mondkapje gaf en een lampje, dat ik op mijn voorhoofd moest binden. Ik zag eruit als een speleoloog.

'Hebben ze je gezegd wat je moet doen?' vroeg hij.

'Ongeveer,' zei ik en vertelde niet dat het enige wat ik wist, was dat ik straks ongelofelijk zou stinken.

'Ik heb nog nooit controle gehad, maar als er controle komt, moet je altijd zeggen dat dit je eerste werkdag is en dat ik je heb gevraagd naar je sofinummer en dat jij hebt gezegd dat je die morgen meebrengt.'

'Dat is goed,' zei ik.

'Je krijgt tien euro per uur op de eerste dagen, want dan kost je mij te veel kippen.'

'Te veel kippen?'

'Je zal op meer kippen trappen dan in kratten stoppen. Maar je krijgt wel tien euro per uur.' Hij zette de lamp steviger vast op mijn voorhoofd en liet me zien hoe ik die aan en uit moest zetten. 'En denk erom, zet hem uit zodra je de schuur uitkomt.' Met het mondkapje voor liep ik achter hem aan om mijn carrière als kippenvanger te beginnen.

40

Op het terrein stond een grote loods zonder ramen. Al van buiten kon je de kippen horen. Binnen ademde ik geen lucht, maar veren. Die loods was de hel, de veren het vuur en de kippen de zondaren en de pijn.

De kippen zaten samengedromd als mensen op Koningsdag in Amsterdam. Het was onmogelijk daar te lopen zonder op kippen te stappen. De stank was niet te harden. Net de geur die in het Yermoek-ziekenhuis in Bagdad hing, waar mijn broer en ik ooit heengingen om het lijk van een oude buurman op te halen, die per ongeluk tijdens een schietincident op een bruiloft dood was geschoten. Omdat de elektriciteit enkele uren daarvoor uitgevallen was, stonk het in het mortuarium, waar de lijken op de grond lagen. In die kippenloods leek die stank diep het lichaam in te trekken. Meteen rende ik naar buiten om te kotsen en liet me geschokt tegen de muur zakken.

'Alles goed?' Bert boog voorover en knipte de lamp op mijn voorhoofd uit.

'Ja,' zei ik benauwd.

'Breng ik je naar huis? Of even pauze en straks verder?'

'Straks verder,' zei ik.

'Mooi. Neem de tijd. Tijd en kippen zat.' Ik waste mijn handen en nek met koud water en wandelde rond om extra frisse lucht in te ademen. Ik dacht alleen maar aan die tien euro per uur. Ik zette de mondkap op, knipte de lamp aan en ging weer naar binnen. Ik zou werken tot ik mijn familie had betaald wat ze nodig hadden. Duizend euro, honderd uur. Dat was de enige gedachte waardoor ik het in die hel van kippen kon uithouden.

In de loods was het stikdonker. De enige lichtjes waren onze vijf voorhoofdlampjes. Met meer licht was het onmogelijk de kippen te vangen, want dan zouden ze alle kanten op rennen. Achter ons stonden kratten, lege en volle. In al dat gekakel klonken drie geluiden: het schrikkoor van de kippen die werden opgepakt, het pijnkoor van kippen waarop getrapt werd in het donker en een gewoon koor dat een mix was van schrikken en pijn in dat eeuwige donker.

Wij werkten er van vijf uur 's ochtends tot een uur 's middags, de ochtendploeg. Na ons kwam nog een volgende ploeg en er was een avondploeg, zodat er bijna vierentwintig uur per dag gevangen kon worden.

Het was de bedoeling dat je per hand vijf kippen bij de poten pakte. Tien kippen per keer. Die propte je dan in een krat, om er weer tien te grijpen, tot er geen kip meer in het krat paste. De eerste uren kreeg ik elke keer slechts één kip te pakken. Ik voelde meer kippen onder mijn voeten dan er via mijn handen in een krat verdwenen. Ik was een beginner. Ik tastte de ruimte af in het krat zodat de kippen die erin zaten nog konden draaien en ademen. Ondertussen dacht ik alsmaar aan het geld dat ik zou verdienen en ging door en door. Opeens voelde ik een zware hand op mijn schouder die me de deur uit trok.

Buiten rukte ik het mondkapje van mijn neus, veegde de veren van mijn gezicht en haalde diep adem. Lucht. Bert van Lier drukte het lampje op mijn voorhoofd uit.

'Buiten moet het licht uit. Anders is de batterij zo leeg,' zei hij. Hij gaf me de tijd om op adem te komen.

'Ik dacht dat het iemand van de politie was die me naar buiten trok, omdat we zwartwerken,' zei ik tegen hem.

'Nee joh, er zijn soorten werk waar niet gauw wordt gecontroleerd, omdat niemand het wil doen, behalve illegalen. Hoe was ook alweer je naam?'

'Semmier.'

'Luister Semmier, je doet het niet helemaal zoals het moet. Denk niet aan de kippen, maar aan de kratten.' Ik ging de schuur weer in en dacht dit keer zo min mogelijk aan de kippen maar vooral aan Bert van Lier en zijn euro's. In plaats van één kip pakte ik er twee en daarna al snel drie per hand. Ik duwde ze in de kratten en ging snel terug om nog eens zoveel mogelijk kippen te pakken. Pas als er geen kippen meer in het krat pasten, pakte ik een nieuwe. Toen ik slecht werd voor de kippen, werd ik goed voor Bert van Lier en zijn kratten en uiteindelijk ook voor mijn portemonnee.

Bert mocht misschien niet zo aardig voor zijn kippen zijn, hij was wel aardig voor asielzoekers. Hij had een angstaanjagend hard gezicht voor mensen die zijn goede hart niet kenden en een buik als handbagage. Hij bewoog alsmaar en kon zich richten op hooguit twee dingen tegelijk, anders raakte hij in de war en als hij in de war was, moest je uit zijn buurt blijven, want dan kon hij je zonder reden afsnauwen.

41

Op een dag riep Bert me naar het woonhuis, dat op een flinke afstand van de loods stond. Ik herinner me met name de stilte daar. Een ongemakkelijke, Nederlandse stilte.

Bij het huis blafte een hond. Bert riep 'stil' en het blaffen stopte. Hij ging het huis binnen, maar ik bleef buiten staan. Ik was vies en zat onder de veren, die ook uit mijn neusgaten en oren staken.

'Kom,' riep Bert. Ik liep naar binnen, hij was ergens verdwenen. Ik bleef staan in de gang, in verlegenheid gebracht en niet wetend wat te doen of waarheen te gaan.

Ik hoorde een krassende stem. 'Godver, weer een kip.'

Voorzichtig keek ik om de hoek en zag een woonkeuken. Er stond een grote kooi met een papegaai, zo grijs als het Nederlandse weer. Ze bewoog naar links en rechts, terwijl ze naar mij keek, en herhaalde: 'Godver, weer een kip.'

'Ze bedoelt jou niet, hoor. Dat zegt ze altijd. Ze stond vroeger in Berts kantoor,' zei Arjanne, Berts vrouw, die in een grote stoel zat. 'Kom zitten,' nodigde ze uit en wees op een houten stoel aan de grote tafel. Ik ging behoedzaam zitten om geen veren te laten vliegen. Arjanne zette een kop thee en een bord met brood en kaas voor me neer.

'Kan ik mijn handen even wassen?' vroeg ik.

'Daar,' zei ze.

Ik ging door de deur. Op de trap liep een meisje dat net had gedoucht, zag ik aan haar golvende natte haren. Een witte handdoek bedekte haar lichaam. Het meisje keek even om en glimlachte, minder dan een seconde. De onverwachtheid hiervan maakte haar nog mooier dan ze al was.

In de spiegel boven de wastafel zag ik het lelijkste van die dag: mijn gezicht vol veren en smerigheid die bij het vangen van kippen hoorde. Ik waste mijn gezicht en mijn handen en ging terug naar de tafel. Ik dronk van de thee en dacht ondertussen: waarom heeft Bert mij in hemelsnaam hiernaartoe geroepen? Om thee te drinken?

'Eet ook wat,' zei Arjanne. Ik nam een hap van de boterham, terwijl Arjanne mijn kopje met nieuwe thee vulde.

'Waar is Bert?' vroeg ik.

'Weet ik veel,' zei ze. Hoewel haar woorden asociaal klonken, was ze dat niet. Daarna hing er in de keuken die zware stilte. Ik nam hapjes brood en slokjes thee en probeerde het kopje zo zacht mogelijk neer te zetten. Arjanne ging naar de wasruimte, en ik dacht: het beste wat ik kan doen is hier blijven zitten tot Bert komt. Maar in plaats van Bert kwam het meisje binnen dat ik net op de trap had gezien. Inmiddels aangekleed en ook nu was ze mooi.

'Lisanne van Lier,' zei ze toen ze me een hand gaf. Ze ging ook aan de tafel zitten om vervolgens deel te zijn van de stilte. Hoe kon zo'n mooie meid ontstaan uit Bert en Arjanne? dacht ik. Dolgraag zou ik die schoonheid willen opzoeken in hun familiealbums.

Arjanne kwam terug en schonk Lisanne een kop koffie in. Ik probeerde de stilte te doorbreken.

'Ben je de dochter van Bert en Arjanne?' vroeg ik Lisanne.

'Wat zeg je? Ik kan je niet verstaan.'

'Ben je de dochter van Bert en Arjanne?'

'Sorry, ik versta je niet.'

'Hij vroeg je of je onze dochter bent,' zei Arjanne. Ze klonk geïrriteerd, misschien door Lisanne, of was ze beledigd door mijn vraag?

'*Yes, I am the daughter of Bert and Arjanne*,' antwoordde ze.

'Studeer je of werk je al?'

'Wat?'

'*Are you studying or working?*'

'*Me?*' Ze vroeg het alsof ik het de papegaai had gevraagd en zweeg om weer deel te zijn van die stilte, met haar schoonheid die steeds lelijker werd.

Ze dronk van haar koffie. Ik zei verder maar niets, zodat ze geen kans kreeg om haar schoonheid verder te verpesten. Ook zij zweeg, Arjanne was stil en zelfs de papegaai zweeg. Na de derde thee verscheen Bert.

'Ben je hier nu nog?'

'Ja,' zei ik. Hij zweeg even, niet om een deel te zijn van die stilte, denk ik, maar om te bedenken waarom hij mij ook alweer naar binnen had gevraagd. Daarna haalde hij zijn schouders op en vroeg me met hem mee te gaan. We liepen terug naar de loods. Ik zette de mondkap weer op, deed het licht op mijn voorhoofd aan en ging de schuur in. Toen het lawaai van de kippen mij weer omringde, voelde dat minder erg dan de zware stilte die in dat huis hing.

42

Tijdens de pauzes in het kantoortje van Bert, of buiten bij mooier weer, was het nooit stil. We waren met z'n vijven of zessen. Na elk uur werken gaf Bert ons een kwartier pauze. Soms vergaten wij dat, maar Bert niet. Als het zover was, deed hij het licht in de loods een seconde aan en riep: 'Pauze!' Dan gingen we naar buiten om op adem te komen.

Zoals alle kippen op elkaar leken, leken ook onze gesprekken als kippenvangers van niet-Nederlandse afkomst op elkaar.

'Hoe stom die Hollanders! Ze wonen midden in Europa. Geen oorlog, geen Saddam Hoessein, geen Osama Bin Laden, geen Amerika, geen jihad, en wat doen ze? Ze gaan hier wonen, bij de stank van miljoenen kippen. Ze eten kaas en brood en blijven hier, ook in de winter, als het vriest en donker is, terwijl ze geen visa nodig hebben om meer dan driekwart van de wereld te bezoeken en de euro sterker is dan de dollar,' zei Mamoun. Hij was de beste in het vullen van kratten. Iedereen lachte, behalve Najif. Hij was een jaar of vijfenveertig, magertjes en leek slim en snel boos te kunnen zijn.

'Waarom lach je niet? Lach!' zei Mamoun.

'Zeg eerst iets grappigs, dan lach ik,' zei Najif.

'Is dat niet grappig dan, wat ik net zei?'

'Helemaal niet. Bert van Lier is niet dom. Arjanne, hun dochter Lisanne en hun zoon Joost ook niet. Het is niet zo dat ze geen oorlog hebben omdat ze in het midden van Europa leven – dit is niet eens het midden, dit is het noorden – maar omdat ze druk zijn met hard werken. En je zegt dat ze hier tussen de kippen leven. Kijk goed, stommeling. Je bent toch niet blind? Hier staan de loodsen en dáár, ver van hun neuzen en oren staat het huis. En waarom zouden ze hier niet blijven in de winter? Dit is hun winter. Daar hebben ze hun kachels voor, hun hout en hun bossen. Maar kijk naar ons. Wij leven in de winter hier, terwijl het niet onze winter is. Kan mijn moeder schaatsen? Of jouw opa?'

'Ach, Najif, maak er toch geen lang verhaal van. Ik zei iets om de pauze op te vrolijken. Zodat we even kunnen lachen, man,' zei Mamoun. Maar Najif ging verder.

'Jij, wat heb je gestudeerd?'

'Civiele bouwkunde,' zei ik.

'En jij?'

'Master wiskunde,' zei Mamoun.

'En jij?'

'Rechten.'

'En jij?

'Ik was soldaat.'

'En ik master chemie. Meneer Bert van Lier laat hier zijn kippen vangen door vijf hoogopgeleiden en een soldaat. Is dat niet een economisch wonder? Onze landen hebben van vijf universitair opgeleiden en een soldaat kippenvangers gemaakt. Nederland veranderde Bert, Arjanne, Lisanne en Joost in een familie die kan leven in vrede. Een goed leven. Ze hebben een koelkast vol verse groenten, een caravan voor de vakantie, vier kano's en een motorboot. En een busje en een auto. In hun huis staat een piano, een gitaar, een fluit. En al zoek je er drie weken, dan nog vind je geen pistool of automatische geweer of dolk. Niet eens een oud zwaard van een grootvader. In Irak kun je niet leven van kippen, zelfs niet als ze eieren van zilver of goud leggen of diamanten poepen. En wist je dat Bert me vertelde dat zijn vader NSB'er was? En kijk nu. Zijn vader is niet gedood en zie hoe de zoon leeft. In ons land zou hij een verrader zijn, want wie uit een verrader voortkomt, is een verrader. Dan was hij levend verbrand.'

'Gelukkig stuurde mijn vader mij naar het leger en niet naar school,' zei de soldaat. Dit keer lachte alleen Najif.

'Dat is de beste grap van de afgelopen drie maanden.'

Ik ging ook nachtdiensten werken op de kippenboerderij. Uiteindelijk kreeg ik dertien euro per uur. Als ik terugkwam van het werk, hoorde ik soms de studenten nog in de keuken zitten praten en drinken. Dan sloop ik naar mijn kamer, bedekt met veren en stank en sliep als een dode. Als het huis stil was, nam ik voor ik ging slapen een douche, waste mijn kleren en hing ze in mijn kamer te drogen.

Ik had gedacht dat ik zou stoppen met het werk als ik duizend euro voor mijn familie en een beetje voor mezelf had verdiend. Maar het dagelijkse leven kostte meer dan ik wilde en de jihadisten in Irak stuurden mij steeds terug naar de kippen.

Na mijn werk als kippenvanger stond het woord 'kip' voor mij gelijk aan pijn. Maar erger nog, mijn geweten was afgestorven, want al bij het ruiken van gegrilde kip liep het water me in de mond in plaats van de tranen in mijn ogen.

Tijdens een nachtdienst trilde mijn telefoon in mijn broekzak. Ik had hem altijd bij me zodat ik bereikbaar was als er iets met mijn familie gebeurde in de oorlog. Het was een geblokkeerd privénummer. Ik nam op.

'Hallo, Semmier? Ik horen kippen en kippen. En nog meer kippen. Is Semmier er ook of alleen kippen en kippen?' Ik duwde de telefoon harder tegen mijn ene oor en stak een vinger in het andere.

'Jelena?'

'Ja. Wie anders? Vladimir Poetin? Hé, Semmier? Ik hoor alleen kippen.' Jelena! Haar stem overviel me en liet mijn hart, zoals ook al die jaren in het azc, vollopen met warmte en thuisgevoel.

'Wacht even, ik ga de schuur uit. Het zit hier vol kippen.'

'Hallo, wat zeg je? Heeft de IND je naar een kippencentrum gestuurd?'

'Wacht even, ik hoor je niet goed. Het is hier te lawaaierig. Ik werk als kippenvanger.'

'Hebben ze jou met kippen gevangen? Het is drie uur 's nachts en jij zit midden in de kippen? Nederland is niet goed. Vroeger asielzoekers en asielzoekers, en nu kippen en kippen.'

‘Jelena, wacht even. Ik loop naar buiten.’

‘Semmier, ik bel je terug over vijf minuten, als de kippen slapen. Ik heb goed nieuws,’ zei ze en hing op. Ik dacht niet aan het goede nieuws dat ze wilde brengen, want haar stem was voor mij al goed nieuws. De vijf minuten van Jelena duurden lang, ze belde niet terug en het zou nog een tijd duren voordat ik weer van haar zou horen.

43

Voor je vegetarisch wordt, of allergisch voor veren, breng ik je terug naar het studentenhuis. Daar voelde ik me soms net zo gevangen als bij de kippen. Het was niet de vreemdelingenpolitie of de IND, niet de Nederlandse straat of het Hollandse weer en ook niet de hooikoorts in mei en juni die mij duidelijk maakten dat ik niet welkom was in Nederland. Het was Marga. Ze ergerde zich aan alles van mij.

Als ik in mijn kamer zat, hoorde ik haar in de gang of de keuken soms zeggen: 'Die Irakees in de kamer naast mij stinkt een beetje.' Of: 'Een beetje een vreemd figuur, die asielzoeker.' Ze zei dat zo schattig mogelijk, maar met in haar stem een geluidje dat mij het gevoel gaf dat ze leed onder mijn verblijf in dat huis. Of ze zei: 'Die Irakees is altijd in zijn kamer. Vierentwintig uur per dag.' Wanhopige kritiek, verpakt in zachte woede. Als ik haar dat hoorde zeggen, liet ik niet merken dat ik in mijn kamer was. Ik wilde haar niet in verlegenheid brengen. Na een tijdje ontdekte ik dat ze die scherpe opmerkingen juist zei op een manier waarop ik het zou horen, misschien omdat ze wist dat ik dan langer in mijn kamer zou blijven.

Al die tijd was ik de muis in zijn holletje, die wachtte op het juiste moment om tevoorschijn te komen. Nooit had ik kunnen vermoeden dat ik uiteindelijk midden in het studentenhuis-leven zou belanden.

Op een dag hoorde ik hard geklop op de deur. Zoals gewoonlijk zat ik op mijn kamer en ik hoorde dat er veel mensen in de keuken zaten. En nu... Was er iemand boos? Ik opende de deur zachtjes en zag een jongen staan.

'Ard,' zei hij en gaf me een hand. 'Au,' zei hij daarna en trok zijn hand terug. 'Godverdomme, man, je hebt minstens twee botten gebroken.'

Als hij praatte, leek hij dom, ook als hij iets slims zei. Later begreep ik dat zijn stem uit zijn hart kwam. Hij bleek een gevoelige jongen die dat probeerde te bedekken met grove grappen.

'Sorry,' zei ik in de war. Ik dacht dat mijn werk als kippenvanger er misschien voor had gezorgd dat ik niet wist hoe sterk mijn handen waren.

'Geen punt,' zei hij en zweeg kort. 'Kom je even in de keuken? We hebben een vergadering met alle huisgenoten.'

Allerlei gedachten draaiden door mijn hoofd. Hebben de studenten vergaderingen in dit huis? Waarover? Waarom moet ik erbij zijn? Was er een probleem?

Maar ik kon niet anders dan achter Ard aan lopen. De keuken zat vol. Niet alleen met studenten uit het huis, maar ook met vrienden en studiegenoten.

In de propvolle keuken zei Ard meteen weer: 'Au, mijn hand. Deze kloteasielzoeker heeft twee botten in mijn hand gebroken. Nee, drie.' Iedereen aan de tafel begon hard te lachen. Toen hij vond dat dit genoeg was, zei hij: 'Ik stel aan u voor... Wat is uw naam?'

'Semmier.'

'Ik stel u voor: Semmier de asielzoeker.' Daarna riep hij hard, terwijl hij met zijn hand wapperde: 'Hoe kan ik me nu nog aftrekken, man!'

'Doe je dat dan met links of rechts?' vroeg een meisje.

'Links eigenlijk,' zei Ard. 'Je hebt gelijk. Maar vingeren doe ik met rechts, dus dat kan niet meer.' Om de haverklap veranderde hij van stem, dan weer hard, nu eens zacht, dan weer serieus of normaal of heel hoog. 'Jongens, meisjes, dit is Semmier de asielzoeker, die bij ons in huis woont. Dames en homo's en bi's, weet dat het niet meer veilig is in dit huis! Ik heb begrepen dat deze klote-asielzoeker uit Afghanistan komt.' Dat laatste zei hij met een stem als een schoolmeester, terwijl hij zijn ene hand op mijn schouder legde en de andere de lucht in bewoog.

'Ik kom uit Irak,' zei ik.

'Lieve dames, dat is nog erger. Hij komt uit Irak. Meisjes: pas op. Ik herhaal de mededeling: hij komt uit Irak. Dus niet meer met je blote tieten naar de douche lopen. En jij, nieuwbakken VVD'ertje, heb je dat gehoord? De partij van je pappie wil geen asielzoekers in dit land, en nu woont er een pal naast je!' zei hij hard lachend tegen Marga. Iedereen lachte mee, behalve Marga en een jongen die naast haar zat.

Aan tafel zaten de studenten met flesjes bier, glazen wijn en de asbakken zaten vol met as en peuken van de sigaretten en jointjes die erdoorheen gingen.

'Maarre...,' ging Ard verder. 'Ik heb ook goed nieuws. Hofkamp belde mij, als die Afghaanse Irakees zich niet gedraagt: melden! Dus nogmaals: dames, als jullie een vinger voelen tussen je billen, dan weet je wie het was. De asielzoeker! Als je 's nachts een tong voelt die iets met twee lippen likt, dat ook in dit huis soms wel kut wordt genoemd, doe niet het licht aan om te kijken wie dat doet. Kom klaar en slaap rustig verder. En meld het de volgende ochtend bij Hofkamp. Want het was... de asielzoeker! Als er iets gestolen is in dit huis, bijvoorbeeld je slipje, een inlegkruisje of een beha, wie is dan de dader?' Ard hield zijn handen in de lucht als een dirigent en op zijn teken antwoordde iedereen in koor: 'De asielzoeker!'

Daarop opende hij een blikje bier en drukte het in mijn hand.

'Proost, man. Op het asielbeleid in dit land. Proost op het verrotte GroenLinks,' hij knipoogde naar een van de meiden, die lachte. 'Op de VVD, op het CDA, op D66, jaja. Proost!' Zijn blikje in de lucht was een teken voor een gezamenlijk 'proost', waarop iedereen begon te drinken en te roken en te roepen.

44

Later leerde ik het woord 'vuurdoop' en dat was precies wat mij overkwam.

Om ze het gevoel te geven dat ik niet eng of vreemd was, nam ik een slok uit het blikje. Het was de eerste keer dat ik alcohol dronk en de smaak van bier was niet erg zacht voor mijn gemoed. Maar er zaten meer dan twaalf studenten om me heen, de meesten mijn huisgenoten en een paar uit andere studentenhuizen, dus het voelde alsof ik maar beter mee kon doen.

Ik gaf iedereen een hand. De keuken hing vol sigarettenrook en de geur van bier, wijn, verbrande olie en verrot eten. Ik ging tussen hen in aan de ronde tafel zitten en nam elk biertje of glas wijn of sigaret aan die ik aangeboden kreeg, om de studenten te laten zien dat ik een deel van hen kon zijn. Al snel na die heftige kennismaking voelde het alsof ik er al jaren woonde. De studenten spraken met elkaar en door elkaar. Ik zat ertussen alsof het nooit anders was geweest. De gesprekken gingen over studie, geld, ouders en vooral over seks en politiek.

Ik belandde in een gesprek over het benodigde aantal orgasmes per dag, of per week of per maand en het verschil tussen orgasmes in een relatie en die daarbuiten, of terwijl je verliefd was of daarna. Ik hoorde in dat gesprek allerlei woorden die ik niet kende, want ik was het sowieso niet gewend over seks te praten, laat staan met Nederlandse studenten die ik net had leren kennen. Eén woord klonk als een Griekse filosoof of een keizer: clitoris.

'Sorry, even een vraagje. Wie is die Clitoris?' vroeg ik aan het meisje naast me, dat Neeltje Drees heette.

'Wat? Weet je dat niet? Wat voor een migrant ben jij eigenlijk? Je komt naar Europa zonder te weten wat een clitoris is?' De studenten om ons heen lachten. 'Ard,' zei Neeltje. 'Jij beweert dat deze asielzoeker een geval is van gevaar voor de nationale vrouwelijke veiligheid, maar hij weet niet eens wat een clitoris is. Kun jij hem dat even uitleggen?'

Ard stond op en pakte uit de koelkast twee worteltjes en een druif. Hij schoof de flesjes, wijnglazen en asbakken naar een kant van de tafel. Hier en daar sprong iemand op, omdat er bier of as op hem viel.

'Laten we zeggen dat dit de kut is. Die twee worteltjes zijn de schaamlippen. Ja? Schaam. Lippen,' zei hij, duidelijk articulerend. 'Het enige verschil is dat die twee wortels goed zijn voor je gezichtsvermogen, en de kut niet. Maar dat terzijde. Dit hier,' zei hij, terwijl hij de druif tussen de worteltjes plaatste. 'Dit kleine stukje vlees daar bovenaan. Dat is de Clitoris. Met hoofdletter.' Daarna nam hij de druif en stopte die demonstratief in zijn mond. Mocht ik ooit vergeten wat een clitoris is, zoals Ard het uitlegde staat het in mijn geheugen gegrift. De meest vitaminerijke uitleg ooit.

Een van de meiden heette Mare. Zij was de enige die geen alcohol dronk maar thee en ze rookte ook niet. Haar kalme gezichtsuitdrukking paste goed bij een beroep als psycholoog. Mare was gelovig. Niet op een mannelijke manier, vol strijd, zoals in Irak, maar op een vrouwelijke manier, vol liefde. Ze was niet bang voor God, maar hield van Hem.

'Drink je voor het eerst?' vroeg Mare me.

'Ja, hoe weet jij dat?'

'Je drinkt heel snel en doet je best om het weg te slikken. Doe rustig aan. Wil je misschien wat thee?'

'Graag,' zei ik dankbaar.

Tegenover mij aan de tafel zat een klein meisje. Ze leek veertien, maar was eenentwintig. Haar naam was Nina. Ze had kort haar en opvallend kleine lippen, waar ze kleine glimlachjes mee verspreidde en terwijl ik geen idee van mode had, kon ik meteen zien dat ze haar kleren had gekocht omdat ze bij elkaar en bij haar pasten. Ze zat aan de tafel alsof ze in een duur restaurant zat. Ze woonde in een ander studentenhuis, maar, zo zou ik later ontdekken, was veel bij ons in huis. Of in de keuken, of op bezoek bij een van de bewoners, om mee te eten, mee te feesten of te blijven slapen. Later kreeg ik van Mare te horen dat Nina geen 'nee' kon zeggen.

Die avond was Nina als een gazelle die door de tijgers van de kudde gescheiden is, en die rent en weet dat het niet lang zal duren voordat ze een maaltijd wordt. Het verschil tussen die gazelle en Nina was dat de gazelle wegrende, terwijl Nina beleefd bleef zitten glimlachen. Het bleek, zo ontdekte ik later, dat als Philip er was, Nina van hem was. Als Philip er niet was, dan was Nina van Ard. Als Ard een ander meisje had, was Nina voor Levi, die haar dan mee naar zijn kamer nam in de korte tijd tussen zijn vriendinnen. Als Levi een vriendin had, dan was Nina van José.

Alleen al in deze keuken was Nina voor vier personen, voor hoeveel op deze planeet zou ze dan zijn? Nina leek het niet uit te maken voor wie ze was. Voor haar zachte hart was alles goed. De cultuur van 'ze-moet-het-zelf-weten' is levensgevaarlijk voor zo iemand. Het laat haar over aan de roofdieren.

Philip zat naast Nina. Hij was drieëntwintig, had een onrustig gezicht en woonde in een studentenhuis om de hoek. Omdat hij bevriend was met Ard, was hij vaak bij de keukenvergaderingen. Ik geloof dat hij niet meer studeerde, maar hoe dat precies zat weet ik niet. Wel begreep ik al snel dat alles wat je kan bevrijden van je hoofd, zoals drugs en alcohol en pillen, via Philip verkrijgbaar was.

'Kijk goed,' fluisterde Ard in de loop van die avond in mijn oor. 'Kijk en leer van wat Philip aan het doen is met Nina.'

Ik zag dat hij joint na joint draaide en glas na glas vulde. Nina rookte en dronk wat Philip haar voorzette. Haar glimlach zag er steeds suffer uit. Mijn eigen hoofd werd ook steeds zwaarder door de eerste alcohol die ik dronk en de eerste joint die ik rookte. De keuken was inmiddels veranderd in een enorme joint waar je in kon zitten. Toen het al ruim middernacht was geweest, klopte Ard met zijn blikje bier op mijn hoofd.

'Kom mee,' fluisterde hij. Hij liep voor me uit de tuin in en liep door naar het schuurtje. Het licht was aan en door het raampje konden we Philip op een stoel zien zitten met Nina, die nu alleen nog een blauw behaatje droeg, op zijn schoot.

'Die klootzak weet niet hoe hij die beha los moet krijgen,' grinnikte Ard. Nina rookte een grote joint, terwijl ze op en neer bewoog. Als ze te hoog ging, bracht Philip haar naar beneden en zichzelf dieper bij haar naar binnen. Ik schrok ervan. Net had ik een zacht mens tegenover mij zien zitten met een mooie glimlach, en door een beetje drank en drugs zag ik haar veranderen in een paar kilo vlees, naakt in een schuurtje.

Nina liet de joint in haar mond hangen, nam een diepe hijs, pakte de joint en stopte die in de mond van Philip. Daarna nam ze de joint terug, terwijl ze van boven naar beneden bleef bewegen. Soms stopte ze met bewegen, maar ze hield niet op met roken.

'Lekker hè,' zei Ard. 'Soms neuk ik haar met hem samen, maar vanavond niet.' Ik had niet gedacht dat het gekker kon worden, maar dat werd het wel. Ik wist niet wat ik hoorde. 'Vanavond wacht ik tot Annabel zo dronken is dat ze niet meer naar huis kan fietsen. Zij is lekkerder dan Nina,' zei hij, terwijl hij naar Nina en Philip bleef kijken en slokjes uit zijn bierblikje nam. 'Als je hier alleen wilt zijn om je af te trekken, ga ik, hoor.'

'Nee, dank je.'

'Soms doe ik dat hier ook.'

'Maar dan kan iedereen je zien.'

'Nou en. De vorige keer dat ik naar Philip en Nina keek en masturbeerde, bekeek Mare me vanuit het raam. En zij begon zichzelf te vingeren. En toen Sep dat zag, trok hij zich af en...' Hij wilde doorgaan, maar barstte in lachen uit en trok me bij het raam weg.

De volgende ochtend overkwam me wederom iets nieuws. Een mijlpaal, zou je kunnen zeggen. Toen ik wakker werd, bleek mijn hoofd ontmaagd door de zwaarste hoofdpijn ooit. Mijn eerste kater.

45

Toen ik wakker werd na mijn eerste vergadering met de studenten voelden mijn hoofd en mijn lichaam niet meer als geheel. Mijn hoofd was zwaar. Mijn lichaam kon het niet meer tillen. Ik draaide en voelde iets naast me. Moeizaam bewoog ik mijn hoofd naar rechts en schrok. Nina. Slapend. Naakt. De deken kwam tot aan haar navel.

Mijn gevoelens en gedachten begonnen te koken in dezelfde pan. Ik hoorde mijn hart heftig kloppen, niet alleen in mijn borstkas en mijn hoofd, maar ook onder mijn deken. Uit mijn behaarde buik begonnen geluiden te komen als het borrelen van kokend water, door de combinatie van hasjlucht en allerlei soorten alcohol en muntthee en een naakt meisje in mijn bed, dat ik er niet naartoe had gebracht. De makkelijke schoonheid van Nina was voor mij die ochtend een marteling. Ik dacht: als ze wakker wordt en een behaarde asielzoeker naast zich ziet liggen, schrikt ze en rent ze weg. Dan beland ik in de cel. Ik kroop zachtjes uit bed en stond op, in mijn onderbroek. De meest onaantrekkelijke onderbroek, die je naast een naakt meisje aan kan hebben. Een die twee euro had gekost in de aanbieding bij de Zeeman. In het midden van de kamer lagen Nina's kleren. De beha, de jas, de broek, de schoenen en haar tas. En, wat mij nog banger maakte, ook haar slipje, nog in haar broek, alsof haar onderbroek de broek droeg. Had zij dat gedaan? Die onderbroek uitgetrokken? Onmogelijk. Ik? Uitgesloten. De slip zelf?

Twee scenario's draaiden door mijn hoofd. Eentje houd ik voor mezelf, de andere vertel ik je nu: zo snel mogelijk mijn kleren aantrekken en ontsnappen. Niet alleen uit de kamer, maar uit het huis. Dat was wat ik deed.

Ik liep wat rond door de stad en om een uur 's middags ging ik naar huis. Het studentenhuis voelde nu als een landmijn. Maar toen ik de voordeur opendeed, hoorde ik niets, behalve de stilte, zoals altijd tot in de middag na een vergadering in de keuken.

Zachtjes ging ik mijn kamer in en hoopte dat Nina al wakker was en dacht dat ze er de hele nacht alleen was geweest. Maar opnieuw schrok ik, toen ik zag dat ze nog in mijn bed lag. Met een sprongetje was ik weer buiten en liep weer twee uur rond. Als ze nu nog slaapt, besloot ik, dan maak ik haar wakker. Maar bij de voordeur aangekomen, hoorde ik de stofzuiger. Nina was in mijn kamer bezig. Ze deed de stofzuiger niet uit, waarschijnlijk omdat lawaai het beste gesprek tussen ons was na die dolle nacht. Mijn kamer stonk nog steeds naar kippen, maar ik rook het alleen nu ik Nina daar zag.

'Ik ga theezetten,' riep ik hard, boven de stofzuiger uit.

'Rooibos, graag,' riep ze terug. Ik ging naar de supermarkt om rooibos te kopen, want ik had alleen zwarte thee. Toen ik terugkwam, zei ze dat ik niet naar de supermarkt had hoeven gaan, want alle soorten waren goed geweest. Ze ging niet naar de keuken, maar bleef op de enige stoel in mijn kamer zitten met de thee in haar handen. Ik wist niet hoe ik me moest voelen of wat ik moest doen. Zat ze daar uit gezelligheid of moest ik me zorgen maken dat ze zich niet in de keuken wilde laten zien.

'Ik heb lang geslapen, jij ook?' zei ze.

'Ik ook,' zei ik.

Hoe was ze in hemelsnaam in mijn bed beland? vroeg ik me af. Waarom had ze haar onderbroek niet aangehad? Zelf leek ze het allemaal niet zo vreemd te vinden. Ik vroeg me af of ze het sowieso nog zou weten.

'Hé asielzoeker. Geneukt?' vroeg Ard me later die dag in de keuken.

'Zij mij,' zei ik. 'Niet de hele nacht, maar de hele dag.'

'Ook goed. Zij neukt jou, jij neukt haar, doet er niet toe. Als het maar lekker was.'

Tijdens de vergaderingen in de keuken, waar ik nu ook elke week aan deelnam, was er geen agenda. De vergaderingen waren meer de naam voor een feest of om in te drinken. Er werd wel gesproken over het opstellen van een schoonmaakrooster (dat vervolgens door het merendeel van de bewoners niet werd nageleefd), maar het verbaasde mij dat ik ze nooit hoorde spreken over de rotzooi van anderen. Eigenlijk zeurde niemand over de smerigheid in de keuken of was die te lang in de wasmachine bleef zitten. Het hoofdpunt tijdens de vergaderingen was vooral het kopen van wc-papier. Zonder wc-papier hadden die vergaderingen nooit plaatsgevonden.

Een aantal keer per jaar was er nog een andere soort vergadering, niet in de keuken maar in een goedkope Chinees. Een van de oplossingen die de studenten tijdens het eten vonden voor het probleem van het wc-papier, was dat iedereen zijn eigen rol mee moest nemen naar de wc en het daarna terugbrengen naar zijn kamer. De volgende vergadering werd die regel geannuleerd, want nu begonnen sommigen de kamers van anderen zomaar binnen te gaan op zoek naar wc-papier en werd het moeilijker om privacy te behouden in de kamers. Dus gingen ze terug naar de oude oplossing: elke week zou een van hen het wc-papier moeten kopen. Na drie keer vergaderen in de Chinees hield ik het voor gezien, want ik kon niet kauwen en tegelijkertijd over wc-papier discussiëren.

Tijdens een van de vergaderingen in de keuken kreeg ik kort daarop een compliment. Neeltje zei dat er vanaf het moment dat ik bij hen woonde altijd wc-papier aanwezig was. Maar zelfs toiletpapier kon Marga niet blij maken met mijn aanwezigheid in dat studentenhuis.

46

Wat een verschil tussen mijn leven in het azc en dat in het studentenhuis. De Hollanders in het azc noemden mij 'meneer' en behandelden mij als asielzoeker. In het studentenhuis noemden ze mij 'de asielzoeker' en behandelden mij als een meneer. In het azc was er altijd het systeem. Zelfs de mensen die er werkten, leken geen mensen, maar computers, die voor het systeem werkten. In het studentenhuis waren er alleen maar Nederlanders en er was geen systeem, maar vrijheid. De studenten sprongen van de ene studie naar de andere, van de ene liefde naar de andere, van het ene kapsel naar het andere, van het ene feest naar het andere. Voor het eerst in mijn leven kreeg ik daardoor het gevoel dat alles mogelijk was. Zelfs student te zijn en niets leren, behalve roken van 's ochtends vroeg tot drie uur 's nachts en zeuren over je ouders, en over dat niemand in het universum je begrijpt.

Ik zal je voorstellen aan de andere bewoners van het studentenhuis. Nadat ik door Ard naar de wekelijkse vergadering was gesleurd, was ik deel van het huis. Alleen voor Marga bleef ik vooral in mijn kamer als ik haar hoorde, maar verder kreeg ik steeds vaker de andere bewoners op bezoek of nodigden ze me uit om iets te drinken of mee te eten in de keuken.

De eerste die in mijn kamer op bezoek begon te komen was Neeltje. Het woord 'gek' was niet voldoende om haar gekte te beschrijven. En het woord 'lief' was niet genoeg voor haar zachtheid. In Neeltje kon je alle tegenstellingen vinden, en juist dat maakte haar het leukste gezelschap. Niet alleen voor mij, ook alle studenten in het studentenhuis en haar vele vrienden zagen haar graag. Ik denk niet dat er een celletje van schaamte in Neeltje bestond, en geen celletje vermoeidheid. Neeltje was vuur. Altijd. Ze verbrandde zichzelf en verwarmde wie om haar heen was. Ze las de diepste boeken die er zijn en ook de stomste. In haar boekenkast vond je de boeken van Herman Hesse naast die van Heleen van Royen. Ze speelde Bach en Tsjaikovski op haar keyboard en ze luisterde naar Tonnie Rober (of Ronnie Tober, dat kan ik nooit onthouden). Ze hield van discussiëren, maar als ze het gevoel had dat de discussie nergens toe leidde, eindigde ze het gesprek met een van de dierengeluiden die ze erg goed na kon doen. Vooral een koe, een hond of een lammetje. Het was normaal om haar te zien te discussiëren over iets filosofisch of politiek en het opeens te zien eindigen met een zin als: 'En dan luisteren we nu even naar het wanhopige lam, dat zich buitengesloten voelt.' En daarna perste ze zichzelf uit om het gemekker van het lammetje na te doen. Het klonk dan niet alsof ze het geluid nadeed, maar alsof er een lammetje vastzat in haar keel.

Ze was niet lang, ik denk 1 meter 60, had bruin haar en bruine ogen. Ik kon er nooit achter komen met wie ze een relatie had. Al haar exen kwamen nog bij haar langs en allemaal bleven ze slapen. Ze herhaalde altijd dat haar mooiste periode de tijd is als ze net uit een relatie is gestapt. Ze studeerde pedagogiek en had een bijbaantje in de supermarkt en ze was actief voor de politieke partij die SP heet. Soms zag ik haar dagen niet en dan kon ze opeens weer op mijn deur kloppen en zonder antwoord af te wachten opendoen.

'Waarom gebeurt hier nou nooit eens iets spannends!?' riep ze dan en lachte haar luide lach. Vaak opende ze haar tas en gooide iets op mijn bed wat ze had gekocht om in de trein te eten, maar doordat ze met iemand in gesprek was geraakt, had ze het niet opgegeten en nu had ze er geen zin meer in. Ze was enorm geïnteresseerd in politiek en volgde het nieuws als geen andere huisgenoot. Het was ook haar manier om de studenten te benoemen: Mare was het heilige hoertje van het CDA (hoewel Mare zelf niet van politiek hield en niet stemde), Ard de Bob Marley van GroenLinks, Marga het VVD-trutje en Levi de nette klootzak van D66. Wie geen politieke partij had, zoals José en Stef, noemde ze losers.

De netste kamer in het huis was die van Mare. Je zou die kamer nooit in dat studentenhuis plaatsen. Volgens Neeltje woonde zij samen met Jezus. Op haar nachtkastje lag een Bijbel. Ze ging nooit naar de kroeg en dronk, behalve heel soms een glas wijn bij het eten, geen alcohol. Altijd stond er een bos bloemen op de vensterbank. Ze kocht ze vlak voor het einde van de zaterdagmarkt, elke keer een andere soort, afhankelijk van welke boeketten goedkoper weg werden gedaan. Ze kwam ook soms bij mij in de kamer om thee te drinken.

Nooit opende ze zelf een gesprek over God maar als het onderwerp toch werd aangesneden, hield ze er niet over op. Behalve Foetsie en Mien, de katten van Levi, vond iedereen in het studentenhuis Mare saai. Misschien omdat ze nooit dronken werd, geen joints of sigaretten rookte, vieze moppen niet leuk vond, of misschien omdat ze nooit met iemand het bed deelde, want dat bewaarde ze voor degene met wie ze zou trouwen. Volgens Stef en Neeltje was ze nog maagd, Ard durfde dat te betwijfelen omdat hij niet kon geloven dat iemand in deze tijd nog maagd kon zijn als je studeerde. Ik vond Mare niet saai maar vooral erg aardig. Ze nam altijd haar kopje weer mee naar de keuken als ze de thee op had en waste en droogde het af. Neeltje leerde mij de term Bijbelgordel, het gebied in Nederland waaruit ook Mare afkomstig was, een stuk dat schuin door Nederland loopt van Zeeland tot Overijssel, waar veel gereformeerden wonen. Volgens Neeltje was in deze riem 'alles vrij, behalve de kut en de penis. Die zijn het eigendom van de Heer.'

47

Na een tijdje kwam José mee als Mare thee kwam drinken en niet lang daarna kwam José ook weleens alleen.

Ik hoorde de studenten als de naam José viel vaak zeggen: 'O ja, José, tja...' Als ik haar beschrijf met naakte taal, is het niet genoeg om haar te duiden, ze heeft een beetje fantasie nodig, maar dan zal ze klinken alsof ik haar verzonnen heb, terwijl met de tijd vele gezichten van de studenten vager en vager worden en zij juist steeds duidelijker wordt. Ze begon de studenten in mijn geheugen een voor een op te eten, alsof ik in het huis alleen met haar samenwoonde.

José voelde zich eenzaam, om een reden die voor mij heel grappig overkwam. Ze was welkom in vele groepen, maar ze had geen eigen groep. José vertelde dat ze haar best moest doen om dan weer bij de ene groep te kunnen horen en dan weer bij de andere. Anders zou ze helemaal alleen zijn.

Nu vertel ik je iets belangrijks, iets dat ik in het studentenhuis ontdekte en later overal in Nederland terugzag. En dat is het woord 'groep'. Overal ter wereld bestaat het woord 'vrienden'. Beste vrienden, goede vrienden, jeugdvrienden, kennissen, maar in Nederland is er ook nog het woord 'groep'. Nederlanders hebben de familie achtergelaten, die hebben ze niet meer nodig, maar daardoor is er iets anders ontstaan: de groep. Vrienden die zich verbonden voelen met elkaar, in die groep en door die groep en die bijna ondoordringbaar is voor mensen die niet bij die groep horen. In die groep zit vaak meer psychologie dan bij een gedwongen opname. Er is meer democratie dan in het Europese parlement en een grotere dictatuur dan in het hele Midden-Oosten. Er is jaloezie, kinderachtigheid, en er zijn vooral eindeloos herhalende babbels, die ontzettend interessant moeten lijken.

'De groep' bestaat uit een aantal mensen die denken dat ze bij die groep horen, omdat ze dezelfde intelligentie hebben, of dezelfde interesse, of dezelfde muzieksmaak, hobby of studie, maar ze hebben vooral dezelfde angst voor eenzaamheid. Elke groep die ik zag, bestaat uit mensen van ongeveer dezelfde leeftijd. Ze lijken allemaal ook op elkaar of lijken niet op elkaar op een vergelijkbare manier. Of ze hebben dezelfde smaak, of ze doen alsof ze elkaars smaak mooi vinden, zodat ze als ze elkaar ontmoeten plezier hebben. Vals plezier of echt plezier, dat maakt niet uit, als je maar bij de groep hoort. En altijd is er een persoon die de dominantste van de groep is, de dictator, maar dat zie je niet meteen, want dit is een sympathiek persoon, stil, niet zo aanwezig, zonder een grote behoefte aan aandacht.

Je kan voor vijfhonderd euro een Schengenvisum kopen in Jordanië, of voor tienduizend dollar een Green Card voor Amerika, of in Amsterdam een Nederlands paspoort voor zeshonderd euro van een junkie, maar een visum voor 'de groep' is onmogelijk te verkrijgen. De enige eventuele deur is de verliefdheid.

Als iemand uit de groep verliefd is, dan druppelt de geliefde langzaam de groep binnen: hoe ziet hij eruit, hoe ruikt hij, hoe zoent hij, hoe snurkt hij, naar welke muziek luistert hij, wat voor soort moeder heeft hij, waarom zijn zijn ouders gescheiden, waarom heeft zijn jongste zus anorexia en heeft zijn oudste broer zelfmoord gepleegd, en dan, na al die informatie komt de persoon in kwestie opeens in de groep, die net doet alsof zij niets van hem weten.

In een nieuwe groep opgenomen worden, betekent het verliezen van een andere groep.

Ik verzeker je, ik kan een boek van achthonderd pagina's schrijven over de groepen van Nederland. Elke Nederlander zal zijn eigen groep erin herkennen.

Een Nederlander zonder groep is als een Hollands treinstation zonder fietsenrek. En zo voelde José zich...

José zag er erg aantrekkelijk uit, juist omdat ze een beetje dik was. Ze liep altijd op blote voeten en kwam meestal de keuken in met alleen een onderbroek en nachtjaponnetje aan. Het was haar zelfvertrouwen dat haar zo mooi maakte. Ik weet nog dat ik een keer in de keuken thee aan het maken was. Ik draaide me om en zag haar halfslapende gezicht en halfnaakte lichaam. Zonder het door te hebben, keek ik een seconde naar haar borsten.

'Vind je ze mooi?' vroeg ze met een heel gewone stem.

'Ja,' zei ik, in verlegenheid gebracht. Ze trok haar nachtpon omhoog en ontblootte haar bovenlijf. Ik wist niet wat me overkwam.

'Kijk, deze is iets groter dan die.' Ze zei het op normale toon, alsof ze twee konijnen op de kinderboerderij aanwees. Zo was José.

Op haar manier was José snel jaloers. Ze kon het niet verdragen dat iemand gelukkig was, vooral in de liefde. Dat kwetste haar. Als alle mensen op deze planeet single waren, zou José dat prachtig vinden. Haar kamer zat precies boven die van mij. Er ging geen week en soms geen dag voorbij, zonder dat ik haar bed hoorde kraken, omdat iemand bij haar was. Was dat door het vuur in haar of haar behoefte om niet alleen te zijn?

De contacten met de studenten leerden mij veel over de omgangsnormen tussen Nederlanders, terwijl die me op hetzelfde moment erg konden verbazen. Ik weet nog goed dat José een keer bij mij op bezoek was. Ze praatte over een andere studie die ze in Leiden wilde gaan doen, of misschien in Amsterdam. Het was geen erg opwindend gesprek, voor zover ik me kan herinneren, gewoon een praatje bij een kopje thee. Maar nadat ze naar haar kamer was gegaan, sms'te ze.

Vind je mij aantrekkelijk?

Verbaasd las ik de woorden en vroeg me af of ik het nu wel of niet goed begreep. Ik wilde haar terugschrijven dat ik dat wel vond, maar ik wilde geen fout maken die me mijn kamertje kon kosten. Ik stuurde haar: *hoe bedoel je?*

Ze stuurde terug: *ik vind het heel fijn bij jou. Maar ik wil niet dat je denkt dat ik iets meer met je wil.*

Ik stuurde terug dat ik er net zo over dacht. Nog steeds verbaasd, want ik dacht dat dat wel duidelijk was.

Een paar dagen later was ze een hele tijd bij mij geweest, tot na middernacht. Weer stuurde ze me een sms: *kan niet slapen, ramen open, ik lig naakt in bed en nog is het te warm.*

En daarna: *ik raak mezelf aan, misschien dat dat helpt.*

Wat wilde ze nu van mij? Zei ze iets met die sms, wat ze net in mijn kamer niet had willen zeggen? Ik hoorde gekraak van het bed boven. Toen ik haar de volgende dag tegenkwam, deed ze net alsof er niets aan de hand was. Ik weet zeker dat ze doorhad dat ik in mijn kamer precies onder haar bed alles kon horen. Ik vermoed dat dat haar opwond.

Als ze met een meisje naar huis kwam, klonk haar bed als een viool. Kwam ze met een jongen thuis, dan klonk het als een djembé. Als er meerdere mensen bij haar sliepen, klonk haar bed als een heavymetalband. Haar bed was het instrument voor haar lichaam, haar verlangen bespeelde haar en ik hoorde beneden de heetste liveconcerten van haar hormonen. Soms stuurde ze me een sms als ze klaar was mct: *lekker*. Of: *iets te snel*. Ik wist niet waarom José wilde dat ik dat wist en durfde het haar niet te vragen. Dacht ze dat ik het wilde weten? Of vond zij het spannend?

Eens zat ik met Ard in de keuken, toen ze giechelend met een blond meisje door de gang liep, ons groette met een vette knipoog en naar boven ging. Ard zei dat hij jaloers was dat ze zo'n mooi meisje kon krijgen. Ze sms'te: *wil je ook?* Eigenlijk voelde het lichaam van José zich niet eenzaam, maar zij wel. Of misschien was haar lichaam haar eenzaamheid.

Toen ik haar toch eens vroeg waarom ze al die sms'jes naar mij stuurde, keek ze me eerst woedend aan en barstte vervolgens in een gulle lach uit. Maar ze zei niets en ik kreeg nooit meer een sms.

Eens dacht ik dat het geluk José eindelijk toelachte. Ik had haar een paar weken in het huis gemist en geen liveconcerten van boven gehoord en haar fiets stond maar zelden in de gang. Stef vertelde me dat ze erg verliefd was op een jongen en dat het wederzijds was. De jongen hoorde bij een groep en nu was die groep ook de groep van José. Dus nu had ze een groep en liefde. Als ze wel thuis was, hoorde ik vanuit haar kamer eerder een serenade van Schubert dan het kraken van een bed. Ik dacht: verliefdheid kan zelfs een krakend bed veranderen in een componist.

Maar het duurde niet zo lang, net als de zomer in Nederland. Zoals José het niet kon aanzien dat een ander gelukkig was in een relatie of een vriendschap, zo kon ze het ook niet aanzien dat zijzelf gelukkig was in de liefde. Ik kwam tot de raarste conclusie ooit. José haatte de liefde waarnaar ze verlangde.

En ze haatte het dat ze gelukkig was, en dat het bestaan van die jongen in haar leven met zijn groepje betekende dat ze haar geloof moest opgeven dat liefde en geluk onmogelijk waren. José leek zo nerveus en wanhopig en droevig, dat ze de relatie met die jongen beëindigde, en terugkeerde naar het alleen zijn.

Stef vertelde later eens dat José verliefd was op Mare en dat ze jaloers was dat Mare een goede relatie had met Jezus. Hoe dat zat, weet ik niet, maar soms, als ik op mijn matras lag, naar het plafond erboven keek en dacht aan het bed van José daarboven, vroeg ik me af welk geluid het straks zou voortbrengen. Als ik José in de gang of de keuken tegenkwam met een jongen of een meisje, kon ik raden wat voor geluid er zou komen. Vurige jongens en meisjes gaven vurige concerten en bij kille types leek het concert eerder op een solo of soundcheck. Pas toen José verhuisde naar Maastricht om een andere studie te doen, besefte ik dat ik een betere band had met het bed van José dan met haarzelf. Kenneth, die haar kamer overnam, zorgde ervoor dat ik de concerten van het bed van José ging missen. Want Kenneth veranderde het plafond van mijn kamer van een podium in stilte.

48

Zoals ik al zei waren de favoriete gespreksonderwerpen onder de studenten seks, ouders, geld en politiek. En terwijl ze van studie naar studie of van liefje naar liefje sprongen, lag dat met de politiek net even anders.

Vier van de bewoners van ons studentenhuis waren lid van een politieke partij. Vier verschillende politieke partijen, waar ze altijd op stemden. De vijfde student geloofde in Jezus, de zesde in het milieu, de zevende zat gevangen in het verleden en de achtste zocht zichzelf, in een kamer met twee illegale katten.

Het viel mij op dat de studenten hun gevoel veranderden, hun kleren, hun kapsels, hun seksuele voorkeuren, maar niet hun politieke richting. Nadat ik ze beter leerde kennen, ontdekte ik dat die richting al was aangegeven door hun ouders en dat het ook zichtbaar was in hun vriendenkring. De vrienden van Marga waren VVD'ers, de vrienden van Ard stemden GroenLinks, de vrienden van Neeltje waren SP'ers en Mare had vooral christelijke vrienden. Levi leek niet van politiek te houden. Maar zodra de discussies begonnen, werd hij D66'er. Zonder discussies geloofde hij niet in D66 maar in zijn twee katten. Stef hing geen politieke partij aan, hij zei dat er in de politiek alleen maar werd gepraat, en dat je om iets te veranderen juist zelf iets moest doen.

Ik praatte graag met de groep SP'ers, die Neeltje bij elkaar bracht in de keuken. En ook met de GroenLinks-groep die bij Ard langskwam. Maar zou je me vragen met wie ik in een huis wilde wonen, dan was mijn antwoord zeker: met de VVD'ers van Marga of de christelijke groep van Mare. De mensen van de SP en GroenLinks waren de gezelligste, maar ook degenen die de meeste troep achterlieten.

De groep van de VVD was gesloten en afstandelijk, maar ze maakten de keuken schoon als ze weggingen en ze kochten altijd wc-papier. Als ik ze hoorde, klonk het alsof ze geloofden in een god die je niet voelt met je hart maar tussen je vingers: geld. De christelijke groep van Mare, die qua politiek verdeeld was over het CDA, de ChristenUnie en de SGP, was de aardigste, de schoonste en rustigste. Als de vrienden van Marga in de keuken waren, werd ik niet uitgenodigd als ik passeerde. Het leek alsof de keuken van hen werd. Als de SP'ers of de GroenLinksers in de keuken zaten, leek de keuken niet alleen van het studentenhuis, maar voor de hele buurt. Bij de christelijke groep leek de keuken een keuken. En soms een hemel, waarvan je vanzelf naar de hel viel als een andere groep binnenkwam.

De namen van de politieke partijen zeiden mij in het begin niets, maar gedurende mijn tijd in het studentenhuis leerde ik uiteindelijk niet alleen veel over de gevoelens en gedachten en het gedrag van studenten, maar snapte ik ook meer en meer over de politiek in Nederland. Termen als links en rechts, conservatief en liberaal, dat alles leerde ik aan de keukentafel.

Ik zag er allerlei theorieën en ideologieën, allerlei manieren van denken, spiritueel, economisch en politiek.

En ook alle soorten verliefdheid: op het eerste gezicht, na het eerste orgasme, op het eerste jointje of het eerste glas bier. Ik zag alle soorten vrijheid, alle soorten alcoholische dranken en alle soorten pillen en drugs, maar – en dat verbaasde mij – nooit zag ik een ruzie tussen de studenten. Terwijl er op de universiteit in Irak geen maand voorbijging zonder vechtpartijen, soms zelfs geen week. De Nederlanders bevochten elkaar niet met hun vuisten, maar discussieerden met woorden. Ook als de discussie heftig werd, bleven ze rustig, alsof ze een afkoelingsmechanisme hebben in hun lichaam, dat we in het Midden-Oosten missen.

Stef hield zich niet bezig met politiek omdat dat volgens hem te veel geklets was en te weinig daden. Stef was een magere jongen. In zijn borst een hart dat niet voor hem klopte, maar voor iets waarop we volgens hem allemaal leefden, en waarvan we allemaal leefden, en waarvan we geen reserve hebben, en waarvoor we ondanks dat alles niet goed zorgden en het daardoor niet beter zouden kunnen doorgeven aan de volgende generaties, maar juist slechter: de Aarde.

Wij – Stef bedoelde de hele mensheid – mishandelden de aarde. De milieuvervuiling die plastic zakjes veroorzaakten was voor hem erger dan een aardbeving die een paar duizend mensen doodde.

Die mensen, zo zei hij eens tijdens een discussie aan de keukentafel, zijn organisch, en worden vanzelf weer deel van de aarde, maar het plastic zou al het leven op aarde ooit verstikken. Elke plastic zak was een file op de weg van het milieu, volgens Stef. Na een paar babbeltjes wist hij mij een keer mee te krijgen naar het park, om het milieu te redden van het plastic.

Met twee grote vuilniszakken liepen we door het park om al het vuil op te rapen. We liepen over het grasveld, maar doorkruisten vooral de bosjes die er stonden, want daar bleef alles in de struiken hangen.

'Bah!' riep ik uit, toen ik een gebruikt condoom zag liggen. Stef bukte zich, pakte het op en gooide het in de zak.

'Ook plastic,' zei hij. 'Maar de verpakking moet hier ook nog ergens liggen.' Hij doorzocht de plek als een agent die een misdrijf onderzoekt, tot hij de geopende verpakking van het condoom ook in de vuilniszak kon gooien. Ik vond Stef erg nobel, maar vond vooral dat hij vaak te ver ging.

Stef was de enige student in ons huis die van zijn weinige geld ook organisaties betaalde om voor dolfijnen, panda's en gibbons te zorgen.

Stef was bezig voor een gezond milieu en dierenwelzijn, maar ik hoefde maar even goed naar Stefs gezicht te kijken om te zien dat hij niet gezond leefde. Hij at veganistisch, en soms at hij een hele dag één soort fruit om zijn lever te ontlasten. Aan zijn jukbeenderen te zien, zou je op een zwart-witfoto meteen denken dat hij een Europeaan aan het eind van de Tweede Wereldoorlog was. Zou hij vier keer per week kebab of shoarma of McDonald's eten, dan zou hij binnen een paar maanden met ongezond eten een gezonde jongen worden.

Stef had vrienden die er ook bleek en ongezond uitzagen. Zijn groep bestond uit twee meisjes en nog drie jongens. Ze hadden dezelfde kledingstijl. Als ik bij ze zat, was ik na elk gesprek benauwder, want dan was de lucht die ik inademde geen lucht, maar chemische vloeistof, en wat ik at geen eten maar chemische substanties. Dan dacht ik dat ik vol terminale ziektes moest zitten en voelde ik dat de aarde elk moment kon verdwijnen doordat het ijs op de Noordpool smolt.

Nu was het zo dat geen enkel meisje twee keer naar hem omkeek, behalve de twee meisjes uit zijn groep en Mare, die soms met hem in een onvruchtbaar gesprek raakte om zijn geloof te veranderen van het milieu naar het geloof in de hemel. Terwijl hij Mare wilde overtuigen dat juist zij goed voor het milieu moest zijn, want volgens haar was dat toch wat God de mens had opgedragen.

Mare en Stef hadden beiden een heel ander idee van het woord 'hemel'. 'De hemel is niet de oplossing voor de mensen. De hemel heeft zelf allerlei problemen!' zei hij. 'Zoals het verdwijnen van de ozonlaag en de klimaatverandering.' Mare vertelde dat ze met de hemel de hemel bedoelde, en dan zei hij dat hij ook de hemel bedoelde. 'De echte hemel dus, die bestaat. Niet de hemel van de Bijbel. Die bestaat alleen in jouw hoofd en in de hoofden van een paar dominees en priesters en in het hoofd van de paus en in de hoofden van de priesters die kinderen misbruiken.'

Als Stef boos werd, werd zijn gezicht nog bleker en staken zijn jukbeenderen nog verder uit.

Dan glimlachte Mare, stopte met discussiëren en luisterde alleen maar. Gelukkig was het milieu niet Stefs kamer, want dan ging het er zeker slecht mee. Zoals Mares kamer de netste was, was Stefs kamer veruit de rommeligste.

49

Wat ook nieuw voor mij was in dat studentenhuis was het ruilen in liefde en seks.

Ik dacht altijd dat als een meisje goed kon praten met een jongen, haar hart (en haar kamer) ook openstonden voor hem. Maar zo bleek het niet te werken. De meisjes praatten makkelijk met Stef en lang met Kenneth, die heel snel verliefd werd. De meisjes gaven hun vertrouwen aan Kenneth, maar hun lichaam aan Levi. Toen ik Neeltje vroeg hoe dat nu zat, begon ze hard te lachen. Ze gaf een antwoord dat ook van Calvin had kunnen zijn.

'Goed gezien, Semmier. Stef is een oor. Kenneth een hart. En Levi een lul.' Ik kon begrijpen waarom de meisjes geen interesse hadden in Stef, hij plukte condooms uit de bosjes in het park en niet van onder zijn kussen. Maar ik begreep niet waarom al die meisjes op alle feestjes in het huis na al dat bier en al die hasj niet op de kamer van Kenneth belandden, maar eindigden in die van Levi, waar de stank van kattenpoep vaak ondragelijk was.

Kenneth had een verborgen onzekerheid en Levi een verborgen agressie. Blijkbaar won de agressie van Levi het lichaam van de meisjes en de onzekerheid hun vertrouwen.

Op een donderdag verscheen Liesbeth in de keuken. In het begin was ze stil. Stef praatte met haar over het milieu. Zij praatte met hem over zichzelf en hij luisterde aandachtig. Ik zat aan de andere kant van de tafel en zag dat Kenneth interesse had in haar. Zij leek ook geïnteresseerd in Kenneth. Als zij de titel van een film noemde, vertelde Kenneth over een grappige scène uit die film. Had zij het over een boek, dan citeerde Kenneth een mooie zin. Van kwart over acht tot twintig over negen bewees Kenneth dat hij de slimste in de keuken was en het meest wist over onderwerpen die Liesbeth interessant vond. Tot Levi de keuken binnenkwam. Hij ging tegenover

Liesbeth zitten. Waar Kenneth als hij praatte haar blikken ontweek, vanuit verlegenheid of respect, keek Levi juist recht in haar ogen. Om niet onzeker te worden door de blikken van Levi, probeerde ze in de ogen van Kenneth te kijken, en om niet onzeker te worden door haar ogen, keek hij naar de muren van de keuken en de foto's die er hingen. Kenneth praatte en praatte, om zijn onzekerheid te verbergen voor Liesbeth. En Levi keek dieper en dieper in haar ogen en liet zo zien hoe zeker hij was. Elke keer als iemand opstond, schoof Levi een stoel dichterbij. Elke stoel die Levi dichterbij kwam, was voor Kenneth een bed verder van haar.

Zoals zwarte olie een blauwe golf bedekt, begon Levi Liesbeth te bedekken en langzaam isoleerde hij haar, niet alleen van Kenneth maar ook van de rest van de tafel en de keuken en de hele wereld. Neeltje fluisterde in mijn oor: 'Arme Kenneth, weer lukt het hem niet. En hij was zo dichtbij.' Toen Liesbeth opstond om naar de wc te gaan, stond Levi ook op. Hij nam haar hand en in plaats van naar de wc hoorden we haar voetstappen op de trap.

Kenneth bleef praten met Stef en de anderen in de keuken, en met de muren van de keuken. Zoals hij daarvoor praatte om zijn onzekerheid voor Liesbeth te verbergen, praatte hij nu om zijn nederlaag te maskeren.

Zo ging het altijd met Kenneth. De liefste jongen uit het huis en degene die zijn meisje het zachtst zou behandelen, ging alleen naar zijn kamer. Ik hoop van harte dat hij inmiddels iemand gevonden heeft met wie hij lang en gelukkig getrouwd is. Die kans is overigens vrij groot, want inmiddels weet ik dat meisjes als ze klaar zijn om kinderen te krijgen, na hun vierendertigste sneller kiezen voor het goede hart.

Levi van der Meulen kwam uit Amersfoort. Hij was trots dat hij twee katten had in een studentenhuis waar dat verboden was.

Aan een van zijn muren hing hij de slipjes van de meisjes waarmee hij had geslapen. Daaraan kon je zien welke maat kontjes Levi lekker vond. Levi was heel aardig en heel rechtvaardig en heel gevoelig en heel erg zichzelf en heel erg zijn eigen wereld, maar een kleinigheid kon hem laten ontploffen en dan werd hij ineens boos en agressief.

Ik weet nog dat er een keer een meisje bij hem op bezoek was. Hij wilde warme chocolademelk voor haar maken, zette een pannetje met melk op het vuur en ging naar boven. Ik had die ochtend het fornuis schoongemaakt en dacht: als de melk overkookt, is het weer vies, en ik wist niet dat Levi schijnbaar precies wist wanneer de melk kookte en dat hij op het juiste moment terug zou zijn bij de melk. Ik stond bij het vuur zijn melk in de gaten te houden, toen hij met het meisje achter zich aan naar beneden kwam. Toen hij zag dat ik zijn melk bewaakte, raakte hij geïrriteerd. Misschien had ik daarmee de romantische seconde verpest waarin hij het meisje wilde laten zien dat hij heel professioneel was in het verwarmen van melk. Vijandig keek hij me aan.

'Ik ben het niet vergeten, hoor,' zei hij bits.

'Is het al warm?' vroeg het meisje.

'Bijna,' zei hij tegen haar, nu klonk zijn stem zacht en zijn gezicht stond lief.

Ik ging maar naar mijn kamer. Levi is niet alleen professioneel in melk verwarmen..., dacht ik.

50

Levi was niet lelijk en niet mooi, maar had kennelijk iets wat hem aantrekkelijk maakte voor meisjes. Misschien omdat hij het meisje dat hij wilde het gevoel gaf dat zij de enige was die hem begreep en de enige die hem diep van binnen raakte. Het meisje voelde zich dan heel bijzonder. Hij zorgde er zo voor dat hij bij elk meisje paste. Zo kreeg hij de mooiste en de slimste en de netste meisjes. Voor een tijdje, nooit voor lang.

'Liefde is blind,' zegt men, maar door de geur van de kamer van Levi en alle meisjes die voor hem in de rij stonden, kan ik zeggen dat liefde ook geen neus heeft. Levi kon elk meisje in minder dan een weekend veranderen in een slavin die voor hem kookte, stofzuigde en de kattenbak verschoonde.

Als er een meisje uit zijn leven verdween, verscheen haar onderbroek aan zijn muur. Hij maakte het eigenlijk nooit officieel uit. Dan gebruikte hij mij als portier. De meisjes bleven wanhopig om hem heen hangen. Sommigen kwamen vaak langs, op zoek naar Levi, want hij was hun grote liefde.

Eens klopte Levi op de deur van mijn kamer en kwam glimlachend binnen.

'Sorry dat ik je stoor, Semmier, maar als Isa aan de deur staat, kun je dan zeggen dat ik er niet ben? En als ze een briefje in mijn kamer wil leggen, zeg dan dat het beter is die bij de post te doen, want anders ontsnappen Foetsie en Mien en heb ik een probleem met de huisbaas.'

'Wie is Isa?' vroeg ik.

'Eh, een meisje met grote tieten en een piercing in haar navel.' Alsof ik altijd als ik de voordeur van het huis opende elke navel van elk meisje voor binnenkomst controleerde.

'Ik weet niet wie dat is, er komen zoveel meisjes voor jou aan de deur.'

'Ehm... ze heeft een kleine tatoeage op haar kont.'

'Dan weet ik het al helemaal niet. En zeg niet dat ze haar schaamhaar scheert. Als je wilt dat ik weet wie ze is, vertel iets van boven haar kleren.'

'Weet je wat, vraag naar haar naam. Als ze Isa zegt, laat haar niet binnen. *Please, please.*' Hij herhaalde het woord '*please*' als een kind van zeven dat een ijsje wilde.

Om vier uur die dag hoorde ik zacht kloppen op mijn raam, omdat ik de bel van mijn kamer had uitgezet, zodat er 's nachts niet op kon worden gedrukt. Ik deed de deur open en zag een meisje staan dat ik niet eerder had gezien. Inderdaad had ze grote borsten. Verder had ze een zacht gezicht en lang donkerbruin krullend haar. Alles aan haar klopte, behalve dat ze daar stond om naar een kamer zoals die van Levi te komen, waar het bed waarin ze kon liggen naast een volle kattenbak stond.

'Sorry dat ik je stoor,' zei ze verlegen. Ik maakte eruit op dat ze in een andere situatie nooit op het raam van een vreemde zou kloppen, maar dat ze nu absoluut geen andere keuze had.

'Geeft niet.'

'Ik kom voor Levi.' Ze kwam binnen en ging naar boven. Ik durfde niets te zeggen. Al snel was ze weer beneden en zei dat zijn kamer op slot zat. Ze keek naar de postplankjes, een plank voor elke kamer, met een sticker erop met de naam van de student die er woonde.

'Hij heeft wel mijn post gekregen,' zei ze, misschien meer tegen zichzelf dan tegen mij.

'Je kan misschien beter een andere keer terugkomen,' zei ik.

'Ik woon ver weg, in Den Bosch,' zei ze. Nu begreep ik waarom ze een roze weekendtas bij zich had. 'Kan ik hier binnen misschien op hem wachten?'

'Jazeker,' zei ik. Ik dacht dat ze naar de keuken zou gaan, maar ze ging mijn kamer in en ging zitten op de stoel.

'Als je zo ver weg woont, hoe heb je Levi dan leren kennen?'

'Nou, een vriendin van mij studeert hier. Ik was bij haar op bezoek.'

'Waarom heb je Levi niet even gebeld voor je kwam?'

'Heb ik gedaan, maar hij nam niet op. Misschien is zijn telefoon kapot. Ik stuurde mailtjes, maar zijn computer was laatst ook al gecrasht. Ik heb zelfs een brief gestuurd, maar ik kreeg geen antwoord. Nu zie ik dat hij mijn post wel gekregen heeft. Wanneer was hij voor het laatst thuis?' Ik was wat in de war gebracht en ze voelde dat en zei: 'Sorry als ik te veel vraag.'

Isa's gezicht stond vol wanhoop. Maar nu ze zeker wist dat Levi nog in leven was en dat ook zijn telefoon en computer, zijn katten en zijn post nog leefden, leek het alsof ze zich vernederd voelde. Er lag iets tijdloos in haar gezicht. Iets dat boven het dagelijkse leven en boven de schaamte staat. Iets dat me deed denken aan Lidewij.

Ze pakte haar telefoon en vroeg of ze die van mij even kon lenen. Ik gaf haar de mijne en ze toetste een nummer.

'Met Isa,' zei ze. 'In je huis. Jammer dat je niet opneemt als ik met mijn telefoon bel. Erg kinderachtig.' Ze hing meteen weer op, gaf me de telefoon terug en liep het huis uit als een tijgerin die zichzelf net had bevrijd van een dun draadje waarmee ze vastgebonden had gezeten.

'Bedankt voor de thee en het telefoontje,' zei ze glimlachend. Na een minuut of drie zag ik haar telefoon op mijn tapijt liggen. Ik pakte hem op en rende richting het station. Toen ik haar zag lopen, riep ik haar.

'Isa!' Ze draaide zich om. Haar gezicht vol stille tranen. Tranen die vallen op de onjuiste plek en het onjuiste moment om een onjuiste reden. 'Sorry, je bent deze vergeten.' Ze glimlachte door haar tranen heen en nam de telefoon aan. Ze wilde nog iets zeggen, maar kon het niet. Ik hoorde wel iets schors, maar ik draaide snel om en liep terug. Hoe schrijnend als de mens geslagen is met zijn eigen hart.

Ik dacht dat Levi boos zou zijn omdat ik mijn telefoon aan Isa had uitgeleend, maar dat was niet zo. 's Avonds in de keuken leek hij trots dat dat meisje hem zo wanhopig graag wilde zien dat ze op goed geluk uit Den Bosch naar hem toe was gekomen.

'Maar nu zie ik haar gelukkig nooit meer,' zei hij.

'Jammer,' zei ik, want ook als ze van hieruit de trap naar boven zou nemen en ik haar even kon zien, zou dat mooi zijn. Levi bleef een paar weken opgewekt, zoals altijd als was bewezen dat een net meisje hem zo graag wilde dat hij gedwongen was om zich voor haar te verstoppen. Ik dacht dat er genoeg warme stranden waren en hotels met miljoenen sterren, waar Levi met Isa naartoe zou kunnen gaan. Ze zouden naast elkaar kunnen liggen op het warme zand, zonnebril op, glimmend van de zonnebrandcrème. Een seconde geluk met Isa op zo'n strand zou voor mij eeuwiger zijn dan jaren trots in een kamertje gevuld met kattenstront.

Die jaren zijn allang voorbij, maar soms komt er een glimp terug van die tijd. Een paar maanden geleden zag ik een man op een bakbromfiets met oud ijzer erin. Naast hem een hondje.

'Levi!' riep ik verrast. Hij stopte, groette me en nodigde me uit in zijn huis. Er hingen geen onderbroeken meer aan de muren. De woonkamer en de gang en voor zover ik kon zien ook het plaatsje achter het huis stonden vol met oud ijzer, dat hij van straathoeken haalde om er wat geld mee te verdienen. Ik zou er jammer genoeg nooit achter komen hoe hij zo terechtgekomen was, maar dat einde voor Levi voelde harder aan dan het einde van Napoleon op Sint-Helena of het einde van Saddam Hoessein in een gat. Nog steeds dezelfde persoon, nog steeds praatte hij graag, maar nu over frames van oude fietsen. De grootste verandering in zijn leven was dat hij geen katten meer had maar dat hondje, en zijn huis stonk nog steeds, maar nu naar wiet.

Van verzamelaar van slipjes naar verzamelaar van verroest ijzer. Terwijl er in het studentenhuis slechts één persoon was die Levi liet voelen dat hij niet ieder meisje dat hij wilde kon krijgen. Dat was Noëlle van den Brink. Noëlle duwde Levi altijd figuurlijk van zich af, en dan was Levi nog meer in haar geïnteresseerd, terwijl zij zijn katten interessanter vond.

De naam van Noëlle woonde al in de keuken lang voordat ik haar ontmoette. Levi noemde haar een schatje, Ard noemde haar een hoer, anderen zeiden dat ze psychisch gestoord was of juist spiritueel. In elk geval werd er zoveel over haar geroddeld dat ik nieuwsgierig naar haar werd. Toen ik haar uiteindelijk ontmoette, overtrof ze mijn stoutste verwachtingen.

51

Maar voordat ik je vertel over Noëlle, moet ik het eerst hebben over Nina, naast wie ik met mijn eerste kater wakker werd, weet je nog?

Nina kwam in het begin regelmatig bij ons in het huis op bezoek bij wie er op dat moment maar voor haar openstond. Na de schrik van haar in mijn bed hield ik haar wat op afstand, maar ze was vriendelijk en open en op de een of andere manier bracht ze altijd gezelligheid met zich mee. Al was het maar omdat veel mensen in de keuken verschenen als zij er ook was, zoals Philip. Maar na een aantal maanden zag ik haar lange tijd niet meer. Ik vroeg me af waarom niemand naar haar vroeg en waarom er niet meer over haar werd gepraat. Als ik naar haar informeerde, kreeg ik als antwoord een schouderophalen of een 'weet-ik-veel'. Niemand leek te willen weten waar ze was of de verantwoordelijkheid te nemen om te weten hoe het met haar was. Alsof ze er opeens niet meer bij hoorde.

Op een dag werd er aangebeld. Ik deed open. Nina. Ze zag er moe uit. Ik liet haar binnen. Ze ging in haar eentje in de keuken zitten en zat daar een hele tijd. Ik vond het raar dat niemand bij haar kwam zitten zoals eerder, dus maakte ik muntthee voor haar, en na een tijd stapte ze weer op. Een paar dagen later verscheen ze weer, en een tijdje kwam ze regelmatig aanwaaien. Maar elke keer leek het huis leeg als Nina er was. Zelfs Philip verscheen niet en Ard, die er normaal als de kippen bij was als Nina kwam, liet zich niet zien.

Het duurde niet heel lang voor ik van Mare hoorde dat Nina zwanger was en dat ze ook zelf niet wist van wie. Daarom was iedereen die ooit met Nina geslapen had bang, behalve José natuurlijk. Mare zei er iets bij dat lang in mijn hoofd zou blijven draaien: 'Dat kind heeft geluk dat Nina niet weet wie de vader is.'

'Hoezo heeft dat kind dan geluk?'

‘Als Nina weet wie het is, zou hij haar in een paar minuten overtuigen om abortus te plegen. Ze kan geen nee zeggen.’

Mare en ik waren de enigen die zich om Nina bekommerden. Mare bood zelfs aan bij haar te zijn tijdens de bevalling. Na de bevalling ging er een zucht van opluchting door het huis, van Ard, Philip en Levi, die weer als normaal in de keuken begonnen te verschijnen. De dochter van Nina bleek, zoals je het in het Arabisch kan zeggen, een dubbelbloed.

Ik wist nog steeds niet goed wat er die ene nacht was gebeurd, en na het terugtellen van tijd wist ik dat ik er sowieso niets mee te maken kon hebben, maar omdat de wonderen de wereld nog niet uit zijn, heb ik het Mare maar een keer gevraagd.

‘Was ik het?’

‘Nee, iemand zwarter,’ zei ze.

Kort daarop fietste ik met Mare door het park, toen ze naar een man wees met een blikje bier in zijn hand. Hij stond te plassen achter een bank waarop twee junkies zaten. Dat was de vader van Malu, het dochtertje van Nina.

Soms zag ik Nina achter de kinderwagen. Moe, op weg naar de kinderboerderij. Het leek alsof het kind alles van haar gestolen had (en dat was misschien ook wel zo). Ze leek opgeblazen tot twee keer zo groot.

Een keer sprak ik haar aan en nodigde ze me uit in haar huis. Ze woonde in een flatgebouw waar de appartementjes op elkaar gestapeld waren, en naast elkaar, en om elkaar heen. Ze had er een kleine, donkere studio. Toen ik er voor het eerst binnenkwam, voelde het niet als een studio, maar als een box van huilen. Het meisje huilde en ik zag er geen kind en haar moeder, maar twee kinderen. Een die huilde en een die gemarteld werd door dat huilen. Het leek alsof Nina het contact verloren was met zichzelf en met de buitenwereld. Ik heb haar niet gevraagd of ze een moeder had, of een vader, of een familielid dat haar hielp. Ik was bang dat mijn vraag voor haar te pijnlijk zou zijn en ik weet niet waarom ik dat dacht.

Ze vertelde dat ze twee weken kraamzorg had gehad, en dat er daarna niemand meer was geweest om te kijken hoe het ging. Ik ruimde de studio op, opende de ramen en nam Malu in de kinderwagen mee naar buiten, zodat Nina even kon slapen. Vaker ben ik niet bij haar langsgegaan, op de een of andere manier durfde ik dat niet. Soms hing ik een tas met groente van de zaterdagmarkt aan haar deur.

52

En toen ontmoette ik dus Noëlle. Ik moet je vertellen over haar. Niet alleen omdat ze een bijzondere verschijning was. Opwindend, spannend, goed gekleed, rijk en spiritueel. Maar ook omdat ze de brug was naar mijn ontmoeting met Hendrik van Sloten.

Noëlle droeg moderne kleren, zoals in nieuwe Italiaanse films (of oude Franse). Op straat keek iedereen naar haar en dan ging de blik ook altijd naar de bloemen die ze in haar haren stak. Ze glimlachte als mensen naar haar keken en ook als ze niet keken. Ze zag er altijd uit alsof ze naar een bruiloft ging of er net van terugkeerde. Ze had een open gezicht, waardoor ze op straat door Jan en alleman werd gegroet.

Als ze iets moois zag, werd ze emotioneel en liepen er tranen over haar wangen. Als ze hard lachte omdat ze iets grappig vond, vielen haar tranen ook. Haar ogen waren als een gat in een Nederlands dak. Je hoefde niet lang te wachten om het te zien druppelen.

De ouders van Noëlle waren rijk. Ze waren van plan geweest een appartementje voor haar te kopen toen ze ging studeren. Noëlle geloofde dat overal energie was, soms positieve, soms negatieve. Alle appartementjes die Noëlle zag, hadden volgens haar een negatieve energie of waren net niet positief genoeg. Haar ouders waren het beu. Elke keer dat ze van Bloemendaal kwamen rijden om een appartementje te bekijken dat zij wel goed vonden, vond Noëlle de energie er niet prettig. Uiteindelijk moest ze zelf maar op zoek gaan naar een huis. Zo vond ze een woonboot. Noëlle zei dat ze meteen bij binnenkomst de positieve energie voelde. Overal in de boot. Ze kon zich niet meer losmaken van het thuisgevoel dat haar overviel, en werd zo emotioneel dat de makelaar naar de wc van de boot ging om wc-papier te halen zodat Noëlle haar tranen kon drogen.

De boot lag in de gracht. Op de stoep en de oever voor de boot stonden zoveel planten dat niemand in de boot kon kijken. Aan de zijkant was een terrasje met een kleine tafel en twee stoelen. Van binnen was het geen boot, maar de hemel. De woonboot van Noëlle had elektriciteit, stromend water en een houtkachel.

Wat mij opviel in het toilet van haar woonboot was een Paulo Coelho-agenda, in de keuken hing een foto van de dalai lama en in de slaapkamer stond een beeld van Boeddha, met gesloten ogen (ik dacht meteen, die zijn niet gesloten zodat hij naar zijn innerlijk kan kijken, maar zodat hij niet kan zien wat er allemaal in die slaapkamer gebeurt). Overal in de woonboot stonden boekenkasten of hingen planken met boeken erop. Ik zag er boeken die ik nergens anders had gezien. Op de omslagen stonden zwart-witfoto's van de schrijvers. Indiërs, zo mager dat in vergelijking zelfs Gandhi een dikzak was. Ik weet niet waar Noëlle in hemelsnaam die boeken vandaan had. De namen van de auteurs heb ik niet onthouden, maar ik heb er wat opgezocht. Het waren meesters met namen als Annamalai Swami, Ramana Maharashi, Swami Vivekananda en Nisargadatta Maharaj. Noëlle las een van die meesters en geloofde dan heilig in wat hij zei. De ideeën van die meester werden door haar geadopteerd en doorverteld alsof het haar ideeën waren.

Nu ga ik terug naar de keuken, waar ik haar voor het eerst zag. Ze had thee voor zichzelf gemaakt, toen ik binnenkwam.

Dankzij haar spiritualiteit zag Noëlle mij niet als asielzoeker, maar als energie. Ze had een wierookstokje, dat ze altijd bij zich had, aangedaan in de keuken zodat haar energie niet zou botsen met de energie van het universum, maar zacht kon versmelten.

'Ik ben Noëlle,' stelde ze zich glimlachend aan me voor. Voor ik haar mijn hand en mijn naam kon geven, ging ze verder in het Engels. '*Wait. Close your eyes.*' Het was geen verzoek, maar een bevel. Ik sloot meteen mijn ogen en voelde haar handen op mijn oogleden, die zacht trilden omdat ik mijn ogen dichtdeed zonder dat ze dat wilden. 'Je oogleden trillen door de negatieve energie.' Ze begon haar handen zacht over mijn gezicht te strijken. 'Zet die chakra's open, rustig, rustig.' Ik wist niet waar ze het in hemelsnaam over had.

'Ik ben rustig,' zei ik.

'Wacht even, ik praat niet tegen jou, maar tegen je chakra's. Rustig, rustig,' zei ze weer. Het woord kwam diep uit haar keel en dat gaf haar stem zo'n seksueel effect – vergeef me – dat het mij, samen met de warmte van haar handen en de geur van wierook, te pakken nam. Zij ging maar door mijn gezicht zacht aan te raken. Toen ze haar handen even van mijn gezicht haalde, deed ik mijn ogen open en zag ik dat haar handen nog bewogen, niet op mijn huid, maar erlangs.

'Wat ben je aan het doen?' vroeg ik zacht.

'Ik aai het universum, je aura wordt helderder. Maar blijf rustig en houd je ogen dicht, anders gaan de chakra's weer dicht.'

Ze stond zo dichtbij dat ik haar aanraakte. Op dat moment kreeg ik de meest ongelegen erectie ooit. Ik was in de war en onzeker. Ik was bang dat ze het zou zien of dat iemand de keuken binnenkwam en het zou zien.

Ik voelde haar hand weer op mijn gezicht, waarmee ze mijn ogen opendeed. Ze fluisterde: 'Je chakra's staan open, de energie is nu vrij. Het stroomt van jou naar het universum en van het universum naar jou. Je bent nu het universum zelf. Voel je het?'

Als ik de waarheid had willen zeggen, zou ik tegen haar gezegd hebben dat de energie nu was zoals het nooit eerder was, stromend van overal in mijn lijf naar mijn penis, maar naar haar prachtige gezicht kijkend was de waarheid het laatste waar ik dat moment in geloofde.

'Ja,' zei ik. 'Voor het eerst in mijn leven voel ik dat de energie naar het universum stroomt. Een wonder.'

Een traan sprong uit haar linkeroog en drie uit haar rechter. Ze leek te willen glimlachen en huilen tegelijk. Ze omhelsde mij alsof ze mij net had gered van de dood. Ik schrok ervan, omdat het nu onmogelijk was mijn erectie voor haar te verbergen, maar ze voelde het en schrok er niet van, ze bleef me zelfs omhelzen en ik dacht: wat moet ik nu doen? Neem ik haar mee naar mijn kamer of blijf ik zo staan? Op dat moment duwde ze me van zich af. Ik schrok. Misschien voelde ze wat ik dacht, maar ze legde haar hand op mijn linkerborst, op mijn hart.

'Al je chakra's staan open, behalve die bij je hart,' zei ze.

Ze deed mijn ogen weer dicht met haar handen en begon te fluisteren.

'Hare Krishna, Hare, Hare, Hare Krishna.' Ze fluisterde met de meest sensuele stem die ik ooit in een keuken hoorde. Harry Potter kende ik wel, maar Harry Krishna? Daarna stopte ze en vroeg: 'Wat is er met je hart gebeurd? Was je kortgeleden verliefd?' Zoals ze mij kort daarvoor seksueel raakte, zo raakte ze mij nu ook geestelijk.

'Ja, hoe weet je dat?'

'Ik voel het. En ik zie het in je aura. Je hart is niet tevreden met jou alleen, het wil ook met iemand anders zijn. Maar je kan de pijn in je hart wegvegen. Dat is makkelijker dan het te dragen.'

'Waar veeg ik het heen? In welke prullenbak?'

'In het universum. Kom anders een keer bij mij om tantra te doen. Dat kan helpen.'

'Tantra? Dat klinkt als een soort taart.'

Noëlle lachte hard en legde mij uit wat het woord 'tantra' betekende. Ze vertelde mij trots dat er vele manieren van tantra zijn, maar dat zij haar eigen manier had. Twee studenten kwamen de keuken binnen. Ik was zo in de war dat ik niet oplette wie het waren. Noëlle ging, nadat ze alle aanwezigen in de keuken een knuffel had gegeven. Ik bleef geduldig wachten tot ze terugkwam en dat gebeurde niet lang daarna.

53

Noëlle klopte op mijn kamerdeur en overhandigde me een handgeschreven uitnodiging om die zaterdag mee te gaan, helaas niet naar haar boot voor tantra, waarop ik dringend wachtte, maar naar de boerderij van Stefanie en Kees. Kees en Stefanie zelf waren op vakantie en Noëlle paste daar die week op de dieren. Ik bedankte haar en zei dat ik zeker meeging. Een voor een gaf ze de bewoners van het huis een uitnodiging en die zaterdag kwam ze met een busje voorrijden. Er waren nog vijf of zes anderen en toen we aankwamen op de boerderij waren er ook al mensen gearriveerd. Mijn aandacht ging er niet naar de boerderij of de anderen, maar alleen naar Noëlle en een schaap, dat Herman heette. Bij dat schaap viel me op dat ook hij erg onder de indruk was van Noëlle. Hij liet zich door haar knuffelen maar luisterde niet naar wat ze van hem wilde. Herman verbleef met de andere schapen in een schuur. Kees en Stefanie hadden gezegd dat de schapen in de schuur moesten blijven, maar volgens Noëlle moesten ze nieuwe energie opdoen uit het universum en buiten de schuur was beter bereik. Alsof de schapen mobiele telefoons waren... Die dag graasden ze rond de boerderij en om vijf uur 's middags bracht Noëlle ze weer naar de schuur, nadat ze ze een voor een, volgepompt met frisse energie van het universum, omhelsde. Herman liet zich door Noëlle omhelzen, maar hij ging niet terug naar de schuur. Noëlle probeerde Herman naar binnen te lokken met blaadjes sla, wortels, broccoli en paar soorten brood, wat ze maar aan lekkers vond in de keuken. Herman at wat ze in haar hand had met smaak op, maar volgde haar niet. Ze ging het woonhuis in en bracht iedereen op de hoogte van het probleem. Daarna kwamen veertien Hollanders naar buiten om het schaap over te halen naar de schuur te gaan. In plaats van dat ze het schaap wisten te overtuigen de schuur in te gaan, haalde Herman hen over meer dan een uur rondjes om de boerderij te draaien. Zwetend en hijgend kwamen ze terug naar het huis, dronken wat en hielden een vergadering. Ze maakten een plan om Herman te pakken zonder beschadiging aan zijn aura of zijn hart of zijn wol, zoals Noëlle wenste. Het schaap en ik keken naar de Hollanders. Ik vermoed dat Herman en ik op dat moment precies hetzelfde dachten: Nederland zal nooit het WK voetbal winnen, als veertien Nederlanders nog niet eens, zelfs zonder keeper of verdediging, een bal wol in een schuur kunnen schoppen. Na lang overleg kwamen ze weer naar buiten. Dit keer gebruikten ze niet de maag van het schaap om hem te overtuigen de schuur in te gaan, maar zijn hart. Stef fluisterde: 'Schatje, Herman, kom toch.' Mare fluisterde nog zachter: 'Herman, alsjeblieft, kom, we moeten nog koken.' Ard deed zijn best om te mekkeren als een ooi. Het schaap blaatte terug, en ik durf te zeggen dan het schaap niet blaatte, maar ze hard uitlachte. Neeltje mekkerde intussen de hele tijd vanuit de schuur als een droevig lam. Vervolgens was er weer een korte vergadering en besloten ze Herman maar met rust te laten, want hij was nu overspannen en dat leidde wellicht tot een burn-out.

Toen ze na het toetje buiten kwamen en het schaap nergens zagen, schrokken ze. Ze dachten dat Herman ontsnapt was. Maar toen ik vertelde dat hij in de schuur zat, keken ze niet naar mij als held, omdat ik iets had gedaan wat veertien Nederlanders niet was gelukt, maar maakten ze zich zorgen over de manier waarop ik Herman had overtuigd. Had ik hem pijn gedaan, of hem laten schrikken?

'Ik heb het schaap geen pijn gedaan, maar zijn oor wel,' zei ik.

'Wat?' zei Noëlle verschrikt. Ze rende naar de schuur en daar omhelsde ze Herman en gaf hem kusjes op zijn twee oren. 'Welk oortje?' riep ze naar mij.

'De linker,' riep ik terug. Geen van de veertien Hollanders was nieuwsgierig hoe ik Herman in de schuur had gekregen, maar stuk voor stuk hadden ze medelijden met zijn oor. Hoe ik het heb gedaan, blijft geheim, dat is iets tussen mij en Herman. Misschien is hij nu psychisch ziek en denkt hij dat hij Herman is, en niet een schaap.

Ik dacht dat Herman mij Noëlle had gekost maar dat viel mee. Na het avondeten besloot ik naar huis te gaan. Met het busje bracht Noëlle mij naar de bushalte. Daar omhelsde ze me en zei ze opeens: 'Je chakra is nog meer gesloten dan dat van Herman in de schuur. Kom anders volgende week bij me langs.'

En zo kwam ik op haar boot.

Het leek alsof ik in een tropisch paradijs terechtgekomen was. Er klonk zachte muziek met watervalgeluiden en getjilp van zangvogels. De muziek kwam van hier en daar, alsof er overal verborgen speakers zaten.

Niets in de boot moest in de weg staan van de energie, zei Noëlle. Ze legde ook uit wat ze niet veranderd had toen ze er kwam wonen, zodat de boot zichzelf kon blijven. 'Ga zitten waar je wilt, waar je energie je leidt,' zei ze. Ik wilde zeggen dat mijn energie me naar haar bed leidde, maar koos er toch maar voor in een schommelstoel te zitten. Ze maakte thee voor me en zei dat ze de goede verbinding met de wifi van het universum kwijt was, of zoiets.

'Ik krijg geen connectie met de energie van het universum, ik moet eerst mijn eigen chakra's reinigen.' Daarom ging ik helaas zonder de tantra te ervaren naar huis.

'Wanneer kan ik je weer zien?' vroeg ik Noëlle, toen ik voor het eerst en het laatst uit haar woonboot stapte.

'Volg de chakra's. Ik volg de mijne en wie weet brengt het ons bij elkaar,' zei ze.

Toen ik de volgende dag mijn chakra's volgde en op mijn fiets naar haar boot reed, ontmoette ik in plaats van haar de enige autochtone Nederlander die een asielzoeker is: Hendrik van Sloten.

54

Ik stond voor de deur van Noëlle en klopte aan. Door de patrijspoorten zag ik een zacht licht, maar ze deed niet open. Haar zag ik ook niet, maar ik vermoedde dat ze binnen moest zijn, want geen Nederlander die ik ken laat het licht aan als hij niet thuis is.

'Ze is niet binnen,' hoorde ik een luide stem. Ik draaide me om en zag een driehoekig gezicht dat uit een raampje van de boot naast die van Noëlle keek. 'Kom hier,' zei de man. Dus liep ik naar de andere boot waar ik de man hoorde zeggen: 'Hij is open! Ik bijt niet.'

Ik stapte naar binnen en vond mezelf op een plek waar zelfs een muis zijn weg niet zou kunnen vinden. Nog nooit had ik zo'n rotzooi gezien. Het huishouden van Jan Steen in zijn rommeligste jaren was er niets bij. Overal waar je maar keek waren spullen: schilderijen, stapels boeken en knipsels, fietsonderdelen, potten met planten, oude melkpakken, zakken, dozen en meubels.

'Zit,' zei de man tegen mij. Ik nam plaats op de eerste stoel die ik zag, maar daar zakte ik meteen door.

'O, niet deze. Die ernaast,' zei de man. Ik ging op de andere stoel zitten, die kraakte, waarop ik meteen opstond, bang dat die stoel ook kapot zou gaan. De man keek niet naar mij, maar naar de gebroken stoel.

'Hendrik van Sloten,' zei hij. Voor ik mijn naam kon zeggen, ging hij verder. 'Dat was de stoel van Hanne.' Wat hij daarmee bedoelde wist ik niet. Mocht niemand anders dan Hanne erop zitten, was Hanne er niet meer of was het ooit van Hanne geweest? Hij zei dat hij Noëlle even daarvoor haastig had zien wegfietsen, ging de ruimte uit en kwam terug met een mok thee.

'Woon je hier?' vroeg ik hem.

'In deze boot of op deze plek?'

'Wat is het verschil?'

'In mijn geval groot. Ik heb geen vergunning om hier met mijn boot te liggen. Ik ben, zeg maar, een Hollander op het water en een asielzoeker aan land. Morgen of overmorgen komt de gemeente, of deze keer duurt het wat langer, als ik geluk heb. En dan jagen ze mij verder, zoals elke keer, het hele jaar door. In de winter is het rustiger, dan is er niet zo veel controle.'

Wat verwarrend voor mij was op het schip van Hendrik van Sloten, was dat ik niet alleen meteen in zijn schip stond, zonder eerst ergens anders met hem kennis te hebben gemaakt, maar ook meteen midden in zijn leven. Dat kwam op mij on-Hollands over. Met Hendrik was er niet eerst dit en dan dat. Ik vond dat prettig, een Nederlander die mij liet zien wie hij was, voor hij zeker wist wie ik was.

'Hendrik, Hendrik, ben je er?' hoorde ik een hoge mannenstem. Een magere man kwam binnen, van een jaar of veertig. Hij stelde zich voor als Ronnie Ramaker. Hij maakte zijn volgende sigaret aan voordat hij de eerste uitdrukte in een van de bakjes die er stonden en nam een diepe teug. 'Vind je het erg als ik rook?'

'Nee,' zei ik. Hij was niet geïnteresseerd in wie ik was, hoe lang ik Hendrik kende of wat ik op de boot deed. Eerst Hendrik, die me deed voorkomen alsof ik hem al veel langer kende, en nu Ronnie, die het niet vreemd leek te vinden dat ik daar zat...

Ronnie rookte en Hendrik bleef kijken naar de gebroken stoel van Hanne.

'Zal ik de stoel repareren?' vroeg ik.

'Niet belangrijk. Het is oude troep,' zei Hendrik, alsof ik overdreef met mijn zorgen om de stoel. Ronnie begon te praten en Hendrik leek niet te luisteren, maar bleef droevig naar de gebroken stoel kijken.

Hendrik was bijna zeventig, maar leek veel jonger. Volgens Ronnie zag hij er jong uit omdat hij geen vrouw had, maar een kat. Ronnie zag er minstens vijftien jaar ouder uit dan hij was, volgens Hendrik omdat hij altijd op dezelfde types viel, vrouwen met psychische problemen met een begin, maar zonder een einde.

Ronnie was een geval apart. Zou hij verdwalen in een woestijn, geen water meer hebben en op sterven liggen en je zou vragen of hij een glas water wilde of een glas medelijden, zou hij zeggen: 'Een glas medelijden graag, zonder bubbels.'

'Ik vraag me af wat jij zou doen met Wendy in mijn plaats,' zei hij tegen Hendrik.

'Vraag het hem,' zei Hendrik en wees naar mij. 'Hoe heet je ook alweer?'

'Semmier.'

'O ja. Vraag Semmier over die Wendy van jou.'

'Maar dan moet ik hem het hele verhaal vertellen.'

'Waarom niet? Ga je gang.'

'Lang verhaal, hoor,' zei Ronnie tegen mij. Hij begon me niet te vertellen over Wendy, maar dat zijn verhaal met haar lang was.

'Zo is hij altijd,' riep Hendrik opeens boos, waarop Ronnie zweeg. 'Hij herhaalt maar dat het verhaal met Wendy te lang is. Hij maakt je gek en aan het eind weet je niet eens wat zijn verhaal met Wendy is.'

'Ach, Hendrik,' zei Ronnie, na een diepe teug van de sigaret. 'Deze keer meen ik het. Het duurt echt te lang en ik heb er echt geen zin meer in.'

'Genoeg dan. Laat die stomme Wendy van jou gaan. Je stoort mij ermee.' Ronnie leek niet beledigd, maar leek zelfs te genieten van de harde, scherpe woorden.

55

De volgende keer dat ik weer naar de boot van Noëlle kwam om te kijken of onze chakra's klaar waren elkaar te ontmoeten, zag ik Hendrik.

'Hé, wat leuk dat je op bezoek komt!' riep hij. Dus liep ik naar hem toe. Ik durfde niet te zeggen dat ik eigenlijk niet van plan was hem te bezoeken. De stoel van Hanne was nog steeds kapot en lag op dezelfde plek. Hij gaf me thee, ging tegenover mij zitten en bleef stil.

'Wat een zwaar leven heeft Ronnie,' zei ik om iets te zeggen, maar het leidde niet tot een gesprek. Ik hoorde een miauw. Een lapjeskat kwam binnen en streek haar kop tegen de omhoogstekende stoelpoot van de stoel van Hanne.

'Het was haar stoel,' zei Hendrik droevig. 'Hanne, kom toch hier,' vervolgde hij tegen de kat, die op zijn schoot sprong. Nu ik wist wie Hanne was, besloot ik niet te vragen of ik de stoel moest repareren, maar het te doen. Ik vroeg waar het gereedschap lag.

'Daarachter,' zei hij. 'Je moet even zoeken.' Hij stond ook op, deed zijn regenjas aan en zei dat hij een boodschap ging doen en zo terug was.

'En de spijkers?' vroeg ik.

'Ook daar ergens.'

In een smalle, lage ruimte stonden de spullen niet alleen links en rechts langs de muren, maar hingen ook aan het dak van het schip. Ik liep langs en over de spullen en zocht naar een gereedschapskist, maar al snel had ik door dat ik beter naar een hamer kon zoeken, want alles lag door elkaar. Ik opende een houten kist, die eerder uit *Duizend-en-een-nacht* leek te komen dan uit een Nederlands schip en vond er tot mijn verbazing ook een schat in. Het zat vol met fotoalbums, netjes naast elkaar erin gestoken, met de ruggen naar boven. Daaraan kon ik zien welke de meest verkleurde en gerafelde en dus de oudste moest zijn. Mijn nieuwsgierigheid, op dat moment groter dan mijn geweten, gaf mij niet de tijd om even te denken of ik Hendrik eerst moest vragen of ik erin kon duiken.

Ik bladerde door het album. Op de foto's geen muren, maar veranda's omringd door tropische planten. Kleurige vogels in bomen. Bloemen in takken, in haren en in handen. Iedereen glimlachte, op elke foto, zodat je zou geloven dat de hemel niet na de dood bestaat, maar achter de Indische Oceaan. Tussen de foto's zag ik een kwart Nederlands-Indische gulden uit 1854 met het Nederlandse wapen erop, met een leeuw op zijn achterpoten, kroontje op zijn kop, zwaard in zijn rechterhand en in de linker iets dat ik niet herkende, speren, of een krant. Ook in het tweede album zag ik huizen met Nederlandse dakpannen, maar in een tropische omgeving, en witte kinderen, niet in buggy's, maar in de armen van Indonesische vrouwen. Mannen trots in militaire uniformen met de borst vol medailles. Koninklijk aandoende portretten van jonge vrouwen en grote families. In het derde album vond ik het driehoekige gezicht van Hendrik, hij was een jaar of twee, en werd gedragen door een Indonesische vrouw. Ernaast een foto van zijn hele glimlachende familie. Ik volgde de glimlach van Hendrik tot die verdween op een foto van een schoolklas, waarvan de muren bomen en takken waren. Alle kinderen glimlachten, behalve Hendrik. Op een volgende foto stond hij niet tussen Nederlanders, maar tussen Indonesiërs, en later zag ik hem alleen. Mager en triest. Daarna kon ik Hendrik niet meer vinden op de foto's, behalve op eentje, genomen op 14 april 1958 in Baarn, waar de hele familie weer op een rij in de camera keek, maar dit keer ouder en achter hen het grijs.

'Hendrik! Hendrik!' Net als de vorige keer kwam Ronnie binnen zonder een reactie af te wachten. Ik sloeg het fotoalbum dicht en sloot de kist.

'Hij is er niet, maar komt zo terug,' zei ik.

'Dan wacht ik op hem,' zei hij, en ook nu leek hij zich niet af te vragen wat ik op de boot deed.

'Weet jij waar ik een hamer en spijkers kan vinden?' vroeg ik.

'Daarachter,' zei hij. 'Ik help je wel even zoeken.' Hij liep voor me uit en viste tussen de rommel een doosje met spijkers in alle maten en een hamer tevoorschijn. Terwijl ik de stoel repareerde, kreeg ik kopjes van de kat. Ronnie stak een sigaret op, vroeg mij daarna of ik het erg vond als hij rookte en vulde een glas dat nog op de tafel stond met wijn uit een fles, die op de grond stond. Hij begon te praten en midden in zijn verhaal over dat Wendy bij hem weg was gegaan, kwam Hendrik binnen, met een krat vol groente dat net als hij droop van de regen.

'Jij zei tegen mij dat Ronnie zo'n zwaar leven heeft, toch?' zei Hendrik. Hij bracht me in verlegenheid, want nu hoorde Ronnie wat ik achter zijn rug over hem had gezegd. In mijn cultuur was dat beschamend. Hendrik leek mijn gedachten te lezen. 'Maak je geen zorgen. Mensen zoals Ronnie zijn juist trots als er over hen gepraat wordt als ze er niet bij zijn. Dan voelen ze zich belangrijk.' Ik keek naar Ronnie en zag dat hij het helemaal niet erg leek te vinden wat Hendrik over hem zei. 'Weet je wat het is met Ronnie, met alle Ronnies. Niets kan hem deren. De wereld kan vergaan, maar hij zal het redden. Hij is de held. Maar als een insectje hem steekt, kan hij niet slapen tot de huisarts hem naar het ziekenhuis stuurt voor een test. En is zijn hamster ziek, dan moet de hele mensheid zijn pijn zien en voelen door de kaartjes en mailtjes en berichtjes die hij stuurt om je gerust te stellen.' Ronnie rookte ondertussen de ene sigaret na de andere en staarde naar zijn wijnglas, of naar Hanne. Hendrik praatte door. 'Als je met hem over literatuur praat, zul je zien dat hij al een grote uitgever heeft en een goede redacteur. Hij moet alleen het boek nog even schrijven. Als je het met hem over muziek hebt, zul je zien dat Ronnie druk bezig is een studio te zoeken voor opnames voor zijn eerste cd. Alles ligt klaar, behalve de stem, de liedjes en de muziek. Als je het hebt over films, zal hij je vertellen dat hij het scenario voor de zijne al jaren in zijn hoofd heeft, en dat er slechts getalenteerde cameramannen en acteurs nodig zijn om het witte doek te halen... Kijk naar onze Ronnie. Hoeveel hij lijdt. En let op: hij drinkt alleen rode wijn. En hij rookt alleen Gauloises. En hij lijdt.

Zie vooral dat hij lijdt.' Ronnie dronk en rookte door, alsof hij de woorden van Hendrik als een regenbui over zich heen liet komen terwijl hij onder een grote stevige paraplu zat en niet nat werd. 'Eerst zeurt hij aan onze kop dat het met Wendy een lang verhaal is en vandaag zeurt hij dat Wendy weg is,' zei Hendrik. Hij was inmiddels ook aan de tafel gaan zitten en leek het niet per se goed te vinden dat ik de stoel van Hanne probeerde te maken, maar ook niet af te keuren.

Ronnie zag er droevig uit. Hij zei tegen ons dat hij nu geen reden meer had om te leven en dat hij eraan dacht om er een einde aan te maken.

'Ik gooi mezelf onder de trein,' zei hij. Hendrik stond abrupt op, liep naar een andere ruimte. We hoorden boeken op de grond vallen en daarna kwam hij aanzetten met een oud boek met alle bestaande knopen.

'Neem dit boek en stoor me niet meer met je zelfmoordplannen, zoals je me stoorde met je Wendy. Gooi jezelf niet onder een trein, dat bezorgt de machinist nachtmerries. Hang jezelf liever op. Hier.' Hendrik drukte het boek in Ronnies handen. Uit een bak achterin de woonkamer haalde hij een stuk touw en wierp dat Ronnie toe. 'Precies de goede lengte.' Daarna ging hij weer zitten en liet Ronnie zien welke knopen uit het boek volgens hem het stevigste waren. 'Misschien moet ik mezelf vergiftigen,' zei Ronnie, waarop Hendrik opstond en even later terugkwam met een klein boekje.

'Neem deze dan. Biologische en chemische soorten gif. Met beschrijvingen van hoe lang het duurt voor je dood bent, of het pijnlijk is en in een aantal gevallen hoe je het zelf kan maken.'

Elke keer als Ronnie een manier van zelfmoord plegen opperde, bracht Hendrik hem een boek. Hij eindigde met een boek over de psyche. 'Hierin staat de uitleg van jouw psychische probleem: praten over zelfmoord, niet omdat je het wilt doen, maar voor een beetje aandacht.'

'Alsjeblieft, Hendrik. Ik meen het dit keer serieus,' zei Ronnie, legde het boek op de stapel en nam een slokje wijn.

'Ik ook,' zei Hendrik. Hij pakte het boek van de stapel en gaf het weer aan Ronnie.

‘Ik moet gaan,’ zei Ronnie ineens, en hij voegde eraan toe dat hij anders echt te laat zou komen. Hij deed de fles wijn dicht, zette die weer op de grond en ging.

Ik zette de stoel rechtop en wiebelde om te kijken of hij stevig bleef staan. Hanne gaf mij ondertussen goedkeurend kopjes.

‘Ik begrijp wel waarom Ronnie altijd over Wendy praat,’ zei ik. ‘Als je verliefd bent, wil je over niets anders praten dan over die persoon.’

‘In dit geval is het anders: Ronnie is verliefd op Ronnie en praat over Wendy.’ Hendrik zweeg even en keek mij aan. ‘Verliefdheid, liefde, poeh... Ben jij verliefd op iemand? Of hou je van iemand?’

‘Is er een verschil dan?’

‘Zeker. Een groot verschil zelfs. In Makassar zeggen ze: “Als je verliefd bent op de bloem, pluk je die. Maar als je ervan houdt, geef je haar water.” Maar... heb jij soms ook een Wendy?’ vroeg hij.

‘Een Lidewij,’ zei ik.

‘Veel beter,’ zei hij. ‘En die Lidewij is zeker de mooiste, hè?’

‘Dat niet. Zelfs Noëlle op de boot hiernaast is mooier, maar als ik naar andere vrouwen kijk, denk ik elke keer aan haar.’

‘En waar is die Lidewij nu?’ vroeg hij.

‘In Utrecht.’

‘Ga naar haar toe dan. In plaats van aan haar te zitten denken.’

‘Ze wil me niet zien.’

‘Ga dan om Utrecht te zien. Dat is vast mooier dan die Lidewij van jou.’

Toen ik terugfietste naar mijn kamer, was ik opgelucht en vrolijk. Waarom ook niet, naar Utrecht gaan, Lidewij zien...? Ik dacht er een paar dagen over na, en besloot dat het een goed idee was.

56

Elke week ging ik een of twee keer naar Utrecht, in de hoop haar daar tegen te komen. Ik slenterde wat door het centrum en eindigde altijd op het Domplein, omdat Lidewij me een paar keer had verteld dat ze daar vaak naartoe ging. Ik dronk thee in de kroegen rond dat plein, maar kwam Lidewij nooit tegen. Ik besloot Mieke maar weer eens te bellen.

Met Mieke had ik contact gehouden. Ik belde haar af en toe en dan vertelde ze me wat ze aan het doen was. Ze had een vriend, studeerde verloskunde en woonde op kamers, maar ging nog regelmatig naar het dorp. Mieke vertelde dat ze zelf al een paar weken niet meer in het dorp was geweest en Lidewij ook graag weer eens wilde zien. Ze zou me op de hoogte houden.

Op een woensdag belde ze terug en zei dat Lidewij Diesel naar Utrecht had meegenomen en hem deze vrijdag zou terugbrengen. Als ik geluk had, zou ze zeven over zes 's avonds bij de bushalte van het dorp aankomen, want ze wilde mee-eten. Daarom zou ze volgens Miekes berekening om twaalf voor vijf op spoor 7 in Utrecht de trein nemen.

Die vrijdag was het druk op het station. Ik stond een uur te vroeg op het perron van spoor 7, voor het geval ze een trein eerder zou nemen. Op het perron stonden en liepen veel mensen. Daar zag ik Lidewij en Diesel op de roltrap staan. Diesel blafte, omdat hij mij zag. Lidewij begreep niet waarom hij blafte. Ze gaf een ruk aan de riem, waarop hij stopte. Ze begaven zich op het drukke perron tussen de reizigers.

Ik wilde tegelijkertijd hard wegrennen en naar haar toe stormen. Maar ik durfde beide niet. Ze stond misschien twee minuten op het perron. Achter haar liep ik tussen de reizigers voorzichtig steeds dichterbij. Nu stonden er misschien vijf reizigers tussen ons. Ze keek recht naar voren. Ik zette nog een stap dichterbij en kon Diesel zien, zijn tong uit zijn bek. Diesel zag mij, begon te kwispelen en blafte weer. Vlug draaide ik me om en ging, bang dat zij zich om zou draaien. Ik sloop weg en glipte een glazen wachtruimte in. Ik hoopte dat de trein de langste vertraging ooit zou hebben, maar hij kwam precies op tijd het spoor op rijden. Misschien had die Arubaanse man in Nieuwegein ooit gelijk toen hij zei dat de treinen in Nederland altijd te laat komen als het mensen bij elkaar brengt, en altijd op tijd zijn als mensen afscheid nemen.

Lidewij ging met Diesel de trein in. Ik hoorde het fluitje van de conducteur. De deuren schoven dicht en na een paar seconden was ik de enige die nog op het perron stond. De trein vertrok, op tijd, en liet alleen de leegte achter.

Toen ik Mieke de week daarop belde om haar te bedanken voor de tip, vertelde ze dat Lidewij diezelfde avond bij het avondeten tegen Daniëlle had gezegd dat ze mij op het perron op Utrecht Centraal had gezien. Daniëlle had haar gevraagd of ze met mij gesproken had.

'Nee, hij deed net alsof hij mij niet zag. Zelfs toen Diesel hem twee keer groette. Hij verdween in een wachtruimte. Hij had vast een date en wilde niet dat dat andere meisje hem met mij zou zien.'

Na een tijdje vertelde Mieke mij aan de telefoon dat Lidewij een vriend had. Daarna dat ze weer vrijgezel was. Ik hoorde dat ze terugging naar het eerste vriendje en weer vrijgezel werd en dat ze nu goede vrienden was met het tweede vriendje en een knipperlichtrelatie had met de eerste. Vervolgens wist ik niet meer wie van die twee een goede vriend was en met wie ze een knipperlichtrelatie had. En ook niet of het stoplicht op groen of rood stond, dat was tevens voor Mieke niet duidelijk, en volgens mij ook niet voor Lidewij zelf, maar zeker wel voor die twee jongens. Lidewijs eeuwige liefde en haar beste vriend was er nog altijd: Diesel.

Voor Mieke moeder werd en stopte mij te bellen, begon ik te begrijpen dat Lidewij altijd iets van haar hart bij een minnaar achterliet. Niet voor het verlangen, maar voor de terugkeer. Ze ging nooit van iemand weg met een heel hart. Met de tijd, zo dacht ik, zou het hart van Lidewij verdeeld zijn bij anderen en zou er niets achterblijven in haar borstkas. Hoe graag had ook ik een deel van haar hart gekregen, zodat ze naar mij terug zou keren, maar ik had slechts de riem en de bal.

57

Ik bezocht Hendrik regelmatig, omdat ik niet wist hoe lang zijn woonboot op die plek kon blijven, en op een dag was de boot weg. Toen ik op het punt stond weg te gaan, zag ik Noëlle haar boot uitkomen met een man in een zwart leren motorjack. Hij zette zijn zonnebril niet af en draaide ook niet mijn kant op.

'Hé, Semmier, kwam je op bezoek?' vroeg Noëlle.

'Eigenlijk was ik op zoek naar Hendrik,' zei ik. Ik was er eerlijk gezegd nieuwsgieriger naar waarom de glimlach van Hendrik in het paradijs was verdwenen dan naar mijn aura in haar boot.

De overeenkomst tussen beide boten was dat het verborgen werelden waren. Wat een magie, die werelden die zomaar kunnen verschijnen en ook zo weer verdwijnen. Niets in Nederland blijft, alles vertrekt, zelfs het paradijs. Ik fietste dagenlang van gracht naar gracht en keek op de vrijdag- en zaterdagmarkt goed om me heen, maar Hendrik en zijn boot waren nergens te vinden. In Nederland zag ik sommige mensen jaren achtereen. Ik moest iets van mijn ziel of mijn hart of mijn hoofd betalen om bij hen te horen en wanneer ze uit mijn leven verdwenen, had ik minder ziel, minder hart en minder hoofd, zonder dat zij iets aan mij toevoegden. Hendrik en Noëlle voegden beiden wel iets aan mij toe, zonder dat ik hoefde te veranderen of iets moest kwijtraken. Noëlle het vuur van het leven, Hendrik de mogelijkheid om gewoon te zíjn.

Ook aan mijn verblijf in het studentenhuis kwam een einde. Het had langer kunnen duren, als ik niet op een dag een telefoontje kreeg dat mij mijn kamertje zou kosten, het eerste eigen huis in mijn leven.

Abdoelsalaam zat net zeventien jaar in het azc, toen hij me belde. Hij vertelde dat hij een brief had gekregen van de IND.

'Eindelijk, gefeliciteerd!' zei ik tegen hem.

'Maar Semmier, morgen sta ik op straat. Kom hierheen alsjeblieft, en haal me op.'

Ik had alles kunnen doen, behalve niet op zijn verzoek ingaan. In de ruim negen jaar dat ik in het azc had gewoond, zocht hij mij altijd overal om zijn befaamde linzensoep met hem te delen. Hij begon nooit alleen aan zijn soep. Soms liep hij door de gangen en riep zomaar in het rond: 'Semmier! Linzensoep! Klaar over een halfuur!' Van de mond van Abdoelsalaam reisden zijn warme woorden van het ene oor naar een mond, en van de andere mond naar een oor en zo kreeg ik in de Aldi te horen dat de linzensoep van Abdoelsalaam klaarstond, omdat hij dat een halfuur geleden riep.

Nu zat Abdoelsalaam op de rand van zijn bed. Zijn spullen in een oude tas, zijn twee dekens opgerold met een touw eromheen, zijn pannen, borden en bestek in de vuilniszak, met ook de verslagen van zijn eerste en tweede gehoor.

'Dit is de brief van de IND,' zei hij, zonder op te staan om me te groeten.

'Later,' zei ik. Ik wilde zo snel mogelijk weg uit het azc. Het zwaarste gebouw mentaal is niet een gevangenis, maar een gebouw vol herinneringen.

'Zou je die dekens niet hier laten, die horen bij het azc,' zei ik.

'Nee, ze zijn van mij.' Hij keek me boos aan. 'Zeventien winters hebben ze mij verwarmd.' Ik droeg de vuilniszak en hij de tas en de twee dekens. Bij de receptie hield receptionist Peter Meier ons aan.

'Ha, Abdoelsalaam, je gaat. Maar zeg, die dekens mogen niet mee.'

'Meneer Peter, hoe oud ben jij?' vroeg Abdoelsalaam, terwijl hij de dekens onder zijn arm klemde, alsof het het lichaam van zijn kind was dat hij net onder de ruïnes vandaan had gehaald na een aardbeving.

'Hoe oud ik ben?' Toen hij in de ogen van Abdoelsalaam keek, een bewegingsloze blik, alsof hij ogen van glas had, gaf hij antwoord. 'Zesentwintig.' Abdoelsalaam richtte zich tot mij.

'Zesentwintig min zeventien. Negen, toch?' vroeg hij in het Nederlands.

'Klopt.'

'Kijk, Semmier,' ging hij vastberaden door in het Arabisch. 'Meneer Peter hier was negen toen ik in dit kamp kwam. Hij riep zijn moeder als hij in zijn bed piste door een nachtmerrie, om voor hem te zingen tot hij weer sliep. En hier staat hij. Een meneer met een telefoon, die de vreemdelingenpolitie kan bellen als ik hem mijn dekens niet geef.'

'Sorry, maar als jullie in je eigen taal willen praten, doe dat dan even ergens anders,' zei Peter Meier. Hij klonk streng als iemand die niet streng is, maar het moet zijn voor zijn werk.

'Het spijt me, meneer,' zei ik. 'Het enige wat we willen is gaan, als dat kan.'

'Dat kan, maar zonder de dekens,' zei Peter.

'Nee, meneer Peter. Ik wacht hier zeventien jaren en nu jij wil ik ga zonder mijn dekenen?' We misten drie treinen omdat Abdoelsalaam zijn dekens niet wilde achterlaten en Peter Meier ze niet wilde laten gaan.

Uiteindelijk belde ik een van de andere asielzoekers en zei in het Arabisch dat hij bij de receptie moest komen, de dekens van Abdoelsalaam moest nemen en die achter over het hek moest gooien. Zo vlogen de twee verbleekte dekens het azc uit.

De hele weg naar mijn kamer was Abdoelsalaam blij met zijn dekens, alsof het magische tapijten waren die konden vliegen, maar toen we bij het studentenhuis aankwamen, het was inmiddels elf uur 's avonds, en ik plek maakte om een matras naast de mijne te leggen, bleef hij in het midden van de kamer staan en zei dat hij terug wilde naar het azc.

'Ik was daar zeventien jaar. Als ik me morgen niet meld, verlies ik al die jaren,' zei hij.

'Je hebt die jaren juist verloren omdat je daar hebt gewacht, Abdoelsalaam,' zei ik. 'Terugkeren is onmogelijk, je bent op straat gezet.' Pas toen ik hem vertelde over het gesloten centrum werd hij rustiger en wilde hij blijven. Toen hij naar de wc ging en terugkeerde, zei hij, alsof hij het niet had gezien toen we binnenkwamen: 'Hier is geen receptie.'

'Ga slapen, Abdoelsalaam, dit is een studentenhuis, geen kamp.'

In zijn slaap was Abdoelsalaam nog steeds in het azc en herhaalde met name één zin: 'Meneer Willem, vandaag is niet zondag.' Een aantal keren per nacht stond hij op in zijn slaap, deed het licht aan en keek dan verbaasd om zich heen. Of hij dan nog sliep of wakker was, wist ik niet. Ik was bang dat hij niet zou weten waar hij was, de kamer midden in de nacht uit zou lopen en bij Marga naar binnen zou gaan in de veronderstelling dat het de keuken in het azc was, want de studenten sliepen zonder hun kamerdeur op slot te doen. Als dat zou gebeuren, zouden we de komende tijd in een cel doorbrengen. Daarom deed ik onze deur op slot, maar nog sliep ik licht en werd van elke beweging van Abdoelsalaam wakker. We waren elke nacht met z'n drieën, Abdoelsalaam, Willem en ik.

Die eerste dag, na een doorwaakte nacht, dacht ik na over wat ik tegen mijn medebewoners moest zeggen. Logeerde Abdoelsalaam bij mij? Kwam hij hier wonen?

Hoe het ging lopen wist ik niet en ik had ook geen idee hoe lang Abdoelsalaam in mijn kamer zou slapen.

Ik dacht ook aan Marga, ik was nog steeds haar probleem in het huis. Met Abdoelsalaam erbij was het probleem verdubbeld.

'Abdoelsalaam,' begon ik die ochtend tegen hem. 'Kameraad van moeilijke jaren, je bent welkom in mijn hart, zoals altijd. En je bent ook welkom in deze kamer, maar je moet weten dat er een meisje in de kamer hiernaast woont, die VVD'er is. Het zou goed zijn dat je, als je voelt of hoort dat zij in de keuken of in de gang is, nog even in de kamer blijft. Als je dat doet, kunnen we hier langer blijven. Als je dat niet doet, staan we beiden snel op straat.'

'VVD? Wat is dat?'

'Een soort IND, maar slimmer. Kijk, als jij een probleem maakt met dat meisje, zal ze met de huisbaas bellen en dan staan we hup, op straat. Uitgeprocedeerd door haar gaat sneller dan uitgeprocedeerd door de IND. Is dat duidelijk?'

'Heel duidelijk,' zei hij.

Ik maakte een kopie van de huissleutel en gaf die aan hem. Van drie oude kapotte fietsen, die achtergelaten waren door vroegere bewoners, maakte ik er één. Ik kocht een fietsslot en zei dat als de politie hem oppakte, hij alles mocht zeggen, behalve waar hij nu verbleef.

'Maar Semmier,' vroeg hij toen. 'Als de vreemdelingenpolitie mij pakt en mij naar Jemen wil sturen, hoe kan ik dan mijn dekens meenemen?'

In het studentenhuis voelde ik dat de studenten wisten dat er een illegale asielzoeker bij mij in de kamer zat, maar dat ze deden alsof ze het niet wisten. Later hoorde ik van Stef dat Abdoelsalaam stiekem een voor een naar ze toe was gegaan en ze alles had verteld. Dat hij zeventien jaar had gewacht in het azc, dat hij op straat was gegooid, dat hij in mijn kamer woonde en dat ze moesten doen alsof ze niet wisten dat hij daar woonde, want dat mocht niet van mij. Stef zei ook dat de enige op wiens deur hij niet klopte om dat verhaal te doen die van 'de IND van dit huis' was.

Zoals Abdoelsalaam 's nachts voor mij de slapeloosheid was, zo begon hij overdag een pratende hoofdpijn te zijn. Ik weet nog goed dat hij een keer naar de keuken ging om thee te maken. Bleek kwam hij terug en hij wees verbaasd naar de keuken.

'Wat is de naam van die soort IND?

'De VVD?'

'Ja, die bedoel ik.' Het leek alsof de bliksem was ingeslagen in zijn hoofd en zijn verstand had verbrand. 'Ze is heel arm, Semmier. Ze is slechts gekleed met een kwart kleren. En ze kan de kapper maar voor de helft betalen. Want de linkerhelft van haar haar is geknipt en de rechter niet. En ze heeft niet eens slippers, maar twee konijnen.'

Ik voelde aan mijn water dat mijn dagen onder dat kleine plafond geteld waren.

58

Ik liet Abdoelsalaam verbluft achter en ging naar de keuken. Daar stond Marga met haar konijnenpantoffels en een kleine nachtpon, die de helft van haar billen bedekte. Nu begreep ik waarom Abdoelsalaam zo in de war was. Ik groette haar en ging terug met de thee.

'Is ze een hoer?' vroeg Abdoelsalaam mij.

'Nee, student. Waarom denk je dat ze een hoer is?'

'Zag je dan niet hoe ze haar kontje naar achter duwt? En toen ze hoorde dat ik de keuken binnenkwam, draaide ze zich niet eens om! Misschien wil ze niet praten, maar alleen meteen neuken, toch?'

'Zeker niet,' zei ik geschrokken. Die man begreep niet wat hij zag. In zijn ogen was een vrouw zodra ze ook maar iets van haar lichaam liet zien een hoer.

Nu botste de Nederlandse manier van leven van Marga in haar huis met de manier van denken van Abdoelsalaam in zijn Jemenitische hoofd. Volgens Abdoelsalaam is een vrouw geen hoer als ze haar lichaam goed bedekt, en volgens Marga kun je in je eigen huis alles dragen wat je maar wil, en ook op straat, zolang je maar niemand kwaad doet. Hoe kon ik dat in hemelsnaam oplossen?

Zoals Abdoelsalaam op een brief van de IND wachtte in het azc, zo begon hij nu op Marga te wachten in de keuken. Als hij haar hoorde, ging hij meteen de kamer uit. Marga kon niet meer in de keuken zijn of Abdoelsalaam liep op haar af. Zij ging dan altijd snel weer naar haar kamer en sloeg de deur hard dicht. Na een tijdje hoorde ik Marga tegen iemand in de gang zeggen: 'Er zit nog zo'n asielzoeker in dat kamertje. En ze maken de hele tijd ruzie.' Misschien zei ze dat omdat de klank van de Arabische taal op schreeuwen lijkt.

Abdoelsalaam veranderde het studentenhuis voor Marga in een kamer. Ze durfde er niet meer uit te komen. Ik begon na te denken over een andere plek voor Abdoelsalaam, maar ik wist niets. Hij was van mij afhankelijk. Als dat niet zo was, had ik hem kunnen vragen weg te gaan, maar alleen zou hij het niet redden en tot het moment dat hij dat wel kon, was hem in de steek laten geen optie. Ik ben opgegroeid in een cultuur waarin je liever zelf verdrinkt met je vrienden dan dat je wegrent en je hele leven spijt hebt dat je bent gegaan. Misschien klinkt dat voor jou nogal overdreven, maar voor mij is dat de enige manier.

Op een avond zaten Neeltje en Ard in de keuken met vijf SP'ers en drie GroenLinks-aanhangers. Ik ging er met Abdoelsalaam naartoe.

'Dit is Abdoelsalaam,' zei ik tegen hen. 'Hij zat zeventien jaar in het azc en is op straat gezet. Ik dacht, misschien weten jullie een plekje voor hem, ergens, om te wonen. Dat zou geweldig zijn. Hij kan ook werken voor zijn onderhoud, op een boerderij ofzo, of een oude fabriek. Dus als jullie iets weten...?'

Meteen begonnen ze te discussiëren over zijn situatie, terwijl er druk werd doorgegaan met drinken en roken. Dat Abdoelsalaam zeventien jaren lang in het azc had gezeten, konden ze niet geloven. Daarop haalde Abdoelsalaam zijn vuilniszak, met zijn pannen en borden, en de stapel papieren, die met een touwtje bijeen werden gehouden.

Iedereen in de keuken pakte een papier en begon te lezen over de procedure van Abdoelsalaam. Er werd met elkaar over gepraat en Abdoelsalaam herhaalde dat hij het liefst een kamertje wilde en best zwart werk wilde doen. Er werd aandachtig gelezen en zacht gediscussieerd en beetje bij beetje veranderde het gesprek in schreeuwen, roepen en lachen. En Abdoelsalaam stond daar, liep om de ronde tafel om zaken uit te leggen en vragen te beantwoorden.

Toen het gelach en geschreeuw heel hard werd, pakte Abdoelsalaam zijn papieren voorzichtig bij elkaar, depte met een stuk wc-papier zijn tweede gehoor droog, blies de as van een vertrekbrief en knoopte het touw weer om de stapel. Daarna schoof hij het geheel in de vuilniszak en ging naar de kamer. Toen ik even later binnenkwam, lag hij moe op het matras.

'Verwende varkens. Ze willen een oplossing voor alle asielzoekers ter wereld, maar niet voor eentje.'

Marga paste haar kledingstijl niet aan, maar ik voelde dat zij in haar kamer bleef als ze Abdoelsalaam in de keuken hoorde. Neeltje en Ard hadden het meeste contact met Abdoelsalaam. Ard had met hem een foto gemaakt en in de keuken gehangen. Eronder had hij geschreven: *Abdoelsalaam, AU-then-tiek*. Onder het woord authentiek stond: *wereldrecorderhouder asielprocedure.*

Nadat ik de hele dag bezig was geweest met het zoeken naar een plek voor Abdoelsalaam, ging mijn telefoon. Ik hoopte dat het iemand was die een kamer had, maar ik hoorde een bekende stem.

'Hallo Semmier, je spreekt met Samer.' Het was de man met wie ik een kamer deelde in 0139, die altijd elpees van Chopin opzette. Ik had niets meer van hem gehoord sinds ik het azc verlaten had.

'Samer! Hoe is het?' vroeg ik hem.

'Goed, goed. Zeg, ik hoorde van Said dat je een huis van de COA hebt gekregen met negen kamers en dat Abdoelsalaam bij jou woont. Ik ben op straat gezet. Kan ik niet even bij jou blijven?'

Nu hoef ik je niet meer uit te leggen dat het voor mij onmogelijk is iemand die zichzelf uitnodigt te weigeren. In de Irakese cultuur hebben we niet geleerd om nee te zeggen, en iedereen is altijd welkom. Daardoor werd, zoals Abdoelsalaam het studentenhuis voor Marga tot haar kamer reduceerde, mijn kamer nu een azc.

'Zeker,' zei ik zonder aarzelen. 'Waar ben je?'

'Op straat.'

'Neem de trein en kom hierheen, man.'

'Niet nodig, ik sta op de stoep bij je raam.' Ik hoorde zacht getik, opende de deur en zag hem staan met een kleine tas. Samer, dat gevoelige mens, stond daar verlegen voor mijn raam. Hij had de hele dag naar een verblijfmogelijkheid gezocht en toen hij niets kon vinden, had hij mij gebeld. Hoe gelukkig is een raam waarvoor zo'n prachtig mens kan staan.

59

Samer had een mooie plek bezet in het hart van elke azc-bewoner toen hij daar nog woonde. Hoe zacht is die man.

'Het spijt me dat ik niet belde voor ik hier op de stoep stond. Tot het laatste moment twijfelde ik of ik moest bellen of niet, maar zoals je weet is het zo moeilijk iets te huren zonder papieren en zonder geld.'

'Kom, man,' zei ik bij de deur. Hij hoorde stemmen uit de keuken.

'Heb je bezoek? Zal ik later terugkomen?'

'Dat zijn de studenten die hier ook wonen.'

'Verhuur je de andere kamers?'

'Nee, ik huur zelf dit kamertje.'

Toen Samer de kamer in kwam en zag hoe klein het was, werd hij nog meer in verlegenheid gebracht.

'Er is altijd plek voor de derde asielzoeker,' zei ik.

We zetten mijn tafeltje op straat en legden een deken neer als derde matras. Er hadden zelfs nog best twee asielzoekers extra in gepast.

Samer kon ook niet slapen door Abdoelsalaam, die elke nacht een aantal keer door Willem werd gewekt. Ik denk dat het rond drie uur 's nachts was dat ik hem zachtjes zijn kleren hoorde aantrekken en naar buiten hoorde gaan. Pas de volgende dag tegen de avond kwam hij terug. Dat gebeurde elke nacht en ook overdag was hij buiten, als het niet regende. Als vanzelf, zonder dat ik het hem hoefde te vragen, bleef hij in de kamer als hij een van de studenten in de gang hoorde en als hij naar de wc ging, deed hij al zijn kleren aan, zodat het leek alsof hij op bezoek was en niet bij mij logeerde.

Samer had een woning toegewezen gekregen in een dorp waar vijfhonderd Nederlanders woonden. Naast het dorp lag een azc waar zeshonderddertig asielzoekers woonden. Hij was de enige asielzoeker die een woning had buiten het azc, en elke keer als een asielzoeker een probleem maakte in het dorp was het zijn probleem. Daarover vertelde hij vaak als we gewekt werden door Willem.

'Het kamp was kleiner dan het dorp, er woonden meer asielzoekers op een kleiner oppervlak,' zei hij, terwijl hij naar het plafond keek. 'Kun je je voorstellen, Semmier? Niet alleen de dorpsbewoners, maar ook de honden en de katten en de kippen en de fietsen begonnen last te krijgen van de asielzoekers. Voor het azc geopend werd, was ik overal welkom, maar daarna ging het snel de andere kant op. Ik ben een keer 's nachts tijdens een wandeling in elkaar geslagen door vijf jongens, die uit een auto op me afstormden. Een paar dagen later liep ik met een blauw gezicht naar de buurtwinkel en hoorde ik een man door een hek. "Die asielzoekers slaan elkaar tot moes, zie je wel?"' Hij zuchtte.

Toen we op een dag met z'n drieën in mijn kamer zaten omdat het hard regende, hoorden wij Marga in de gang.

'Er woonde eerst één asielzoeker, maar nu zijn het er vier.' Het gezicht van Samer begon te zweten, zoals ook altijd in het azc als hij in verlegenheid werd gebracht. Nog diezelfde dag voor de avond viel en de regen was gestopt, pakte hij zijn paar spullen in een tas. Aan Abdoelsalaam, die had laten vallen dat hij het horloge dat hij droeg mooi vond, gaf hij het klokje.

'Maar het is van jou,' zei Abdoelsalaam.

'Nu is het de jouwe, het telt iets dat allang niet meer belangrijk is,' zei Samer met een glimlach. Abdoelsalaam deed het horloge om zijn pols en keek er blij naar. Samer nam zijn tas op.

'Blijf toch,' zei ik tegen hem.

'Gaan en verdwalen is draaglijker dan blijven en verdwalen.' Hij gaf Abdoelsalaam en mij een hand, bedankte mij voor de tijd in de kamer en ging.

Toen Marga na twee weken vakantie weer kwam opdagen, werd Abdoelsalaam onrustig. Hij ging de kamer steeds maar in en uit, alsof hij iets zocht.

'Zeg, Semmier, dat meisje, met die konijnen aan haar voeten, en weinig kleren, in die kamer hiernaast.'

'Marga.'

'Ja, man. Maar-ga. Ze is geen hoer, hoor. Ik bedoel, ze is aardig. Ik bedoel, ze is heel erg mooi. Als ik geen zeventien jaar in het kamp gebleven was, was ik allang met een meisje zoals haar samen geweest. O, haar naam is moeilijk, maar zij niet. Hoe heet ze ook alweer?'

'Mar-ga,' zei ik.

'Ja, Maar-ga. Ik klopte laatste bij haar aan, en ik zei: "Sorry, ik ben je naam vergeten." Ze zei: "Maar-ga." Ik zei: "Wat?" Ze zei: "Maar-ga." Ik zei: "Watte?" En ze zei net als jij nu: "Maaaaaar-ga." Daarna klopte ik weer aan en zei: "Je naam is Maar-ga. Ik ben het niet vergeten."' Hij lachte luid. 'En toen de post voor haar kwam, bracht ik het naar haar toe. Ik klopte aan en toen ze opendeed, wuifde ik met de brief in mijn hand en zei: "Brief voor Maar-ga." Ze zei dat ik het haar niet hoefde te brengen, maar bedankte me toch. Ik zei: "Maakt niet uit, Maar-ga, we wonen in dezelfde huis, ik breng de post elke dag naar jou." En ik zei dat ik zeventien jaar op een brief van de IND had gewacht in het kamp. En ik zei: "Luister," en ik pakte haar hand.'

'Wat?' zei ik. Ik wist niet wat ik hoorde.

'Ja, ik pakte haar hand en legde hem op mijn borst. Precies op mijn hart. En ik zei tegen haar: "Luister, Maar-ga. Het is niet boem boem boem meer. Dit hart klopte zeventien jaar wachtend op brief van IND. Het is geen boem boem boem meer, maar au au au." En Marga schrok van het au van het droevige hart.' Hij sloeg zijn vuist hard op zijn borst. Voor het eerst zag ik een paar tranen in zijn ogen. Ik besefte dat niet hij de kamer vulde, maar dat droevige verdwaalde hart.

Nog geen week later om kwart over drie 's middags zag ik toen ik terugkwam van boodschappen doen een grote, nette auto naast het studentenhuis op de stoep staan. Erachter hing een karretje en ik zag Marga met haar vader, een nette man, haar kamer leeghalen. Ik groette en wilde die nette man een hand geven, maar hij knikte vluchtig en draaide beleefd weg, om duidelijk te maken dat een hand geven niet nodig was. Ik was verbaasd over de verhuizing van Marga, die wegging zonder het iemand te zeggen. Later hoorde ik van Neeltje dat Marga zich niet meer veilig voelde in het huis.

Toen ik mijn kamer in liep, zei Abdoelsalaam: 'Ik heb ze gevraagd of ik moest helpen, maar ze zeiden nee. Ik zei: "Gratis," maar ze zeiden nee.'

Voor Marga ging, klopte ze aan de deur.

'Ik wilde dag zeggen,' zei ze en glimlachte. Het was de eerste en de laatste keer dat ik een glimlach op haar gezicht zag, en het was zowaar een vriendelijke.

'Waar ga je naar toe?' vroeg ik haar.

'Een paar straten verderop. Een grotere kamer.'

'Veel plezier,' zei ik.

'Bedankt. Wat ik nog wou zeggen, het is nu de twaalfde van de maand en ik heb betaald tot het einde. Die vriend van jou kan wel een paar dagen in mijn kamer slapen. Hofkamp denkt dat de kamer vanaf het begin van de komende maand vrij is. Dan kan jij een paar dagen alleen zijn.'

Wat een aanbod van iemand van wie ik dat nooit had verwacht. Soms kun je je vergissen in mensen. Ik heb nog wel een kijkje genomen in de lege kamer, maar heb van haar aanbod geen gebruik gemaakt. Het zou vreselijk zijn als de reden van haar vertrek in haar kamer zou slapen.

60

Na Marga waren het Foetsie en Mien, de katten van Levi, die zich niet meer thuis voelden door Abdoelsalaam.

Als ergens een deur openstond, glipten ze naar binnen. Zo gebeurde het een keer dat Abdoelsalaam mijn kamer binnenkwam en de twee katten zag slapen op zijn dekens. Hij schreeuwde hard en smeet kwaad zijn slippers naar ze toe. De katten miauwden en vlogen de kamer uit. Abdoelsalaam maakte zijn dekens schoon en zeurde. Hij ging even de kamer uit en kwam kort daarop misselijk kijkend terug.

'Wat is er?' vroeg ik.

'Ik hoorde die rotkatten met vlooien in een kamer boven. Ik klopte aan en deed de deur open. Daar zat die jongen die daar woont met een naakt meisje op bed!'

'Wat?' zei ik geschrokken.

'Naakt. En ze keken naar het plafond. En rookten. Die kamer stonk honderd keer erger dan de wc's in het kamp als de sociale dienst het schoonmaken niet checkte. Die klotekatten vlogen onder het bed toen ze mij zagen. En het meisje trok een laken over zich heen. Ik zei tegen die jongen: "Mijn hele hele goede vriend, mijn broer, nee, broertje. Jij niet heel oud, toch, mijn vriend. Luister goed naar Abdoelsalaam. Advies van Abdoelsalaam is gratis. Open ramen van kamer. Want is als lijk van vier dagen. Gooi smerige katten door raam. En was je dekens. Je bed. Jezelf. Nu, mijn vriend. Die katten slapen op mijn deken en nu mijn dekens vol haar. En vlooien." Die jongen zei: "Kun je niet aankloppen?" En ik zei: "Ik heb geklopt, ik zweer het, op God en op de eer van mijn moeder. Maar je was bezig met naakte meisje onder die deken. Ik heb geklopt." Dat zei ik. En Semmier, aan de muur hingen allemaal onderbroeken. Verkoopt die jongen onderbroeken die naar kattenpoep ruiken?'

Het was makkelijker voor mij geweest de katten van Levi uit te leggen dat ze voorzichtig moesten zijn met Abdoelsalaam dan Abdoelsalaam uit te leggen dat wat hij net had gedaan echt niet kon.

Toen ik Levi naar beneden hoorde komen om chocolademelk voor het meisje te maken, ging ik naar de keuken.

'Sorry, Levi, dat Abdoelsalaam jou lastigviel.'

'Het is oké,' zei hij. Hij leek geïrriteerd maar wilde niet met mij botsen, denk ik. 'Ik hoop wel dat je kamergenoot Foetsie en Mien voortaan met rust laat. Ze zijn doodsbang voor hem.'

Het bevestigde mijn conclusie dat Nederlanders anders naar een vreemdeling kijken die hun cultuur kent dan naar een vreemdeling die er niets van weet. Als je de Nederlandse cultuur kent en je doet dan iets wat ze niet goed vinden, zijn ze scherp. Maar tegen iemand als Abdoelsalaam, die er niets over weet en die dan iets verkeerds doet, wordt men niet snel boos en probeert men juist niet te botsen. Het bevestigde mijn idee dat de goede migranten in Nederland de prijs betalen voor de slechte. Asielzoekers die perfect integreren moeten altijd de klappen opvangen voor asielzoekers die geen idee hebben over de maatschappij. De hand van de kritiek slaat niet de juiste migrant, maar de bereikbare.

Daarna duurde het niet lang meer. Ard en Neeltje riepen mij naar de keuken. Alle bewoners van het huis waren er, behalve Mare en de negende, die op de zolder woonde. Zo serieus als op dat moment had ik ze niet eerder gezien.

'Waar is Mare?' vroeg ik.

'Ze is het niet eens met...,' zei Neeltje.

'We moeten iets met je bespreken. Iedereen in het huis is het met deze beslissing eens, behalve Mare. We willen dat Abdoelsalaam het huis verlaat,' zei Ard. Neeltje knikte.

'Begrijpelijk,' zei ik, terwijl ik de tafel rond naar de rode, beschaamde, maar zekere gezichten keek. Ik voelde dat ze het moeilijk vonden dit aan mij te vertellen. 'Wanneer willen jullie dat we gaan?' vroeg ik, om dit moment zo snel mogelijk voorbij te laten zijn voor iedereen.

'Jij niet,' zei Neeltje. 'Alleen Abdoelsalaam. We hebben geen probleem met jou hier. Integendeel, dat is altijd gezellig.'

'Wanneer willen jullie dat Abdoelsalaam gaat?' vroeg ik.

'Begin van volgende maand? Als dat kan?'

'Dat kan,' zei ik. Ard zette de waterkoker aan en opende een biertje voor zichzelf en Neeltje. De andere keken beleefd en stil om zich heen.

'Proost,' zei Ard en liet mijn theeglas met zijn bierflesje klinken.

'Op de authentiekste asielzoeker van het vaderland,' zei ik en we lachten. Het was de laatste keer dat we daar als huisgenoten zaten.

Stef keek naar een foto van Lenin die een van de SP'ers daar had opgehangen en lachte meteen hard.

'Waarom lach je?' vroeg Ard.

'Het is wel grappig. De VVD'er vertrekt uit het huis en laat de asielzoekers achter en SP en GroenLinks willen dat de asielzoeker vertrekt.' We lachten allemaal.

Toen ik naar de kamer terugging, zei ik tegen Abdoelsalaam dat het moment gekomen was om zijn spullen te pakken.

'Waarom?'

'We zijn hier uitgeprocedeerd. Het is beter dat we zelf gaan, anders zullen we eruit worden gezet.'

'Voor wie zijn we uitgeprocedeerd?

'Voor de katten van Levi.'

Abdoelsalaam bleef op het bed liggen, maar toen hij zag dat ik ook ging pakken, deed hij hetzelfde.

De volgende dag stopte ik mijn sleutel en de kopie van Abdoelsalaam in een envelop met de naam van huisbaas Hofkamp erop en legde die bij de post. Ik belde hem op en zei dat ik nu de kamer verliet.

'Is prima,' zei hij koel en zakelijk. 'Zorg je wel dat de kamer helemaal leeg is? Het ga je goed.'

Ik klopte aan bij Connie en Bram Tichelaar om ze te vragen of ze de spullen die ik van hen had gekregen, terug wilden, maar ze waren er niet. Ik zette alles naast de ondergrondse afvalcontainer die er inmiddels was neergezet. Een halfuur later lag alleen de vloerbedekking nog in de kamer.

Ik wilde niet vertrekken zonder de negende bewoner te zien. Daarom pakte ik de trap naar de derde verdieping waar een zolder tot kamer was gemaakt. Ik stond even voor de gesloten deur. Daarna verscheurde ik de stilte erachter met het kloppen erop. Ik hoorde een geluidje van iemand die uit bed stapt. Ik bleef misschien twee minuten staan, maar hoorde geen voetstappen. Net toen ik wilde gaan, werd de deur opengedaan. Ik zag een wit meisje staan met zwarte kleren. Zo'n dun en zo'n wit iemand had ik nooit eerder gezien.

'Ik ben Semmier, ik woonde in de onderste kamer en nu ga ik weg,' zei ik.

'Jade,' zei ze en gaf me een hand. Ze zei niets, maar ze bleef mij aankijken met een lege blik. Nog altijd herinner ik me haar dunne vingers, haar lange nek en haar stilte.

'Tot ziens,' zei ik. Ze glimlachte. Ik dacht dat ze zou vallen als ze niet met haar rechterhand tegen de deurpost bleef steunen. Ik weet niet waarom, wellicht omdat ik kennis met haar maakte bij mijn vertrek en niet bij mijn aankomst, maar ze werd in mijn geheugen als een levend standbeeld voor de hardheid van deze wereld. Een symbool voor velen die geïsoleerd zijn van hun leven, om niet verder te gaan.

Daarna klopte ik op elke andere kamerdeur van het studentenhuis en nam afscheid van de bewoners. Neeltje en Ard bleven mij bellen als er post voor mij kwam. Zo had ik gratis een officieel adres. Ik denk zelfs dat er nog steeds post voor mij komt in dat studentenhuis aan Molenweg 26.

61

Twee asielzoekers, twee tassen, twee dekens en twee vuilniszakken. Waar we heen gingen wisten we niet. Ik liep voorop, Abdoelsalaam volgde mij. Ik liep steeds sneller om hem voor te blijven. Naast Abdoelsalaam lopen ergerde mij.

Zijn pannen en borden in de vuilniszak klonken als een drumstel. Vanuit alle huizen werd er naar ons gekeken, door Hollanders, katten, honden. Oude vrouwen openden deuren en keken ons na. Een vrouw zag ik zelfs naar het midden van de straat lopen, misschien om te kijken of we niet een spoor van bloed achterlieten vanuit de twee vuilniszakken. Een pan kletterde uit de zak van Abdoelsalaam op de grond, waardoor een kat uit een voortuin wegsprong.

Uit een huis klonk een stem. Ik stopte. Het was een meisje dat aan het oefenen was achter een piano en ze zong:

'Liever met een paard, of met een schaap of een kameel,
dan dat ik mijn lakens met Andries Knevel deel.'

De huiselijke stem van het meisje trok mijn aandacht en terwijl ik me dat moment zou moeten bezighouden met waar Abdoelsalaam en ik heen zouden kunnen, vroeg ik me toch af wie die Andries Knevel was. En vooral waarom het meisje liever iets zou doen met een paard of kameel dan met hem.

Een hond blafte, Abdoelsalaam riep en we liepen verder.

'Kijk, Semmier. Overal grote huizen. De kleinste heeft minimaal twee slaapkamers, soms hebben ze drie verdiepingen. In elk huis kun je een lege kamer vinden. Of twee of drie of een hele etage. Zal een Nederlander ons roepen en ons een kamertje in zijn huis aanbieden? Dacht het niet.' Zwijgend liepen we door. 'Ben je niet blij dat je eindelijk weg bent uit dat kamertje?' vroeg hij mij even later.

Ik gaf geen antwoord. 'Je zou echt blij moeten zijn dat je weg bent uit dat smerige huis vol kattenstront en rottend eten.' Ik ging sneller lopen zodat ik ver van hem kon zijn.

Na een paar uur ronddolen kwamen we uit bij het station. Daar zaten we op een bankje en begon Abdoelsalaam mensen in de contactenlijst van zijn telefoon te bellen. Na elk kort telefoontje vertelde hij me welke asielzoeker hij had gebeld en dat die persoon inmiddels in Turkije, Jordanië, Libië of Griekenland verbleef, en dat ze zouden terugbellen zodra ze weer terug in Nederland waren.

'Nu het laatste nummer,' zei hij en hield de telefoon bij zijn oor. Ik wist dat het niet goed met hem ging, toen op dat moment mijn telefoon overging en hij riep: 'Hallo! Hier Abdoelsalaam. Hé, Semmier, man, waar ben je?'

Op het treinstation dronken we thee. Daarna ging Abdoelsalaam even buiten het station en kwam terug met de vraag of ik een tientje had.

'Kom dan,' zei hij en leidde me naar een taxi. 'We gaan naar iets warmers dan de thee van dat klotestation. Naar God,' zei hij.

Ik zat achterin, Abdoelsalaam naast de taxichauffeur. Een kwartier later waren we bij de moskee. Abdoelsalaam liep naar de deur en kwam teleurgesteld terug.

'De deur is dicht. Op slot. Wat raar. God in Nederland is heel anders dan God in Jemen. Daar werkt hij vierentwintig uur per dag. De moskeeën zijn altijd open, maar hier is de deur dicht en er staan openingstijden.'

'Misschien gaat het daarom wel niet zo goed in Jemen, omdat God er vierentwintig uur per dag werkt, maar de mensen niet.'

Om drie uur ging de moskee eindelijk open. Abdoelsalaam vroeg de imam of we daar konden slapen. De imam zei dat dat onmogelijk was, maar dat hij na het gebed *insjallah* een oplossing voor ons zou vinden.

'Kijk, Semmier. God is sneller dan de IND. Na het gebed zal er een oplossing zijn, niet na duizenden grijze haren.'

Zo ontmoette ik Jafar Kalaf. Hij was een Irakees die elke week met zijn auto een gehandicapte Libische man van en naar de moskee bracht. Hij zei dat wij ook konden instappen en dat hij ons, na de Libiër afgezet te hebben, mee naar huis zou nemen.

Jafar Kalaf was de enige asielzoeker die ik ontmoette die helemaal Hollander geworden was. Dat gevoel kreeg ik al na een minuut of tien in de auto doordat hij tussen zijn Arabisch opvallend veel Nederlandse woorden gebruikte en vooral door zijn manier van praten.

'Het lijkt wel of Nederland van jou een Hollander heeft gemaakt,' zei ik tegen hem. 'Of ben je hier geboren?'

'Nee, ik kwam hier toen ik een jaar of twintig was. Weet je, sommigen kwamen als Irakees en wilden behandeld worden als Irakees. Dus een Irakese vlag op het gemeentehuis, hem beantwoorden in het Irakees en oorlogje voeren aan de grens, zodat hij echt voelt dat hij in Irak is. O ja, en nog een geheim dienstje honderd meter van zijn huis. Ik niet. Nederland heeft mij alles gegeven om een mens te blijven.'

'Hollanders zijn arrogant,' zei de Libiër. 'Ze willen dat de vreemdelingen in hun land veranderen, maar zijzelf in andere landen veranderen niet. Ik ken een Hollander die jaren in Libië woonde en hij sprak alleen maar Engels. Geen woord Arabisch, behalve *salam aleikum*.'

'Je moet geen oude asielzoekers uit de sloot halen,' zei Jafar Kalaf in het Nederlands en hij lachte hard. Als enige, omdat wij het spreekwoord en de grap niet snapten. 'Jullie zijn bang en hongerig uit jullie landen gevlucht. En wat heb je meegebracht?' Hij liet even een stilte vallen. 'Verander! Verander snel! Wees een mens. Klaar. Punt.'

Hij praatte alsof hij haast had. Hij had de soort van dagelijkse haast die Nederlanders vaak hebben. Hij leek altijd ergens te laat te zullen zijn.

'Hou toch op, Jafar,' zei de Libiër. 'Je doet alsof wij niets weten en jij alles, alleen omdat je een Hollander geworden bent. Geloof me, dat is de makkelijkste weg: Hollander worden. Maar niet iedereen wil dat. Vogels vliegen ook van het ene bos naar het andere zonder te veranderen.' Jafar Kalaf zette de radio aan en draaide hem harder. 'Je wilt mij niet horen, hè,' ging de Libiër door. 'Omdat ik gelijk heb.' Hij grinnikte en wendde zich tot ons achterin. 'Als ik uitstap, gaat hij zeggen dat ik ondankbaar ben. Dat de Nederlanders mij alles gegeven hebben en dat ik alleen maar negatief over ze ben. Ha. Hij denkt dat hij een Hollander is, maar al spoelt hij zijn haar met honderd soorten blonde verf, hij blijft een asielzoeker.' De auto stopte voor het huis van de Libiër.

'Ik zie je volgende week, zelfde tijd,' zei Jafar Kalaf, hielp de man de auto uit en reed verder.

'Hoe ondankbaar is hij,' bromde hij, zoals de Libiër al had voorspeld. 'Hij heeft hier alles gekregen. Een huis, mensen die hem thuis komen verzorgen, een uitkering. En niet één keer hoorde ik hem iets positiefs zeggen over Nederland.' Hij stopte bij een Chinees restaurant, haalde voor ons een afhaalmaaltijd en reed naar zijn huis.

Jafar Kalaf maakte, net als Johan Cruijff, zijn eigen spreekwoorden. Als hij lachte, pakte hij zijn buik vast, alsof het een voetbal was. Als hij boos was, sloeg hij als hij reed op het stuur of anders met zijn linker- op zijn rechterhand. Hij was in 1979 als asielzoeker naar Nederland gekomen, toen Saddam Hoessein net president was geworden. Hij trouwde met een Nederlandse vrouw, kreeg een zoon en een dochter en was inmiddels gescheiden.

Ik was nieuwsgierig naar asielzoekers uit die tijd. Toen Jafar vertelde over zijn vriendelijke ontvangst op Schiphol, drong het tot mij door dat de gouden eeuw der asielzoekers allang voorbij was.

Zijn huis was net zo Hollands als hij. De foto's van zijn zoon en dochter hingen aan de muur: van elk kind evenveel, even groot, in dezelfde leeftijdsfases en van elk dezelfde gezichtsuitdrukkingen, en allemaal keurig ingelijst. De boeken en snuisterijen in de boekenkast, de oudpapierbak en de verschillende glazen in de keuken, voor elke soort drank één. We kregen zelfs net zo'n rondleiding als Daniëlle van der Weerde had gegeven.

'Jullie kunnen hier slapen, ik slaap bij mijn vriendin,' zei hij. 'Ze woont in een dorp vlakbij. Als je weg wilt, leg dan de sleutel op de tafel, maar jullie mogen voorlopig blijven. Er is niets in dit huis wat iets waard is, behalve Doortje, mijn kat. Ze kan zelf naar binnen en buiten door het kattenluik, je hoeft haar alleen maar twee keer per dag eten te geven. Gelukkig eten moslims geen katten.' Hij lachte en ging.

Pas later zou het duidelijk worden dat Jafar Kalaf Abdoelsalaam niet per se duidelijk had hoeven maken hoe hij voor Doortje moest zorgen, maar eerder hoe hij om moest gaan met het hondje van de buurvrouw en met de knuffelbeesten, die al jaren lagen te rusten onder het voormalige bed van zijn dochter in de kamer waar Abdoelsalaam zou logeren.

62

Het huis van Jafar Kalaf had een achtertuintje, omringd door een houten schutting. Op de eerste verdieping waren drie slaapkamers. Op twee slaapkamerdeuren stonden nog de namen van de kinderen: Someje en Temmiem. Die waren inmiddels volwassen, maar hun kamers in dit huis waren nog gevuld met de spullen uit hun kinderjaren.

Ik sliep in de kamer van Temmiem, Abdoelsalaam in die van Someje. Ik was blij dat ik nu geen kamer met Abdoelsalaam hoefde te delen. Nadat ik een nacht goed geslapen had, begon Abdoelsalaam al meteen te klagen over de knuffelbeesten van Someje.

'Overal apen, beren, leeuwen, giraffen, tijgers, olifanten. Zelfs een wolf en een haai en een krokodil. De hele nacht beesten. Zou jij naast een krokodil met rode ogen kunnen slapen?'

'Hou op, Abdoelsalaam, het zijn maar knuffels in een gratis kamer. Stapel ze ergens in de hoek, man. Of stop ze in een kast. Of wil je een IND en een COA om goed te kunnen slapen?'

'Het is anders best irritant. Ik gooide de olifant onder het kussen, daarna kwam een slang tevoorschijn van onder de deken. Ik gooide hem weg, en daarna viel een panda van het plafond. Ik duwde hem aan de kant en voelde een schorpioen tussen mijn tenen. Geen seconde heb ik geslapen. Alsof ik op safari was.'

'Waarom heb je ze niet onder het bed gegooid?'

'Daar lagen er nog meer. Elke keer pakte ik een beest en dan draaide ik zijn kop van zijn lichaam en gooide ik ze uit het raam.'

Na de knuffels van Someje was het de kat die het moest ontgelden. Al de eerste keer dat de kat naar Abdoelsalaam toe kwam en met haar rug tegen zijn been wilde schuren, schopte Abdoelsalaam haar alsof hij Cristiano Ronaldo was die een penalty nam. Krijsend vloog ze twee meter door de lucht, kwam tegen een muur aan, viel op de grond en rende angstig weg met de langste miauw die ik ooit van een kat gehoord heb. Ze durfde niet meer in het huis te komen en miauwde vanaf de schutting. Zelfs de volste volle melk kon haar niet overtuigen.

In het huis links naast ons woonde Inge van Duinhoven met haar hondje Mario. Een mager, kaal en bibberend chihuahuaatje. Inge zelf liep tegen de zeventig en was volgens Jafar Kalaf erg aardig. Kortgeleden had ze een nieuwe heup gekregen. Daardoor had ze niet veel met het hondje kunnen wandelen, maar hem via de voordeur even op de stoep laten lopen.

'Zeg, Semmier, waarom blijft die hond van de buurvrouw zo klein?' vroeg Abdoelsalaam.

'Hij wordt gewoon niet groter,' zei ik.

'Gisteren schrok ik me rot. Ik dacht dat ik gek geworden was. Die hond is ver weg en dichtbij tegelijk. Ik werd er duizelig van. En toen hij op me afkwam, gaf ik hem een schop. Niet zo hard als die kat, heel zachtjes. Alleen om te weten hoe dichtbij hij was.' Nog diezelfde dag vroeg hij of zo'n klein hondje ook kon blaffen.

Bij Inge van Duinhoven kreeg ik het gevoel dat ze bang voor ons was, of wellicht bang voor het onbekende. Als je, net als Jafar Kalaf, de tijd had om haar te leren kennen, was ze niet meer bang.

Na de kennismaking van Abdoelsalaam met Mario wilde ik het contact met het hondje en Inge van Duinhoven herstellen. Ik ging naar de supermarkt en kocht het duurste hondenvoer dat ik kon vinden. Toen ik Mario die dag buiten zag, riep ik hem. Hij kwam dichterbij. Ik opende het blik eten en hij at het op. Ik aaide zijn kopje en zag Inge door het raam kijken. Voor ik haar kon groeten draaide ze haar hoofd weg, maar ze riep de hond niet terug.

Gelukkig heeft Mario niet zoveel jaren nodig om aan asielzoekers te wennen, dacht ik. Kennismaken met hem duurt slechts een blikje voer.

63

In het huis van Jafar Kalaf vol ruimte, begon Abdoelsalaam twee dingen te voelen die hij in Nederland nog niet had ervaren: eenzaamheid en stilte. Hij ging naar de achtertuin, kwam binnen, ging naar boven, kwam naar beneden. Soms stond hij halverwege de trap stil en dan wist ik niet of hij naar boven of naar beneden wilde. Hij zelf ook niet. Soms zei hij opeens dat het wel raar was dat er geen receptie was, of hoorde ik hem 's nachts in zijn slaap nog tegen Willem zeggen dat het geen zondag was. Dat alles versterkte bij mij het gevoel dat hij eigenlijk nog in het azc zat en dat zijn zeventien jaar daar nog niet voorbij waren.

Als het hondje heel soms even blafte, begon Abdoelsalaam te zeuren dat hij niet kon slapen door dat gekef. Niet lang daarna vertelde Abdoelsalaam dat hij de buurvrouw had verteld dat haar hond hem wakker hield, en dat in Jemen honden die niet ophielden met blaffen afgeschoten werden. Mijn pogingen Inge van Duinhoven ervan te overtuigen dat we haar hondje en dus haar best aardig vonden en dat ze beslist niet bang hoefde te zijn voor ons, vielen in het water.

Tegen mij zei hij het in het Arabisch, en daarin klonk de nuance nog door, maar ik wist zeker dat het in het Nederlands van Abdoelsalaam had geklonken als een terroristische aanslag.

'En wat zei de buurvrouw?' vroeg ik.

'Ze zei: "Sorry."'

Nog diezelfde middag verscheen Jafar Kalaf in het huis. Hij kwam binnen met een doos vol onthoofde knuffels die Abdoelsalaam links en rechts in de tuinen van de buren had gesmeten.

Hij nam mij apart in de tuin en zei dat Abdoelsalaam misschien psychische hulp nodig had. Hij had niet alleen alle knuffelbeesten onthoofd, maar ook tegen de buurvrouw gezegd dat de eigenaar moet worden afgeschoten als een hond blaft. 'Dat is een serieuze bedreiging. Nu moeten wij de buurvrouw gerust gaan stellen, voor ze een hartaanval krijgt.'

Hij pakte een onthoofd olifantje uit de doos. 'Dit was de lievelingsknuffel van Someje,' zei hij droevig.

'Abdoelsalaam bedoelde eigenlijk dat honden in Jemen doodgeschoten worden als ze blaffen, niet het baasje.'

'Dat is minstens zo erg. Mensen gaan hier soms zelfs niet op vakantie, omdat ze de hond niet willen achterlaten. Ik wil jullie het huis niet uit zetten, maar zo kan het echt niet langer.'

Om vier uur 's middags kwam Jafar terug met een vrouw. Hilly ten Hoor was ooit kinderpsycholoog geweest en toen ze met pensioen ging, begon ze als vrijwilliger bij Vluchtelingenwerk. Hilly was een flinke vrouw. Ze had energie genoeg om een heel circus te laten bewegen. Ze zei zelf dat ze een eigen therapie had, met iets doen en praten tegelijk. Daarmee kon ze, zo geloofde ze zelf, alle psychische problemen oplossen. Hilly begon met Abdoelsalaam te praten. Ze luisterde naar hem, stelde vragen en knuffelde hem, terwijl ze hem in beweging hield. Ze zei 'zit' en dan ging hij zitten, ze zei 'sta' en dan stond hij op. Ze liet hem rondjes draaien, terwijl hij aan het praten was. Eerst met de klok mee en vervolgens ertegenin. En tegelijkertijd praatte hij of luisterde hij. Ze zette muziek op en begon Abdoelsalaam aan de hand te leiden om hem te leren dansen en praten tegelijk.

Jafar Kalaf en ik keken ernaar en verbaasden ons, niet alleen over de manier waarop Hilly het aanpakte, maar vooral over hoe Abdoelsalaam erop reageerde. Na een paar minuten zweette hij en werd hij duizelig van al die rondjes en Hilly bleef maar roepen.

'Kom op, Abdoelsalaam. Ga door!' Ze pakte hem bij beide handen en draaide hem naar links en rechts, terwijl salsa en disco en allerlei soorten opzwepende muziek uit de kleine boxjes klonk. Ze drukte hem tegen zich aan, liet hem los, liet hem bijna vallen, trok hem aan een vinger naar zich toe, drukte hem met haar hele hand neer, trok hem op, gooide hem in de lucht en ving hem op. Hij leek op een halfdode muis in de klauwen van een kat. 'Kom op, Abdoelsalaam, sneller, harder. Swing!'

Ik was bang dat ik straks ook aan de beurt was en die tijgerin van Vluchtelingenwerk ook mij zou verslinden. Stiekem probeerde ik te ontsnappen en sloop naar de keuken, maar voor ik die bereikte, riep Hilly me. Ze liep zelf naar de keuken en kwam terug met keukengerei, gaf Jafar en mij een pan en een lepel en vroeg ons op het ritme van de muziek mee te spelen. Met pannen en lepels en Hilly met haar zware, maar luchtige lichaam begon Abdoelsalaam meer en meer op een drenkeling te lijken. Ze draaide om hem heen en liet hem om haar heen draaien. Als hij bijna viel, steunde ze hem en als hij stond, liet ze hem vallen. Uit dat salsaconcert werd een nieuwe Abdoelsalaam geboren. Ik zag het wonder met mijn eigen ogen.

'Muziek geneest alles!' riep Hilly, terwijl ook zij zweette.

Toen Abdoelsalaam echt niet meer kon, nam ze hem mee naar de tuin. Door het raam zagen we dat ze met hem aan het praten was en na een uurtje liepen ze naar het huis van Inge om thee te drinken. Nog een uur later zag ik Hilly en Abdoelsalaam en Mario door de straat wandelen. Abdoelsalaam had de riem vast. Het hondje trok hem voort.

De daaropvolgende weken verscheen Hilly dagelijks, een uurtje of korter. Ze praatte dansend met Abdoelsalaam en daarna liet ze hem met Mario praten. Abdoelsalaam zei 'zit' en Mario ging zitten. Daarna zei hij 'kom' en Mario kwam naar hem toe. Het bleef moeilijk voor Abdoelsalaam om te geloven dat een hond hem begreep, maar dan danste hij een kwartiertje met Hilly en raakte er zo langzamerhand zelfs van overtuigd dat Mario helemaal geen hond was, maar een heel speciale Hollander die niet kon praten, maar wel luisteren.

Niet alleen Mario begon met Abdoelsalaam te communiceren, ook met buurvrouw Inge werd het contact verbazingwekkend goed. Inge begon zelfs met Abdoelsalaam te praten in het asielzoekers, dat ze in korte tijd van Hilly had geleerd. Steeds vaker wandelde Abdoelsalaam met de hond. Hoe meer Mario de hond van Abdoelsalaam werd, hoe meer Abdoelsalaam de hond van Inge werd. De asielzoeker, de Hollandse vrouw en de hond luisterden naar elkaar. Dat was de sleutel tot hun geluk.

Vanaf dat moment had Abdoelsalaam Hilly en mij niet meer nodig. Hij begon dagelijks wandelingen te maken met Mario, zat met hem in het park en kon al zijn klachten en problemen aan het hondje kwijt.

64

Jafar Kalaf liet ons niets betalen voor het verblijf in het huis, zelfs niet voor gas, water en elektra. Omdat hij wist dat ik graag iets terugdeed en mij daartoe de kans wilde geven, begon hij mij af en toe mee te nemen naar zijn ex-vrouw Toos Simons voor wat klusjes.

Zoals het huis van Jafar op een Hollands huis leek, leek het huis van Toos op een Irakees huis. Aan de muur hingen Midden-Oosterse kalligrafieën, schilderijen van vrouwen in gekleurde gewaden en gordijnen in net zulke vrolijke kleuren. Overal kussens en tapijtjes. Op de tafeltjes naast de banken stonden bakjes vol nootjes en zoetigheid en de thee werd geschonken uit Irakese theepotjes in Irakese theeglaasjes. Het opvallendste verschil met een Nederlands huis was dat geen lamp minder dan 100 watt was. En op de wc kon je kiezen tussen papier en water.

Het grappige was dat ik in Toos' huis geen rondleiding kreeg zoals in dat van Jafar en andere Nederlandse huizen. Het enige wat Toos me liet zien, was waar het lichtknopje van de wc zat.

Zoals Jafar veranderd was in een Hollander en hij daarmee tevreden leek, zo leek Toos veranderd in een Irakese, alleen was zij er niet gelukkig mee. Ze leek een vreemdeling geworden in haar eigen land. Toos sprak goed Arabisch en vrij goed het Iraakse dialect. Het ergste van haar verandering was dat ze een Irakese behoefte aan praten had. Daarmee bedoel ik dat je niet graag stiltes laat vallen, alles tot in den treure kunt herhalen, alles door elkaar kunt gooien en verhalen best wat aan mag dikken. Ze praatte net zo lief over wat ze die dag had gekocht als over wat ze diep in haar geest had gevoeld of over wat ze de komende tien dagen zou eten.

Ik kwam graag bij Toos, want ik voelde me thuis bij haar en haar Irakese gastvrijheid. Ik werkte in de tuin of schilderde een muur of een deur. Toos vond het ook leuk als ik er was, want dat betekende dat ze kon praten en zo leerde ik haar al snel goed kennen. Bovendien was ik niet veel ouder dan haar twee kinderen en leek ze het fijn te vinden dat zij contact hadden met een 'volbloed Irakees', zoals ze mij gekscherend noemde. Ze vertelde mij eens op mijn verzoek hoe ze Jafar had leren kennen.

'O, dat weet ik nog goed. Het was 4 april 1981. Ik had de trein genomen van kwart over twee van Alkmaar naar Amsterdam, want ik wilde naar een feest. Mijn moeder had als grap tegen me gezegd, toen ze zag dat ik me opmaakte: "Kom niet zwanger terug." Ze kreeg een beetje gelijk, want die dag ontmoette ik Jafar en minder dan drie maanden later was ik zwanger. Ik zat in de trein toen Jafar helemaal natgeregend binnenkwam en tegenover mij ging zitten. "In Bagdad maakt de regen de mensen niet zo nat," zei hij. Ik vroeg hem niet of de mensen daar paraplu's gebruiken, maar het woord 'Bagdad' prikkelde mij. Die jongen deed iets met me. Toen de trein verder ging, voelde ik de vlindertjes al.'

'Waarom? Was hij toen zo aantrekkelijk en niet lelijk, als nu?' grapte ik. Toos lachte. Niet alleen om mijn grap, maar om haar mond lag een voorzichtige verliefde glimlach, die haar gevoelens van toen liet doorschemeren.

'Lang geleden toen er hier nog geen Irakezen waren, was de bekendste Irakees een ezel in de dierentuin van Antwerpen. Er stond een bordje bij: *ezel uit Bagdad*. Ik liep naar de ezel en hij kwam naar mij toe. Ik aaide zijn kop. Het voelde als een soort band tussen ons. Ineens wist ik wat die band inhield, want die ezel was het aan het opeten: de witte roos in mijn haar.' Ze lachte luid. 'En nu wil je zeker weten of ik verliefd was op de ezel?' Ik knikte. 'Absoluut, ik wilde die ezel meenemen naar huis. Thuis las ik de verhalen van *Duizend-en-een-nacht* en ik verdwaalde in die magische wereld. Ik begon te dromen over een land waar mensen rondvlogen op tapijten. Overal vond je als je een meter diep groef een schat. Op elk strand lag een schip dat je meenam en dan kwam je pas weer terug als je de hele wereld had gezien.' De ogen van Toos schitterden terwijl ze dat vertelde.

'Gelukkig vertelde die ezel uit Antwerpen je niet dat in Bagdad alleen de rijke straten riolering hebben en half Bagdad naar een kapotte wc ruikt.'

'Dat wist ik toen nog niet,' zei ze.

'En wat gebeurde er daarna? In de trein bedoel ik. Leek Jafar op die ezel van jou?'

'Toen ik Jafar zag, herinnerde ik me de eerste keer dat ik *Duizend-en-een-nacht* las. Ik dacht: ik wil hem zoenen. Misschien dat Jafar dat voelde, want bij het volgende station nam hij mij bij mijn hand, zonder te vragen hoe ik heette, en in een hoek van het station drukte hij zijn lippen op de mijne. Ik was helemaal verkocht. Een Nederlandse jongen zou dat nooit zo doen. Het was zo'n moment dat, als het gebeurt, daarna je leven voorgoed verandert.' Ze zuchtte en liet een korte stilte vallen. 'De tijd dat we samen waren, was de mooiste in mijn leven. Ik liet Jafar met mijn Hollandse vrienden kennismaken, hij nam mij mee naar zijn Irakese vrienden. Ik begon genoeg te krijgen van mijn eigen vrienden, terwijl hij mijn vrienden steeds interessanter ging vinden. Uiteindelijk kwam het erop neer dat we wisselden van vrienden. Ik was inmiddels al zwanger en toen Temmiem geboren werd, waren we allebei eigenlijk al zo veranderd dat we niet meer bij elkaar pasten. Gelukkig was Temmiem een braaf kind. Hij was een mooie reden om samen te blijven. Maar toen Someje geboren werd, werd het anders. Zij was een moeilijk kind. Jafar begon te zeuren over haar en ik begon te zeuren over hem. Als we bij elkaar waren gebleven, zouden we vijanden zijn geworden. Dat wisten we allebei. Dus gingen we uit elkaar. Nu zijn we nog steeds vrienden.'

Ik vroeg haar een keer of ik misschien door de fotoalbums mocht bladeren die ik al onderin de boekenkast had zien staan.

'Natuurlijk,' zei ze en ging verder met borduren, nadat ze een Iraakse thee voor mij op het tafeltje had gezet, met koekjes, rozijnen en dadels erbij.

In de fotoalbums zag ik naast vele gezichten ook veel verschillende huizen. Het was alsof de familie van Toos altijd al op zoek was geweest naar een thuis, maar dat nergens had kunnen vinden.

'Eet toch wat. En drink je thee voor het koud wordt,' hoorde ik haar zeggen, terwijl ik naar een kaartje keek met een datum, een tijdstip en een lange naam. Het was haar geboortekaartje. *Cornelia Eleonora Antonia Maria Simons. En we noemen haar Toos (de onschatbare).*

'Bedankt,' zei ik. Ik nam een slok thee en keek in het album.

'Eet toch iets.'

'Bedankt.' Elke keer als mijn gedachten ronddoolden in de foto's, trok de stem van Toos mij daarvandaan.

'En?' zei ze.

'Wat een familie heb jij. Elke keer aan het verhuizen.'

'Nee, ik bedoel, vind je de koekjes lekker? Ik heb ze zelf gebakken.'

'Ja, heel lekker,' zei ik. Ze ging verder met haar borduurwerk, maar gaf daarna toch antwoord.

'Altijd was er nieuwe baan en moesten we verhuizen,' zei ze.

'Deze man is onrustig,' zei ik, hield het album omhoog en wees een man aan in 1908. Anton Simons.

'Allemaal onrustig,' zei ze. 'Al zo ver terug als hij zich kan herinneren.' Ik deed de fotoalbums dicht, zette ze terug in de kast en stak de koekjes op haar verzoek in mijn zak voor ik ervandoor ging.

65

Soms trof ik Temmiem en Someje bij hun moeder, als ze mij uitnodigde om mee te eten. Temmiem sprak redelijk het Iraaks, Someje niet. Zelfs de woorden die ze kende, wilde ze niet uitspreken.

Ik hoorde van Someje, die zichzelf Som noemde, dat ze het jammer vond dat ze niet de achternaam van haar moeder had, want die zou uitsterven, nu Toos de laatste erfgenaam was. Ik denk dat ze liever haar moeders achternaam had, omdat ze een hekel had aan haar vader en aan Irak en misschien wel aan het Irakese deel in haarzelf.

Wat ik zag bij hen en wat bij Irakese broers en zussen absoluut nooit zou gebeuren, was dat ze samen van dezelfde joint konden roken als vrienden. Een Irakese broer en zus zouden ook nooit zo open praten over hun eigen leven met elkaar, over de jongens die de zus als vrienden had, of hoe het met haar ex ging. Ze zouden nooit samen met vrienden kamperen in de Ardennen of een dagje naar zee gaan. Someje was voor Temmiem absoluut niet zijn eer die hij moest beschermen.

Een Irakese broer en zus zouden in één huis wonen en toch in verschillende werelden leven. Temmiem en Someje woonden niet bij elkaar, maar deelden hun leven in de verhalen die ze vertelden en de vragen die ze elkaar stelden.

Toch was er een soort onbegrip in dat gezin. Hun manier van praten als ze bij elkaar waren, was afstandelijk, waardoor er geen ruzies ontstonden. Op een diplomatieke manier bliezen ze kleine dingen op met een enorm overdreven respect, dat zelfs Irakese diplomaten in alle ambassades niet laten zien, zoals: wat vind jij daarvan? Vind je dit lekker? Heb je je fiets nog teruggevonden?

Jafar Kalaf belde mij een keer op en zei dat Toos voor ons zou koken. Irakees eten. Temmiem en Someje zouden er ook zijn. Ik zei tegen hem dat het misschien een familieaangelegenheid was, maar hij vertelde dat het beter was als ik meeging. Dan zou Someje gewoon tegen hem doen en niet gemeen. Het verbaasde me dat hij zo open tegen me was. Iets wat je nooit zou horen van een Irakese vader over zijn dochter. Het zei mij vooral hoe Nederlands Jafar inmiddels geworden was.

Half zes waren wij er. Ik zat met Jafar thee te drinken en Toos was nog bezig in de keuken, toen Temmiem en Someje binnenkwamen.

'Het ruikt heerlijk,' riep Temmiem richting zijn moeder.

'Alweer Irakees eten,' hoorde ik Someje brommen, op een manier dat Jafar het hoorde, maar Toos in de keuken niet, alsof Jafar degene was die had besloten dat het Irakees eten moest worden. Jafar vertelde me dat Someje geloofde dat hij de reden was van al haar problemen en die van haar moeder, die hij in een Irakese had veranderd. En toen Toos Irakees geworden was, had hij haar alleen achtergelaten met twee kinderen. Ik merkte dat ze het erg vond dat haar vader wel relaties had na haar moeder, maar dat zij nooit meer een andere man in haar leven toeliet.

Na wat gebabbel over van alles en nog wat, spraken Temmiem en Someje over de kansen op werk- en stagevlak, die ze niet kregen door hun achternaam Kalaf. De toon van Temmiem was zacht en grappig, maar de toon van Someje was verbeten.

Aan de manier waarop Someje naar me keek, was duidelijk dat ze het niet op prijs stelde dat ik er was. Temmiem leek het wel gezellig te vinden. Hij vond het leuk als ik hun moeder in het Irakees antwoordde.

Ik deed net als Jafar Kalaf mijn best om Someje tevreden te stellen met mijn aanwezigheid daar, door grapjes te maken en zo veel mogelijk Nederlands te praten, maar het enige gevoel dat ze me leek te willen geven was: wat doe jij hier eigenlijk?

Ondertussen dacht ik aan het ouderlijk huis van Someje, waar ik sliep. Ik had gezien hoeveel knuffelbeesten ze had, hoeveel mooie foto's er van haar waren gemaakt, hoeveel kinderboeken haar waren voorgelezen. Al die verliefde kikkers en krokodillen, zoveel Jip en Jannekes, zoveel hazen die het lukte te trouwen met mollen. Na al dat kinderjarengeluk leek het nu alsof ze geen gram liefde had gekend. Wat een verwend type, dacht ik. Met een vader zoals Jafar en een moeder zoals Toos, met twee culturen die elkaar afwisselden, vol liefde, warmte en begrip. Waar kwam die woede toch vandaan? Terwijl ze meer geluk had dan tien Irakese dorpjes bij elkaar, bezat ze nog geen grammetje vrolijkheid.

Naast haar zat Temmiem. Hoe uitgelaten was hij en hoe optimistisch. Ik zag al het mooie van Irak en Nederland in hem samenvallen. Hij was positief over alles wat positief was om het nog positiever te maken en positief over alles wat negatief was om het positief te maken. Hij glimlachte de hele tijd, en zei na elk hapje in het Irakees: 'Lang leven je handen, mam.' Toen Someje naar de wc was, vroeg hij zijn vader hoe het met zijn vriendin was en of ze al helemaal was genezen na haar blindedarmoperatie.

Temmiem verlichtte alles. We hadden vrienden kunnen worden als ik langer in het huis van Jafar Kalaf had gewoond.

66

Toen het steeds wat beter ging met Abdoelsalaam, besloot ik dat het tijd werd om verder te gaan. Ik naaide zo goed en zo kwaad als het ging de koppen op hopelijk de juiste knuffels en stopte die in dozen op zolder.

Abdoelsalaam had een blaffende verblijfsvergunning voor onbepaalde tijd op zak: Mario. Nu had ik het gevoel dat ik hem met een gerust hart kon achterlaten in het huis van Jafar Kalaf. Ik vertelde Jafar dat ik ergens anders wilde wonen. Ik zei niet dat ik weg wilde vanwege Abdoelsalaam, maar dat ik het na mijn lange verblijf in het azc nergens lang kon volhouden. Het was een smoesje, maar hoe waar bleek dat later te zijn.

Jafar maakte een afspraak voor mij met Asker Shahien. Een Irakees die op de Hollandse manier een afspraak maakt voor twee Irakezen...

'Kwart voor drie. Wacht op hem naast de deur van het gemeentehuis. Hij heeft daar om drie uur een afspraak,' zei Jafar. Ik stond er om half drie.

Om tien voor vier stond een kleine man met grijs haar naast mij. Hij glimlachte naar mij, toetste iets in op zijn telefoon en toen de mijne rinkelde, zei hij: 'Jij bent het.' Hij gaf me een hand en zei terwijl we naar zijn auto liepen: 'Jafar vertelde dat je je vriend, die man uit Jemen, niet alleen wilde laten tot je zeker wist dat zijn situatie goed genoeg was. Daarom vertrouw ik je.' Hij stopte de auto bij een Iraaks restaurant. Al bij het uitstappen kwam de geur en de rook van de grill ons tegemoet. In een Iraaks restaurant heb je een gasmasker nodig om er te blijven zitten, en twee handdoeken voor je zweet, maar het eten is er verrukkelijk. Het brood wordt vers gebakken, het vlees dat je kiest op dat moment voor je gegrilld. In een Iraaks restaurant blijf je niet voor een lange babbel. Je bestelt, eet snel en gaat. Een Nederlands restaurant, waar je eet en praat tegelijk, zorgt er voor een Irakees voor dat het eten niet smaakt en de babbel niet prettig is. Als je wilt praten, ga je naar een theehuis.

Terwijl we aten, kauwde Asker en sprak door zijn telefoon en met mij tegelijk.

'Als je slim bent, ben je een heer in Nederland, als je dom bent een slaaf,' zei hij die eerste dag.

'Maar je bent altijd vrij,' zei ik tegen hem.

'Ja, ja, je bent altijd vrij in Nederland. Maar alleen als de regels jou volgen, niet andersom. En dat gebeurt alleen als je weet hoe je dat voor elkaar krijgt.'

'Ik heb een woning voor je, met twee andere Irakezen. De kosten zijn driehonderd euro per maand. Ik zal je precies vertellen wat je moet doen om er te kunnen wonen,' zei hij. Ik was benieuwd naar wat ik 'moest doen' in een huis, behalve wonen. We reden erheen en hij vertelde dat het ging om het huis van zijn vrouw Zakiya.

Toen we er aankwamen, waren de gordijnen dicht. Binnen rook het naar kruiden, die lekker waren in het eten, maar niet daarna. Het huis werd verhuurd aan Nadhem en Ghazwaan, neven van elkaar en beiden uitgeprocedeerd. Ze hadden er vierenhalf jaar over gedaan om van Irak in het Nederlandse azc terecht te komen. Na meer dan zes jaar zonder antwoord waren ze naar Noorwegen gegaan en weer naar Nederland teruggestuurd. Daardoor kwamen ze niet in aanmerking voor het generaal pardon. Ze naderden inmiddels de veertig, hadden net als Abdoelsalaam en ik op het station gezeten, en omdat ze niet wisten wat anders te doen, waren ook zij naar de moskee gegaan. Na een paar nachten bij Jafar Kalaf waren ze bij Asker Shahien terecht gekomen. Asker Shahien stelde ons aan elkaar voor en zei tegen de twee neven dat ik vanaf dat moment ook bij hen kwam wonen.

Nu hoorde ik wat ik 'moest doen' om in dat huis te wonen. Asker Shahien was officieel gescheiden van zijn vrouw Zakiya. Zo had zij het huis toegewezen gekregen en kreeg ze een uitkering. In werkelijkheid waren ze nog samen. Zo kon Asker de uitkering opstrijken en het huis verhuren. Als de gemeentecontrole zou komen, moest het lijken alsof ze er inderdaad woonde. Daarom moesten we elke dag onze spullen in tassen doen en in de kelder zetten, dan leek het huis bewoond door een oude Irakese vrouw.

In het huis stond een kast met kleren van de vrouw van Asker, er stonden shampoo en een tandenborstel van haar in de douche, en alles moest lijken alsof zij er woonde en wij bij haar logeerden. Er lagen breinaalden naast een bank en een leeslamp en een bril en een kopje, dat we soms tot de helft vulden met thee, alsof zij de andere helft gedronken had. Er lag een kleine deken voor haar voeten, een oude oma-telefoon waarvan we de batterij telkens moesten opladen, en er stond een tafeltje met een toilettasje met medicijnen waarvan Asker Shahien de doosjes verving als de houdbaarheidsdatum naderde.

Omdat verder niemand mocht weten dat niet zijn vrouw maar een stel onderhuurders in het huis woonde, mochten we geen contact hebben met de buren en moesten de gordijnen dicht blijven.

Ik ging nog een keer terug naar het huis van Jafar Kalaf om mijn spullen te pakken en afscheid te nemen van Abdoelsalaam. Ik vulde mijn tas en stopte de fotoalbums in de vuilniszak. Abdoelsalaam had inmiddels een tweede blaffende verblijfsvergunning gekregen: een andere hond, van een vriendin van Inge, die ook een operatie aan haar heup had gehad. Abdoelsalaam had twee riemen vast, in elke hand één. Ik zwaaide naar hem. Hij liet de honden los, kwam naar me toe en omhelsde mij.

‘Mevrouw Akker wordt binnenkort ook geopereerd en ze heeft twee honden. Als je een hond nodig hebt, kun je me altijd bellen,’ zei hij.

67

'Die klote-Asker melkt de gemeente door zijn vrouw. Als zijn vrouw nog melk had, had hij haar zeker ook gemolken,' bromde Ghazwaan. Hij en Nadhem vonden dat hij hun situatie als uitgeprocedeerde asielzoeker misbruikte.

Wat ik eerst niet wist maar waar ik al snel achter kwam, was dat behalve ik niet alleen Nadhem en Ghazwaan in het huis van Askers vrouw woonden, maar dat het een soort mini-azc was, met soms zelfs een wachtlijst voor de douche of de wc. Nadhem verhuurde zijn kamer namelijk aan drie illegale Soedanezen, en Ghazwaan aan twee Libiërs. Samen verhuurden ze de zolder aan anderen, die ook, net als alle bewoners, zeiden dat ze het niet huurden, maar dat ze logees waren voor een paar nachten.

Toen ik met mijn tas en de vuilniszak met de fotoalbums mijn nieuwe huis betrad en de spullen in mijn kamer wilde zetten, zag ik er tot mijn verbazing een paar mannen op matrassen liggen. Ze spraken zachtjes met elkaar en groetten mij met hetzelfde zachte volume, alsof ze naar een klassiek concert aan het luisteren waren. Ghazwaan nam mij mee naar de keuken en vroeg de man die er aan het koken was of hij ons even alleen kon laten. Hij draaide het vuur onder zijn pannen laag en ging.

'Hoeveel heb je met Asker Shahien afgesproken?' vroeg Ghazwaan mij.

'Driehonderd euro,' zei ik.

'Als je de matrassen in je kamer verhuurt, betaal je slechts honderd euro. Is dat oké?'

'Meer dan oké.'

'Omdat jij direct huurt van Asker, slaap jij op het bed. En als Asker komt, hoef je niet weg te sluipen via de achterdeur, dat hoeft alleen voor de gemeentecontrole,' zei hij met een ondeugende glimlach.

We moesten allemaal voorzichtig zijn en zacht praten, zodat de buren er niet achter kwamen dat er zoveel mannen woonden, en Ghazwaan en Nadhem wilden niet dat Asker Shahien zou ontdekken dat er veel meer mensen woonden dan hij dacht. En intussen moest die oude vrouw altijd haar plek behouden. Eigenlijk wist ik zelf niet meer wie er een matras huurde, wie er logeerde en wie op bezoek was en vooral wist ik niet wie aan wie betaalde om er te verblijven. Er waren liggende mannen of zittende mannen of kokende mannen of fluisterende mannen. Allemaal waren ze bang dat iemand wist dat ze daar waren. Toch was ik opgelucht dat ik helemaal vrij was van Abdoelsalaam op mijn schouders, en dat ik bovendien vrij was om weg te gaan wanneer ik wilde, en de huur was beslist laag.

Ons leven in dat huis hing samen met het leven van Zakiya in dat huis. Alle bewoners waren de hele tijd bezig met het idee dat die oude vrouw in het huis moest wonen. Ze deden het licht aan bij haar bank, op de goede tijd, zodat vanachter het gordijn zichtbaar was dat er licht aan was, naast een bank. Ze deden het licht op haar slaapkamer precies op de juiste tijd aan en uit, zodat het leek alsof ze naar bed ging. Ze maakten haar handdoek nat, alsof ze net gedoucht had, en soms lag iemand op de bank alsof zij daar lag. Ze waren de hele tijd bezig met de aanwezigheid van de afwezige vrouw. Ze hadden gehoord dat de gemeente op verschillende tijden onaangekondigd kon komen controleren, dus zorgden ze dat het leek alsof zij er woonde en af en toe haar huis openzette voor illegalen om te kunnen douchen. Al gauw ontdekte ik dat wat ze deden hun thuis was.

Na een tijdje leek het net alsof ik alleen in dat huis woonde, omdat iedereen bezig was zijn aanwezigheid te camoufleren. Vaak dronk ik de halve thee van Zakiya op en ging ik op de bank liggen of legde ik haar deken over mijn koude voeten. Ik probeerde zelfs te breien.

68

Soms wilde ik de gordijnen openen, maar dat kon niet. Hoe zouden de buren zich voelen als ze al die mannen zagen in het huis van Zakiya? We kwamen het huis als muizen binnen, dan veranderden we in stille katten en gingen stiekem weer weg als muizen. Als er iemand op straat hing, gingen we niet door de voordeur, maar achterom. En als er achter iemand was, gingen we door de voordeur. Ik denk dat iedereen in de straat wel een vermoeden had van hoe het zat, en als dat zo was, waren uiteindelijk onze Hollandse buren onze beste vrijwilligers, omdat ze ons in de gaten hielden, maar deden alsof ze ons niet zagen.

Een keer werd er aangebeld. We deden niet open, bang voor een controle. Meestal verdween de persoon die aanbelde na korte tijd, maar dit keer hoorden we de brievenbus klepperen en daarna werd er op het raam geklopt. Een van de Soedanezen ging naar boven en kwam weer geschrokken naar beneden.

'Het is geen politie of een ambtenaar, maar een jonge blonde vrouw op groene slippers,' zei hij.

'*Hello!* Is er iemand thuis?' riep ze door de brievenbus. Ik besloot open te doen en zag inderdaad een blond meisje staan.

'Sorry,' zei ze. 'Ik heet Femke Slagter. Ik woon op nummer 22.' Ze wees naar het huis even verderop.

'Ik heet Semmier Kariem en ik woon niet hier,' zei ik. 'Wat kan ik voor je doen?'

'Ik denk dat Snoetje bij jullie in de achtertuin zit,' zei ze.

'Snotje?'

Ze giechelde. 'Nee, Snóetje.'

'Je kind?'

'Mijn konijn.'

'Ik ga kijken,' zei ik.

Ik haastte me naar de keuken met een hart vol angst. In de pannen zocht ik naar Snoetje, en in de koelkast en in de diepvries, en ik opende de prullenbak op zoek naar haartjes. Ondertussen baalde ik dat ik hem niet kon zoeken in magen, maar was toch opgelucht dat ik Snoetje binnen niet vond, waar hij niet heel schattig, maar heel lekker gevonden zou zijn.

In de tuin achter zag ik uiteindelijk een wit met bruin gevlekt konijn met hangoren. Ik probeerde hem te vangen, maar hij hipte elke keer weg. Ik riep Nadhem en Ghazwaan en zij riepen de anderen. Vijf illegalen en drie uitgeprocedeerden en eentje met generaal pardon, maar zonder pasje, probeerden één konijn te vangen. Snoetje werd banger dan ooit toen hij zag dat het probleem van de Europese Unie nu achter hem aan rende. Van over de schuttingen en uit de ramen van de bovenverdieping van het huis achter ons, keken de buren naar die onwaarschijnlijke achtervolging.

'Hallo!' riep een vrouw boos. We stopten met rennen en Snoetje stopte ook. De vrouw stak haar hand over hek en opende de poort.

'Snoetje, kom,' riep de vrouw zachtjes. Het konijn hupte naar haar toe. Ze pakte hem op en hield hem tegen haar borst, liep weg en sloot de poort demonstratief.

Door Snoetje wisten nu de buren hoeveel asielzoekers in het huis van de vrouw van Asker Shahien woonden. Gelukkig belde niemand de politie.

Ferdoes, de dochter van Asker Shahien, had net als haar moeder een huis van de gemeente. En ook zij woonde nog bij haar vader en moeder in het huis van haar vader. En ook dit huis werd door Asker verhuurd, aan twee Egyptenaren die net moesten doen alsof Ferdoes er woonde, en ondertussen matrassen doorverhuurden aan anderen. Ferdoes woonde uit huis, terwijl ze nog bij haar ouders woonde, waar ze eigenlijk niet wilde zijn. Ze was het liefst op zichzelf gaan wonen, in Amsterdam of Haarlem, maar dat zal ik je later nog vertellen. Ferdoes had twee complete levens. Eén als Irakese, traditioneel met hoofddoek, en één als Hollandse, zonder hoofddoek. Je kon van haar twee Ferdoezen maken, en ook daarover zal ik het zeker nog hebben. Want ik had nu met haar getrouwd kunnen zijn. Gelukkig voor ons beiden gebeurde dat niet.

Toen Asker Shahien mij meer en meer begon te vertrouwen, vroeg ik hem of hij een manier wist om een IND-pasje te kopen. Hij vroeg me niet waarom ik de IND niet belde, omdat hij het zonder mijn antwoord al snapte, maar hij wilde een kopie van het document met het generaal pardon en mijn tweede gehoor.

Na een paar weken nam hij me met de auto mee naar het centrum, waar we gingen wandelen. Hij vertelde dat in mijn geval, omdat ik al wel een verblijfsvergunning had, een IND-pas 3.500 euro zou kosten.

'Ik kan het je voorschieten,' zei Asker. 'Dan betaal je maandelijks wat terug.' Ik ging akkoord.

Na een week of vijf gaf Asker Shahien mij de identiteitskaart van de IND.

'Vals?' vroeg ik hem.

'Ben je mal,' zei hij. 'Hij kostte 3.500 euro. Het is echt. Honderd procent. En veel duurder als je geen verblijfsvergunning had gehad.' Hij keek me aan terwijl ik naar het pasje in mijn hand staarde. 'Je kan nu overal gaan en staan, maar wacht een jaartje tot je er zelf mee naar de IND gaat.'

'Waarom?'

'Gewoon.' Hij glimlachte en klopte op mijn schouder. 'In Nederland vervalsen ze het systeem niet, maar versnellen ze de procedure.'

Hoe makkelijk zou mijn leven zijn geweest als ik Asker Shahien tijdens mijn eerste jaar in Nederland had ontmoet. Of liever nog de eerste dag. Asker Shahien liet mij geloven dat hoe waterdicht het systeem ook is, er altijd mannen en vrouwen zijn die weten waar het lekt. Die druppels zijn duizenden eurootjes waard. Ach, hoe prachtig is corruptie als het een mens bevrijdt. Voor het eerst en voor slechts 3.500 euro voelde ik dat ik niet meer leefde in een van de dossiers van de IND, maar in de Europese Unie. En zeg alsjeblieft niet dat ik het niet op deze manier had mogen doen, omdat het frauduleus is. Je vraagt toch ook niet degene die zijn voet verloor waarom hij een stok gebruikt.

69

Asker Shahien had vijf volwassen kinderen. Over Ferdoes en zoon Ehaab zal ik je nog meer vertellen, omdat ze op mijn pad kwamen tijdens mijn verblijf in Nederland. Zijn oudste zoon en oudste dochter waren beiden, toen ze de Nederlandse nationaliteit kregen, naar Dubai vertrokken. De zoon alleen, die was daar intussen getrouwd. De dochter trouwde met een neef uit Irak om hem naar Nederland te brengen. En toen ook hij de Nederlandse nationaliteit kreeg, gingen ze naar Dubai met hun kinderen. De tweede dochter liet Asker Shahien trouwen met een Irakees die hij had ontmoet in het azc.

Dat zijn dochter Ferdoes geboren was toen ze al in Nederland woonden, was voor Asker Shahien een reden tot gejammer. Nu was ze een Hollands meisje geworden en was het moeilijk haar te overtuigen om te trouwen met iemand die hij aandroeg, omdat hij dacht dat die persoon goed voor haar was. Nu was ze vierentwintig, niet getrouwd en zes jaar te oud om te trouwen, volgens haar ouders dan. Hij zei regelmatig tegen mij dat hij gelukkig zou zijn als ze met een goede Irakees trouwde (daarmee bedoelde hij iemand van Irakese afkomst, die geen Hollander was geworden).

'In Irak is de maatschappij gevaarlijk voor een meisje, in Nederland is een meisje gevaarlijk voor zichzelf,' zei hij ooit.

Asker Shahien vertelde mij dat hij een bouwbedrijf had en dat zijn zoon Ehaab voor hem werkte. Dat bleek een Irakees misverstand, want het bedrijf was van zijn zoon en Asker werkte voor hem. Maar omdat in de Iraakse cultuur de zoon het eigendom is van de vader, geldt dat ook voor het bedrijf van de zoon.

Asker werkte op de Iraakse manier, waarin het systeem en de regering vijanden zijn. Ehaab werkte op de Hollandse manier, waarin de burger het systeem en de regering is. Dat hield ook in zo eerlijk mogelijk zijn. Die twee manieren van werken zorgden regelmatig voor botsingen tussen vader en zoon. Zoals Abdel Nasser, de oud-president van Egypte ooit zei: 'Arabieren zijn het met elkaar eens om het niet met elkaar eens te zijn.' Zo waren vader en zoon.

'Je moet eerlijk zijn met de slimme klant, om reclame voor jezelf te maken,' zei Asker. 'En de domme klant moet je opeten.' Ehaab vond dat je gewoon eerlijk moest zijn met de klant, zonder in te schatten of hij slim was of niet. Gewoon een offerte maken en de klant laten kiezen wat goed voor hem was. De Iraakse manier van werken liet Asker duizenden euro's verdienen en de Nederlandse manier van Ehaab liet hem honderden euro's verdienen. Alleen leken de duizenden euro's Asker armer te maken en de honderden euro's Ehaab rijker. De vader verdiende euro's en verloor het vertrouwen, de zoon verdiende vertrouwen en euro's. Zoals de hond luistert naar wie hem voedt, zo luisterde ik naar Asker, want die betaalde mij toen ik ging werken voor het bedrijf. Ik deed precies wat hij mij vroeg en voelde me niet schuldig als het iets anders was dan wat Ehaab wilde. Ik had liever voor Ehaab gewerkt, want hij was duidelijker. Laten we zeggen dat mijn portemonnee wilde werken voor de vader en mijn hart voor de zoon.

Nadhem, Ghazwaan en ik werkten in het bouwbedrijf voor acht euro per uur. Soms leende Asker ons geld, zelfs tot duizend euro, zodat we het naar Irak konden sturen. Via hem, zonder extra geld voor de transactie.

Asker was een systeem op zich. Uitgeprocedeerden en illegalen die voor hem werkten, stuurde hij naar een Irakese tandarts als ze kiespijn hadden en naar een Irakese arts als ze een dokter nodig hadden. Hij liet NS-kortingskaarten voor hen maken en regelde bankrekeningen.

Na een tijdje vertelde hij me dat hij mij tien euro per uur zou betalen, zolang ik mijn mond hield tegen de anderen. Toen hij ontdekte dat ik civiel ingenieur was en veel wist over bouwen en huizen, begon hij me dertien euro per uur te geven en liet hij me alleen aan het werk met Nadhem en Ghazwaan. Hoe meer hij me vertrouwde, hoe meer hij me liet doen. Ik wist niet hoe ik hem mij minder kon laten vertrouwen, want ik wilde eigenlijk geen verantwoordelijkheid. Maar hoe prettig was het dat ik via hem geld kon sturen naar Irak, ook als ik het niet had. Dan werkte ik om hem terug te betalen.

Ehaab was getrouwd met de Nederlandse Rebecca Noordhoek. Ze hadden drie kinderen. De zonen Ayid en Seef waren tien en zeven, dochter Senna drie. Haar vader was makelaar en hij had Ehaab geholpen bij de start van het bouwbedrijf, dat vooral oude huizen opkocht om ze te strippen en op te knappen en vervolgens met hulp van Rebecca's vader weer met winst te verkopen.

Ze woonden in een groot huis aan de rand van de stad. Het was vroeger een boerderij geweest, met twee grote schuren en een garage. Alles in hun huis was netjes op de Nederlandse manier.

Ehaab kocht via internet bouwspullen tweedehands op. Die werden dan door zijn werknemers, waar ik er een van werd, schoongemaakt en geschilderd, zodat ze weer als nieuw leken. Ehaab bewaarde de spullen in de schuren, om ze te gebruiken in de oude huizen die hij kocht. Asker reed ons rond met het busje van het bedrijf om spullen op te halen, maar meestal werkte ik in een van de twee schuren. Zo kreeg ik zijdelings ook mee wat er gebeurde in het huis van Ehaab en Rebecca.

70

Ehaab was Hollands, Rebecca wilde Hollands blijven, maar Asker Shahien en zijn vrouw wilden dat hun kleinkinderen Irakezen werden. En omdat de ouders van Ehaab niet ver bij hen vandaan woonden en Asker in Ehaabs bedrijf werkte, waren ze vaak bij hen thuis te vinden.

Het was een van Askers onderwerpen als ik met hem in de auto op weg was om ergens tweedehands onderdelen op te halen.

'De Hollanders respecteren de vrouw niet. Duik in de geschiedenis van elke familie en je vindt geen Nederlander die de verkrachter van zijn dochter of zus heeft vermoord. Smeerbare maatschappij, net als smeerkaas.'

'Ik denk dat de vrouwen in Nederland meer beschermd zijn dan de vrouwen in Irak.'

'Hoezo?' Hij keek me verbaasd aan.

'In Irak trouwen zoveel vrouwen met een man die ze niet willen. Dat is toch levenslange verkrachting?'

'Wat zeg je nou? Zijn wij kinderen van de verkrachting? Ben je gek! Van elke honderd Irakese vrouwen is er eentje getrouwd met een man die ze niet wil. Maar ze krijgt tenminste kinderen. Hier heeft van elke tien Hollandse vrouwen eentje een man die ze niet wil, maar bij wie ze blijft voor de hypotheek. En hoeveel vrouwen hebben geen kinderen, omdat de man haar verlaten heeft en kinderloos heeft achtergelaten?'

'De Nederlandse vrouw kiest zelf. Ja toch? Daar niet. In Irak heeft de vrouw geen keuze,' zei ik.

'Hier kiest de vrouw ook niet zelf. Haar psychische problemen kiezen voor haar. Psychische problemen die haar ouders haar hebben meegegeven. Dus kiezen haar ouders. Net als bij ons. Maar wij hebben betere keuzes. Wij maken de vrouw tenminste moeder en oma. Bij ons is de vrouw iets waard. Als een man haar beledigt, doden we hem,' zei hij, geagiteerd door mijn mening. Hij keek me boos aan. 'Luister goed, Semmier. Pas op! Laat alles achter, maar niet je eigen cultuur en niet je normen en waarden.'

Een tijd later zei hij eens: 'Kijk naar Ehaab. Zelfs na jaren samen met een Nederlandse vrouw heeft hij haar niet weten te overtuigen om een hoofddoek te dragen.'

'Maar volgens mij is Ehaab helemaal niet gelovig. Waarom zou zijn vrouw een hoofddoek moeten dragen?'

'Dat is de traditie. Zijn zus draagt een hoofddoek, zijn moeder ook en alle andere vrouwen in zijn familie. Vijftienhonderd jaar lang draagt elke vrouw in zijn familie een hoofddoek en dan komt meneer Ehaab en hij breekt met die traditie? Als zijn vrouw geen hoofddoek draagt, zal zijn dochter dat zeker niet doen.'

'Maar jij draagt toch ook niet de traditionele Irakese kleding. Kom op. Nederlandse vrouwen zijn meestal eerlijk, en aardig. En volgens mij is Rebecca een goede moeder en is Ehaab blij met haar.'

'Klopt,' zei hij, liet een lange stilte vallen en zei: 'Trouw nooit met een Nederlandse vrouw.'

Misschien door die gesprekken met mij, ontstond op een gegeven moment bij Asker het idee dat ik wellicht een goede huwelijkskandidaat was voor zijn dochter Ferdoes. Of hij had dat idee al veel langer in zijn hoofd en vertelde mij hoe hij over de Nederlandse vrouwen dacht, om me te overtuigen dat ook ik beter af was met een Irakese.

Soms liet Rebecca, zonder dat ze het besefte en zonder er iets mee te bedoelen, alle donders en bliksems op de kop van Asker Shahien vallen.

Ik weet nog goed dat Ghazwaan, Nadhem en ik een keer een partij opgekochte kozijnen moesten schuren en verven. De zon scheen fel die dag, na weken bewolking. We hadden de kozijnen uit de bus gehaald, voor de schuur gelegd en waren bezig ze te schuren, toen

Rebecca het huis uit kwam met een zonnebril op. Ze ging op een plastic tuinstoel zitten, waarvan je de rugleuning naar achter kon doen, en ging liggen. Daarna trok ze haar broekspijpen tot boven haar knieën en trok haar shirt op tot onder haar borsten, zodat haar huid na weken eindelijk zon kon drinken. Wij zagen die ramp en deden alsof we bezig waren met de kozijnen, maar we voelden dat de huid van Rebecca ons die mooie zonnige dag zou redden van het werk.

Asker, die in de schuur bezig was geweest, kwam naar ons toe en zag Rebecca liggen. Hij schrok. Die Hollandse vrouw was zijn schoondochter, de moeder van zijn kleinkinderen. En volgens de Irakese traditie was zij dus zijn eer. En daar lag die eer, ontbloot om een kleurtje van de zon te krijgen, zonder dat het haar uitmaakte of iemand haar wel of niet kon zien.

'Jongens,' zei Asker, 'snel naar de bus.'

We deden alsof we niet wisten waarom. Binnen een minuut zaten we allemaal in de bus. Hij vloog achter het stuur, draaide de bus en reed weg. De hele weg naar ons huis zei hij geen woord.

Vanaf die dag werkten we niet meer bij het huis van Ehaab en Rebecca als het mooi weer was.

71

Ik had al kennisgemaakt met Ehaab omdat ik in de twee schuren op zijn erf had gewerkt, maar ik denk dat hij van zijn vader had gehoord dat ik misschien met zijn zus zou trouwen, want hij begon persoonlijk toenadering tot mij te zoeken. Hij informeerde naar mijn leven in het azc. De reden daarvoor was dat het voor hem een belangrijke periode in Nederland was, maar dat hij zich alles niet goed herinnerde, zei hij. Door mijn verhalen begon hij zich meer te herinneren en ging hij er ook over praten. Ik was daarvoor de aangewezen persoon, want wat hij vertelde zou ik niet raar vinden, ik kwam tenslotte uit die wereld. Hij vertelde mij dat zijn ouders naar Nederland waren gekomen toen hij een kind was. Dat hij met zijn ouders in het azc woonde en dat hij naar school mocht. Op school hadden de Nederlandse juffen en meesters hem totaal anders behandeld dan de azc-medewerkers zijn familie behandelden.

Nu werden hem op de school voor het eerst in zijn leven vragen gesteld als: maar... wat vind je zelf? Vind je dit leuk? Of dat? Hoe denk je er zelf over? Wat wil jij? Ehaab vertelde mij dat hij bevriend raakte met een jongen die Daniël heette. Zijn moeder werkte als stewardess. Daniël praatte met Ehaab over zijn moeder in de hemel, en Ehaab over zijn moeder in het azc.

'Mijn moeder is nu in de hemel tussen Amsterdam en Rio de Janeiro.'

'Mijn moeder is in haar kamer 31-3.'

Na een tijdje begon Ehaab zich te schamen voor zijn moeder, die altijd in die ene kamer was, of in de keuken van de derde verdieping, terwijl de moeder van Daniël altijd reisde van de ene hemel naar de andere. Hij begon bij Daniël thuis te spelen en zag daar dat zijn vriendje in een echt huis woonde en niet in zo'n raar gebouw. Daarom begon hij zich te schamen voor zijn familie die al jaren in een gebouw woonde dat geen huis was en geen hotel en geen vliegveld en geen school en geen ziekenhuis. Een gebouw, waar de mensen in kamers gestapeld waren en de hele tijd met elkaar of tegen de medewerkers vochten. Waar geen maand voorbijging zonder dat iemand met een keukenmes in zijn handen gillend door gangen rende, of huilend als een kind. Daniël begon zijn vriend Ehaab uit te nodigen om bij hen te logeren. De ouders van Daniël en zijn broer begonnen hem te behandelen als een van hen. Ze gaven hem het gevoel bij de familie te horen en dat hun huis ook de zijne was, en niet het azc. Hij zag hoeveel ruimte een kind kreeg in het huis en in het leven van zijn ouders. Daar waar niet werd geschreeuwd tussen de familieleden, maar geduldig uitgelegd. Daar werd Ehaab een Hollands kind.

'Dit kind schaamt zich voor ons,' zei Zakiya tegen Asker. 'We moeten hem niet laten logeren bij de Hollanders.'

'Laat hem logeren, beter daar dan in het Hollandse riool.' Daarmee bedoelde hij het azc.

Toen Ehaab zag dat ik terwijl ik in de schuren werkte de afstand respecteerde, en niet dichter bij het huis kwam – ik plaste zelfs achter de bomen en niet in de wc – riep hij mij om thee te drinken of hem te helpen met een klus in huis. Zo begon ik hem daar in zijn eigen leven te leren kennen. Ehaab was altijd bang dat er iets mis zou gaan. Hij zei vaak dat in het werk, en in het leven, duidelijkheid het belangrijkste was. De reden dat ik daarover al snel niet meer met hem in discussie ging, was zijn gebruik van het Hollandse 'ja, maar...' Asker Shahien sprak met mij altijd in het Arabisch, Ferdoes in het Iraaks dialect met zoveel mogelijk Nederlands, Ehaab het liefst alleen maar in het Nederlands, terwijl hij het Iraakse dialect perfect beheerste. Dat was, zo zei hij zelf, omdat het Nederlands een duidelijke en praktische taal is. En niet zoals het Arabisch, waarbij de ene helft onzin is en nergens toe leidt, behalve complimenten en smoesjes, en de andere helft juist zeer onpraktisch was.

'Luister twee uur naar een Arabische president die zijn volk toespreekt en luister vijf minuten naar een Nederlandse klusjesman die met een oude Nederlandse vrouw praat voor wie hij de gootsteen zal repareren. In de vijf minuten van de klusser zal je alleen duidelijke informatie vinden. En in de twee uur van de Arabische president helemaal niets van dat. Daarom kan de Nederlandse klusjesman de gootsteen repareren en maakt een Arabische president het volk alleen maar meer kapot, zodat hij president kan blijven.'

Ehaab geloofde meer in regels dan in zichzelf. Hij legde me tijdens het werk in de schuur altijd uit hoe ik het hoorde te doen. Hoelang het hout moest rusten voordat ik de tweede laag verf eroverheen deed, hoelang de kit moest drogen en hoe ik de ramen op elkaar hoorde te stapelen. Voor alles had hij regels. Iets dat geen regels nodig had, maakte hem in de war. Als ik bijvoorbeeld niet de juiste schoenen aan had of geen beschermbril of handschoenen droeg. Hij wilde mij altijd laten zien dat hij heel Hollands was. Hij zei zinnen als: 'Wij hier in Nederland gebruiken geen dubbel glas meer, maar driedubbel glas.' En dan benadrukte hij het 'wij hier in Nederland'.

Door het werk rond zijn huis wist ik dat Rebecca zich soms ergerde aan de duidelijkheid van haar man. Het stoorde haar dat hij Nederlandser was dan de meeste Nederlanders. Toen ik een keer bezig was om de oude wasmachine weg te halen, zag ik dat ze aan tafel zaten voor de lunch met hun twee zonen en hun dochter.

'Nee, dat mag niet,' hoorde ik Ehaab tegen hun middelste zoon Seef zeggen, die binnenkort acht zou worden en van wie ik later de verjaardag zal beschrijven. 'Eten met je handen mag niet.'

'Waarom niet?' vroeg Seef. 'In het huis van opa en oma Shahien mag dat wel.'

'Nou, in dit huis eten we met mes en vork,' zei Ehaab.

'Waarom?' vroeg Seef. Rebecca raakte geïrriteerd.

'Oké, bij opa en oma mag het wel, maar hier niet. Simpel, toch? Klaar,' zei ze.

'En als papa niet thuis is, mag het hier dan wel?' vroeg Seef. Rebecca ging naar buiten en ik merkte aan de manier waarop ik haar door het raam zag roken dat ze vanbinnen net zo brandde als de sigaret tussen haar vingers.

Als Ehaab niet thuis was, leek Rebecca opgelucht en kwam ze soms met ons een praatje maken. Zo wist ik dat ze zich in het begin aangetrokken had gevoeld doordat Ehaab zo Hollands was, maar dat dit haar, vooral nadat ze hun eerste kind kregen, begon te irriteren.

'Waarom niet voordat jullie kinderen kregen?' vroeg ik haar eens.

'Hij was bezig met zijn werk, ik met het mijne. We zagen zijn familie nooit. Ja, heel soms kwam Ferdoes langs. Zij was lief en spontaan. En een keer gingen we naar het ziekenhuis toen zijn moeder geopereerd was. Maar ze vierden geen verjaardagen en bij de religieuze feestdagen wilde ik liever niet zijn, omdat ik hoorde dat iedereen met hoofddoek kwam en de vrouwen apart zaten van de mannen en dat wilde ik niet. Maar toen wij Ayid kregen, begonnen zijn ouders in ons leven te verschijnen. Ik had daar eigenlijk geen probleem mee, ze zijn lief en ze hebben altijd tijd voor de kinderen. Meer dan mijn ouders zelfs. Maar Ehaab heeft een probleem met hen. Of beter gezegd: problemen.'

'Wat raar. Je zou toch denken dat jij als Nederlandse problemen zou hebben met die Irakese familie. Niet hij.'

'Ik niet. Ik mag ze graag. Maar mijn ouders en mijn zus vinden het lastig met ze om te gaan. Dat is niet echt een probleem, meer een misverstand.'

'Hoezo?'

'Het verschil tussen die twee stellen is zo groot. Als mijn familie het goed wil doen, wordt het verschil alleen maar groter. En als zijn ouders het goed willen doen, wordt het nog groter. Mijn ouders maakt het niet uit hoe we onze kinderen opvoeden, als mijn relatie met Ehaab en met de kinderen maar goed is. Maar de ouders van Ehaab vinden dat wij sinds de geboorte van Ayid één groot gezin zijn. Ze bemoeien zich overal mee. Zij vinden dat de kinderen Irakees moeten zijn. Ehaab wil ze zelfs geen Arabisch leren, zodat fundamentalisten ze later niet kunnen overtuigen om naar de jihad te gaan. Terwijl het toch ook zo'n mooie taal is. En...' Ze zuchtte. 'Het is wel handig dat ze vaak kunnen oppassen, maar de kinderen mogen bij zijn ouders de hele dag alles. Ze mogen altijd snoep en koekjes, ze mogen de hele tijd filmpjes kijken, ook filmpjes die niet voor hun leeftijd zijn. Moet je nagaan, ze hoeven niet eens hun tanden te poetsen. En als ze daarna weer thuis zijn, zitten ze vol suiker en zijn ze hyperactief en luisteren ze voor geen meter.'

Hun beide ouders vonden hun interculturele relatie nogal ingewikkeld, zo bleek, maar ik had het gevoel dat de ouders van Ehaab meer last hadden van de Nederlandse cultuur dan dat de ouders van Rebecca last hadden van de Irakese cultuur. Het verschil tussen die twee culturen is dat de Nederlandse cultuur een oceaan is, waarvan je op een zomerdag op zijn strand kunt liggen, waarin je kunt zwemmen, waarop je kunt zeilen, je kan ergens aankomen, verdwalen of erin wegzinken, maar de Irakese cultuur is een kooi die zich steeds meer verkleint om je ziel, totdat je niet meer kunt bewegen.

Ferdoes genoot van haar bestaan tussen de oceaan en de kooi. Het enige wat ze moest doen was af en toe niet eerlijk zijn, maar Rebecca, die had geleerd om altijd zichzelf te zijn, vond zichzelf meestal machteloos in een klein Irakees kooitje, waar het moeilijk was in te blijven en dat moeilijk was te verlaten. Ik denk dat ze, als ze met Ehaab geen kinderen had gehad, allang naar haar vrijheid was vertrokken. Ach, hoe ondragelijk voor de bikini om fulltime te werken als onderbroek. Een bikini heeft de oceaan nodig om bikini te zijn.

72

In het huis waar ik via Asker Shahien woonde, voelde ik me niet thuis, ook niet nu ik er al best een tijd woonde. Het begon te voelen alsof ik er samenwoonde met zijn vrouw Zakiya. Soms, als ik 's nachts naar de wc ging, schrok ik dat ze niet op de bank lag te breien, terwijl haar lamp aan was. En als ik onder de douche stond, schrok ik nog erger, als ik het gevoel kreeg dat ik er niet alleen was, maar met haar onder de douche stond. Als ik vanuit de keuken olie in een pan hoorde knetteren of iets rook, dan dacht ik even dat zij degene was die kookte. Buiten dat wist je niet wat je in dat huis eigenlijk huurde. Een kamer? Nee. Een bed? Ook niet. Vaak kwam ik thuis en vond iemand anders op mijn matras. Bijna dagelijks kwamen er heimelijk nieuwe huurders.

Ik bracht mijn tijd zo min mogelijk in het huis door. Als ik niet hoefde te werken, zat ik vaak in de bibliotheek. Die plek was voor mij een fijn toevluchtsoord.

In de bibliotheek stond een tafel waar allerlei kranten en tijdschriften lagen. Er was thee en koffie. Jammer genoeg was er geen plek om te koken of te slapen, want dat leek mij heerlijk tussen al die woorden op papier. Slapen tussen duizenden schrijvers in de bibliotheek, waaronder journalisten en dictators, leek mij makkelijker dan tussen al die mannen in het huis van Zakiya. Mannen van inkt kun je sluiten wanneer je wilt.

Waar ik wel moeite mee heb in de Nederlandse bibliotheken is de stilte. De afstand tussen mens en boek is er niet groot, maar tussen mensen juist wel. In Irak zijn de moskeeën vol mensen en de bibliotheken verlaten, in Nederland zijn de kerken verlaten en de bibliotheken vol. Eigenlijk bezoek ik tegenwoordig in een land de bibliotheken en de plekken om te bidden om te weten welke weg het volk er gekozen heeft. De weg van vele boeken, of de weg van één boek.

Als de bibliotheek dicht was, fietste ik naar het Surinaams afhaalrestaurant Rola. Daar werkten een man en zijn vrouw en soms ook hun kinderen. Hun eten was een halfuurtje warm, hun harten eeuwig. Soms nodigden ze mij uit om mijn afhaalmaaltijd achter het restaurantje bij hun thuis te eten en soms namen ze geen geld aan. Dan werd hun afhaal hun gastvrijheid.

In dat restaurant ontmoette ik een jongen die Paresh heette. De maag van Paresh en de mijne waren het trefpunt van onze ontmoeting. Ze brachten ons rond dezelfde tijd minimaal een keer per week naar Rola. Paresh en ik wisselden telefoonnummers uit na ongeveer de tiende roti kip, maar we belden elkaar niet. Dat was ook niet nodig, want die roti was onze verbinding. Toch kwam eens dat eerste telefoontje van Paresh, toen hij niet kon wachten op de volgende roti om me te spreken. Hij vertelde dat zijn moeder in het ziekenhuis lag en vroeg mij of ik misschien die dag zijn plaats kon innemen bij het verhuisbedrijf waar hij werkte.

Zo werkte ik die dag als verhuizer voor Erwin van Houten. Ik vroeg Erwin om de uren die ik werkte aan Paresh uit te betalen. Hij vond dat oké en Paresh vond dat meer dan oké. Hij zag mijn gebaar als het begin van onze vriendschap.

Paresh kon overal om lachen. Hij had de vaardigheid om te luisteren naar de grootste problemen en er daarna hard om te lachen. En dan maakte het hem niet uit of de anderen ook lachten om zijn grap of niet. Nee, het was belangrijk dat hij zelf lachte. Hij had alle respect voor iedereen, en dat respect veranderde hij met de tijd naar kleine grapjes en daarna grote grappen. De lach van Paresh was een beleefde lach en nooit beledigend. Hij lachte zelfs om de pijn. Niet om het belachelijk te maken, maar draaglijk. Het was fijn om een vriend te hebben die niet Irakees was en niet Nederlands en die niets te maken had met de wereld van asielzoekers, waarin ik verstrikt leek te zijn geraakt.

Asker Shahien en zijn familie waren intussen net als een aardige spin, die zijn web om je heen bouwt met de bedoeling om je te beschermen, terwijl je met elke draad een beetje van jezelf verliest en je moet doen alsof je je veiliger voelt. Bevrijd worden van Asker Shahien was een idee dat me aansprak, want elke keer als hij me meer vertrouwde, bezat hij me meer en raakte ik hem meer kwijt.

Kijk, als je voor een Nederlander werkt, dan geef jij hem werk en hij geeft je geld. Werk je voor een Irakees, dan word je een deel van zijn leven. Zoals ik al zei, kreeg hij na een tijdje het idee mij te laten trouwen met zijn dochter Ferdoes. Toen Ferdoes daarachter kwam, begon ze contact met mij te zoeken achter de rug van haar familie om. Ze belde me een keer op en vertelde dat ze me wilde zien. Zo maakten we een afspraak zoals een Irakese man en een Irakese vrouw dat doen om elkaar te ontmoeten. We zouden toevallig dezelfde trein nemen en toevallig naast elkaar gaan zitten en toevallig zouden we elkaar niet kennen.

73

Ferdoes droeg een strakke jeans en een strakke blouse met daaroverheen een strak jasje. Strak op strak op strak. Over haar haren een bescheiden, glanzend zwarte hoofddoek.

'Je gaat ook naar Amsterdam?' zei ze glimlachend. Het was geen vraag.

'We gaan niet tegen elkaar zitten liegen, hè?' zei ik tegen haar. 'Ik zit hier omdat jij mij wilde zien.'

'Mijn vader wil dat ik met jou trouw. Hij denkt dat hij iemand voor mij kan kiezen...,' zei ze en keek even naar mij. 'Maar jij wilt niet met mij trouwen, toch? Ik zal je meteen maar zeggen dat ik hartstikke gek ben. En bovendien wil ik niet trouwen.' Ze klapte het tafeltje op de rug van de stoel voor ons open en haalde uit haar tas een ander tasje, vol make-upspullen. Ze begon haar nagels te lakken. Na elke vinger blies ze erop.

'Waarom lak je je nagels hier in de trein en niet thuis?'

'Thuis? Ben je gek? Natuurlijk niet! Mijn moeder zou me meteen vragen voor wie ik dat deed,' zei ze en deed haar moeder na. De conducteur kwam en controleerde onze kaartjes.

'Wat doet ze dan als je thuiskomt met geverfde nagels?' Ferdoes haalde een ander flesje uit het tasje.

'Dit kan het weghalen.'

Na twintig minuten in de trein deed Ferdoes haar hoofddoek af, schudde haar haren, die strak naar achter waren getrokken, los en meteen werd haar gezicht anders. De conducteur kwam weer langs en stopte.

'Uw vervoersbewijs alstublieft.' Ze pakte het kaartje, hij keek even en glimlachte.

'Oef...,' zei ze toen hij verder liep. 'Altijd zijn de conducteurs in de war als ik mijn hoofddoek afdoe.' Ze pakte een klein doosje met een spiegel en begon langzaam en rustig oogschaduw op te doen.

'En nu, wat heb je besloten?' vroeg ze, terwijl ze in het spiegeltje keek.

'Ik wil helemaal niet met jou trouwen.'

'Waarom niet? Ik ben wel benieuwd.'

'Als jij in deze trein twee personen bent en zelfs de Nederlandse conducteur in de war brengt, hoeveel vrouwen ben je dan in je huwelijk? Twintig?' Ferdoes lachte hard.

'Gelukkig! Ik wil niet dat ik voor mijn vader degene ben die weigert met jou te trouwen, maar ik wil dat jij weigert.'

'Waarom?'

'Ik wil geen problemen met mijn ouders.'

'En wat moet ik tegen je vader zeggen als hij me vraagt of ik met jou wil trouwen?'

'Zeg maar dat je homo bent.'

'Waarom zeg jij niet dat je lesbisch bent? Als ik zeg dat ik homo ben, zal hij zeggen dat jij een man bent zonder snor. Hij is jouw vader, jij kent hem beter en weet beter hoe je moet weigeren.'

'Zeg dat je een vriendin hebt.'

'Maar ik heb geen vriendin.'

'Maakt niet uit,' zei ze geïrriteerd. Ze keek naar mij, terwijl ze haar jukbeenderen poederde en schudde het kwastje uit. 'Wat maakt zo'n leugentje nou uit. Dan heb je de komende vijfenveertig jaar tenminste geen last van mij, oeffff.' Ze ergerde mij met haar oef, waarvan de ff-en elke keer meer werden.

'Groot gelijk. Maar ik kan niet zonder het werk dat je vader mij geeft. Ik heb geld nodig en onderdak. Daarom zeg ik het niet.'

'Mijn vader is een lieve man, hij helpt iedereen.'

'En hij steelt van iedereen.'

'Steelt? Hoezo?'

'Hij verhuurt jouw huis en dat van je moeder, waarvan hij officieel gescheiden is, voor haar uitkering en de huur van het huis waar wij in wonen.'

'Hij steelt van niemand,' zei ze boos. 'Hij is als Robinson Crusoe.'

'Wie?'

‘Die man die steelt van de rijken en geeft aan de armen.’
‘Robin Hood, bedoel je.’
‘Nee, man. Robinson Crusoe.’
‘Volgens mij heet de man die van de rijken steelt en aan de armen geeft Robin Hood.’ Ferdoes werd boos. Ze ontvlamde. De make-up op haar gezicht begon bijna te smelten.
‘Het is Robinson Crusoe, stomkop!’ Ik keek naar de reizigers die ons begluurden.
‘Helemaal prima,’ zei ik en keek door het raam. Ze werd weer rustig en haalde twee flesjes ijsthee uit haar tas.
In Amsterdam aangekomen vertelde ze, nadat ik haar beloofde het niemand door te vertellen, dat ze om drie uur een afspraak had met haar vriend. Het was net een uur geweest, daarom dronken we thee in een cafetaria. Ferdoes wist wat ze niet wilde, maar ze wist niet wat ze wel wilde. Als haar ouders bij haar in de buurt waren, leek ze moe. Als ze niet in de buurt waren, leek ze vol energie. Ze sprak het Iraakse dialect op een manier dat je dacht dat ze het expres niet goed wilde doen, want ze gebruikte zo veel mogelijk Nederlandse woorden.

Na ons afspraakje werd ik het probleem tussen haar en haar vader. Haar vader begon mij op een indirecte manier te vertellen dat zij mij leuk vond en dat ze zeker met mij zou willen trouwen en ik begon op een indirecte manier te laten weten dat ik haar geweldig vond, maar dat ik niet klaar was om te trouwen. Om te proberen mij klaar te stomen voor het huwelijk, begon hij me uit te nodigen voor thee en maaltijden bij hen thuis, en herhaalde hij dat trouwen met een vrouw uit dezelfde cultuur het beste was voor een vreemdeling, vooral in Europa.
‘Trouw met een Irakese, dat is beter. Als je met een Hollandse vrouw trouwt, wordt je leven een bedrijf en je vrouw niet eens je collega, maar je baas en het werk zelf,’ zei Asker Shahien.
‘Als trouwen met een Nederlandse van het leven een bedrijf maakt, dan maakt trouwen met een Irakese het leven oorlog,’ zei ik

tegen hem. 'Misschien niet per se met haar, maar zeker met haar familie.' Hij keek naar mij en glimlachte.

'Daarin moet ik je gelijk geven.'

Asker Shahien belde mij kort daarop en nodigde mij uit om mee te gaan naar de verjaardag van kleinzoon Seef. Want, zo zei hij, er zou Irakees eten zijn. En hij wilde dat ik met Ferdoes kennis zou maken. Hij wist niet dat ik haar al had ontmoet, met en zonder hoofddoek.

74

De dag van de verjaardag van Seef haalde Asker Shahien mij al om half twee op, terwijl het feest pas om zes uur zou beginnen. Hij stopte de auto voor een Turkse kapper. Vanaf het moment dat ik uit Irak vertrok, was ik niet meer naar een kapper geweest. Niet omdat ik van lang haar houd, maar ik heb een hekel aan de kapper.

Ik dacht dat hij zijn haar wilde laten knippen, maar hij zei tegen de kapper, die hij al jaren kende: 'Kijk hoe lang zijn haar is, omdat kappers te duur voor hem zijn. Knip het. Ik betaal.'

Ik dacht dat het een grap was, maar de kapper greep mij bij mijn schouders, drukte mij in de stoel en sloeg me het witte schort om. Opspringen en wegrennen zou kinderachtig zijn, blijven zitten betekende mijn haren verliezen. Een halfuur later zat ik weer in de auto met vijfentachtig procent minder haar.

'Dat zal beter zijn voor *oem* Ahmed,' zei hij. In Irak noem je een moeder nooit bij haar naam, maar noem je haar moeder (*oem*) van het oudste kind. In het geval van Zakiya *oem* Ahmed dus. Hij zei er niet bij dat hij mij als haar toekomstige schoonzoon zag. Ik dacht: als ik vijfentachtig procent van mijn haar verlies, alleen om zijn dochter te zien met wie ik mogelijk zou trouwen, wat zou ik dan verliezen als ik inderdaad 'ja' zou zeggen?

De auto stopte voor hun huis. Hij toeterde en meteen kwamen Zakiya en Ferdoes naar buiten, met cadeautjes en pannen vol eten. Ze groetten mij en gingen achterin zitten. Ik had Zakiya eerder een keer op afstand gezien in het huis van Ehaab en Rebecca, en nu zat de vrouw die altijd aanwezig moest zijn in het huis waar ik woonde, achter mij in de auto. Haar echte aanwezigheid was nog erger. Ze beet wie naast haar stond en als daar niemand stond, beet ze zichzelf.

'Ik hoorde dat je lang haar had, zoals vrouwen,' zei Zakiya na een paar minuten. 'Waar is dat gebleven?' Daarna lachte ze als een kakelende kip. Ferdoes en Asker lachten ook.

'Ik hoorde dat jij een snor hebt als een man, en dat je die alleen zou scheren als ik mijn haren af zou knippen,' zei ik. 'Ik heb het gedaan, maar ik zie jouw snor nog steeds.'

Asker lachte en hoestte nu nog harder en Ferdoes ook, maar Zakiya werd stil.

'Ben je soms blind. Ik heb helemaal geen snor,' snauwde ze tegen Asker en staarde vervolgens een tijdje uit het raam. 'Gelukkig is het koud vandaag. Rebecca zal respectabele kleren dragen,' zei ze even later zacht tussen haar tanden. Asker Shahien werd in verlegenheid gebracht door haar opmerking, want zoiets hoorde ik als vreemdeling in de familie niet te horen. Hij zette de radio harder, ik wist dat hij dat deed omdat hij niet in mijn bijzijn tegen haar wilde zeggen dat ze haar mond moest houden.

Toen we aankwamen bij het huis van Rebecca en Ehaab was het drie uur. Tot zes uur zou nog lang duren. Er was niemand thuis. Ehaab en Rebecca hadden de kinderen beloofd om naar McDonald's te gaan. We gingen aan de grote tafel onder de notenboom zitten. Zakyia ging het huis in en kwam zeurend terug. Ze zei dat het er stonk en dat ze niet begreep hoe mensen in zo'n huis konden wonen. Ze zette de ramen open en begon het huis met Ferdoes op te ruimen en schoon te maken.

'Ze doen dat,' zei Asker Shahien tegen mij, 'om die Hollandse vrouw te bewijzen dat Irakezen schoner zijn. Als de vrouw van Ehaab een Irakese was geweest, hadden ze niets gedaan. Sjongejonge.' Ik vond het altijd grappig Asker 'sjongejonge' te horen zeggen. Ook als hij in het Arabisch sprak, was dat een favoriet stopwoordje van hem. Wij begonnen vast te eten voor het zou zijn afgekoeld. Om vijf uur kwamen Ehaab, Rebecca en de kinderen thuis. Ik kon zien dat Rebecca zich ergerde aan de open ramen en deuren, maar ze deed alsof ze het niet merkte.

'Waarom laat die Hollandse de kinderen bij McDonald's eten, terwijl ze weet dat wij bij een verjaardag altijd koken,' zei Zakiya boos in het Irakees.

‘Naai je lippen even op elkaar, de kinderen hebben straks weer honger,’ zei Asker streng. Ze zweeg meteen toen ze zag dat hij boos was. Ik dacht: wat doe ik hier, maar het was te laat om een smoes te bedenken.

Om zes uur renden de drie kinderen naar een grote Volvo, die voorreed en stopte bij de schuur. Er kwam een man uit, die door de kinderen opa Noordhoek werd genoemd, en ook oma Noordhoek stapte uit, samen met Dian, de zus van Rebecca van achtentwintig. Ze droegen nette kleren, de man een pak, maar zonder stropdas en de beide vrouwen een mantelpakje. Wat mijn aandacht trok, waren de glimmende schoenen met scherpe punten van opa Noordhoek en de stilettohakken van Dian. Elk van hen had een kado in de hand. De familie Noordhoek was een sjieke, rijke familie.

‘Ooit eerder Hollanders gezien in zulke kleding? Dat doen ze expres om ons te laten voelen dat wij asielzoekers zijn,’ siste Zakiya tussen haar tanden. ‘Heb je ook gezien hoe de kinderen naar ze toe rennen? Zo rennen ze niet naar ons. Het is de schuld van jouw Hollandse zoon, hij heeft ze niet geleerd om ook Irakees te zijn,’ siste ze in het Arabisch.

‘Zo begroetten ze ons ook, *yoeme*,’ zei Ferdoes tegen haar moeder.

‘Mij en hun opa niet. Jou wel. Omdat jij ook een Hollandse geworden bent.’ Nu klonk ze nog bozer. Daarna verzuchtte ze met jammerde stem: ‘Ze zijn de zonen van hun moeder. Maar niet van hun vader. Ach...’ Zakyia was zichzelf aan het opblazen met woede en wendde zich rechtstreeks tot Asker. ‘Zo rennen ze niet naar ons, zoals naar die Hollanders.’

‘Hou je mond toch,’ zei Asker boos, terwijl hij doorhad dat ik het kon horen. ‘Ze renden, ze rennen, ze renden niet, ze rennen wel. Moeten wij tellen hoe snel ze rennen? Mond houden,’ klonken zijn woedende woorden op een Irakese zachte toon. Als een Nederlander hem zou zien praten, zou hij denken dat hij zei: ‘Het is wel een mooi weertje, hè? Het gaat echt niet regenen vandaag, hoor.’ Zakiya zweeg toen ze doorkreeg dat haar man nu ook was opgepompt met haar woede, iets dat haar tevreden leek te stellen.

De familie Noordhoek groette ons beleefd. Ze stelden zich aan mij voor en gingen aan de ene kant van de lange tafel zitten, tegenover de familie Shahien. Ik zat aan de kant van de familie Noordhoek, omdat het voor mij, als niet deel van de familie, niet beleefd was om bij de vrouwen van Shahien te gaan zitten. De familie Noordhoek zat stil, de familie Shahien begon te eten en door elkaar te praten om de stilte te verscheuren. Het was duidelijk dat de familie Shahien gezelliger was en de familie Noordhoek aardiger. De familie Shahien zei veel en vertelde niets, de Noordhoekers zeiden weinig en vertelden veel.

Ik merkte op dat Dian, de zus van Rebecca, zoals vele Nederlanders slecht Engels beter begreep dan goed Nederlands. Voor iemand die zijn best doet zijn Nederlands te gebruiken is dat heel vervelend. Het voelt als niet willen begrijpen. Niets irritanter voor een vreemdeling dan dat veel Nederlanders zonder het door te hebben na elke zin 'wat?' zeggen. Dian begreep het slechte Engels beter dan het goede maar niet perfecte Nederlands. Ze praatte alleen met Ehaab en Ferdoes, en hoe ik ook probeerde een gesprek met haar aan te knopen, of met haar ouders, van hun gezichten kreeg ik geen visum.

Dian nam allemaal kleine beleefde hapjes van het eten dat Zakyia had gemaakt.

'Is het vettig?' vroeg ik Dian, toen ze weer een klein hapje nam.

'Wat zegt u?'

'Het eten, is het vettig?'

'Wat?'

'Hij vraagt of het eten vettig is,' zei Rebecca.

'Nee, het is lekker,' zei ze.

'Ze doet alsof ze je Nederlands niet begrijpt, niet omdat ze je niet begrijpt, maar omdat ze geen antwoord wil geven,' zei Zakiya in het Irakees tegen mij. Ik zag dat Dian nieuwsgierig naar ons keek, alsof ze voelde dat er iets over haar werd gezegd.

'Oma zegt dat je wel begrijpt wat Semmier zegt, maar dat je het expres doet, omdat je geen antwoord wil geven,' vertaalde Seef, die soms ineens tot ieders verbazing meer van de Arabische taal had opgepikt dan gedacht.

Asker begon hard te lachen. Rijstkorrels vlogen uit zijn mond. Opa en oma Noordhoek keken zwijgend naar de scène, Dian was in verlegenheid gebracht. Haar gezicht niet meer arrogant maar onzeker, tot ze mijn kant helemaal niet meer opkeek.

Zoals ik het bezag, leek het alsof de drie kinderen hun best deden bij de familie van Rebecca te horen. Als Zakiya ze riep, negeerden ze haar en als zij hen zoentjes wilde geven op een overdreven manier, om te zeggen dat ze meer van hen hield dan de anderen, kwamen de kinderen niet naar haar toe. Ik wist niet waarom de kinderen afstandelijk leken naar Zakyia en Asker en zich zo voorbeeldig mogelijk probeerden te gedragen. Maar toen ik op de moeder van Rebecca begon te letten, snapte ik het. Zij volgde de kinderen stiekem met haar ogen, en zodra een van hen iets wilde pakken, waar het op dat moment te vroeg voor was, omdat de tijd voor het toetje bijvoorbeeld nog niet was aangebroken, keek het kind eerst naar oma Noordhoek en dan schudde zij zachtjes, maar streng, haar hoofd. De kinderen waren op hun hoede.

Tijdens het eten wilden de kinderen met hun handen eten, zoals opa en oma Shahien, maar de strenge blik van oma Noordhoek verhinderde dat. Daarna namen ze snel hun vorken. Wat mij verbaasde was dat Rebecca wel met haar handen at, alsof zij juist niet wilde doen wat haar moeder eigenlijk verwachtte, of juist iets wilde doen wat haar moeder niet goed vond. Of wellicht wilde ze de ouders van Ehaab laten zien dat zij hen respecteerde. De reden kon ik niet achterhalen, maar ik wist wel dat de moeder van Rebecca de kinderen vanuit hun diepste punt onder controle had, en dat die drie niets konden doen in haar aanwezigheid wat niet van haar mocht. Je zou kunnen zeggen dat oma Shahien voor de kinderen de mogelijkheid was voor wat mocht, en oma Noordhoek de controle over wat niet mocht. Zoals oma Shahien snoep pompte in de kinderen om ze te laten springen als apen, was oma Noordhoek machtiger dan alle zoetigheid, met een blik, sterker dan een kilo suiker.

75

Na het eten brak de tijd aan om cadeautjes te geven. Elk lid van de familie Noordhoek had een cadeau gekocht voor Seef, en allemaal samen een boekje voor Ayid en de kleine Senna. Opa Noordhoeks cadeau was een Legopakket, Dian gaf een horloge en oma Noordhoek een voetbalshirt. Weer merkte ik op dat oma Noordhoek op een onzichtbare manier erg streng was voor de kinderen, zo onzichtbaar dat het zelfs niet tot de kinderen door leek te dringen.

'Kijk eens naar dat papier,' zei ze, het klonk luchtig, maar haar blik was duidelijk, waarop elk kind zijn inpakpapier opruimde. Na de familie Noordhoek waren de cadeaus van de Shahiens aan de beurt.

Het cadeau van Asker voor Seef was een blauw laserzwaard van vijftig centimeter.

'Om niet in gevaar te komen, moet jij het gevaar zijn. Met dit zwaard,' zei hij in het Nederlands, 'steek je al je vijanden neer. Een voor een. Geen ontsnappen aan jouw wraak!' Asker riep het meer dan hij het zei en ik zag dat de familie Noordhoek schrok van zijn woorden. Opa Noordhoek slikte, oma Noordhoek depte haar voorhoofd met een doekje en Dians gezicht werd bleek als kurkuma. Asker gaf Ayid een speelgoedpistool dat er echt uitzag.

'Ayid, wees niet laf, wees stoer! Als je lief bent, verslinden je vijanden je. En je vrienden ook. Als je stoer bent, ben jij degene die ze verslindt. Maai ze neer! Zoals Amerikanen in een cowboyfilm!'

De kleine Senna kreeg niets. Zij keek haar opa verwachtingsvol aan, maar het leek alsof hij haar vergeten was. Hij haalde zijn portemonnee uit zijn kontzak en gaf haar vijftig euro.

'Sorry, lieve Senna, ik wist niet wat ik voor jou moest kopen. Kies zelf maar iets uit.' Senna nam het geld aan, maar leek er niet zo blij mee als ze met een cadeautje zou zijn geweest.

Het cadeautje van oma Shahien voor Seef was een bestuurbare tank.

‘Met deze tank jij rijdt over lijken van jouw vijanden. Eerst doden met zwaard van je opa. En dan gehakt van ze maken. En meel van hun botten!’ zei ze in haar asielzoeker-Nederlands. Ayid kreeg van haar ook een soort pistool, ‘om je broertje te helpen jouw vijanden bombarderen’. Senna gaf ze een jurkje. Het cadeautje van Ferdoes voor Seef was een computerspelletje.

‘Luister niet naar opa en oma Shahien,’ zei ze. ‘Ze zijn gek. Je hebt geen vijanden, jongen. En als je ze wel hebt, dan bel je gewoon de politie.’

Rebecca, Dian, Ehaab en Ferdoes verdwenen na het eten een voor een naar een hoek van de tuin waar ze bij elkaar gingen staan om te roken en te lachen. Asker deed zijn best om een praatje te maken met opa en oma Noordhoek, maar dat leek meer op de laatste bubbels van een lijk op de bodem van een meer. Voor Zakyia was het onmogelijk een praatje te beginnen, dat lukte haar zelfs niet met mij of haar eigen man en kinderen. Uiteindelijk zaten de opa de oma uit Irak zwijgend tegenover de Nederlandse opa en oma.

Na het eten dronken de Noordhoekers hun koffie en gingen weg. Ferdoes en Zakiya ruimden op, opa Shahien maakte grapjes met de kinderen en ik zorgde met Ehaab dat de stoelen allemaal weer in de schuur terecht kwamen. Op de terugweg dacht ik aan die twee arme families, die minstens drie keer per jaar – bij de verjaardag van elk kind – tot elkaar veroordeeld waren.

Kort na die verjaardag wist ik dat mijn tijd bij Asker niet lang meer zou duren, want het slechte nieuws bereikte mij dat Zakiya mij aardig vond. Daarom betekende blijven dat ik door de familie zou worden ingelijfd door met Ferdoes te trouwen. Ik moest er zo snel mogelijk onopvallend tussenuit glippen.

Toen ik dit opschreef, werd ik nieuwsgierig naar Ferdoes. Welke weg had ze genomen in haar leven? Waar was ze terecht gekomen? Hoe zou het haar zijn vergaan? Dankzij het internet kon ik haar vinden en ik stuurde via Facebook een bericht naar haar. Dit bericht kreeg ik terug:

Hé Semmier. Salaam. Wat leuk om iets van je te horen! Hoe is het met jou? Met je familie? Al getrouwd ;)? Je vraagt mij of ik gelukkig ben in Nederland. Geluk is een groot woord. Ik ben niet gelukkig, maar ook niet ongelukkig. Ongeveer een jaar na jouw vertrek ben ik verliefd geworden op een Nederlander. Daar waren mijn ouders natuurlijk niet blij mee, vooral omdat hij geen moslim was. Toch trouwde ik met hem. We kregen een dochter, die nu acht jaar is. Inmiddels zijn we gescheiden. Mijn dochter is de ene week bij hem en de andere week bij mij. Hij heeft een andere vrouw en kreeg met haar nog een dochter. Ik had een korte relatie met een Irakees, maar hij was toch totaal anders dan de Nederlander met wie ik getrouwd was. Het verschil was leuk in het begin, maar daarna werd het vreselijk. Bovendien accepteerde hij mijn dochter niet, omdat ze een Nederlandse vader heeft. Dan is ze volgens hem half varken. Liever geen man dan zo een! Ik ben op dit moment weer aan het werk, na een jaar last te hebben gehad van een burn-out.

Mijn vader en moeder zijn twee jaar geleden teruggegaan naar Irak. Soms bezoekt mijn vader mijn broer en zussen in Dubai, maar naar ons in Nederland komt hij nooit. Ik ben met Ehaab een keer naar Dubai gegaan, zodat de hele familie bij elkaar was. Mijn vader zegt dat wij te Hollands zijn en niet meer zijn kinderen. Hij zegt het als grap, maar hij meent het erg serieus. Het is raar, maar sinds hun vertrek is het leven van Ehaab en Rebecca beter. En het mijne ook. Terwijl ik ze toch vreselijk mis. Ik mis de rust die ik had toen ik bij ze woonde en niets kon. Je zag misschien op mijn profielfoto dat ik geen hoofddoek meer draag, maar als ik naar Irak ga, voor vakantie, dan doe ik hem weer op. Met hoofddoek is wel goedkoper dan zonder, haha. Want de kapper in Nederland is duur! Als mijn haar nog grijzer wordt, ga ik zeker ook terug naar de hoofddoek. Misschien geeft de religie de rust die ik nu soms mis. What about you?

76

Helaas was er in het mini-azc van Asker geen privacy. Arabieren, en daar ben ik er een van, hebben geen respect voor privacy omdat ze het interpreteren als eenzaamheid. Nederlanders respecteren het juist heel erg. Ik had behoefte aan privacy, aan even alleen zijn. Begon ik Hollander te worden?

Huisbazen willen zekerheid over hun huurders. Daarom kiezen ze iemand die betrouwbaar is en meestal zitten ze niet te wachten op een asielzoeker. Maar het geluk lachte me toe dankzij Paresh. Na onze ontmoeting bij de Surinaamse afhaal Rola kwam hij een keer bij mij thuis. Hij wist dat ik graag ergens anders heen wilde en vertelde me dat hij een studio in een appartementencomplex wist, die ik voor een zacht prijsje kon onderhuren van een meisje dat voor haar stage naar Suriname ging. Niet lang na de verjaardag van Seef belde ik Asker en vertelde dat ik zou gaan. Hij vroeg mij niet waarnaartoe of wat ik ging doen, maar hij zei: 'Als je iets nodig hebt, weet je me te vinden.'

De studio bevond zich op de derde verdieping van het complex. Door het raam kon je de gracht met haar stille water zien. Het meisje waarvan ik huurde heette Malti, een Surinaamse. Ik wist niet of Malti een studievriendin van Paresh was of dat hij haar kende uit hun kinderjaren. Was ze een gewone vriendin, had hij een relatie met haar gehad, of hadden ze dat nog steeds? Of hadden ze dat alles samen? Behalve haar naam en haar kleur was ze helemaal Hollands.

Paresh vertelde mij dat Malti na elke lange relatie met een Hollander een korte relatie met een Surinamer aanging. Want die was goed voor haar lichaam, de Hollanders waren beter voor haar hoofd en hart. Hij vertelde dat Malti zoveel therapie had gehad dat ze zelf therapie kon geven. Volgens hem was haar probleem heel simpel en zijn recept voor de oplossing was een lange relatie aangaan met een Hollander die goed kon luisteren en vreemdgaan met een Surinaamse vrijwilliger. Hoe sympathiek van Paresh dat hij bereid was zijn naam op de lijst van vrijwilligers te zetten.

Met Paresh ging ik naar de studio om kennis te maken met Malti. Toen hij zag dat ik het spannend vond, zei hij dat alles goed zou komen.

'Dit is Semmier,' zei hij meteen bij binnenkomst tegen Malti. 'Hij zal alles hier netjes houden, hoor.' Ik gaf Malti een hand en zag er ook een vrouw, die niet in de stoel leek te zitten, maar erin was geploft om niet meer op te staan. Zwijgend nam ze ons in zich op.

'Malti is een schat van een mens,' ging Paresh door. 'Ze lijkt een pitbull, maar heeft het hart van een konijn. Zo lief en schattig. Zelfs als je de huur niet kan betalen, zal je geen probleem met haar hebben, maar wel met haar moeder.'

'Hou op,' riep Malti lachend.

'Die vrouw in de stoel, die niets zegt, dat is de moeder van Malti. Haar naam is Kimatra. Ze lijkt eng, maar ze is net als Malti, lief en schattig. Alleen als ze boos wordt, en dat gebeurt niet zo vaak, dan gebruikt ze haar linkervoet net als Cruijff en haar rechtervoet als Gullit, haar linkerhand net als Muhammad Ali en de rechterhand als...' Even was Paresh stil, omdat hij geen naam kon bedenken voor de rechterhand van Kimatra. Ik zag bij Kimatra de vermoeidheid in haar ogen. Ze glimlachte bescheiden.

'Zal ik je mijn huis laten zien?' vroeg Malti. Precies zoals Daniëlle van der Weerde lang geleden had gedaan op die verre novemberdag en Jafar Kalaf daarna, draaide Malti nu met mij door haar studio. Het einde van de rondleiding was bij een tafeltje, waar een papier lag met notities over de huur, op welke dag Kimatra zou komen om het te halen, met haar telefoonnummer, informatie over hoe de ketel werkte en de wasmachine en waar de stopcontacten waren. Wanneer het afval werd opgehaald en waar, waar plastic- en glasbakken stonden, het wachtwoord voor de wifi en het telefoonnummer van het bedrijf voor het geval er geen verbinding was. Ze zei dat ik haar pc kon gebruiken, haar eigen documenten had ze verwijderd. Daarna stopte ze met het zeggen van 'mijn huis', gaf mij de sleutel en wenste me een goed verblijf in de studio.

'O ja, wanneer wil je hier komen wonen?'

'Nu direct, als dat kan.'

'Waar zijn je spullen?'

'Ik zal hem helpen met verhuizen,' zei Paresh. 'Mijn specialiteit. En maak je geen zorgen, hij zal je onderbroeken niet gebruiken, want die van jou zijn als een tweepersoonstent.'

Ik gaf Malti de 350 euro huur en Paresh garandeerde Kimatra dat ik haar volgende week de borg van 350 euro zou geven. Uiteindelijk werd volgende week een Surinaamse volgende week, want het duurde zo'n beetje tot Malti terugkwam uit Suriname.

Nu had ik een studio op de derde verdieping. Een raam waar ik met thee bij kon zitten om naar de gracht te kijken. Een sleutel alleen voor mezelf. Een douche alleen voor mij. Een wc die niemand anders gebruikte.

77

Behalve een man van vijfendertig, ooit geadopteerd uit Bangladesh, en Malti, was iedereen in het gebouw Hollands. Wonen tussen Nederlanders was voor mij geweldig. Ik betaalde voor de studio, maar ik had het hele gebouw, inclusief katten, honden en cavia's (exclusief muizen, ratten en kakkerlakken, want die waren er niet).

Alles in dat gebouw was perfect. Of laat ik zeggen, te perfect. Het was er altijd schoon en stil. Dat gebouw gevuld met Hollanders leek zichzelf schoon te maken, want nooit zag ik er iemand poetsen. Ook niet het trappenhuis, de lift of de grote hal. En nooit was het er smerig.

Het verwarde me, want in het studentenhuis was praktisch iedereen supersmerig, en dit waren dezelfde soort mensen. Maar het was er zo keurig. Hoe kon dat veranderd zijn? Van heel smerig naar heel netjes. Of was ik te zwart-wit? Ik zag geen vieze luier op de trappen, geen verdwaald vliegje, geen letter met potlood of stift op de muren geschreven. Bovendien werd er niet opeens een deur boos opengetrokken of hoorde je achter een muur een oorlog tussen broers of vijanden of een hond en een kat. Vanuit de vensters kwamen geen geuren van kruiden. Ik rook er geen riolering, geen rook van een vergeten koekenpan, geen barbecue op een balkon. Toen ik dat aan Paresh vertelde, zei hij dat er in dat gebouw een keer een smerige geur geroken was. Toen ze op onderzoek uitgingen, zagen ze wormen onder een deur uitkomen. De bewoners vroegen zich eerst af waarom die persoon zijn appartement niet schoonmaakte, maar toen er niet open werd gedaan en de politie was gewaarschuwd, bleek dat de bewoner zelf in die geur en de wormen was veranderd. Hij lag al dagenlang dood in zijn bed, zonder dat iemand hem had gemist. In dat gebouw hing iets wat geen wifi in de wereld kon laten verdwijnen, en geen kat kon oppeuzelen, het was iets sterkers dan de oorlog: de saaiheid. Die afschuwelijke saaiheid hing er dag en nacht.

In dat gebouw woonden minstens drie honden en vijf katten, maar ik hoorde ze niet, behalve Bikkie, het hondje van de jongeman die als enige op de benedenverdieping woonde. En die blafte alleen als hij mij zag of rook. De katten zag ik alleen achter de ramen, slapend of gapend. Mijn medebewoners zag ik ook zelden of nooit, en als we elkaar toevallig tegenkwamen, kreeg ik soms een korte knik of een vriendelijk hallo, maar net zo vaak deed men alsof men mij niet zag.

Willem Jan Bouwman vormde een uitzondering. Zijn naam kende ik van zijn postvakje. Al de eerste dag, toen ik naar buiten ging om boodschappen te doen, hield een man van een jaar of zestig mij een stuk van het gebouw af aan.

'Jij bent de nieuwe bewoner boven, hè?' zei hij met een glimlach.

'Ja, ik heet Semmier. En jij?'

'Waar kom je vandaan? Je praat geen Nederlands als iemand die hier geboren is.'

'Uit Irak.'

'O, Irak, het is zo gevaarlijk daar. Ik begrijp het,' zei hij. Wat hij begreep, wist ik niet. 'Werk je nu? Of leer je Nederlands?'

'Ik zoek werk. En jij, wat voor werk doe jij?'

'Wat leuk, wat leuk.' Ik wist niet wat leuk was. Hij had een pet op, die zijn halve voorhoofd bedekte. Zijn hond blafte niet. 'Wat een geluk dat je als asielzoeker zo snel een woning in ons complex kreeg,' zei hij.

'Ik huur de studio voor een tijdje.'

'Van je uitkering?'

'Ik heb geen uitkering.'

'Hoe betaal je de huur dan, zonder werk en uitkering?'

'Ja, dat lukt gewoon. En jij, huur jij iets of heb je het gekocht?'

'Nederland is erg duur. Ik begrijp het,' zei hij. Weer wist ik niet wat hij begreep. 'Aangenaam kennis te maken. Max, kom!' Met zijn hond liep hij in de richting van ons gebouw.

Die avond zag ik Willem Jan voor de trap praten met een van de bewoners. Ik wilde hem groeten, want ik kende hem inmiddels, maar hij leek verdwenen onder zijn pet. Ik kwam dichterbij en hij verdween nog verder. Hij maakte nauwelijks merkbare bewegingen, net als een zonnebloem die naar de zon draait, zodat hij met zijn rug naar mij toe bleef staan. Toen Max kwispelde omdat hij mij herkende, trok Willem Jan Bouwman een seconde hard aan de riem. Daarmee verdoofde hij het enthousiasme van de hond. Ik ging verder. Wellicht was hij een belangrijk gesprek aan het voeren en wilde hij het niet afbreken, maar zo ging het ook als ik hem later tegenkwam. Zo kwam ik tot de conclusie dat hij buiten het gebouw wel een praatje met mij wilde maken, maar in het gebouw net deed of hij mij niet kende. Meer pogingen van mij zouden voor de nek van Max weer pijnlijk worden.

Buiten het gebouw dook hij vaak opeens op met zijn hond.

'Hé, hoe heet je ook alweer?'

'Semmier. En jij?'

'Heb je inmiddels werk gevonden?'

'Nee, ik ben nog steeds op zoek. Wat doe jij voor werk?'

'Gelukkig kun je in Nederland een uitkerinkje krijgen. En een dak boven je hoofd. Ik denk niet dat Irak ook uitkeringen geeft. Of wel?'

'Irak niet.'

'Nou, gelukkig ben je in Nederland. Hier is tenminste geen oorlog. Maar Nederland is wel een beetje duur. Duurder dan Irak, toch?'

'Ja, absoluut.'

Als ik een van de andere bewoners in het gebouw passeerde, werd ik vluchtig gegroet. Maar buiten dat gebouw groetten ze nooit. Behalve Willem Jan Bouwman. Die groette me juist alleen buiten dat gebouw. Alsof ik in het gebouw onzichtbaar was.

Ik vraag me nog steeds af wat voor soort persoon die Willem Jan was. Ging het hem erom om met mij te praten buiten het gebouw, of om mij te negeren in het gebouw? Of was dat hetzelfde? Wat voor soort plezier had hij met zijn doodsaaie herhaalde vragen en zijn antwoorden die geen antwoorden waren? Wilde hij weten wie ik was, maar niet laten doorschemeren hoe zijn leven eruitzag? Was ik een gevaar voor hem en was hij daarom zo op zijn hoede?

Later zou ik vergelijkbare mensen ontmoeten, en dat soort ervaringen deden mij in eerste instantie twijfelen aan mezelf. Wat deed ik verkeerd? Waarom wilde hij me ineens niet kennen? Waarom draaide hij zijn hoofd weg, terwijl hij me moet hebben gezien? Had ik de vorige keer iets onaardigs gezegd?

Genegeerd worden was voor mij als volwassen vreemdeling in Nederland het allerergste. In mijn cultuur negeert iemand je als je iets fout doet en hij nog steeds van je houdt en niet met je kan botsen. In het begin wist ik niet dat negeren een deel is van het dagelijkse leven in Nederland. Toen ik snapte hoe het hier werkte, had het zeker vijfendertig procent van mijn ziel afgebroken. Iemand waar je eerst mee zit te babbelen, met wie je kennis hebt gemaakt, een praatje hebt gemaakt in de winkel, die in het appartement naast je woont of die naast je zat in de bus. Diezelfde persoon kan een paar uur, een paar dagen of weken later ineens doen alsof hij je niet kent en de andere kant op kijken, terwijl je zeker weet dat hij je heeft gezien. Dat is voor mij een ongekende belediging, en ik bleef me jarenlang afvragen wat ik verkeerd had gedaan bij die betreffende persoon. Nu weet ik dat het niet aan mij ligt. Ach. Hoe belangrijk voor vreemdelingen in Nederland om te weten hoe ze met negeren moeten omgaan.

Na half zeven 's ochtends hoorde je bewegingen en zachte geluiden in dat gebouw. Een deur, een douche, een toilet dat doorspoelde. Die geluiden klonken ook tussen zes en zeven 's avonds. Buiten dat hoorde je alleen de stilte. Behalve in het weekend tussen acht uur 's ochtends en half zeven 's avonds, voelde het die eerste weken alsof het gebouw van mij was. Soms durfde ik in mijn pyjama naar beneden te gaan om de post van Malti uit het postvakje in de centrale hal te halen.

Eens stond ik, terwijl ik het postbakje leegde om het klaar te leggen voor Kimatra als ze de huur kwam halen, alle naambordjes op de postvakjes te lezen, als een soort kennismaking met de bewoners.

Omdat ik de kans niet kreeg ze persoonlijk te ontmoeten, dacht ik: ik leer hun namen. Toen ik me omdraaide, zag ik een man staan, die wantrouwend naar mij keek. Naast hem een hond. De man deed de riem om de nek van de hond, en de hond begon te blaffen en aan de riem te trekken. De man bleef mij wantrouwend aankijken. Was het onbeleefd de namen op de postvakjes te lezen?

Ik liep op hem af, gaf hem mijn hand om me voor te stellen. De man keek eerst naar mijn hand, alsof ik net een drol had opgepakt. Hij beantwoordde mijn gebaar langzaam, alsof hij zijn hand eerst moest overtuigen kennis met mij te maken.

'Dee... Fa...,' hoorde ik hem zeggen, zijn stem gorgelde in zijn mond en werd gemixt met het schelle blaffen van de hond.

'Wat?' vroeg ik. De hond blafte nu niet alleen, maar ontblootte zijn tanden en trok aan de riem.

'Dee... Fa...'

'Defa?'

'Dave.' Ik draaide me naar de postvakjes en zag zijn naam staan.

'O, Dave Faber,' zei ik glimlachend en enthousiast, omdat ik zijn naam ontdekt had, maar hij bleef geïrriteerd kijken en de hond bleef hard blaffen.

Dave Faber had zijn haren kortgeschoren en droeg een onverzorgde, maar door de blonde kleur bijna onzichtbare stoppelbaard. Zijn huid had de kleur van een plastic reiger. Had hij ooit iets gezonds gegeten? In zijn ogen lag agressie die af en toe moest ontploffen, anders zou het hem van binnen opvreten.

Toen ik hem later eens beschreef aan een vriendin, vroeg ze of hij een drugsgebruiker was, of een neonazi. Ik had geen idee. Als vreemdeling kun je de mensen in je nieuwe land helaas niet altijd meteen goed inschatten.

Wat ik in elk geval op dat moment niet begreep was waarom zijn hond Bikkie een hekel aan mij had. Elke keer als ik hem daarna tegenkwam, leek hij mij te willen aanvallen en bijten, terwijl ik hem niets had misdaan. Het enige wat ik nog van Dave Faber hoorde, was 'Bikkie, naar binnen'. Het werd zijn groet aan mij. Het appartement waar Dave en Bikkie woonden, was het enige op de benedenverdieping. Uiteindelijk blafte Bikkie achter de deur zelfs al als ik het gebouw binnenkwam. Ik ontliep Dave en Bikkie zo veel mogelijk, maar dat lukte niet altijd.

78

De hal en het trappenhuis waren dus niet van mij, maar van Bikkie, maar de studio van Malti was rijkdom, tot de oorlog, het azc en Lidewij bij me introkken. De oorlog en het azc met hun lange jaren, en Lidewij met haar snelle uurtjes. Lidewij leek te wachten op de rand van mijn gedachten en als ik alleen was, sprong ze tevoorschijn. In die studio was Lidewij aanweziger dan in het studentenhuis of het huis van Zakiya. Ik hing haar foto naast het raam en keek naar haar. De riem om haar linkerhand gewikkeld. Naast haar Diesel, die naar haar kijkt met zijn tong uit zijn bek. Lidewij, die lachend in de lens van de camera kijkt. Herfstbladeren bedekken de grond. Lidewij kon de studio vullen. Ik hoefde er maar binnen te komen, of ik voelde dat ze er was.

Soms kwam Paresh even langs, maar hij bleef nooit langer dan een halfuurtje. Vaak nam hij me mee naar zijn moeder Pallavi om daar te eten. Misschien deed hij dat wel omdat hij het te saai vond er alleen te zijn. Ik had geen idee waar Paresh zelf woonde, dus zomaar bij hem langsgaan kon niet. Hij stond ingeschreven bij zijn moeder, maar zijn post kwam daar vaker dan hijzelf.

Hij kwam op zijn eigen moment, als ik hem belde nam hij niet op en hij belde ook niet terug. Even dacht ik daardoor dat hij geen contact wilde, maar dat was niet zo, want op zijn tijd stond hij dan weer op de stoep of belde om hem te ontmoeten voor zijn moeders huis. Vaak ging ik daarnaartoe in de hoop dat Paresh er was, maar ik trof hem er zelden. Het leverde wel warme Surinaamse maaltijden op. Nooit vond ik een millimeter afstand tussen Pallavi's hart en haar pannen. Ze gaf de liefde niet met woorden, maar met lepels. Toen ik Paresh vroeg waarom hij soms bij Rola at terwijl zijn moeder nog lekkerder kookte, zei hij dat hij zijn moeder niet zo vaak wilde zien, maar wel vaak wilde eten. Zijn moeder vertelde altijd dat ze het liefst in Suriname wilde wonen maar dat ze Paresh niet mee kon krijgen. Paresh zei daarentegen tegen mij dat hij best naar Suriname wilde, maar zijn moeder niet. Ze gebruikten elkaar als smoes om in Nederland te blijven.

Op een grijze winterse dag bliezen terroristen zichzelf in Irak op en doodden 476 mensen. Ik had een zwaar gevoel en ik kon niet tegen de saaiheid om me heen. Daarom ging ik bij Pallavi op bezoek. Ik klopte aan en zag tot mijn verbazing dat een jonge vrouw opendeed. Voor ik iets zei, stelde ze zich voor.

'Cindy Nijman.'

Als een meisje de deur voor je opendoet en je ziet dat ze een van de mooiste meisjes is die je ooit hebt gezien, en als ze glimlacht op zo'n grijze koude zware dag en dan zegt dat ze Cindy heet, dan is die naam magie. In een seconde verdween de terreur, niet van mijn borst, maar van de hele wereld.

Cindy wist niet alleen dat ze mooi was, maar ze wist ook wat schoonheid betekende.

Ze droeg lenzen. Dat had ik niet meteen door, maar toen ik haar in haar huis begon te bezoeken, droeg ze soms een bril. Eigenlijk maakte die bril haar aantrekkelijker, alsof haar gezicht lingerie van glas droeg. Ze had groene ogen, als natgeregend gras. Over haar lange, steile haren lag een rode gloed.

Cindy liet me binnen en daar hoorde ik hoe het innige contact tussen Pallavi en Cindy was ontstaan. Cindy en Paresh kenden elkaar van de middelbare school. Als Cindy door een moeilijke periode ging, belde ze Pallavi en niet haar eigen moeder. Dat kwam doordat Pallavi altijd tijd voor haar had. Haar moeder, die werkte, moest tijd maken. En tijd maken duurde soms te lang, waardoor het probleem waarover ze wilde praten al opgelost was.

Ik voelde dat ze, voordat ik had aangeklopt, met Pallavi over iets persoonlijks had gepraat. Ik was op een verkeerd moment binnengekomen en dat kaartte ik aan.

'Ga zitten,' beval Pallavi mij daarop. 'We hadden het over niks belangrijks. Cindy vertelde over Bruno.'

'Bruno is mijn vorige ex,' legde Cindy uit.

'En hoe heet je vriend nu dan?' vroeg Pallavi.

'Hij is mijn vriend niet meer.'

'Maar wat is zijn naam dan ook alweer?'

'Wouter.'

'Ze had het over die Wouter,' zei Pallavi. 'Ze is niet goed wijs. Ze springt angstig op een stoel als ze een muis ziet en glimlacht naar een wolf.' Daarna keek ze naar mij. 'Heb je gegeten? Je ziet er hongerig uit.'

'Ik heb gegeten.'

'Wanneer?'

'Een paar dagen geleden.'

Moeizaam steunde ze op haar knieën en stond op om iets warms voor mij in de keuken klaar te maken, zoals gewoonlijk. Toen ik alleen met Cindy in de kleine woonkamer achterbleef, durfde ik niet naar haar te kijken, bevangen door haar schoonheid. Zij pakte haar telefoon uit haar tas en begon te lezen en te typen. Toen ik haar daarmee bezig zag, durfde ik wel naar haar te kijken.

'Paresh heeft het over jou gehad,' zei ik. Ze keek me even glimlachend aan en keerde terug naar de telefoon. Ik kreeg het gevoel dat ze niet geïnteresseerd was in wat Paresh over haar had gezegd. Ze is niet alleen bang voor een muis en blij een wolf te zien, maar duikt ook in haar mobieltje als ze een asielzoeker ziet, dacht ik.

Pallavi kwam met het eten terug en toen ik het op had en mijn bord in de keuken had afgewassen, excuseerde ik me en ging. Het warme eten van Pallavi en de koele schoonheid van Cindy hadden mij die avond gered van de jihad.

79

Uiteindelijk bezorgde Paresh me niet alleen een dak boven mijn hoofd en contact met Cindy, maar ook een baan. Mijn werk bij het verhuisbedrijf begon als vervanger van Paresh. Het eindigde uiteindelijk met het raarste toeval dat mij ooit overkwam in Nederland, maar daarover zal ik je later vertellen.

Ik werkte als Paresh ziek was, maar omdat hij altijd fit was, betekende 'ziek' dat hij geen zin had om te werken. En omdat hij meestal geen zin had om te werken, betekende dat dat hij altijd ziek was. Alleen als hij echt geld nodig had, werkte hij, en zo werden wij collega's op een manier die een mix was van de Surinaamse en de Arabische. Vaak wisselden we onze ziektes om niet te werken. Het verhuisbedrijf heette Van Houten & co Verhuizingen. De naam stond op alle kanten van de vrachtwagen en het kleine busje dat ze hadden.

Als ik de verhuizingen in Nederland vergelijk met die in Irak, dan gaat een verhuizing in Nederland van het ene leven naar het andere, en een verhuizing in Irak van de ene vlucht naar de andere.

De eerste verhuizing van mijn familie was een vlucht voor de regering. Het gebeurde toen Saddam Hoessein de macht greep en de sjiieten in gevaar waren. Mijn vader kocht nieuwe namen voor ons met de bijbehorende nieuwe identiteitskaarten. Daar komt mijn naam Semmier vandaan. Toen ik geboren werd, had ik dus een andere naam, Riadh. Mijn moeder gebruikt mijn oude naam nog vaak als ik haar aan de telefoon heb. En als ik mijn familie bel, noem ik ook die naam om ze te laten weten wie ze aan de lijn hebben. Zou ik Semmier zeggen, dan zouden ze nog steeds even moeten nadenken.

Tijdens mijn werk bij het verhuisbedrijf merkte ik op dat Nederlanders over het algemeen verhuizen voor liefde of werk, maar uiteindelijk ook altijd voor meer ruimte. De Nederlander is een liefhebber van ruimte.

Erwin van Houten, de eigenaar van het verhuisbedrijf, luisterde altijd erg goed, zodat hij niets miste van wat de klanten zeiden over hun spullen en hoe belangrijk die waren. Ook als de klant er zelf niet bij was, werkte Erwin alsof die alles kon zien en horen. Hij nam een asbak net zo serieus als een schilderij van tienduizend euro. Hij pakte de theekopjes in met bubbeltjesplastic met dezelfde zorg als een porseleinen Chinese vaas. Hij bracht het leven van iemand veilig van de ene plek naar de andere, zonder beschadigingen. Hij verbaasde mij soms met de scherpte van zijn analyses. Ik weet nog dat we eens een man van Gouda naar Amersfoort verhuisden en zijn vriendin van Enschede naar Amersfoort, waar ze zouden gaan samenwonen omdat ze beiden in Utrecht werkten (de vrouw wilde niet in Utrecht wonen). Toen alle dozen in de vrachtwagen stonden, keek Erwin mij ondeugend aan.

'Jammer, die vrouw verkocht voor niets haar huisje om naar Amersfoort te verhuizen.'

'Waarom jammer?'

'Heb je de spullen van de man gezien? Alle spullen waren van hem persoonlijk, terwijl hij zevenendertig jaar is. Hij heeft niets dat ooit van iemand anders geweest is. Dat betekent dat hij in zijn leven geen ruimte heeft voor iemand anders. Hij is egoïstisch. Maar die vrouw, de helft van de zolder die we verhuisden waren spullen van andere mannen die in haar leven waren geweest, en van haar opa en oma.'

Erwin van Houten wist niet alleen wat er echt achter de verhuizingen zat, en niet alleen de reden die de klanten aan hem vertelden, maar hij wist ook of het een goede beslissing was of niet. Of het mensenkennis was of ervaring weet ik niet, maar hij had altijd gelijk. Hij kon redelijk precies voorspellen na hoeveel tijd een van die personen hem zou bellen om weer terug te verhuizen.

'Je bent wel erg scherp,' zei ik dan tegen hem.

'Niet overdrijven. Ik begrijp de mensen alleen bij een verhuizing. Daarbuiten snap ik ze niet. Daarom heb ik mijn eigen vrouw naar een ander huis verhuisd. Ik begreep haar niet genoeg om haar te houden.'

Wat ik al snel doorhad, was dat de meeste mensen het spannend vonden om te gaan samenwonen, maar als ze verhuisden om weer alleen te gaan wonen, waren ze vaak juist opgelucht. Ik kreeg het gevoel dat de eenzaamheid een veiliger partner was dan de liefde.

In die tijd dat ik werkte voor Erwin van Houten had ik geen last meer in mijn leven, behalve van de jihad in Irak en Bikkie. De jihadisten, die de vrede in de wereld bleven bijten, lieten mij meer en meer werken om geld naar Irak te sturen en die hond van Dave Faber bleef maar blaffen, elke keer als hij mij het gebouw binnen zag of hoorde komen. In plaats van wensen dat het hart van Cindy even voor mij zou kloppen, wenste ik dat het hart van Bikkie voor mij klopte, zodat hij niet meer zou blaffen.

80

Aanpassen aan een cultuur is makkelijk, als die cultuur niet blaft. Altijd als ik naar buiten wilde of naar binnen kwam, dacht ik: hoe kan ik me in hemelsnaam aanpassen aan Bikkie? Wanneer zou hij tevreden zijn? Wat had ik nodig voor zijn stilte? Hij rook al voordat ik de voordeur opende dat ik het was en dan hoorde ik hem. Als Dave Faber net toevallig met hem naar binnen of naar buiten wilde, keek hij me aan met een verontschuldigende blik. Dan pakte hij de kop van de blaffende hond vast, aaide die en zei dingen als: 'Ach, Bikkie, ben je bang?' Of: 'Och, Bikkietje, waarom blaf je toch zo tegen die aardige man.' Ik ging bijna denken dat hij het meende en dacht dat de oplossing voor het geblaf wellicht was om bevriend te worden met Dave Faber.

'Goedemiddag,' riep ik hard.

'Goedemiddag,' zei Dave kort. Hij deed de riem om de nek van Bikkie.

'Wil je een keer theedrinken bij mij?' vroeg ik. Dave deed net alsof hij me niet hoorde en bleef Bikkie aaien en geruststellen. 'Je bent altijd welkom voor thee,' vervolgde ik. 'Ik woon op nummer 31.'

'Dank je,' zei hij. Ik ging en hoopte dat hij een keer met zijn hond bij me langs zou komen. Ik kocht zelfs brokjes en nat voer bij de Albert Heijn en een bot in een dierenwinkel om goed voorbereid te zijn.

Een paar dagen later werd er aangebeld. Ik hoopte dat Bikkie aan de deur zou staan.

'Hallo? Wie is daar?' zei ik door de intercom.

'Talib.'

'Jammer,' zei ik, terwijl ik de stem van de grapjas van het azc hoorde.

'Hoezo jammer? Man, man, ben je je oude kameraden vergeten?'

'Ik ben ze niet vergeten, maar ik verwachtte een hond en nu staat er een asielzoeker.'

'Open de deur, man,' zei Talib. Omdat het knopje waarmee de voordeur open kon het niet deed, ging ik naar beneden en zag hem daar staan. We omhelsden elkaar. Hij keek op zijn horloge.

'Ik moet zo weer aan het werk. Ik heb nu geen tijd om je alles te vertellen. Later misschien,' zei hij. Naast Talib stond een man. 'Dit is Yousef,' zei hij. 'Een goede gast. Zijn broer is zwaargewond geraakt bij een aanslag in Bagdad en ligt in een ziekenhuis. Hij wil zo snel mogelijk naar hem toe om afscheid te nemen. Hij heeft een IND-pasje nodig, zodat hij een reisdocument kan aanvragen. 3.500 euro is oké.' Daarna draaide hij naar de man en zei: 'Yousef, dit is Semmier. Ik ken hem al jaren. Hij is echt betrouwbaar.' Zijn telefoon ging en hij draaide zich zwaaiend om en liet Yousef bij mij staan, nadat hij zijn telefoonnummer aan mij had gegeven. 'Ik woon hier niet ver vandaan, een paar kilometer. We zien elkaar.' Daarna ging hij.

Ik dacht: hoe wist Talib dat ik een IND-pasje heb gekocht voor 3.500 euro? Hoe wist hij waar ik woonde? En wie was die man naast mij?

Ik belde Asker en legde hem de situatie van Yousef voor. Asker zei dat het beter was elkaar persoonlijk te zien en stelde volgende week dinsdag voor, maar die zondag belde Yousef dat zijn broer al was overleden en dat het IND-pasje niet meer nodig was. Vanaf dat moment begon Yousef mij te bezoeken.

Hij werd mijn vriend op z'n Arabisch: de eerste keer zocht hij me op om me te bedanken voor de moeite die ik voor hem had gedaan. De tweede keer kwam hij bij mij op bezoek omdat hij de eerste keer al was geweest. De derde keer kwam hij bij mij omdat we elkaar kenden, want we hadden elkaar twee keer gezien. Het begin van de vriendschap met Yousef was erg makkelijk, maar het beëindigen was moeilijk.

Ik wilde graag contact met mensen, maar met Yousef... Hij had een afschuwelijke manier om aan te bellen. Hij belde niet aan om te weten of ik thuis was, maar ik moest thuis zijn en moest opendoen. In het begin deed ik gewoon niet open. Dat ik de voordeur van het complex niet vanuit mijn studio kon openen omdat het knopje het niet deed leek in dit geval handig, maar hij bleef aanbellen en kloppen tot een van de andere bewoners naar buiten ging. Dan vroeg hij die willekeurige persoon of ik thuis was en liet zichzelf het gebouw binnen. Ik kon maar niet van hem afkomen.

Eens vertelde ik Paresh dat ik me soms eenzaam voelde.

'Bel Cindy. Die vindt het altijd gezellig om mensen te zien,' zei hij. Ik twijfelde want ik had haar slechts een keer kort gezien, maar ze verraste mij toen ze me zelf een keer belde en mij een domme vraag stelde: of ik tijd had om iets te drinken. Alsof ik nee zou zeggen als ik wel iets anders te doen had!

'Ik heb tijd,' zei ik.

'Oké, wanneer?'

'Nu.'

'Morgen ook?'

'Ook.'

'Je bent wel flexibel,' zei ze. 'Ik kom morgen om drie uur om thee bij je te drinken.'

Ik had de studio voor mij alleen en om drie uur een afspraak met het mooiste meisje dat ik kende. Ik had thee genoeg voor een rugbyteam.

Cindy kwam precies op tijd. Ze zag eruit alsof ze uit een modetijdschrift was gestapt. Alles aan haar klopte: de kleuren van haar kleren, haar schoenen, haar sokken en zeker de voeten in de sokken, haar ketting, de make-up, haar haren. Toen ze binnenkwam, zei ze dat de studio er nog net zo uitzag als toen Malti er woonde.

'Paresh zei dat je witte wijn drinkt, ik heb ook wijn, wil je?' zei ik.

'Voor wijn is het een beetje te vroeg. Thee graag.' Toen ik de thee voor haar neerzette, precies die seconde, trilde de lucht van een lang aanbellen.

81

Ik negeerde het gebel, maar niet lang daarna klonk een hard geklop op de deur van de studio, alsof een ijsbeer van de Noordpool rolde en tegen de deur botste.

'Wat is dat?' vroeg Cindy. Daarna klonk het alsof een olifant uit de savanne tegen de ijsbeer aanrolde, en alsof een aap de bel bij de deur van de studio had ontdekt. Een safari aan de deur.

'Wat is dat?' vroeg Cindy weer.

'Een neushoorn met een snor,' zei ik tegen haar. Helaas moest ik de deur opendoen en daar stond Yousef, op het meest ongelegen moment ooit.

'Waar was je, man? Mijn handen zijn kapot. Waarom deed je niet open?' Hij kwam binnen en toen hij Cindy zag zitten, zei hij in het Arabisch, zonder zijn ogen van haar af te nemen: 'Waarom heb je niet eerder gezegd dat je het Nederlandse paspoort gekregen hebt?'

'Dat heb ik nog niet.'

'Het zit daar. Niet het gewone rode, maar het blonde. Ach, Semmier, met zo'n paspoort ga je naar de hemel.'

Yousef kwam op Cindy af en ze stelde zich aan hem voor.

'Cindy Nijman.' Hij nam haar hand in zijn grote handen en bleef haar aanstaren. Ik was bang dat Cindy zou denken dat ik een afspraak met haar en Yousef tegelijk had gemaakt en wist niet hoe ik duidelijk moest maken dat dat niet het geval was. Cindy leek niet zo onder de indruk van het gebeuren, ging zitten, sloeg haar benen weer over elkaar en begon van haar thee te drinken.

'Hoe hebben jullie elkaar leren kennen?' vroeg Cindy.

'Vraag je mij of hem?' vroeg Yousef.

'Allebei.'

'Moet ik haar antwoorden of jij?' vroeg Yousef in het Arabisch aan mij.

'Doe jij maar.'

'Maar ze is bij jou op bezoek. Kan jij haar niet antwoorden?' Ik vertelde dat een gezamenlijke vriend ons aan elkaar had voorgesteld zonder verder in detail te treden.

'Heb je een man?' vroeg Yousef haar.

'Nee.'

'Ik ook niet,' zei Yousef.

'Jij hebt ook geen man?' vroeg Cindy en ze lachte. Yousef keek haar boos aan. Ze had hem diep beledigd. Ze zag dat en haar blik werd behoedzaam. 'Ik bedoel of jij ook geen relatie hebt.'

'Nee, geen relatie,' zei hij en begon haar vijandig aan te kijken. Ik zat ertussen en voelde dat deze afspraak een andere richting op ging dan ik gehoopt had.

Het kon niet anders dan dat Cindy spijt had van haar bezoek aan mij. Haar gezicht veranderde van wat-gezellig-met-warme-thee naar zenuwachtig-met-twee-Arabieren-waarvan-een-met-snor. Cindy voelde zich duidelijk steeds minder op haar gemak en Yousef trok zich steeds meer terug en bromde in het Arabisch dingen als 'die Nederlanders, ook als je je best doet hun taal te spreken, doen ze alsof ze je niet begrijpen'.

Uiteindelijk zei Cindy dat ze weer moest gaan en omdat Yousef op hetzelfde moment aangaf weg te willen, liep ik mee naar de centrale hal om ze uit te laten.

Toen we naar buiten liepen, werd de schoonheid van Cindy groter, omdat ik dacht dat ik haar nooit meer zou zien, en ook de lelijkheid van Yousef nam toe, omdat zijn lelijkheid het afscheid van de schoonheid van Cindy betekende. Bikkie blafte.

'Semmier,' zei Yousef in het asielzoekers. 'Die hond altijd blaffen! Waarom mensen in gebouw niet klagen voor dat?'

'Ik heb hem nog niet eerder horen blaffen,' zei Cindy.

'Hij blaft alleen als hij voelt dat ik in de buurt ben, niet bij anderen,' zei ik.

'Hij ook blaffen als ik ben hier,' zei Yousef, en hij voegde er in het Arabisch sissend van tussen zijn tanden aan toe: 'Vuile racistische hond. Hij blaft tegen vreemdelingen omdat zijn eigenaar ons eigenlijk wil bijten.' Daarna zweeg hij.

Toen ik afscheid van ze nam en ze wegfietsten, beiden een andere kant op, liep ik terug naar de studio, achtervolgd door het blaffen van Bikkie.

De keer daarop dat Yousef voor mijn de deur stond, vertelde hij me dat 'de hond onder' nooit meer tegen welke vreemdeling dan ook zou blaffen bij binnenkomst van het gebouw.

'Heb je hem gedood?' vroeg ik angstig.

'Natuurlijk niet, maar blaffen als hij vreemdelingen ruikt of ziet, doet 'ie nooit meer!'

'Hoezo?'

'Hij is nu ingeburgerd,' zei Yousef vol trots. Hij lachte hard. Zijn snor leek op een raaf die zijn vleugels openslaat in een grijze hemel. Meer heeft Yousef er niet over willen zeggen. Dave durfde ik niet te vragen wat er was gebeurd, maar toen ik die middag Bikkie en Dave in de hal tegenkwam, keek hij me niet geïrriteerd of arrogant aan zoals eerder altijd, maar wendde zijn blik juist terughoudend van me af. Hij trok kort aan de riem na één blaf van de hond en dat was de laatste keer dat ik Bikkie hoorde.

82

Het was Paresh die ervoor zorgde dat het contact tussen Cindy en mij niet verloren ging na die eerste afspraak. Hij haalde me eens op met de auto om bij Rola te gaan eten. Het regende pijpenstelen. Ik keek hoe de lampen van de auto het vallende water verlichtten en hoe de ruitenwissers de stroom amper aankonden.

'Nederlandse vrouwen zijn gek,' zei Paresh. 'Ik ben hier geboren en zelfs ik begrijp ze niet.'

'De Engelsen zeggen dat God de vrouw geschapen heeft om van te houden, niet om te begrijpen,' zei ik. Paresh lachte hard en schakelde het gesprek net zo soepel naar Cindy als hij de auto schakelde.

'Cindy is niet alleen gek, ze is ook moeilijk,' zei hij. 'Ze denkt trouwens dat jij iets van haar wilt, maar zei dat jij je niets in je hoofd moest halen.'

'Dat is te psychologisch voor mij, man,' zei ik. 'Ik hoef haar niet meer te zien. Het is me te ingewikkeld.'

'Ze zei ook dat je niet van honden houdt.'

'Wat heeft dat er nou weer mee te maken?'

'Weet ik veel.'

'Zeg maar tegen haar dat ik niet hou van honden die blaffen als mensen. Maar wel van honden die op honden lijken.' Nu lachte Paresh nog harder.

Tot mijn verbazing belde Cindy me een week later en zei dat het hoog tijd was dat we weer eens thee gingen drinken. Voor ze bij mij langskwam, luisterde ik een uur naar het nieuws uit Irak, zodat mijn aandacht compleet uitging naar iets anders. De twee uur dat ze in de studio was, durfde ik haar amper aan te kijken.

'Wie is dat meisje?' vroeg ze, terwijl ze naar de foto van Lidewij en Diesel keek. Ze boog even voorover om goed naar haar te kijken.

Terwijl ik niets zei, zei ze: 'Ik heb die foto de vorige keer niet gezien,' alsof dat de eerste keer wel had gemoeten. 'Vind je haar mooi?' vroeg ze mij.

'Ik weet het niet, maar ik zou mijn hele leven met haar samen willen zijn.'

'Waarom?'

'Dat vraag ik mezelf ook af.'

Cindy begon van alles te vragen over Lidewij en mij. Zo verkortte Lidewij de afstand tussen mij en Cindy. Elke keer dat ze daarna bij me op bezoek kwam, vroeg ze ook naar Lidewij en mijn gevoelens, waardoor Cindy steeds dichterbij kwam, tot Lidewij de enige afstand tussen ons bleef.

Paresh verscheen in de goede tijden en verdween in de slechte tijden. Daarom zag ik hem altijd vrolijk. Cindy verdween in de goede tijden en verscheen juist in de slechte. Daarom zag ik haar meestal droevig.

Soms kon ze zomaar ergens gaan zitten en dan staarde ze wat voor zich uit. Dan leek ze ver te zijn van alles om haar heen. Zei ik iets, dan leek ze me niet te horen. Haar schoonheid werd zwaar en raadselachtig. Alsof erachter iets anders zat verstopt, iets eeuwigs. Als dat gebeurde, hield ik me stil en trok ik me terug, om haar niet te storen. Altijd was ik benieuwd wat het was dat haar in gedachten deed verzinken, maar ik durfde het haar niet te vragen.

Zoals veel mensen die ik ontmoette, werd Cindy snel verliefd, maar zij was nog sneller niet meer verliefd. Steeds opnieuw vond ze haar grote liefde en bleek die persoon daarna haar grootste vergissing. Door die vergissingen ging ze met mij slapen. Onze avontuurtjes gebruikte ze om zich schuldig te voelen, zodat ze dat schuldgevoel kon gebruiken om haar relatie met iemand te beëindigen. Ik was voor haar de schakel tussen een grote liefde en alleen zijn.

Cindy viel op twee soorten jongens, de ene soort was bleek en lief en slim, de andere soort stoer, gespierd en dom. De eerste soort jongens kookte voor haar, waste haar kleren, maakte haar appartement schoon, gaf haar planten water en zorgde voor haar Russische hamster. Voor de tweede soort deed zij alles.

Die bleke slimme jongens maakten haar rustig in het begin van de relatie, daarna moe door hun saaiheid. De stoere jongens maakten haar moe door de jaloezie die ze voelde, want ze was vaak bedrogen, en ook al eens met een vriendin van haar (daarom zei ze dat een relatie haar haar vriendinnen kostte). Misschien dat ze er daarom voor koos om de grote liefdes zelf te bedriegen.

Frank, Jos, Sean, Jorn, Rein, Mehmet, een deel van de namen waarover ik veel hoorde van Cindy, en die voor mij allemaal orgasmes waren. Ze praatte over de jongens alsof ze de oplossing van alle problemen waren, maar al snel waren ze het enige probleem. De naam Jorn kwam altijd weer terug. Jorn was haar eerste grote liefde. Over hem sprak ze de ene keer liefdevol, de andere keer vol razernij. Maar altijd als ze over Jorn begon, betekende het dat ze de relatie met een van de anderen wilde beëindigen. Als ik die naam hoorde, was dat pure magie, die de knopen van de kleren van Cindy een voor een voor mij opende. Dan schoor ik me extra goed, zodat haar zachte huid niet gekwetst zou worden en nam ik drie douches per dag, zodat mijn geur haar zachte neus niet irriteerde. Als ze tien minuten over Jorn praatte, wilde ze een uur seks.

De eerste keer dat het woord 'Jorn' tot magie leidde staat me nog goed voor de ogen. Ze vertelde over hem en begon te huilen. Het laatste waarop ik nog hoopte bij Cindy, en al helemaal nu ze in tranen was, was seks. Maar ineens kwam ze dichterbij, ging op mijn schoot zitten en liet de wijn rustig van haar rechter- naar haar linkerhand gaan. Daarna pakte ze mijn kin vast als een dierenarts die bij een pony het gebit wil bekijken. Ze bracht mijn mond naar haar mond. Thee naar wijn. Ik lette goed op dat de rode wijn uit haar glas niet op de vloerbedekking van Malti zou vallen, want dan zou ze meteen opspringen om het schoon te maken. Dat zou het einde betekenen van de droom op mijn schoot. Ze bracht mijn mond naar de hare en veranderde mij in mijn lippen. Ze fluisterde met een stem, niet bevelend en niet smekend, maar met vuur: 'Zoen me.' Ik zoende haar en maakte de knopen van haar kleren los. Ze zette de wijn op het tafeltje, draaide zich naar mij terug en zoende me, terwijl ik bezig was met haar knopen. Ik wilde haar niet naar bed dragen, ik was bang dat ik haar zou wekken uit die gekte. Ik probeerde haar beha te openen, maar wist niet hoe. Ze zei, dit keer met een stem als in een sollicitatiegesprek: 'Wacht even.' Na een flitsend snelle beweging van haar handen op haar rug viel de beha tussen ons in. Als een gebouw dat neerstort door een aardbeving, zo snel, werd zij mijn lichaam en ik het vuur dat mij verbrandde. Ik denk niet dat er seconden zijn die kunnen uitleggen waarom ik op deze planeet ben, zoals die seconden vol met leven en met wat haar vult aan warmte.

83

Ik was te gewoontjes voor Cindy. En zij was voor mij te speciaal. Onze verhouding was puur lichamelijk. Ik kreeg haar als ze van iemand af wilde. Ik was voor haar lichaam het station voor vertrek en aankomst. Voor mij was ze een heerlijk tussenstation. Ons contact vormde een goddelijke afleiding van pijnlijke hartzaken.

Cindy wilde nooit dat ik haar aanraakte voordat ze een douche had genomen. Ze kon vragen stellen waarvan ik nooit had gedacht dat een vrouw die stellen zou. Op een dag vroeg ik haar hoeveel haar lichaam haar per maand kostte aan kleren en parfums en scheren en schoonheidsspecialisten en make-upspullen en de kapper.

'Niet zo veel,' zei ze en dacht even na. 'Ik word eigenlijk nooit dunner of dikker, dus kleren koop ik niet zo vaak. Zestig euro per maand, of zeventig...' Daar kon een familie in Irak een maand van leven, dacht ik. Maar om eerlijk te zijn, zeventig euro die de wereld vult met pracht is net zoveel waard als magen vullen met eten.

Vele nachten werd ik wakker. Dan sloeg ik de deken een beetje weg en keek naar haar, hoe ze naakt lag te slapen. Dan kreeg ik een raar gevoel, waarvan ik nog steeds niet weet wat het was. Een soort eerbied voor levende kunst. Als ze in diepe slaap lag, was ze niet meer aantrekkelijk, maar heilig. Ze gaf onrust aan mijn lichaam als ze wakker was, maar als ze diep sliep gaf ze me vrede.

Op een dag vertelde ze mij dat haar moeder en diens vriend een week weg waren. Als ik wilde konden we een weekendje in hun huis. Zo nam ze mij mee naar het vrijstaande huis aan de rand van een bos. Een groot huis met een sauna, drie oldtimers in de garage (die het alle drie niet deden), een serre, een veranda en een grote vijver met karpers. Cindy was in dat huis geboren en ze had er gewoond tot ze achttien was. Toen haar vader overleed, was ze uit huis gegaan. Haar moeder was een paar jaar alleen gebleven tot ze haar nieuwe vriend had ontmoet op een groepsvakantie in Chili. Er stond een houtkachel in de woonkamer en op de veranda lagen een bijl en een grote stapel brandhout.

In dat huis wilde ze geen lichamelijk contact. Wat het voor mij bijzonder maakte, is dat ik er haar verleden kon aanraken. We zaten in de serre. Het vuur in de houtkachel brandde en Cindy zat naar buiten te staren. Ik had dat wel vaker gezien, maar op die plek leek het nog duidelijker: ze was buiten tijd en ruimte. Alsof ze voor een beeldhouwer poseerde, die haar in eeuwige tijd veranderde.

Ook hier stonden er in de boekenkast albums met familiefoto's.

'Mag ik die fotoalbums eens bekijken?' vroeg ik. Ze keek op alsof ik haar wakker had gemaakt uit haar gedachten.

'Wat zeg je?'

'Kan ik de fotoalbums bekijken?'

'Zeker, maar je moet ze precies zo terugzetten als ze nu staan. Mijn moeder is zo perfectionistisch.'

Een voor een nam ik de albums en zette ze als ik erdoor was terug op de juiste plek. Het begon te regenen. Cindy zat meer in haar gedachten dan in de serre, haar ogen richting het bos achter het hek. Ik probeerde de pijn te volgen die zij voelde, of misschien was het geen pijn, maar somberheid of verdriet.

Ik wilde weten waar dat gevoel vandaan kwam. Was het van haar voorouders of van haarzelf? Ik zocht het in de fotoalbums. Van haar schoonheid geen spoor in al die generaties die ik zag. Maar ik kwam Cindy wel tegen, in het tweede album op een zwart-witfoto uit 1899. Het was niet precies Cindy en zeker niet haar schoonheid, maar haar aanwezigheid. In de ogen van die vrouw zag ik ook dat zware vurige licht. Rond haar mond de geheimzinnige glimlach van Cindy, alsof de lach de mond dicht wilde houden. Ik kon mijn ogen niet afhouden van die foto en durfde niet verder te bladeren. Het zou onverteerbaar zijn als dat wat ik zag door de tijd zou afbreken. Ik dwaalde door de foto van de vrouw die tot leven kwam door Cindy en toen ik weer naar Cindy keek, kreeg ik het gevoel dat zij vertrok naar de verleden tijd.

'Blader je niet verder? Of ben je soms verliefd geworden op een van mijn overgrootmoeders?' zei Cindy glimlachend.

Een paar weken later vertelde Cindy mij dat ze verliefd was zoals ze nooit eerder was geweest, en zo diep van binnen geroerd en gelukkig zoals nooit tevoren. Elke keer dat ik met haar vrijde zou de laatste keer kunnen zijn. Ik genoot er extra van. Niet lang daarna kregen Paresh en ik te horen dat de nieuwe liefde van Cindy in Den Haag woonde en dat ze vol verlangen wachtte op het weekend. Op de donderdagen belde ze mij en dan vreeën we. De volgende ochtend vertrok ze naar Den Haag en als ze zondags terugkwam, was het eerste wat we deden niet over de liefde praten, maar vrijen. En daarna praatten we.

'Houdt die nieuwe liefde niet van seks?' vroeg ik haar eens.

'Oh ja, maar niet genoeg,' zei ze.

Ik was nieuwsgierig naar die nieuwe liefde, vooral omdat Cindy honger bleef hebben naar seks. Al snel besloot ze te gaan samenwonen in Den Haag. Ze had een relatie met een vrouw van drieënveertig, Barbara Stel.

Op een woensdag, die dan grijs, dan zonnig was, stonden Paresh en ik bij haar appartement om haar te helpen verhuizen. Er verscheen een auto met een karretje erachter. Cindy stapte uit, omhelsde mij en gaf me drie zoenen, overdreven op de wang. Daarna omhelsde ze Paresh en gaf hem ook drie zoenen op de wang. Barbara bleef naast de auto staan, afstandelijk. Klaar om snel met de verhuizing te beginnen en gauw weer terug te gaan naar Den Haag.

'Dit is Barbara,' zei Cindy. Barbara zette een stap naar voren en gaf ons een hand. Ze droeg mannelijke kleren en had kort haar. Al binnen vijf minuten siste Paresh tegen mij op een onbewaakt moment dat Barbara vast een mannenhater was. Ik dacht hetzelfde. Als Barbara een wolf op een kinderboerderij was, dan verslond ze alle hanen, rammen en bokken.

'Willen jullie eerst iets drinken?' vroeg Cindy.

'We staan nog niet geparkeerd,' zei Barbara en keek dreigend naar Cindy en vluchtig naar ons.

'Oké, dan beginnen we nu.'

Het leek wel alsof Cindy alle beslissingen aan Barbara overliet. Verbazingwekkend om te zien hoe Barbara in korte tijd zo'n invloed uit kon oefenen op Cindy, terwijl die niet bepaald een onderdanig type was. Het leek geen verliefdheid, Cindy leek onder de indruk te zijn van Barbara's kracht en karakter.

Ik zette koffie en thee, nu die spullen nog niet waren ingepakt. We stonden in de halflege woonkamer van Cindy met de mokken in onze handen.

'Waar kom jij vandaan?' vroeg Barbara mij.

'Uit Irak.'

'Waar?'

'Ba-habs, hij zegt dat hij uit Irak komt. Dat heb ik toch ook al tegen je gezegd,' zei Cindy.

'O, Irak. Wat deed je daar?'

'Civiel ingenieur.'

'Wat?'

'Ba-habs, hij zegt dat hij civiel ingenieur is. Dat heb ik je toch ook al gezegd.'

'Volgens mij heb jij een gehoorapparaat nodig,' zei ik tegen Barbara.

'Ben ik dan oud?' zei ze, geërgerd maar beleefd. Paresh lachte hard. 'Die opmerking heeft Barbara wel heel goed gehoord,' grinnikte hij.

Om kwart over vijf stapte Cindy in de auto, Barbara draaide de auto richting Den Haag en ik griste een oud laken, dat ik Barbara stiekem had zien weggooien, uit de prullenbak als herinnering aan onze nachten.

'Denk je dat we haar nu nooit meer zien?' vroeg ik Paresh.

'Wie weet. Volgens mij valt Cindy helemaal niet op vrouwen.'

Cindy belde me nog wel eens. Dan praatte ze de hele tijd over haar liefde voor Barbara, of ze had het over Barbara zelf. Een keer belde ze me huilend op. Ze zei dat ze niet meer wist of ze wel of niet gelukkig was in Den Haag.

Paresh bezocht haar een keer op haar verjaardag en kwam woedend terug. Hij besloot niet meer bij haar langs te gaan. Het voelde inderdaad alsof de verbinding met Barbara Cindy verlamde. Ook ik heb haar nooit meer gezien.

84

In de studio van Malti en de saaiheid van het appartementencomplex had ik tijd te over om me te realiseren wat de grote verandering was, die zich in mij had voltrokken tijdens mijn verblijf in het azc. Niet alleen het verlies van geloof in de wereld, mezelf en het leven. Ik kon me niet echt meer ergens thuis voelen. Op de een of andere manier veranderde in mijn hoofd elke plek waar ik woonde in een azc. En dan vulde het zich als vanzelf met asielzoekers, agenten en receptionisten. Dan wilde ik weg. Maar na een paar dagen zwerven, of een paar uren als het slecht weer was, voelde ik weer dat ik een dak boven mijn hoofd nodig had en begon het weer van voren af aan.

Als ik denk aan al de prachtige mensen die ik ontmoette, omdat ik altijd van de ene plek naar de andere trok – Lidewij, Neeltje, Hendrik, Paresh, Cindy, om er een paar te noemen – voelt de verandering in het azc niet als iets ergs, maar als iets spiritueels. Ik ben nu net als water. Als het stilstaat, gaat het stinken. En als het beweegt, zuivert het zichzelf.

Dankzij het hart van Malti die in de liefde geloofde, kon ik elke keer wat langer in haar studio blijven. Als de liefde die ze in Suriname vond echte liefde was geweest, was ik er wellicht nooit weggegaan.

Ik was al bezig mij en de flat voor te bereiden op de terugkomst van Malti, toen Kimatra me vertelde dat ik nog een maand langer kon blijven, omdat Malti verliefd was op een jongen daar.

Tot over haar oren verliefd, vertelde Kimatra, en dat ze niet wist hoe oud de jongen was, maar wel dat hij geen kinderen had. Ik bleef in de studio en was ondertussen bezig een volgende woonplek te vinden, maar toen ik die niet vond, hoopte ik dat de verliefdheid van Malti met de tijd zou groeien. Het duurde nog een maand, en daarna nog een paar maanden. Ondertussen bleef ik in de studio, maar in plaats van te hopen dat de verliefdheid groter werd, begon ik te hopen dat die kleiner werd, zodat ik gedwongen zou zijn om te verhuizen. Het hele azc, inclusief medewerkers en vijfhonderdvijftig bewoners, werd in mijn dromen in de studio van Malti geperst.

Toen Kimatra de maand daarop verscheen, was de teleurstelling van haar gezicht af te lezen. De jongen waar Malti verliefd op was, was geen jongen, maar een man, vertelde ze. Eén die al twee keer getrouwd was geweest en vijf kinderen had. Malti had een ticket geboekt en zou op de negende van de volgende maand op Schiphol landen. Tot de zesde kon ik gratis blijven, de andere drie dagen zou Kimatra de studio weer in orde maken.

'Waar ga je naartoe?' vroeg ze.

'Ik weet het niet,' zei ik. 'Een huis vinden is moeilijk of heel duur. En ik zou graag tussen de Nederlanders blijven wonen.'

'Waarom?' vroeg ze.

'Om mijn Nederlands te verbeteren. En om rust te vinden. Tussen de Nederlanders ben ik het enige probleem en ook de enige oplossing.' Kimatra moest lachen.

'Ik zal iedereen die ik ken vragen, misschien is er een plek voor je tussen de kaaskoppen,' zei ze. En zowaar, na vier dagen kwam ze terug met de mededeling dat ze onderdak voor me had gevonden.

Ze bracht mij in haar autootje naar het huis van Karen Mars, dat ik kon onderhuren. Kimatra kende haar niet persoonlijk, het was een vriendin van een vriendin van een collega.

'Die Karen probeert haar huis al meer dan een jaar te verkopen, maar door de crisis lukt dat maar niet,' zei Kimatra. 'Ze betaalt de hypotheek van dit huis en de helft van de hypotheek bij haar vriend met wie ze ging samenwonen. Ze zal blij zijn als ze haar huis kan onderverhuren.'

Het huis stond in de Kievitstraat, de meest vruchtbare straat die ik in Nederland zag. Overal hingen halve ooievaars tegen de ramen en waggelden zwangere vrouwen als dikke eenden door de straat en omdat die dag de zon na weken grijze luchten eindelijk weer scheen, waren er veel kinderen buiten. Zittend, kruipend, lopend, rennend en huilend. Uit ramen keken honden naar buiten met hun tongen uit hun bek. Kimatra zuchtte, terwijl ze fileparkeerde als een taxichauffeur in Amsterdam.

'Zie je die Hollanders waartussen jij per se zo graag wilt wonen? Ze zijn gek! Ze voeden hun honden op in hun huizen en hun kinderen op straat.'

Ik wist van mijn werk bij Van Houten & co Verhuizingen dat als een Nederlandse man naar het huis van een vrouw verhuist, zij heeft gekozen voor haar leven, maar als een Nederlandse vrouw naar het huis van een man gaat, ze voor hem heeft gekozen. Die Karen volgde dus haar hart.

En harten geven meestal sleutels, dacht ik hoopvol toen ik voor de deur stond.

85

Kimatra belde aan. De deur ging open. Ik denk dat Karen andere mensen had verwacht, met een andere kleur wellicht. Ze keek ons minstens zes seconden zwijgend aan.

'Dit is Semmier die je huis wil huren,' zei Kimatra. Karens gezicht verstrakte. Ze gaf ons een hand en liet ons binnen.

Kimatra begon te praten en te praten. Als Karen naar Kimatra keek, stond haar gezicht op een twijfelend oké. Keek ze naar mij, dan verstrakte ze weer. In een kwartier vertelde Kimatra over alle huizen die ze zelf had gehuurd in de afgelopen vijftig jaar in Nederland. En dat het moeilijk was of zelfs onmogelijk om een goede huurder te vinden. En dat het zeker nog moeilijker was dan een goede partner vinden. Daarna praatte ze over haar man, die niet goed voor haar was geweest, en over een van haar nieren, die niet goed was.

'Ik kende hem niet,' zo begon Kimatra over mij. 'Hij heeft de studio van mijn dochter Malti gehuurd. Ik vond het in het begin ook wat eng en dacht dat hij niet netjes zou zijn, dat hij van het huis een vuilnisbelt zou maken en alles zou stelen, maar hij betaalde altijd op tijd en hield de studio van mijn dochter precies zoals zij het had. Je gaat geen last van hem hebben en ook de buren ook niet. Hij is een asielzoeker, maar een goede.'

Daarna begon Kimatra aan Karen het verhaal van Malti in Suriname te vertellen. Ze vergeleek haar vriendjes in Nederland met de mannen in Suriname, en zei hoe oneerlijk de Surinamers zijn met vrouwen, en dat een van hen haar meer dan elfduizend euro had gekost voor ze ontdekte dat hij niet al vrouw en kind had, maar vrouwen en kinderen. En dat een hart dat zoveel geld kost gevoelig is, en dom, en dat ze bang was dat Malti haar hart geërfd had. Karen luisterde en luisterde en ik zag dat ze daas aan het worden was van al die verhalen die Kimatra aan elkaar reeg. Opeens draaide Kimatra zich naar mij en zei hardop: 'Nu is ze niet meer bang voor jou en kun je hier wonen, als je het huis tenminste niet afbreekt.' Daarna draaide ze naar Karen en zei: 'Met deze asielzoeker zal je geen problemen hebben. Ik zei het daarnet ook al, maar ik zeg het nog een keer.' Kimatra zei het woord 'asielzoeker' met de grootste zieligheid en het grootste medelijden dat ze bezat. 'Hij was in zijn eigen land helemaal geen asielzoeker, maar...' Ze draaide zich weer naar mij. 'Wat was je daar ook alweer?'

'Civiel ingenieur,' zei ik, waarop Kimatra verder ging over de studie bouwkunde die haar neef volgde in Paramaribo. Nog steeds weet ik niet of Karen zei dat het goed was dat ik haar huis huurde, maar ik herinner me wel dat ze er duizelig uitzag. Ze nam een glas water.

'Het huis is nu verkoopklaar,' zei ze. 'En het moet verkoopklaar blijven. Daarom is de huur niet zo hoog.'

'Hij kan weer gaan wanneer je maar wilt,' zei Kimatra, voordat Karen verder nog iets kon zeggen.

'Prima,' zei Karen. En dat betekende een dak voor mij. 'Ik zal je het huis laten zien.'

Ze gaf mij een uitgebreide rondleiding, waarbij haar gezicht ineens kracht en zelfverzekerdheid uitstraalde. Ze sprak over het huis alsof ze een makelaar was en ik iemand die overtuigd moest worden het huis te kopen. Karen was een vrouw van details en ontzettend eerlijk. In elke ruimte zei ze me hoe alles werkte en waar ik op moest letten. Na de rondleiding betaalde ik de eerste maand huur en gaf Karen mij de sleutel. Op de tafel legde ze een papier, net als Malti had gedaan, met de code voor het internet en haar telefoonnummer. Ik bracht Kimatra naar haar auto. Toen ze wegreed, riep ik haar na: 'Ik hou van jou!' Ze toeterde drie keer. Ik weet zeker dat ze er 'ha, ha, ha' mee bedoelde.

Het eerste wat in mijn hoofd opkwam, toen ik in mijn nieuwe huis zat, was om een pauze te nemen van alles. Ik hoopte dat niemand zou bellen. Maar voor mijn eerste dag in Karens huis om was, trilde mijn telefoon al. Jelena. Ze leek haar slechte Nederlands te willen veranderen in Engels, maar na een paar minuten werd haar Engels Nederlands Russisch en na tien minuten sprak ze weer precies zoals ze in het azc had gedaan. Ze belde vanuit Brazilië. Toen ik haar vroeg naar het leven daar, zei ze dat het ongeveer net zo was als het leven in Mexico. Toen ik naar haar leven in Mexico vroeg, vertelde ze dat het beter was dan het leven in Argentinië, en toen ik haar vroeg naar het leven in Argentinië, zei ze dat dat beter was dan het leven in Duitsland, dat beter was dan het leven in België. Omdat ik het leven in België een beetje kende, vroeg ik haar er niet naar. Wel wist ik dat ze voor een beter leven, of voor een betere Jelena, van België naar Duitsland naar Argentinië naar Mexico was gegaan en nu dus in Brazilië woonde. Ze vertelde dat ze nog een keer terug moest naar Duitsland om een paar problemen met haar papieren te regelen, en dat de zus van Vlad in Amsterdam woonde, en dat ze, als ze met Vlad kwam om die zus te bezoeken, zeker ook mij wilde zien. Daarna hing ze op. Wie Vlad was, en hoe het echt met Jelena ging, geen idee. Maar haar stem klonk precies zoals die had geklonken op de oranje afdeling van het azc. Bruisend. Vol levenslust.

Toen zij praatte en ik naar haar stem luisterde, dacht ik: hoe mooi is zij, want ze passeert zo snel dat het passeren haar verblijf is. Ze passeert en ze passeert, zonder de plek genoeg tijd te gunnen om haar te veranderen. Che Guevara zei ooit dat de revolutie net is als fietsen: als je stopt, val je. Zo is het ook met Jelena. Toen ze ophing, keek ik ineens bang om me heen en dacht: waar ben ik en wat doe ik hier in hemelsnaam.

86

Door de rondleiding was het net alsof Karen Mars overal in huis aanwezig was. In de woonkamer, achterin het tuintje, in de schuur, op de wc, op de trap en zelfs in de douche. Daar controleerde ze of ik er niet te lang onder stond en het licht wel uitdeed als ik klaar was. Karen veranderde het huis met haar monotone stem tijdens haar rondleiding in gedetailleerde informatie. Overal was wel iets waarop ik goed moest letten. De enige plek waar ik geen last voelde van de aanwezigheid van Karen was de slaapkamer, want tijdens haar rondleiding had ze alleen naar de deur gewezen en gezegd: 'Dat is de slaapkamer.' Alsof het voor haar te persoonlijk was om er binnen te gaan met een vreemde. Gelukkig maar. Om de ziel van Karen Mars uit het huis te verjagen, opende ik de ramen en deuren. Ik wilde rust in dat huis. Toen ik na een korte wandeling terugkwam en het slot van de deur van Karen Mars voor het eerst wilde openen, gebeurde er iets dat me even in de war maakte, omdat ik geen flauw idee had van de straat waar ik woonde.

In Irak was altijd duidelijk te zien wie waar woonde. Zoals een hond met urine zijn territorium markeert, doet een Irakees dat met zijn gebabbel en geroep.

Een straat in Irak is een rivier van gebabbel, de wijk een meer van praatjes en de stad een oceaan van geklets. In Irak stoppen de bewoners op straat om de meter, om te babbelen met een gezicht door een raam, een deur, een gat in een muur of een hek. Huizen in Irak zijn als kranten: je leest de koppen terwijl je passeert. Een straat in Nederland is een rivier van tijd, de wijk een meer van stilte en de stad een oceaan van haast. Huizen in Nederland lijken op de omslag van de *Playboy*, je kijkt er nieuwsgierig naar terwijl je passeert en doet tegelijk je best dat niemand ziet dat je kijkt.

Op het moment dat ik de sleutel in het slot van de voordeur stak, schrok ik een beetje van een stem pal naast mijn oor.

'Goedemiddag, nieuwe buurman.' Ik draaide en zag een vrouw staan. Zweeg ze, dan leek ze de dertig net gepasseerd en de veertig nog niet in zicht. Sprak ze, dan leek ze zo ver van de veertig dat ze met haar hand de vijftig aan kon raken. 'Eva Dijkhuis,' stelde ze zich voor, terwijl ze me een hand gaf. 'Dat is nu niet meer nodig, hè?' zei ze en wees naar het 'Te koop'-bord tegen het raam.

'Ik heb het huis niet gekocht, ik huur het,' zei ik. Eva keek verbaasd en ik vertelde dat ik het huis huurde tot het verkocht zou worden. Ze bleef verbaasd kijken. Misschien omdat een huis dat te koop staat volgens haar leeg moest blijven.

Eva Dijkhuis woonde aan de linkerkant van het huis van Karen Mars, haar voordeur zat meteen naast de mijne. De deuren waren precies hetzelfde, net als alle deuren van de Kievitstraat. Dezelfde maat en dezelfde kleur donkergroen, een uitzondering daargelaten. Eva Dijkhuis was nieuwsgierig naar anderen. Ze begon meteen te praten over zichzelf en haar privéleven. In ruil daarvoor wilde ze ook alles weten van degene die luisterde. Wie hij was, waar hij vandaan kwam, wat hij deed in zijn leven.

Eva Dijkhuis vertelde mij dat ze twee dochters had. Roos van negen had een groot muzikaal talent, vooral voor piano, maar het was erg vermoeiend haar te overtuigen op de fiets naar de pianolessen te stappen. Roos was ook erg getalenteerd in gymnastiek, tekenen, schrijven en zingen. Haar andere dochter was Kaat van elf. Op 3 september zou ze twaalf worden en dan wilde ze een nieuwe telefoon. Ze had minder talent voor muziek maar had meer gevoel voor tekenen. En ze was makkelijk te overtuigen om naar haar vioollessen te gaan. Ze was ook erg goed in gymnastiek en schrijven en zingen. Eva Dijkhuis vertelde mij dat haar dochters de ene week bij hun vader en de andere bij haar woonden, en dat ze nu een nieuwe vriend had: Marco. Ze had hem leren kennen via het internet, want sinds ze moeder geworden was, had ze geen tijd om op een andere manier nieuwe mensen te ontmoeten. 'Handig hè, internet?' Ze had met

Marco vier maanden en vijf dagen een relatie en Marco was lief en schattig en had een kat, ook lief en schattig. Ze was nog niet met Marco en haar dochters samen op vakantie geweest, dat zou wel spannend zijn, maar tijdens hun eerste weekendje weg was hij ook lief en schattig geweest. Marco was na twee maanden met zijn kat bij haar ingetrokken.

Dat alles vertelde Eva Dijkhuis mij die eerste keer bij de deur. In ruil hoorde ze van mij dat ik geen koper was, maar onderhuurder. Ze wist dat in mijn vuilniszak geen afval zat, maar oude fotoalbums en dat ik een verblijfsvergunning had van de IND en dat ik Karen Mars niet kende van vroeger, en dat de vrouw die mij hier bracht, die donkere, niet mijn vriendin of mijn vrouw of mijn moeder was, maar de moeder van Malti.

'Malti?' Ik vertelde dat zij de dochter was van de vrouw die mij hier bracht en dat ik haar studio had ondergehuurd, terwijl zij in Suriname was. Daarna herhaalde ik drie keer dat ik in het huis zou wonen tot het verkocht werd en dat ik altijd klaar zou staan om meteen weer weg te gaan als het verkocht zou worden of als iemand kwam voor een bezichtiging. Ik herhaalde twee keer dat ik een asielzoeker was en vier keer dat ik geen uitkering had. Ik beantwoordde al haar vragen. Op het juiste moment keek Eva Dijkhuis op haar horloge.

'Sorry buurman, helaas heb ík niet veel tijd. Het is gezellig, hoor, maar wij hier in Nederland hebben veel te doen.' Het 'wij hier' sprak ze op een sympathieke manier uit, zodat het niet persoonlijk leek. 'We hebben altijd haast. Praten met jou is leuk, maar sorry, ik moet Roos en Kaat straks ophalen van piano- en tekenles.' Zo eindigde mijn kennismaking met Eva Dijkhuis, die de langste kennismaking tot dan toe was, en nog steeds de langste is. In plaats van dat mijn oren het slachtoffer waren van die kennismaking, werd mijn mond de dader.

Ik ging het huis binnen en het enige wat ik wilde, was zo snel mogelijk twee paracetamol vinden. Ik dronk een halve liter water en lag op de bank tot de hoofdpijn verdween.

Na een paar dagen belde Eva aan. Ze zei met een vermoeid gezicht dat er herrie uit de keuken kwam en dat Marco erg gevoelig was voor lawaai. Toen ik haar vertelde dat het geluid niet uit mijn keuken kwam, maar van achter ons, veranderde haar gezicht meteen van vermoeid naar alsof ze net een grap had verteld. Ze lachte. In plaats van haar excuses aan te bieden omdat ze naar de verkeerde deur was gekomen om te klagen, maakte ze er een grap van.

'Wij in Nederland zijn zo druk in ons hoofd, buurman, dat ik niet eens weet waar die herrie vandaan komt. Hoe dom is dat.' Daarna vertelde ze mij dat de buren op nummer 43 altijd lawaai maakten, nooit na tien uur 's avonds, maar het was wel irritant. Ze vertelde dat 'wij in Nederland' na tien uur geen lawaai meer maken, behalve als we de buren hebben ingelicht. Daarna keek ze op haar horloge. 'Sorry, ik moet nu echt gaan.'

Zo eindigde mijn tweede gesprek met haar alsof zij niet naar de verkeerde deur was gekomen voor haar geklaag, maar alsof ik de vorige avond lawaai had gemaakt na tien uur en dat ik nu meer dan nodig babbelde. Mijn contact met Eva Dijkhuis in die straat was net als het contact van een auto met het ongeluk. Ze kon met haar 'wij in Nederland' altijd bewijzen dat zij de auto was. Daarom ontliep ik haar in die straat waarin ik de enige vreemdeling was en waarin alles vanzelfsprekend liep.

Eva Dijkhuis maakte mij wel even in de war. Waren de Nederlanders zulke babbelaars op straat? Maar al na een paar dagen zonk ze weg in de drukte van haar leven. Daarna had ik geen last van haar aan de voorkant van het huis.

87

Al die tijd in de Kievitstraat kon ik er niet de vinger op leggen wie er woonde en wie er alleen doorheen liepen. Ik maakte thee en zat op de bank in de woonkamer. Toen ik naar buiten keek, zag ik niet alleen die vijfenhalve meter straat, maar ook de woonkamer van de buren tegenover mij, en daarachter hun keuken en daarachter de tuin. Zo diep kon ik kijken. De ramen waren zo groot en schoon dat ik haast kon zien welke planten ze in de achtertuin hadden staan. Hoewel ik alleen naar de straat wilde kijken, werd mijn nieuwsgierigheid naar de overburen aangewakkerd. Hun huis was de sportschool van mijn nieuwsgierigheid. Daarom besloot ik om maar achter het huis te gaan zitten, in het kleine tuintje omringd door schuttingen. Behalve als het regende, zaten Eva Dijkhuis en Marco altijd in de tuin. Eva wilde haar geliefde Marco het gevoel geven dat hij heel geestig en buitengewoon interessant was. Daarom reageerde ze verbaasd of lachend op alles wat hij zei. Ook als hij vertelde dat hij was vergeten zijn laptop op te laden en geen film kon kijken in de trein. 'Echt? Wat erg, joh,' klonk het dan. Als Marco vertelde dat hij water had gekocht in de kiosk en dat hij pas in de trein ontdekte dat het met bubbeltjes was en dat hij een boer moest laten, lachte ze hard en deed haar best om Marco te laten zien dat ze niet kon stoppen met lachen.

Aan de rechterkant woonde een jong stel zonder kinderen. Ze waren afstandelijk en vriendelijk. Als ze groetten, wendden ze snel hun hoofd af. Een techniek die in Nederland wordt gebruikt als je iemand moet groeten die je eigenlijk niet wil kennen. In het begin van mijn verblijf in Nederland wist ik niet dat de Nederlanders de afstand die ze willen houden tussen jou en hen zo laten zien. Daarom ging ik ook naar de mensen die groetten en snel hun hoofd afwendden, om vervolgens geen kennis te maken met hen, maar met hun chagrijnigheid. Het stel dat aan mijn rechterkant woonde hoorde je niet, zelfs hun enorme hond niet. Behalve in het weekend, met name op zaterdag. Dan zaten ze als het mooi weer was in de tuin met nog vier mensen. Het eerste kwartier, en soms het eerste halfuur, werd er gepraat over wat er die week was gebeurd, en dat was elke keer hetzelfde. Daarna praatte een vrouw over het boek dat ze aan het lezen was, en ze vergeleek het met andere boeken. Die minuten waren voor mij belangrijk, want ik werd nieuwsgierig naar het boek dat de vrouw las en naar de boeken waarmee ze het vergeleek. Omdat niemand haar bij haar naam riep, weet ik niet hoe ze heet, maar via haar ken ik de titels van de mooie boeken uit de Nederlandse literatuur.

Er was ook altijd een vrouw die Margreet werd genoemd. Ik denk dat ze hoorde bij een man die Ton heette. Haar hoorde ik alleen als Ton iets zei. Margreet corrigeerde alles wat hij zei. Als Ton een boek was, dan was Margreet zijn eeuwige redacteur.

'Vorige week zaterdag was het weer ook zo mooi,' hoorde ik Ton zeggen.

'Vrijdag wel, maar zaterdag niet,' zei Margreet.

'Da's waar. Zaterdag regende het de hele dag.'

'Nee, niet de hele dag. Alleen 's middags en 's avonds.' Als Ton begon over hun vakantie in Bretagne, corrigeerde Margreet de namen van de dorpjes, wat ze besteld hadden in welk restaurant, hoe lang de reis ernaartoe en terug was geweest, welke campings ze hadden aangedaan en welke daarvan wel of niet een campingwinkel hadden, waar het wel of niet had geregend of bewolkt was geweest. Ik besloot na die avond niet alleen nooit naar Bretagne te gaan, maar ook nooit meer een pizza Margherita te eten, bang dat die mijn maag en darmen zou corrigeren.

Wat mij opviel was dat als de buren van de rechterkant praatten, de buren aan de andere kant stil waren. En als de buren aan de linkerkant praatten, dan waren de buren aan de rechterkant stil of spraken heel zachtjes. Nederlanders respecteren elkaar niet alleen op de grond, dacht ik, maar ook in de lucht, ook daarin wachten ze op hun beurt.

Het geklets aan de rechterkant was minder erg dan de combinatie van de saaiheid in de woorden en de stem van Marco en de afschuwelijke lach van Eva aan de andere kant. Ik zat steeds minder vaak in de tuin. Als het mooi weer was, ging ik naar het park. Als het geen mooi weer was, zat ik toch maar in de woonkamer en probeerde ik de buren aan de andere kant niet te laten voelen dat mijn ogen bij hen woonden en mijn nieuwsgierigheid daar aan het fitnessen was. Ik opende mijn fotoalbums en haalde de foto's er voorzichtig uit. Achterop schreef ik waar ze hoorden en dan husselde ik ze alsof het kaarten waren. Dan probeerde ik aan de hand van gezichten families te vormen. Dit gezicht hier hoorde daar. Deze kwam na die. Deze is geboren uit deze. Die moet de herhaling zijn van die. Deze moet nu verdwijnen en twee generaties later weer verschijnen. Na uren bezig te zijn geweest met de verleden tijd en haar gezichten, haalde ik de nieuw ontstane families uit elkaar en probeerde ze weer terug te zetten op de juiste plekken in de albums. Dat deed ik altijd fout. Want de harten die de gezichten bij elkaar brachten waren er niet meer, en soms was het moeilijk om gezichten die zo van elkaar verschilden bij elkaar te zetten zonder die harten. Hoe vreselijk om een gezicht te zien lijden naast een hard gezicht, of een open gezicht levenslang begraven te zien in een gesloten gezicht. Of een stralend gezicht dat je ziet verlammen naast een donker gezicht. Nee, er is geen lijm zo dom als het hart dat verschillende gezichten aan elkaar lijmt.

Ach, hoeveel makkelijker was het om tussen Nederlanders uit het verleden te wonen. Elke keer eindigde ik mijn reizen in de gezichten met de foto's weer in de juiste albums, na urenlang doorgebracht te hebben in een andere tijd, waar de verleden gezichten mijn schepen waren.

Na een tijdje kreeg ik in de gaten dat de buren ook stiekem naar mij keken, zoals ik stiekem naar hen. Op straat viel het mij op dat alle overburen elkaar ook stiekem bekeken. Elke twee huizen tegenover elkaar waren twee theaters, twee zalen die elkaar afwisselden voor dagelijkse toneelstukjes, die elke dag herhaald werden, dezelfde bewegingen, hetzelfde decor, hetzelfde scenario. Twee toneelstukken tegenover elkaar, zodat alles in orde was voor twee publieken die hun dagelijkse leven zien in een ander toneelstuk met andere personages.

88

Na een tijdje hoefde ik maar naar de straat te kijken om te zien hoe laat het was. Die Nederlandse straat was een horloge dat geen batterij nodig heeft en dat niet kapotgaat als er auto's overheen rijden of honden op plassen of als de regen er maanden op valt.

Als hond Bimba twee keer blafte, en als Stijn hem riep stil te zijn, dan was het precies kwart over zeven. Als de motor van de Citroën van Pieter draaide, was het even voor half acht. En als de brievenbus van Eva klepperde, was het tien over elf. Als ik Bo voorbij zag komen in sportkleren, waterfles in haar hand en oordopjes in haar oren, was het twaalf uur en vrijdag. Als Arjan passeerde was het tien over een of tien voor half twaalf, maar als Dirk passeerde, was het precies kwart over vier. Misschien kwam hij precies op dat tijdstip langs zodat hij Arjan of Pieter niet hoefde te zien. Van tien over een tot kwart voor drie passeerde niemand. Geen mug. Geen hond. Geen Eva Dijkhuis.

Ik begon mijn dagelijkse gewoontes op de Nederlanders af te stemmen. Als ik Victor Jansen zag, was het tien voor elf. Dan maakte ik thee. Victor Jansen werd voor mij al snel niet meer Victor Jansen, maar een kokende waterkoker. Zag ik Bo voorbijkomen, dan werd ik blij, want dan was het vrijdag en pakte ik mijn spullen om een lekkerbekje te halen op de markt. Ik begon Bo te zien als een joggend lekkerbekje. Als ik Erik zag met zijn twee honden, wist ik wat de temperatuur buiten was aan zijn kleren. Ik keek niet naar de hemel om te weten of het zou gaan regenen, maar naar de paraplu in zijn hand. Die stille straat, leeg van raketten die uit de hemel vallen, leeg van moedjahedien en soldaten, was voor mij de hemel. Een hemel vol rust en stilte.

Toen het geld op was, belde ik Erwin van Houten en vroeg hem of hij werk voor me had. Al de volgende dag zat ik met hem in de verhuiswagen, toen een toevallige ontmoeting het einde zou betekenen van mijn werk bij het verhuisbedrijf. We zouden iemand verhuizen van Zeist naar Raalte. Om acht uur precies stonden we voor een huis met een voortuin van twee meter diep. Een vrouw deed open toen de wagen stopte, nog voor we aanbelden.

Haar naam lag jaren in de plastic zak waarin het verslag van mijn eerste gehoor van de IND op Schiphol zat. Het was de naam die ik op mijn eerste dag in Nederland hoorde, die koude februaridag in 1998. Ze gaf ons een hand en stelde zich voor. Ze herkende mij niet. Haar ogen, die ik al die jaren nooit vergeten was, waren niet veranderd. Die kille ogen, die mij die koude dag op Schiphol naar Saddam Hoessein konden terugsturen. Ik keek naar haar lange vingers, pianistenvingers, die om mij heen afschuwelijke kettingen van zware tijd van wachten en machteloosheid hadden geborduurd, tot ze mij na jaren wachten hadden veranderd in een levend lijk, begraven in stinkende tijd. Haar stem klonk nog steeds angstaanjagend. Die stem die mij dichter naar Saddam Hoessein wilde duwen en mij in een gebouw dwong, die de mooiste jaren van mijn leven had verslonden. Negen jaar, negen maanden, een week en drie dagen. Langer dan de Eerste en Tweede Wereldoorlog samen. Ik kreeg het benauwd. Alsof haar handen zich om mijn nek legden en mij langzaam begonnen te wurgen, zoals ze al die jaren hadden gedaan.

We liepen naar binnen. Haar huis was licht en netjes. Geen spijkertje te veel, geen stofje op een kast. Er hingen foto's van twee kinderen, een jongen en een meisje, die even oud leken. Ik begon te hoesten, maar had de Ventolin niet bij me.

'Wil je een glas water?' vroeg ze. Dezelfde stem als die verre februari toen ze vroeg of ik koffie wilde, zodat ik wakker kon blijven om haar vragen te beantwoorden. Ik knikte en ze bracht mij een glas water. Ik dronk het en bleef maar hoesten. Mijn ademhaling piepte erger na elke hoest. 'Ben je ziek?' vroeg ze bezorgd.

'Nee, ik ben gewoon allergisch voor katten,' zei ik, terwijl Erwin naar mij keek en zich afvroeg wat er opeens met mij aan de hand was.

'Maar we hebben helemaal geen kat.'

Ik durfde niet tegen haar te zeggen dat ik eigenlijk allergisch was voor haar. Ik ging naar de deur zonder iets te zeggen en hoestte. Ik stond buiten, steunde tegen de muur bij de voortuin en hoestte. Ik liep hoestend weg. Erwin van Houten en zijn bus heb ik nooit meer gezien.

Nee, niets is harder dan een gezicht dat de tijd gestolen heeft.

89

Als ik genoeg geld had gehad, was ik een week in bed blijven liggen, maar meteen de volgende dag zou ik wit werk zoeken. Met het pasje dat Asker Shahien voor me had gekocht ging ik naar het centrum. Ik was zenuwachtig. Zouden ze bij het uitzendbureau ontdekken dat ik dat pasje had gekocht? En als ze dat ontdekten, wat zouden ze dan doen?

Ik liep langs allerlei uitzendbureaus en bestudeerde de gezichten van de mensen die er werkten. Als ik een bozig gezicht zag, streepte ik dat kantoor als mogelijkheid weg. Bij serieuze gezichten besloot ik het kantoor te onthouden, maar nog niet binnen te gaan. Bij een uitzendbureau met de naam Cityworks zag ik twee vrouwen, elk achter een computer. Eén van hen had rood haar, een glimlach om haar mond. De andere had blond haar en gaapte. Een gaap en een glimlach, dat gaf me een goed gevoel en ik besloot er naar binnen te gaan. Ik nam plaats op een van de gekleurde stoelen langs de muur. Niet lang daarna riep de vrouw met rood haar me naar voren. Ze stelde zich voor als Jessica. Ik noemde mijn naam en zei dat ik werk zocht.

'Mag ik je legitimatie?' vroeg ze. Ik gaf haar het pasje, nerveus. Ze legde het naast het toetsenbord, typte de informatie van het pasje over en gaf het mij terug. Nu was het pasje voor mij nog meer waard. Het werkte echt. 'Wat is het laatste werk dat je hebt gedaan?' vroeg ze mij.

'Afgelopen jaren was ik fulltime asielzoeker,' zei ik. Jessica barstte in lachen uit. Met tranen in de ogen zei ze: 'Ik heb werk voor je. In een magazijn. Je kan vanavond al om tien uur beginnen. Je moet er een kwartiertje eerder zijn en dan werk je tot zes uur 's ochtends.' Ze gaf mij het adres van het magazijn en die avond fietste ik ernaartoe, net buiten de stad, naast de snelweg. Negentien voor tien kwam ik het magazijn binnen. Ik wachtte tussen anderen in een glazen ruimte. Allemaal buitenlanders. Degenen die er eerder hadden gewerkt, begonnen om tien uur. Ik volgde met vier andere nieuwelingen een man die Marcel heette.

Marcel leek op iemand die van plan is een autootje te stelen, die het eerste stuk aanduwt zodat niemand de motor kan horen, en als hij een beetje verder is rap de motor aanzet en hard wegrijdt. Hij had veel kracht en gebruikte die op een zachte manier. Wat hij ook zei of deed, hij bleef vriendelijk en verloor nooit zijn geduld. Hij werkte ook op die manier in het magazijn. Hij wilde de hele tijd serieus en grappig zijn, en dat zorgde ervoor dat hij niet serieus overkwam, maar ook niet grappig was. Misschien was dat de enige manier om onder de sleur van het werk uit te komen. Hij had een kantoortje met zulke grote ramen, dat het hele kantoor van glas leek. Van daaruit kon hij het hele magazijn overzien. Aan de muur hing een notitiebord vol briefjes en een foto van een vrouw. Als chagrijn vrouwelijk is, en iemand ooit had besloten er een standbeeld van te maken, dan had die vrouw het beste model kunnen zijn.

Marcel nam ons van het kantoor mee naar het magazijn en pakte een papier met een lijst en een kar.

'Jongens, hier staat op wat de supermarkt besteld heeft. Dit is wat ze nodig hebben. Niet meer en niet minder. Let goed op de merken.' Marcel begon de kar te vullen en wij volgden hem. Een van de nieuwelingen heette Mohamed, de anderen Abdulhamid, Saliem, en Michael, maar Marcel noemde ons allemaal Mo: Mo1, Mo2, Mo3, Mo4 en Mo5. Ook de Nigeriaan die Michael heette. Ik was Mo3.

Om te werken op de snelheid die Marcel verwachtte, moest je weten waar de spullen in dat enorme magazijn stonden. In het begin mocht je best wat meer tijd nodig hebben, maar volgens Marcel mocht je niet langzaam blijven. Je moest steeds sneller en sneller worden. Vanaf twaalf uur 's nachts begon ik te gapen. Elke keer als ik dat deed, hoorde ik Marcel achter mij.

'Mo3, kom op. Wakker worden, jongen.' Dan klopte hij vriendelijk op mijn schouders. Even was ik dan weer wakker, maar al snel begon ik weer te gapen, terwijl ik moest opletten welke soort yoghurt op de lijst stond, wat de inhoud was van de augurken en welke soort suiker ik moet hebben, losse of klontjes, en was deze honing de biologische? En waar lag toch die verrekte tandpasta? Ik denk dat Maradona tijdens het hele WK van 1986 niet meer kilometers heeft gerend dan ik in dat magazijn. Om twee uur 's nachts moest ik echt mijn best te doen om mijn ogen open te houden. Ik zag dat Marcel druk was in zijn glazen kantoortje. Stiekem pakte ik een colaatje van het schap. Ik dronk het snel op, uit het zicht aan de andere kant van het magazijn, om een beetje wakker te blijven, maar ik bleef gapen. Een halfuurtje later kwam Marcel naar me toe.

'Hoe heet je ook alweer?'

'Mo3.'

'Nee, je echte naam.'

'Semmier.'

'Luister Semmier, er is een automaat voor cola. En er is een pauze om het op te drinken, hè.' Hij klopte glimlachend op mijn schouder. De cafeïne van de schaamte maakte mij wakkerder dan de cafeïne van het colaatje. Marcel leek overal in dat magazijn te zijn, want een kwartier later kwam hij weer naar me toe.

'Mo3, jongen. Kijk, die chips in je kar is van Croky, maar op je lijst staat Lay's. En dat wc-papier daar is Page, maar op je lijst staat het huismerk. En deze wijn is wel rood, maar komt niet uit Zuid-Afrika,' zei hij vriendelijk. 'Breng die spullen maar terug naar hun plek en vul je kar met de juiste spullen. Van het juiste merk, jongen.'

Het was al moeilijk om de spullen die op de lijst stonden te vinden, nog moeilijker was het om de plekken te vinden om ze weer terug te brengen. Aan de ene kant wilde ik slapen, en aan de andere kant wilde ik weten waar dat wc-papier vandaan kwam...

Om zes uur 's ochtends dacht ik dat Marcel mij niet meer wilde zien in dat magazijn, maar hij keek me glimlachend aan en zei: 'Tot morgen.'

Ik fietste naar huis en gooide mezelf op het bed. Elk celletje in mijn hoofd was veranderd in een luiermerk, maandverband, limonadesiroop, olijfolie, rookworsten, blikken soep en erwten en mais of tomatenpuree. Ik sliep tot vier uur, nam een douche, ging weer naar bed om even te liggen, en viel in slaap tot kwart over zeven. Toen ik wakker werd, nam ik weer een koude douche, at brood en kaas en lag weer in bed tot negen uur. Daarna fietste ik naar het magazijn.

Om tien uur precies begon ik weer te werken. Het viel mij op dat Marcel mijn karretje alleen begon te checken als ik klaar was. Als hij een fout product vond, en dat was eigenlijk elke keer zo, corrigeerde hij het zwijgend. Elke keer als ik dacht dat hij in dit karretje geen fout zou kunnen vinden, vond hij er toch weer een. Ik dacht: hoeveel merken in Nederland! Alleen al van brood waren daar vijfentwintig soorten. En de koekjes, ontelbaar veel, en al die soorten bier.

Van mijn collega's had ik gehoord dat Marcel een nieuweling vijf dagen de tijd gaf om een kar snel en zonder fouten af te leveren. Die dinsdag, mijn vijfde dag, om vijf uur 's ochtends voelde ik dat de tijd rijp was voor een foutloze kar. Ik zou er tot het einde van de dienst nog drie of vier kunnen vullen, en dan was het gebeurd.

In de eerste kar maakte ik een fout. Niet het merk of de kleur of het productieland van de wijn, maar de droogte.

'Kijk, Mo3. Iemand gaat naar deze supermarkt.' Hij wees naar het adres boven de lijst. 'En dan zal hij zijn favoriete droge witte wijn niet vinden.' Ook in het volgende karretje had ik een fout gemaakt. In plaats van inlegkruisjes van het huismerk, had ik Always genomen. Marcel glimlachte scherp.

'En nu, Mo3, vol gas.' Hij keek op zijn horloge. 'Vijf uur drieënveertig. Je laatste kar.' Mijn laatste hoop. Ik haastte me van rij naar rij, lette goed op de merken, rende van het einde van een gang naar de andere, vulde zwetend het karretje en liep er haastig mee naar het afleverpunt, waar Marcel al stond te wachten. Hij nam de lijst van me over en wierp een blik in de kar.

'Goh, Semmier,' zei hij, nog steeds de vriendelijkheid zelve. Hij nam een tree met pakjes kattenvoer van Whiskas. 'Dit is het verkeerde merk. Je had Felix moeten hebben. Deze zijn voor een supermarkt in een dorp. Een klant daar heeft dus een kat en koopt altijd dit merk, maar straks zou hij het nergens in de winkel gevonden hebben.' Hij vroeg me om het karretje op de juiste plek te zetten en naar zijn kantoor te komen. Daar vroeg hij me plaats te nemen.

'Weet je, Semmier, je hebt het juiste enthousiasme en de juiste conditie, maar niet de juiste concentratie voor dit werk.' Hij stond meteen weer op, en toen ik ook opstond, gaf hij mij een hand. 'Goed weekend alvast. En succes met het vinden van een andere baan.'

Ik fietste naar huis en dacht aan die rotkat in dat pokkedorp. Waarom lustte dat kreng alleen Felix? Besefte dat beest dat zijn verfijnde smaak mij mijn baan had gekost? Mijn eerste witte baantje! Na een paar dagen bedacht ik dat ik de kat dankbaar moest zijn. Hij had mij gered van dat magazijn en van Marcel en van die chagrijnige foto van zijn vrouw in het kantoor. Ik sliep drie dagen en daarna werd ik door de blonde vrouw van Cityworks naar mijn tweede baantje in Nederland gestuurd.

Uiteindelijk ontdekte ik via dat uitzendbureau de magische sleutel voor de Nederlandse maatschappij.

90

Jessica en de blonde vrouw stuurden mij naar verschillende uitzendbaantjes, alle voor korte tijd.

Als ik in de stad was, ging ik vaak even langs bij het uitzendbureau. Mijn manier van praten maakte Jessica aan het lachen. Als ze iemand 'kutweer' hoorde zeggen, lachte ze niet, maar ze lachte wel als ze mij hoorde zeggen: 'Het weer is kut.' Heel prettig aan Jessica was dat zij niet officieel of formeel was op haar werk. Soms kwam ik haar toevallig tegen op de zaterdagse groentemarkt, en dan negeerde ze me niet maar stopte en maakte een praatje met mij, alsof we kennissen, vrienden of collega's waren. Dat deed ze ook als ze met iemand anders was, en dan probeerde ze diegene niet eerst uit te leggen wie ik was en hoe ze mij kende. In haar praatjes herhaalde ze geen ons bekende informatie, om degene met wie ze was te laten weten dat we elkaar kenden via het werk. Ik ken geen koning persoonlijk, behalve uit de toneelstukken van Shakespeare, maar ik denk dat Jessica het karakter had van een vorst. Zij is de meest echte persoon die ik tegenkwam in Nederland. De mening van anderen heeft geen invloed op haar. Als ze mij naar nieuw werk stuurde, wilde ze daarna weten hoe het voor mij was geweest, terwijl anderen wilden weten hoe de baas over mij dacht. Als er iemand is die mij niet als een mens behandelde, en niet als asielzoeker, maar gewoon als Semmier, dan was het Jessica. Ach, wat zou ik graag een ogenblikje gehad hebben om in de fotoalbums van haar familie te bladeren. Niet om te weten waar haar rode haar vandaan komt, maar haar witte glimlach, die zeker niet op ijs lijkt, en haar warmte, die zelfs een kachel niet kan nabootsen.

Hoe langer Jessica mij kende, hoe minder ze mij naar vervelend of repeterend werk stuurde.

'Ik heb een klus voor je,' belde Jessica eens. 'Niet een baantje, maar iemand die je hulp nodig heeft. Morgen kwart voor elf.' Ze gaf mij het adres en ik ging ernaartoe, zonder te weten wat ik er zou moeten doen.

Ik belde aan bij een groot rijtjeshuis. Een lange, uiterst magere man deed open.

'Rudy Hogerwerf,' stelde hij zich voor. Geen gram energie in de hand die hij me gaf. Hij wees me naar een stoel in een serre, die uitkeek op een enorme tuin.

'Als je wilt kan ik zo beginnen,' zei ik.

'Eerst thee,' zei hij en wees me een kopje om in te schenken uit de pot die op de tafel stond. 'Ken je Jessica al lang?' vroeg hij.

'Niet echt. Jij?'

'Ze was de klasgenoot van mijn zoon.' Ik nam een slok van de thee. 'Ik heb een vaste hulp, maar die kon vandaag niet,' zei hij. 'Jessica biedt dan altijd een oplossing.' Een muurklok met kettingen sloeg elf uur. Lange, luide slagen. Er kwam een hond tevoorschijn. Een hond die twee gewoontes die belangrijk zijn voor honden, niet meer had: blaffen en kwispelen.

'Dat is Vincent, hij is drieënhalf jaar. Nu moet hij worden uitgelaten. Je kan met hem wandelen.' Ik knikte toen ik zag met wat voor soort klus ik mijn geld zou verdienen: wandelen. Rudy wendde zich tot de hond en zei: 'Vincent, dit is Semmier.' De hond keek mij aan. Als hij had kunnen glimlachen en mij een poot had kunnen geven en zichzelf had kunnen voorstellen, had hij dat gedaan. 'Semmier gaat met je naar het park,' zei Rudy tegen hem.

'Waar liggen de riem en de bal?' vroeg ik, terwijl ik aan Diesel en Lidewij dacht.

'Niet nodig,' zei Rudy. Vincent liep naar de voordeur en hield halt bij een kastje tegen de trap.

'O,' zei Rudy. 'Vincent wil dat je die lade opent en een zakje meeneemt.'

Ik rolde een plastic zakje van de rol uit het laatje en stopte die in mijn jaszak, terwijl de hond mij volgde met zijn ogen. Rudy liep lusteloos naar de trap en begon langzaam de treden te beklimmen. 'Laat het touwtje maar uit de deur hangen, dan kun je er straks zo weer in,' zei hij.

‘Hoe lang moet ik met Vincent wandelen?’ vroeg ik.

‘Vincent weet het wel,’ zei Rudy. Een hond met een horloge! Toen Rudy de bovenverdieping had bereikt, liep Vincent naar de voordeur. Ik trok het touwtje door de brievenbus en ging de straat op, Vincent achterna, die wist waar hij heen ging, hoe snel, door welke straat, bij wie hij even stopte en bij wie niet. Neem tienduizend asielzoekers die drieënhalf jaar in Nederland zijn, en laat hen alleen door die multiculturele, moeilijke, natte Nederlandse straten lopen, waar duizenden *big brothers are watching you*, ze zullen hun weg niet vinden zoals die hond dat deed. Hij wist precies door welk raam hij even moest kijken, en door welke niet, tegen welke muur of boom hij een paar druppeltjes urine moest achterlaten en tegen welke niet. Hij wist waar hij welkom was en waar niet. Waar hij een schattig hondje gevonden werd en waar een beest. De Nederlanders die Vincent kenden, begonnen ons te groeten. Overal kreeg ik met Vincent glimlachende gezichten en zwaaiende handen. Ik voelde me eerder Marco Borsato dan een asielzoeker die achter een hond aanliep om hem in het park te laten poepen.

In het park, onder een boom die Vincent goed bleek te kennen, zakte hij door zijn achterpoten en poepte. Daarmee klaar, dacht ik dat hij zou doorlopen, maar hij ging niet. Een onzichtbare riem hield hem aan zijn drol vast. Ik riep hem, maar hij bleef staan, keek even van zijn poep naar mij en weer van zijn drol naar mij.

‘Ja man, ik weet dat je hebt gepoept, maar kom!’ riep ik. Vincent bleef staan en keek alsmaar van mij naar de poep. Voor het eerst, en misschien ook voor het laatst blafte hij.

‘Heb je geen zakje bij je?’ hoorde ik een zachte vrouwenstem naast mij. Daar stond een vrouw van een jaar of twintig.

‘Zakje?’ zei ik.

‘Ja, een zakje. Neem deze anders maar.’ Ze gaf me een plastic zakje en toen pas herinnerde ik me het zakje dat Vincent me uit het laatje bij de trap had laten meenemen. Aha! Daarom wilde hij dat ik het meenam. Ik vond het zo dom van mezelf dat ik me al die jaren had verbaasd over hoe schoon de stoepen van de steden in Nederland waren, en nog nooit had gezien, na al die duizenden hondenkonten aan riemen die ik voorbij was gelopen, hoe dat kwam.

Ik nam het zakje aan van de vrouw en bevond mezelf in de moeilijkste situatie ooit. Hoe moest ik in hemelsnaam die drol in dat zakje krijgen? De hond er zelf in duwen, zou makkelijker zijn. Vincent keek naar mij en naar zijn drol. De vrouw keek ook naar mij, nieuwsgierig glimlachend. Ik zocht naar twee stokjes, ver van de poep, om het niet meer te ruiken.

'Zoek je iets?' vroeg ze.

'Twee stokjes om die poep in het zakje te krijgen,' zei ik. Ze lachte hard, nam het zakje van me over, liet me zien hoe ze haar hand erin stak en in minder dat een seconde lag de drol niet meer op het gras, maar zat het in de zak. En haar hand erbuiten. Het was het meest onromantische moment in mijn leven.

De vrouw nam het zakje over met haar linkerhand, met de poep erin, en gaf mij haar rechterhand, die net in de zak had gezeten waar nu de poep in zat. Het was niet erg dat ik mijn hand zou geven aan die hand, die net min of meer de hondenpoep had aangeraakt.

'Moniek Oudshoorn.'

'Semmier van Vincent.'

'Hè? Wat?'

'Semmier. S van Saddam, E van El Kadaffi, M van moedjahedien, I van IS, R van...'

'Stop! Wat een ellendige naam. Is dat jouw hond?'

'Hij is niet mijn hond, ik ben zijn mens.'

'Wat zeg je?'

Ze was mooi en als ze praatte werd ze nog mooier. Vincent was de riem die mij aan haar bond. Anders had ze geen seconde naar mij gekeken en had ik het niet gedurfd om een centimeter dichter bij haar te komen. Haar haren waren gemillimeterd, alsof ze haar haren niet nodig had om mooi te zijn. Haar rechteroor zat vol ringetjes, in haar linkeroor hing een grote veiligheidsspeld en ook in haar neus hing een ring. Zelfs al die ringen namen niets weg van haar aantrekkelijkheid. Toen ik net met haar begon te praten over mijn enorme liefde voor honden, voordat ze zou merken dat ik niet echt van honden hield, keek Vincent nog een keer naar mij en liep verder. Ik riep hem. 'Vincent! Vincent! Lieve Vincent! Kom terug,' maar hij luisterde niet. 'Schattige Vincent, mijn beste vriend! Kom hier!' maar Vincent was de hoek al om. 'Tot ziens, Moniek,' zei ik en liep achter de hond aan.

'Kolerehond,' siste ik tegen hem, terwijl ik achter hem aan liep. 'Jouw stront is beter dan jij, eigenwijs beest. Jouw stront liet mij Moniek leren kennen, en nu zorg jij ervoor dat ik haar moet achterlaten.'

Rudy Hogerwerf gaf mij bij terugkomst een envelop. Ik wilde het weigeren, want eigenlijk had Vincent mij uitgelaten en voor het eerst de Nederlandse maatschappij voor mij geopend zoals geen Nederlandse taalcursus dat kon, maar hij stond erop dat ik het aannam.

Die anderhalf uur dat de hond mijn gezicht was, kon ik meer Nederlanders groeten die ik niet kende dan in al die jaren daarvoor. Dat was de magische sleutel naar Nederland: een hond. Inclusief zakje.

Toen mijn gezicht weer mijn eigen gezicht was, ging ik nog een paar keer terug naar het park rond dezelfde tijd. Ik zag Moniek, liep naar haar toe en groette haar. Ze glimlachte, maar voor we een gesprek konden beginnen, trok haar hond haar naar een andere hond waar een chagrijnig kijkende man naast stond. De keer daarop speelde haar hond met de hond van een vrouw, net op het moment dat ik met haar wilde kletsen. Bij Moniek was ik zonder hond als een visum zonder paspoort. Je kunt er niet veel mee.

91

Het meest bijzondere uitzendbaantje waar Jessica me naartoe stuurde, duurde twee weken: schoonmaken van de wc's, gangen en trappen in een bejaardentehuis. Ik had er best langer willen werken, die plek waar de bewoners fotoalbums waren die over zichzelf vertelden. Een gebouw vol uitgeprocedeerde Nederlanders, niet door de IND maar door de tijd.

Ik hoorde Nederlanders van alle leeftijden vaak praten over de toekomst. Geen Nederlander heb ik ooit horen zeggen dat hij al in zijn toekomst leeft. In het verzorgingstehuis waren de Nederlanders wellicht wel in hun toekomst, want daar praatte niemand er meer over. Iedereen praatte over het verleden, en ik dacht: dus dat is de toekomst in Nederland.

In Irak zijn er bejaarden, maar er zijn geen bejaardenhuizen. Als die er wel zijn, zijn ze niet officieel, maar gesticht door een goed doel. En dan zijn ze nog smeriger dan de gevangenissen, en wonen er mensen die niemand hebben die nog in leven is en geen geld om iemand in te huren die voor hen zorgt. Bejaard zijn in Irak betekent iemand moeten hebben die voor je zorgt, anders is de dood barmhartiger.

Een bejaarde in huis is in Irak belangrijker dan de tentstokken zijn voor een tent. Zoals elk huis in Nederland een kachel heeft, is er in elk huis in Irak een bejaarde. Generaties leven er door elkaar, dus het voelt niet als een bejaarde in huis.

Ik herinner me nog goed de stem van mijn oma in haar kamer ver van de keuken. Ze riep mijn moeder, die in de keuken was.

'Je bent het zout in de rijst vergeten!' Ze had gelijk. Toen ik mijn oma vroeg hoe ze dat wist, legde ze het uit. 'Als je moeder lacht in de keuken, vergeet ze het zout. Als ze in de keuken over de oorlog praat, laat ze het eten te lang op het vuur staan. Als ze stil is terwijl ze kookt, dan gaat alles goed.'

Ik fietste naar het verzorgingstehuis, dat naast een kerk stond. Er was een automatische glazen deur, zoals je vaak ziet bij apotheken, en toen ik er binnenkwam voelde het alsof ik in een apotheek of ziekenhuis terechtgekomen was. Dat kwam vast doordat de meeste bewoners, zo niet allemaal, medicijnen gebruikten.

Ik zag een lege receptie. Ervoor zat een vrouw in een elektrische rolstoel. Haar hoofd scheef omhoog naar links, leunend op haar schouder. Ze keek aandachtig naar de lege balie, alsof die iets voor haar kon doen. Ik ging achter de vrouw in de stoel staan, want ik dacht dat het netjes was in de rij te gaan staan. Ik wilde dat iemand mij zag, zodat ze wisten dat ik op tijd was, maar niemand kwam naar de receptie. Ik liep links naar een grote zaal waar tafels en stoelen rommelig door elkaar stonden. Zelfs de soos in het azc was na de grootste vechtpartij tussen asielzoekers niet zo rommelig. Tussen de tafels en de stoelen was genoeg ruimte, zodat rolstoelen en rollators ertussendoor konden. Die zaal was groot genoeg voor zestig mensen, maar er zaten er maar een paar. Voor elk van hen een kom soep, allemaal dezelfde kom, en een stuk brood en om hun hals een slab, zodat de soep niet van hun trillende lepels op hun trillende kleren zou vallen. Een vrouw in wit verpleegstersuniform praatte met een vrouw in een rolstoel en bewoog haar handen uitleggend en dreigend tegelijk, alsof ze met een kind van drie praatte. Vervolgens keek de vrouw met de witte kleren mij streng aan en liep met stevige stappen op mij af.

'Meneer?' Ze zweeg even om haar ogen de tijd te geven om mij duidelijk te maken dat ze streng was en wilde weten wat ik daar zomaar stond te staan. 'Wat kan ik voor u betekenen?'

'Het uitzendbureau heeft me hiernaartoe gestuurd om schoon te maken, maar er zit niemand bij de receptie.'

'Aan het eind van de gang links, tweede deur,' zei ze en draaide terug de zaal in.

Ik liep de gang door en vond de deur die de vrouw had genoemd.

Ik kon zien dat het een kantoortje was. Ervoor zat een vrouw in een elektrische rolstoel, haar hoofd naar rechts gedraaid. Ik bleef voor de deur staan en na tien minuten kwam diezelfde vrouw in het witte uniform naar me toe. Ze praatte even met de vrouw in de rolstoel, ging het kantoortje in, riep mij en begon over te typen wat op mijn pasje stond. Daarna bracht ze me naar een kamer waar de schoonmaakspullen stonden. Ze vertelde waar en hoe ik moest beginnen en ze herhaalde een aantal keer dat ik de grond weer goed droog moest maken, zodat de bewoners niet uitgleden. 'Vallen kan rampzalig uitpakken voor onze bewoners.' Ik vertelde haar niet dat ik dat wist, omdat ik een deel van mijn leven in Irak had doorgebracht in een huis waar altijd wel vier bejaarden waren, en als er één overleed, werd de volgende snel oud, zodat die de lege kamer in kon nemen.

Ik werkte langzaam in dat bejaardenhuis, en steeds langzamer. Ik wilde niet in een halfuurtje klaar zijn. Ik maakte de wc's schoon, die altijd schoon waren, alsof de darmen van de bewoners niet meer werkten. Ik boende gangen en trappen en maakte ze vooral goed droog.

Niet vanaf de eerste dag, misschien vanaf het eerste uur voelde ik dat ik niet terechtgekomen was in een huis voor bejaarden, maar in een ander Nederland. Een Nederland zonder haast en zonder beschaafde discriminatie. Waar de mens geen iPhone is waarvan elke zes maanden een snellere versie verschijnt. Er was veel geduld en respect. Buiten dat verzorgingstehuis zag ik lichamen die een ziel nodig hadden om te leven, in dat gebouw zag ik zielen die lichamen nodig hadden om te leven.

Ik maakte er kennis met de levende geschiedenis van Nederland. Daar geloofde ik dat Nederland wel tolerantie had, maar dat haar tolerantie bejaard was geworden en in het verzorgingstehuis was beland. Daar leerde ik de wijsheid van Nederland, waarvoor niemand meer de tijd neemt om ernaar te luisteren.

De meeste bewoners hadden hun hersenen nog, maar het grootste deel van hun lichaam was vertrokken. De stoelen en de bedden bewogen meer dan de bewoners zelf. Ze bewoonden de kleine kamertjes met grote ramen, die makkelijk open en dicht konden, maar waarachter het leven een droom is en geen realiteit meer. In elk kamertje stonden echte bloemen op een tafeltje voor een muur waar het verleden hing: foto's van vroeger, foto's van hun kinderen en kleinkinderen. Ik zag dat de bejaarden meer bezoek van woorden dan van lichamen kregen. Overal hingen kaartjes en brieven. Ik bezocht vele musea, maar zag er nooit een zoals dat gebouw, met levende standbeelden, die bewegen, trillen en nauwelijks nog kunnen ademen. Een museum waar geen gids nodig is. Zijn kunst vertelt over zichzelf.

Niet in elke kamer waren fotoalbums, maar elke kamer was een fotoalbum. Daarom keek ik nieuwsgierig naar binnen als een deur openstond. Als een van de bewoners mij riep, ging ik even naar binnen en deed mijn best om maar eventjes te blijven, want ik was aan het werk. Fascinerend om een bejaarde dame moeizaam door haar kamer te zien bewegen, waar de muren vertelden hoe mooi ze was toen ze koningin was van haar gekroonde tijd des levens.

De vrouw in het witte uniform bleek Marieke Keijzer te heten. In haar rechterhand hield ze een pen en in haar linkerhand een dossier met namen en nummers, waarin ze aantekeningen maakte over de bewoners en hun kamers. Als zij er niet was, werkte er een andere vrouw die Susanne ter Braak heette. Marieke maakte het niet uit dat ik nieuwsgierig was naar de kamers van de bewoners. Ik denk dat ze het zag als contact met die oude mensen, en dat mocht, volgens haar. Susanne ter Braak daarentegen zag mijn nieuwsgierigheid naar de bewoners als nieuwsgierigheid naar de spullen in de kamers, en daarin had ze gelijk – zij het om een andere reden dan waar zij bang voor was. Ik wilde het verhaal horen van elk object dat met de bewoners was meegereisd. Alles wat ze daar hadden, had een verhaal.

In de twee weken dat ik er werkte, gingen twee bejaarden dood. Ik dacht daardoor dat er elke week iemand doodging, maar Marieke vertelde mij dat dat puur toeval was en dat er soms maanden voorbijgingen zonder dat iemand overleed.

De eerste persoon die dat gebouw voor altijd verliet, was een man die op mijn eerste dag aan zijn tafeltje zat te glimlachen. Hij riep mij naar binnen. Ik begreep geen woord van wat hij zei, ook zijn naam kon ik niet goed verstaan, maar als hij naar een foto aan de muur wees, wist ik over wie hij het had. De enige persoon waar hij niet naar wees of over vertelde was een vrouw. Zijn echtgenote of zijn moeder. De tweede dag hoorde ik dat hij die ochtend niet wakker was geworden uit zijn slaap. Die dag zag ik zijn kamer zonder hem. Er lag een pen op de tafel, een stapeltje kaarten netjes opgestapeld. Drie vrouwen, vast zijn dochters, namen wat spullen mee uit de kamer. Ik dacht dat ze later zouden terugkeren voor de rest, maar er kwam een bus die alles wat nog in de kamer stond meenam. Het was een bus van de kringloopwinkel. Voor mij was het pijnlijk te zien dat het leven van die man voor een paar centjes over verschillende huizen verspreid zou worden.

De tweede persoon die overleed was een vrouw die Colette van Woerkom heette. Haar geheugen was ijzersterk, net als haar gehoor. Ze was tachtig of negentig en ontzettend mager. Ze deed me denken aan Connie Tichelaar, die tegenover het studentenhuis had gewoond. Als ik naar het gebouw kwam, zag ik haar zitten achter het raam en soms zwaaide ze. Af en toe zat ze in de gang op een bankje. Dan leek het alsof ze op iemand wachtte. Ze vroeg me eens waar ik vandaan kwam, en toen ik Irak zei, wenkte ze me naar haar kamer. Ze was er ooit geweest, in 1957, het jaar voordat Irak een republiek werd. Aan de muren van haar kamer hingen geen foto's of kaartjes. Op haar tafeltje stonden gele bloemen.

Ze wees naar een dik fotoalbum, dat ik voor haar op het tafeltje legde. Haar bijna doorzichtige handen openden het en bladerden naar een foto waar zij op stond, van 8 april 1957 in Bagdad. Ze wees met haar dunne vinger naar iets op de foto. Haar trillende hand, een verdroogde rivier van uren, raakte haar hand van toen aan, een bron van jaren, en ik voelde dat die twee tijden elkaar weer omhelsden.

Toen ze stierf, kwam niemand om iets van haar kamer op te halen. Ik vroeg een medewerker van de kringloopwinkel of ik het fotoalbum mee mocht nemen. Hij knikte. In de kast stond alleen dat ene album. Toen ik het thuis opende vond ik geen foto van iemand anders. Geen opa of oma, geen van vader of moeder of broer of zus of vriend of vriendin, geen hond of kat. Alleen maar foto's van haar. Elke paar jaar was er een foto toegevoegd en voor haar haren grijs geworden waren, was ze gestopt met foto's toevoegen, alsof ze besloten had dat de tijd van leven voorbij was. Ik deed het album dicht, en besefte waarom niemand was gekomen om iets van haar kamer te nemen: zelf had ze niets genomen van anderen. Geen herinneringen, geen moment. Die vrouw ging en de enige wortel die ze achterliet was de vergetelheid. Misschien was dat tederheid.

92

Karen Mars belde om te vertellen dat de volgende dag om kwart over tien iemand langs zou komen om het huis te bezichtigen. Beleefd vroeg ze of ik de zwakkere peertjes weer terug wilde doen in de fittingen. Hoe wist zij dat ik elke dag als het donker werd de lampen in de woonkamer omwisselde voor lampen van 100 watt? Ik verwisselde de lampen, lapte de ramen, ruimde mijn spullen uit de douche op en liet het huis er onbewoond uitzien. Mijn spullen legde ik in de schuur en de volgende dag, toen Karen om half tien kwam, was het huis klaar voor de bezichtiging. Ik zag dat ze helemaal tevreden was, en vertrok. Om half een belde ze om te zeggen dat ik terug kon komen, en dat het huis waarschijnlijk verkocht was. De nieuwe bewoners wilden dan al begin van de volgende maand het huis betrekken. Ik had nog zeventien dagen om een nieuwe plek te vinden.

Ik begon inmiddels steeds meer te wennen aan het leven tussen de Nederlanders. Tussen hen kon ik een buitenstaander blijven, en dat was wat ik wilde. Terwijl ik een IND-pasje had, dat ik inmiddels kon vertrouwen, en geld om huur en borg te betalen, lukte het niet een woonplek te vinden. Ik zocht hier en daar een plek, tot ik de sleutels aan Karen Mars gaf. Toen pas dacht ik aan Talib, die een paar kilometer verderop woonde. Ik belde hem om te vragen of ik een paar nachten bij hem kon logeren.

'Man, niets een paar nachten logeren. Ik heb een gratis plek voor je, voor zo lang als je wilt of tot ze achter het geheim komen.'

'Waar?'

'In Elvis Presley!'

Ik dacht dat hij een grap maakte, zoals hij altijd deed in het azc, maar hij zweerde dat hij een plek voor me had, dat het gratis was en in Elvis Presley. We maakten een afspraak bij de deur van de Aldi, het tweede trefpunt voor asielzoekers na het station. Na twee uurtjes kwam hij aanfietsen.

'Man, heb je nog steeds die vuilniszak vol oude foto's? Ik dacht dat je die wel had achtergelaten in het kamp,' zei hij, toen hij de zak zag die ik achterop mijn fiets had gebonden. We fietsten weg, lieten het centrum achter ons en doorkruisten een groot park.

'Kijk, Semmier, aan de ene kant van dit park wonen de gewone Nederlanders, aan de andere kant de asocialen,' zei hij. 'Zo meteen zie je het verschil.'

Aan de andere kant zag ik een wijk met appartementen of huizen, die allemaal precies op elkaar leken. We fietsten verder door de wijk, en al van ver zag ik enorm grote flatgebouwen, zoals je die ziet in oude Sovjetfilms.

'Daar is Elvis Presley,' zei Talib en wees naar een van de flatgebouwen, die op een kilometer of vijf van de Kievitstraat lag. Hoe dichterbij we kwamen, hoe meer het leek op een grijze betonnen doos. Het gebouw heette inderdaad Elvis Presley. Er stonden nog vier van zulke flatgebouwen naast, met namen als Piet Hein, Waterloo en Wilhelmina. Als je iemand vroeg waar Elvis Presley was, zei hij: 'Achter Wilhelmina.' En als je vroeg waar Wilhelmina was, dan was het antwoord: 'Voor Piet Hein.'

Voor Elvis Presley lag een speelplein, ik zag meteen al dat het er smerig en niet opgeruimd was. Erachter lag een rij winkels: een Turkse, een Marokkaanse, een Chinese, een Somalische, een Russische, een Syrische en een Ethiopische. Elke groep buitenlanders in die wijk had er zijn eigen supermarkt met producten uit dat land. Er waren ook een crèche en een school, en kleine afhaalrestaurantjes waarvoor brommers geparkeerd stonden met grote bakken achterop, en theehuizen vol mannen. De vrouwen waren zwanger, droegen kinderen of waren bejaard. De mannen hadden bijna zonder uitzondering een baard.

Elvis Presley had tien verdiepingen. Aan de ene kant liepen de galerijen, aan de andere kant zag je ontelbare balkons met grote schotels en kleren aan waslijnen, alsof de balkons waren gemaakt voor schotels en wasgoed. Ik parkeerde mijn fiets en hoorde terwijl ik mijn spullen ervanaf haalde, een onverwacht geluid van een balkon op de tweede of derde verdieping. Het klonk wanhopig en droevig.

'Meeeeh.' Het was een langgerekte meeeeeh... Ik keek omhoog en zag tussen de hangende kleren de kop van een schaap door een balustrade steken. Vragend keek ik Talib aan.

'Tja, sommige bewoners van Elvis Presley gebruiken hun balkons om schapen en kippen te houden. Schrik maar niet als er bloed van een balkon stroomt, ze slachten ze daar ook,' lachte Talib.

Elvis Presley had een grote glazen deur. Eromheen lag gebroken glas van de ramen ernaast. We kwamen in een kale, onbehaaglijke hal, waar het rook naar het azc in het weekend als de sociale dienst er niet was: lekker eten, verrotte groente, luiers en vuile wc's. Er waren huilende en schreeuwende kinderen in de galerijen en op de trappen, en schreeuwende moeders in de flats. De muren stonden vol kindertekeningen en het was er gelig en vet van de rook en olie uit de keukens. Als ik mijn ogen dichtdeed en een beetje mediteerde, zou ik terugkeren naar ons huis in Irak.

We wachtten even op de lift, maar die kwam niet. Talib vertelde dat de kinderen met de lift speelden tussen de derde en de zesde verdieping. Ze bleven op de knopjes drukken en soms bleef hij hangen of ging meteen door naar een andere verdieping. Dus beklommen wij de trappen in het gore trappenhuis. We haalden een dikke oude vrouw met hoofddoek in, die zeurde dat de lift het niet deed, terwijl ze hijgde.

'Die domme Hollanders, waarom repareren ze die lift niet? Alsof wij beesten zijn en geen mensen!' zei een oude man met stok in het Arabisch.

'Klopt, hadj Hassan, maar ik hoorde dat de gemeente nog twee liften gaat maken, dan hebben we er drie. Maak je geen zorgen,' zei Talib.

'Waarom drie? Een is genoeg.'

'Ze gaan er één maken met een baard, alleen voor mannen. En één met hoofddoek alleen voor vrouwen. En één voor de kinderen om mee te spelen tussen verdiepingen drie en zes,' zei Talib en de man lachte, terwijl hij voorzichtig afdaalde.

Op de vierde verdieping stopten we voor een deur met 'Abud

Alami' op het naamplaatje. We klopten aan, maar er werd niet opengedaan. We klopten nog eens, wederom tevergeefs.

'Misschien is er niemand thuis,' zei ik.

'Zeker wel, maar ze denken dat ik naar binnen kan met de sleutel, die heb ik binnen laten liggen.'

'Bel ze dan.'

'Ik ben ook mijn telefoon vergeten.' Hij begon te roepen dat hij het was en dat ze de deur moesten openen, en ook zijn stem was een sleutel.

'Wie is Abud Alami?' vroeg ik.

'Een oude Irakees. Allang begraven in Irak, maar hier moet hij in leven blijven,' zei Talib. 'Dat is het geheim.'

93

Abud Alami was al een oude man toen hij tijdens de Golfoorlog Irak ontvluchtte. Hij was in Nederland terechtgekomen en had na zesenhalf jaar humanitair asiel gekregen en een flat in Elvis Presley. De asielzoekers in het azc hadden voor Abud Alami gezorgd, omdat hij te oud was om voor zichzelf te zorgen, en omdat hij geen familie had. Er was iemand die boodschappen voor hem deed, iemand die voor hem kookte, iemand die zijn was deed. Toen hij het azc verliet, besloot hij zijn flat open te stellen voor iedereen die door de IND op straat was gezet of teruggestuurd zou worden. In 2003, toen Saddam uit Bagdad vluchtte, besloot Abud Alami terug te keren naar Irak. De paar uitgeprocedeerde asielzoekers en illegalen in zijn flat wilde hij niet op straat zetten. Daarom hield hij de flat aan. Eén van die asielzoekers was een advocaat uit Tunesië. Hij kende de regels in Nederland, omdat hij al jaren in de procedure zat. Hij nam de nodige papieren van Abud Alami, bestudeerde precies wat gedaan moest worden zodat de oude man ingeschreven kon blijven bij de gemeente en de woningbouw, zonder dat hij er daadwerkelijk was. Hij hoefde niet te oefenen op het namaken van de handtekening, want dat was een rechte lijn. Het was makkelijker dan het natekenen van Nijntje.

De Tunesische advocaat maakte alles in orde, alsof Abud Alami er nog woonde, en dacht dat hij zijn verblijf in de flat er enkele maanden mee zou kunnen rekken, tot het ontdekt zou worden. Maar het duurde inmiddels al veel langer. Soms belde de advocaat Abud Alami in Irak en liet hem de gemeente bellen, maar Abud Alami was al zo oud dat ook het krijgen van een uitkering er bij hem niet voor zorgde dat hij nog werd lastiggevallen. Ook toen Abud Alami in Najaf overleed en begraven was, bleef hij in Nederland in leven en bleef hij in zijn flat in Elvis Presley wonen. Iedereen in Elvis Presley wist het en iedereen hield Abud Alami in die flat in leven, omdat dat een dak voor vele asielzoekers en illegalen betekende. Het IND-pasje, zijn bankpasje, zijn paspoort en alles wat hij nodig had om in Nederland te wonen, had hij vanuit Irak naar de Tunesische advocaat gestuurd. Die paar papieren en een paar nummertjes waren voor Abud Alami genoeg om na zijn dood in Nederland verder te leven. Elke keer als ik het Nederlandse nummer *Er is leven na de dood* hoor, denk ik aan Abud Alami in Elvis Presley.

De sfeer was anders dan in het huis van de vrouw van Asker Shahien. De aanwezigheid van die vrouw liet ons ons allemaal niet thuis voelen, maar de aanwezigheid van Abud Alami in de flat zorgde, zoals het dat ook had gedaan voor zijn dood, voor een welkom gevoel.

In de flat stond een blik waarin iedereen wat geld gooide. Het geld werd op de rekening van Abud Alami gestort en daar werd alles van betaald, de huur, gas, water en licht en zelfs de verzekering. Misschien is Abud Alami hier op aarde de enige zonder lichaam, maar met een verzekering.

Elke ruimte in de flat was vol mannen van verschillende leeftijden, uit allerlei landen, maar allemaal met hetzelfde probleem: ze waren niet welkom in Nederland.

'Dit is Semmier,' riep Talib. De mannen werden stil, stonden op en gaven me een hand.

'Is hij een beginner in Nederland?' vroeg een van hen.

'Nee,' zei Talib. 'Na meer dan vier kabinetten is hij nog steeds uitgeprocedeerd.' Dat zei hij om duidelijk te maken dat mijn verblijf daar een moetje was, en niet een als-het-kannetje.

'Welkom!' riepen de mannen allemaal.

'Maak je geen zorgen, broer, hier heb je geen Nederlanders nodig. Hier heb je eten, drinken en een bed. En alles is gratis, tot je zelf kan bijdragen,' zei een man.

'Het enige wat je moet weten,' zei een ander, 'misschien heeft Talib je dat al verteld, is dat ons leven hier van een klein geheimpje afhankelijk is. Als die onnozele Hollanders dat ontdekken, zijn we deze plek kwijt.'

'En nu, genoeg gepraat, jullie doen net of jullie Nederlanders zijn,' zei een jonge man die aan kwam lopen met een dienblad met kopjes thee die hij uitdeelde.

Na de thee liep ik met Talib door Elvis Presley, waar hij mij een rondleiding gaf. Of tenminste, ik noem het een rondleiding, omdat ik niet weet hoe ik het anders moet noemen.

'Vergeet het Nederlands, makker,' begon Talib, terwijl we naar de bovenste verdieping liepen. 'Met Arabisch kun je je in Elvis Presley prima redden, maar je kan ook heel makkelijk Turks leren, of Berbers of Pools. En als je vaak nieuwe schoenen nodig hebt, leer dan Roemeens. Het is belangrijk dat iedereen in Elvis Presley weet dat je hier woont, dan word je door de bewoners met rust gelaten. Van de politie kan ik dat trouwens niet zeggen. In deze wijk lijken ze qua agressie op de agenten in Irak, alleen kun je ze hier niet omkopen. Hoe dan ook, als je hier woont, zul je ze vaak zien. Je moet trouwens ook oppassen voor de asociale Hollanders die daar in die asociale Bloemenwijk wonen, ook aan deze kant van het park. Ze zijn lafaards als ze alleen zijn, maar in een groep zijn ze gevaarlijk. Ze geloven dat elke vreemdeling een teek is die hun bloed zal zuigen. Ze denken dat ze asociale Nederlanders zijn door ons, en niet door de Nederlanders in de stad.' Boven aangekomen wees hij naar een deur die naar het dak leidde.

'Die zit altijd op slot sinds een Hollander ooit zomaar hier binnenkwam en van het dak sprong.' We daalden af via het trappenhuis, terwijl hij over elke galerij iets vertelde. Ik dacht: wat bijzonder dat Elvis Presley van binnen gevuld is met moslims, migranten, schapen, kippen, waslijnen, vrouwen met hoofddoeken en boerka's, huilende kinderen en gebroken glas, maar vooral met geluiden die niet echt op rock-'n-roll lijken.

'In deze flat,' fluisterde Talib op de zesde verdieping, 'hoor je op verschillende tijden geschreeuw van pijn en van boosheid. De pijn is van Farhaan en de boosheid is van zijn vrouw Anber. Allebei hebben ze een mannelijke, schorre stem, want ze roken beiden de hele dag. Maak je niet druk als je het hoort, en loop gewoon verder. Weet dat Anber degene is die slaat, en dat Farhaan schreeuwt van pijn, niet andersom. Ze doet dat omdat Farhaan na twaalf jaar kamp verslaafd is aan hasj en van hun leven met hun vier kinderen een dagelijkse ruzie maakt.'

'En de kinderen dan?'

'Hun oudste zoon is ervandoor gegaan toen hij zestien werd. De Nederlanders gaven hem een kamer met andere jongens. Hij is verslaafd aan bier. Maar hun drie dochters zijn nog thuis. De moeder wil niet dat ze het huis verlaten. Ze is bang dat ze de hoofddoek afdoen en alcohol gaan drinken, zoals hun broer, en dan zal hun oom uit Duitsland komen om ze te doden,' zei Talib. Ik volgde hem luisterend naar allerlei verhalen tot de tweede galerij.

'Als je je fiets kwijt bent, dan kun je hem hier terugkopen voor een tientje. Maar je moet snel genoeg zijn voor hij het slot doorzaagt. Anders ben je nog een tientje kwijt voor een nieuw slot. Als je een slijptol hoort, is hij al bezig. Ga niet met hem in discussie over dat het jouw fiets is. Betaal hem en weet dat die tien eurootjes niet zijn voor het kopen van een fiets, maar voor een antidiefstalverzekering. Hij steelt namelijk nooit fietsen die hij zelf verkocht heeft. Heb je zelf een fiets gestolen, dan kun je zijn slijptol lenen voor een euro per slot.'

We kwamen bij de eerste verdieping.

'Gestolen brommers koop je hier terug, en TomToms daar,' wees hij naar twee flats op de eerste galerij. 'En als je buiten een arme Nederlandse vrouw met rollator ziet die haar tas terug wil, dan moet je daar zijn,' wees Talib omhoog. 'Nummer 457.'

We stonden inmiddels op de begane grond, toen een jongeman ons groette en vroeg of we vijftig cent voor hem hadden. We gaven hem een euro. 'Die jongen heeft vijf euro per dag nodig voor hasj, anders wordt hij agressief en wordt Elvis Presley één grote ruzie,' zei Talib.

We liepen door de glazen deur, langs twee mannen van de gemeente die de ramen repareerden. Een man met baard groette ons. Talib vertelde dat hij de imam was van de Marokkaanse moskee en dat er drie moskeeën waren, een Marokkaanse, een Turkse en een Saoedische. De Marokkaanse en de Turkse leken op elkaar en waren niet zo streng, maar de Saoedische was anders. Hij heette eigenlijk de Al Sahabe-moskee, maar iedereen noemde het de Saoedische moskee. De Turkse en de Marokkaanse moskeeën waren gebouwd na inzamelingen binnen de gemeenschap, maar de Saoedische moskee was gebouwd van het geld van de Saoedische ambassade en was de grootste in de buurt.

Een jongen passeerde ons en Talib vertelde dat hij honden stal. Als ik Nederlanders als een gek zag zoeken naar hun hond, dan was die jongen de dief. Hij verkocht ze in Duitsland of Frankrijk en kon de leeftijd van een hond inschatten, want honden die ouder waren dan drie stal hij niet. Hoe jonger, hoe beter. Soms stal hij een hond zelfs met zijn naam, dan liep hij eerst achter de eigenaar aan tot de hond geroepen werd, en pas daarna stal hij hem.

We stonden een paar minuten buiten en inderdaad, zoals Talib al had voorspeld, telkens passeerde een politieauto, met agenten erin die ons meestal boos of uitdagend aankeken. De afstand tussen de Kievitstraat en Elvis Presley was hooguit vijf kilometer, maar ik had Nederland ver achter me gelaten, zonder de grens over te steken. Zelfs nu nog denk ik, als ik een lied van Elvis Presley hoor of een foto van hem zie, aan die gouden kans om in hem te wonen.

Toen het licht uitging die eerste nacht, riep Talib in het donker tussen het gesnurk van de slapende mannen en het gefluister van de rokende mannen: 'Semmier, ik heb het gezegd, maar ik zeg het nog een keer: kom niet in die asociale Bloemenwijk. Ook niet als de lekkerste getatoeëerde benen je ernaartoe proberen te lokken!' Ik wilde hem vragen waarom, maar ik gaapte en voor ik sliep, voelde ik dat hij mijn nieuwsgierigheid naar de Bloemenwijk had aangewakkerd. Ik wist niet dat die nieuwsgierigheid later ons balkon zou vullen met gezang.

94

De flat van Abud Alami had twee slaapkamers, een woonkamer, een wc, een toilet, een keuken en een balkon over de breedte van de flat. Behalve het toilet was alles vol: de pannen met het heerlijkste eten en de theeglazen met zoete thee, de keuken met kookgerei, borden, groentes en kruiden, genoeg voor vijf huishoudens en twee restaurants. De slaapkamers met matrassen, kleren, dekens, lakens en kussens. De woonkamers met stoelen en opgerolde matrassen overdag, waar 's nachts nog wat sardientjes op konden plaatsnemen. De douche met handdoeken, shampoo, zeep en scheermesjes. Het balkon vol hangende kleren in verschillende maten en schoenen, sokken, slippers en tassen vol spullen, die voor een paar dagen waren achtergelaten door eerdere bewoners, maar nooit meer opgehaald. Elke bewoner opende als hij iets nodig had een tas of een koffer van het balkon om te kijken of er iets in zat dat hij paste, en soms stopten ze de spullen die ze niet nodig hadden in een tas op het balkon. Behalve het balkon stonk alles in het huis, maar als je neus na een paar dagen de stank had gedownload met de juiste app, rook je het niet meer.

De meeste mannen in de flat van Abud Alami gingen naar een moskee, een aantal naar de Turkse, anderen naar de Marokkaanse, maar een van hen, Abdullah, ging naar de Saoedische. Iedereen was het erover eens dat er geen verschil was tussen bidden in welke moskee dan ook, in alle drie bad je tot God, maar als ze discussieerden over politiek of jihad waren er ineens drie goden. Dat gebeurde vooral als Abdullah erbij was.

De Turkse god was meer Europees, hij leek op een trefpunt voor de ziel. De Marokkaanse god was meer religieus, na vijf keer bidden in het weekend werd je naar de hemel gestuurd, maar de Saoedische god was politiek. Voor hem moest je vechten, dan pas was hij tevreden. De mannen die door hun magen bij elkaar werden gebracht met halal eten, werden via hun harten verdeeld door de god met drie moskeeën.

Het gebabbel in de flat groeide nooit uit tot een gesprek. Het was herhalend en saai, net als de babbels over doping bij elke Tour de France. Het begon altijd met de IND en zwart werk en ging daarna over politiek en smokkelaars. Een glas thee of het eten maakte het even stil, dan hoorde je alleen gekauw en daarna begonnen de praatjes weer opnieuw. Ik had er al snel genoeg van. Zitten op het balkon kon vaak niet, om naar een bar te gaan had je geld nodig en op de Nederlandse vrienden die ik had gemaakt kon ik niet terugvallen. Vrienden in Nederland zijn vrienden als ze je willen zien, en kennissen als jij hen wilt zien, en als zij jou niet hoeven te zien, vergeten ze je.

Abdullah was de enige in de flat die de babbel veranderde in een serieus gesprek. Hij was altijd bang dat God boos zou zijn op hem, of op ons, of op Elvis Presley. We waren allemaal op onze hoede voor hem, want zijn boosheid konden we verdragen, maar de boosheid van zijn God was te veel.

Ik hoorde dat Abdullah vijf jaar in Italië had gewoond. Na problemen daar met drugs was hij in Nederland komen wonen. De politie had hem zonder verblijfsvergunning opgepakt, waarna hij asiel aanvroeg. Zo kwam hij in een azc, waar hij dagelijks ruzie maakte met de medewerkers en vocht met de andere bewoners of met de inwoners van de stad. Daarom koos hij zelf de weg naar uitgeprocedeerd zijn en dus voor de straat. Hij werd regelmatig opgepakt omdat hij ruzie schopte, kwam in de gevangenis terecht, werd van daar naar een azc gestuurd en belandde vanwege de ruzies daar weer op straat. Dat was Abdullahs cirkeltje. Die cirkel werd doorbroken in Elvis Presley. Tijdens de ramadan kwam eens een Saoedische sjeik naar de Saoedische moskee. Die had naar verluidt Abdullah bij zijn hand gepakt en gezegd: 'Draai deze hand naar de hemel en zeg: "God, ik geef jou deze hand, geef mij het geluk."' Sindsdien was hij totaal veranderd. Hij ging elke dag vijf keer naar de moskee om te bidden en te luisteren en veranderde van crimineel en ruziemaker in een salafistische moslim. Niet alleen Abdullah zelf was in een moslim veranderd, maar ook zijn agressie. Zoals die eerder naar buiten kwam door geruzie, alcohol, stelen en drugs, kwam die nu naar buiten als liefde voor de islam, voor God en voor de jihad. Hij schoor zijn snor en liet zijn baard staan. Hij begon de djellaba te dragen en ik hoorde dat de politie hem niet meer controleerde. Volgens Abdullah kwam dat omdat God hem beschermde tegen de politie, terwijl de mannen in de flat dachten dat het kwam omdat hij niet meer dronk of jointjes rookte. Na een paar weken in de Saoedische moskee leek Abdullah God persoonlijk te kennen. De jihad werd voor hem als water voor regen. Als alleen hij moslim was geworden en niet ook zijn agressie, was dat een geweldige oplossing geweest voor Abdullah, voor Elvis Presley en voor het universum. Maar toen ook zijn agressie moslim werd op de Saoedische manier, leek hij steeds meer jihad nodig te hebben om alle woede eruit te halen, die de alcohol en de drugs in hem hadden gestopt.

Eigenlijk is het hard om alleen te zijn, maar harder om niet alleen te kunnen zijn. De andere mannen in de flat kon ik soms nog wel wegdenken, maar Abdullah en zijn jihad waren steeds prominenter aanwezig. Ik fietste elke dag rond in de stad, op zoek naar een plek om te huren, maar het enige wat ik vond, was de bibliotheek. Weer, zoals vanaf de eerste maand dat ik in Nederland was, bleek de heilige bibliotheek de enige plek waar je niets hoeft te betalen om er te zijn. Waar geen politieagent ooit controleert wie er wat leest, waar geen ambtenaar zegt dat je er niet naar binnen mag of geen portier dat je, zoals in bars, andere schoenen of broeken moet dragen om er binnen te mogen. Zelfs zonder leesbril mag je erin. Als het regende bleef ik in Elvis Presley, en omdat het meestal regende, kwam ik niet zo vaak als ik wilde in de bibliotheek. Ik kocht een Koran in een Turkse winkel en las die een paar keer opnieuw, maar helaas kon ik in de omgeving van Elvis Presley geen andere boeken vinden.

In Elvis Presley ging ik automatisch terug naar het zwarte werk. Soms belde Jessica mij voor een klus, maar toen ze verhuisde om te gaan samenwonen in Dordrecht, kreeg ik geen klusjes meer via haar.

Werk vinden in Elvis Presley was makkelijker dan werk vinden in Nederland. Eigenlijk vond het werk mij. Ik maakte kennis met Ibo, een Turk met een winkel in elektrische apparaten, en dan vooral satellietontvangers en schotels. Ik hielp hem bij de installatie van de schotels die hij verkocht. Soms zat ik in zijn winkel, na een tijdje ook alleen, en soms ging ik mee naar een van zijn klanten. Ibo was gehaaid. Hij kon ontsnappen op het juiste moment, zodat hij niet een deel was van een probleem, of een deel van de oplossing. Dat kwam vooral omdat hij zijn nieuwsgierigheid kon beheersen en wegging tijdens een gesprek zodra het kon.

Ibo had één probleem in het leven, zei hij, en hij had er één oplossing voor: vrouwen. Ibo was getrouwd en had drie kinderen, maar hij had ook nog minstens één andere vrouw. Als je hem zag, dacht je meteen dat hij aan het werk was, altijd bezig met zijn telefoon, met een geconcentreerde blik. Maar het enige waarmee hij bezig was, waren vrouwen. Zijn werk waren de kleine pauzes tussen de ene vrouw en de andere, of de grote smoes tussen hen. Hij had drie kleine kammetjes, één in de winkel, één in de bus en één in zijn zak. Als hij onderweg was naar een vrouw kamde hij zijn snor, waarmee hij een man uit de vorige eeuw leek, terwijl sommige vrouwen van Ibo erg modern waren.

Er woonden honderden mensen in Elvis Presley en de gebouwen eromheen, en er waren een paar bekende criminelen, maar er draaiden dag en nacht politieagenten door de wijk. Zo controleerden ze honderden mensen, terwijl ze beter die paar criminelen op konden pakken. Het was ergerlijk als je Elvis Presley verliet en de politie naar je zag kijken alsof je net iets afschuwelijks had gedaan, of jezelf zo dadelijk wilde gaan opblazen. Mijn angst groeide door het buikje dat ik inmiddels had, ze zouden kunnen denken dat het een bomgordel was, dus deed ik mijn best om af te vallen. Hoe vriendelijker jij naar de agenten keek, hoe vijandelijker ze je blik beantwoordden. Het leven tussen de Nederlanders in de stad en het leven tussen de vreemdelingen in Elvis Presley was niet met elkaar te vergelijken. Elvis Presley was als een zweer in de gezonde huid van het Koninkrijk der Nederlanden. Wij vreemdelingen waren de bacteriën en de politie was de antibiotica, die de goede en slechte bacteriën onschadelijk maakt. Ik wilde hier weg.

Er waren meer politieauto's rond Elvis Presley dan flitslichten bij de winnaars van een Oscar. Ik kon er maar niet aan wennen. Je zag politieauto's die zo snel reden dat de kinderen ervan schrokken, je zag ze met gillende sirenes of zonder, of ze reden juist stapvoets, zodat je niet de auto, maar de gezichten van de boze agenten voelde en zag. Maar als het regende, verschenen de politieauto's soms niet en daardoor begon ik regenbuien prettig te vinden.

Eens fietste ik 's avonds naar de stad, toen ik ontdekte dat de IND-pas die Asker Shahien had gekocht ook werkte bij de politie. Een politieauto hield me aan. Een agent zei dat ik zonder licht fietste. Door zijn manier van praten voelde het als een zekerheid dat hij dit niet zei voor mijn veiligheid, maar omdat ik een regel had overtreden. Ze lazen mijn IND-pas en ik kreeg een boete. De volgende dag kocht ik twee lampjes voor mijn fiets en na een paar dagen werd ik weer aangehouden. Dit keer door een klein busje. De grote agenten kwamen naar mij toe met hun goed getrainde spieren en zeiden dat ik zonder licht fietste. Ik wees naar de twee lampen die ik aan mijn fiets bevestigd had, maar al snel ontdekte ik dat ik ze had omgedraaid. De rode zat voorop, de witte achterop. In plaats van hard te lachen om dit misverstand, of me vriendelijk te vragen ze om te draaien voor ik verder fietste, schreven ze opnieuw een boete uit. Door die twee boetes begon ik voordat ik de deur uit ging mezelf te checken. Ik controleerde of ik mijn identiteitskaart in mijn zak had, en ook als het niet donker was keek ik goed of de twee fietslampjes op de goede plek zaten. Zo kwamen er tijdens mijn verblijf in Elvis Presley politieagenten in mijn hoofd wonen, die altijd aan het werk waren. Daardoor ging ik nog harder op zoek om een eigen plek te vinden in Nederland.

95

Telkens als Abdullah terugkwam van het vrijdaggebed in de Saoedische moskee, leek hij meer opgeladen met woede en jihad. Zijn woede werd nog groter tijdens de discussies in de flat. Ik had het gevoel dat zijn baard elke vrijdag langer werd. Een Arabisch spreekwoord luidt: *Drink zuur, eet zuur, maar woon niet met zuur*. Voor mij werd het wonen in de flat door de hoogoplopende gesprekken over de jihad steeds zuurder. Ik werd moe van de discussies en de pogingen van de anderen om me over te halen mee te gaan naar hun moskee.

Na het eten begonnen de mannen op een avond te kletsen over de IND en toen Abdullah verscheen veranderde de babbel in een discussie over de islam en jihad. Ze hadden het over of je een spotprent mocht maken van de heiligen, en als moslims zelf dat niet mochten, mochten Europeanen dat dan wel? Was God serieus en hield Hij wel of niet van een grap?

‘God is ontzettend serieus en vindt het prettig om serieus genomen te worden. Grapjes maken hem woedend,’ zei Abdullah.

‘Wat zeg je nou? Dat is niet waar,’ zei Talib. ‘Als God serieus was, waarom heeft Hij Charley Chaplin dan geschapen?’

‘Charley Chaplin, wie is dat?’ zei Abdullah.

‘Je weet niet eens wie Charley Chaplin is? Terwijl je al jarenlang in Europa woont. En je doet net alsof je God persoonlijk kent, terwijl je nog nooit in de hemel bent geweest.’ Talib kreeg altijd de lachers op zijn hand, maar Abdullah kon er niet om lachen.

‘God is overal. Ik hoef niet in de hemel te zijn om Hem te leren kennen.’

‘Aha, dan is God ook in de lach. En als Hij in de lach is, dan houdt Hij van grapjes.’

‘En ik hou van eten,’ zei een van de anderen, die met een dienblad vol dampend eten binnenkwam. Iedereen stopte met praten en at, maar na het eten ging het gesprek door.

Ik kon er niet meer tegen. Ik opende mijn tas en haalde de riem en de bal eruit die ik van Lidewij had gekregen. De mannen stopten even met praten en keken naar mij.

'Wat ga je met die riem doen, Semmier? Ga je een hond kopen, net als een Nederlander?' zei een van hen. De anderen lachten.

'Dit is geen riem, maar een magisch touw,' zei ik. Toen ze stopten met lachen, ging ik verder. 'Ik ben jullie en de stank van jullie sokken en de jihad zat. Jullie praten over God alsof hij wifi is en alleen jullie het wachtwoord ervan hebben. Jullie gaan naar de Turkse moskee en praten als Erdogan, jullie gaan naar de Marokkaanse moskee en dan praten jullie als Hassan II, en gaan jullie naar de Saoedische moskee dan praten jullie Osama bin Laden na. Ik heb er genoeg van!' Ze lachten allemaal nog harder dan daarvoor, behalve Abdullah.

'En wat ga je dan doen?' vroeg een van hen.

'Met dit magische koord,' zei ik en hield de riem omhoog, 'zal ik Nederland naar deze kloteflat halen en zal ik haar mij hieruit laten trekken.' Meteen begon ik te zingen. 'Wilhelmus van Nassouwe, ben ik van...' Er werd weer harder gelachen. Ze wisten niet dat ik eigenlijk geen grap maakte en het serieus meende.

Ik had besloten dat ik een hond bezat. En die hond heette Rocky. Ik had op internet informatie gezocht over hondenrassen en gekeken wat bij mij paste, tot ik twee rassen vond met een karakter dat op het mijne leek, zodat ik over mezelf kon praten alsof ik over mijn hond sprak. Mijn hond was half teckel, half Friese stabij. Nadat ik die rassen op het internet goed bestudeerd had, begon ik te wandelen met de riem en de bal in mijn hand. Soms floot ik en soms riep ik hard: 'Kom!' Soms vroeg iemand de naam van mijn hond en dan zei ik trots: 'Rocky. Op 9 augustus wordt hij drie.'

Als je wilt weten hoe druk de Nederlanders zijn in hun hoofd, loop dan eens met een riem over straat alsof het een hond is... Behalve de mensen in de flat van Abud Alami had niemand door dat Rocky niet bestond.

Als ik op een bankje voor Elvis Presley zat, draaide ik de riem om mijn linkerhand en hield de bal in mijn rechter. Mijn gezicht liet ik dan uitstralen alsof ik op mijn hond aan het letten was en regelmatig floot ik of riep ik: 'Rocky, nee.' Of: 'Rocky, kom hier!' De bewoners van de flat van Abud Alami dachten dat ik gek geworden was en gaven het op mij te overtuigen om met ze naar de moskee te gaan. Dat was de eerste bevrijding die Rocky mij bracht, en het eerste wonder.

Na een paar dagen rondwandelen met de riem in mijn hand en de bal, vond het tweede wonder plaats. Ik zat op de bank voor Elvis Presley en zag twee politieagenten die op mij af kwamen lopen. Ik begon te fluiten en te roepen: 'Rocky! Waar ben je!'

Voor het eerst, en niet alleen tijdens mijn verblijf in Elvis Presley, maar in al die tijd in Nederland, keken de agenten mij vriendelijk aan.

'Goedemiddag,' zei een van hen. Dat was het moment waarop ik zelf ook geloofde dat Rocky niet onzichtbaar was, maar echt bestond.

Na een paar dagen gebeurde het derde wonder. Ik liep met de riem en de bal in mijn hand naar de Marokkaanse winkel waar ik vlees wilde kopen. Een meter of tien verderop speelde een hond. Ik zag weer twee politieagenten die in mijn richting liepen. Een van hen groette mij, en de andere zei: 'Mooie hond, hoor.'

'Bedankt,' zei ik, terwijl ik naar de riem keek.

96

Na al die wonderen van de riem, besloot ik het vierde wonder te laten gebeuren. Ik had inmiddels meer vertrouwen in de riem en de bal dan in de Nederlandse samenleving. Ik besloot met de riem en de bal zichtbaar in mijn hand door de Bloemenwijk te wandelen, waar ik al die tijd al nieuwsgierig naar was geweest. Waarom werd dit de asociale wijk genoemd? En vanwaar al die waarschuwingen?

De huizen in de Bloemenwijk leken allemaal precies op elkaar. De hekken langs de kleine voortuintjes ook. Het viel me op dat in sommige huizen ouderen woonden. Niet met hun eenzaamheid of met die ene hond of kat, maar met een familie. Daar zag ik ook dat de politie het tegenovergestelde deed van wat ze bij Elvis Presley deden. In de Bloemenwijk keek de politie vriendelijk naar de mensen en de mensen boos naar de politie.

De asociale wijk leek mij helemaal niet asociaal, maar door de waarschuwingen van Talib durfde ik er niet echt zonder Rocky doorheen te lopen.

Een keer groette iemand mij.

'Ben je je hond soms kwijt?' vroeg hij.

'Nee, maar hij is eigenwijs.'

'Is hij gecastreerd?

'Nee.'

'Aha, dan ruikt hij die hondjes hier en daar. Als je wilt dat hij jou volgt, moet je hem castreren.'

'Onmogelijk,' zei ik, niet omdat ik tegen castratie ben, maar ja, het vinden van een onzichtbare dierenarts om de onzichtbare ballen van Rocky te verwijderen zou weleens ingewikkeld kunnen worden.

'En een puppycursus?'

'Geslaagd. Maar van de negen puppy's was die van mij de slechtste.'

'Roep hem dan harder,' zei de man, die Jeffrey bleek te heten.

'Dat doe ik al meer dan drie jaar.' Jeffrey was nog net geen dertig en geboren met een buik waarop aan de ene kant het woord 'Heineken' stond en aan de andere kant 'Grolsch'. Met Jeffrey was het nooit een probleem om een praatje te beginnen of een praatje te eindigen. Al na een paar minuten was je een van zijn kennissen, maar jaren waren niet genoeg om zijn vriend te worden. Hij was niet alleen gevuld met bier maar ook met gezelligheid. Hij bleek, zo ontdekte ik later, een handelaar te zijn in alles waarin hij maar kon handelen. Maar dat liet hij niet merken. Wat hij deed leek een beetje ouwehoeren, maar het was onderdeel van zijn slimme manier van handelen.

Na een halfuur nam hij me via een klein steegje mee naar een hek achter het huis. Zo kwamen we in zijn achtertuin vol volières en kooien. Zelfs de schuur was een verzameling volières. Hij liet mij allerlei kanaries zien en vertelde in geuren en kleuren over de soorten, hoeveel ze kosten, hoe ze zingen. Waterslagers, mozaïek, kuifkanaries, Lizard, Raza Espagnola. Hij had er meerdere van elke soort. De prijzen varieerden van zeven tot tachtig euro per kanarie. Terwijl hij aan het praten was, kwam heel zijn familie naar ons toe. Zijn vader, die ook Jeffrey heette, zijn moeder Chérie en vier kinderen van Jeffrey. Eén van twaalf, van een ongelukje toen Jeffrey puber was. Eén van negen, van een ongelukje toen Jeffrey net geen puber meer was. En twee van zes en drie, van zijn vrouw, waarvan hij inmiddels gescheiden was. Ik kwam de zus van Jeffrey tegen, Patricia, en een andere zus die Mylena heette. De karakters van de familieleden waren duidelijk af te lezen aan hun tatoeages. De tatoeages van Jeffrey junior waren zangvogels, die van zijn zus Patricia grommende of springende tijgers. Mylena had ook tijgers, maar die zagen er wat rustiger uit, omdat ze lagen of omkeken. Chérie zat onder rustige en boze tijgers en vogels, alsof haar drie kinderen elk een dier van haar hadden geërfd. Van Jeffrey senior had geen van de kinderen iets geërfd. Hij was bezaaid met slangen, schorpioenen en schedels.

Die asociale familie in die asociale wijk was de meest sociale familie die ik in Nederland al die tijd tegenkwam. Patricia kwam met een krat bier aanzetten, alsof ik een oude vriend was die ze lang niet hadden gezien. Niet alleen een vriend van Jeffrey maar van hun allemaal. Daarna kwam een ander meisje de tuin in, dat een nicht van Jeffrey bleek te zijn. Ook haar naam was Patricia. Zij ging bij ons aan tafel zitten. Als Chérie Patricia riep, leken die twee meisjes aan de toon van de stem te horen wie er geroepen werd.

'Drink je je bier niet?' vroeg Chérie aan mij.

'Ik drink geen alcohol.'

'Patries, maak koffie voor hem,' riep ze, waarop haar dochter naar de keuken ging en terugkwam met koffie voor mij. Ik zat daar tussen de mensen en luisterde. Eindelijk iets anders dan IND, oorlog en kebab. Ze spraken eerst over de kanaries van Jeffrey, daarna over de kinderen van Jeffrey, en daarna over de exen van Jeffrey en alsof dat niet genoeg was, praatten ze daarna over Jeffrey. Voor het eerst in mijn leven in Nederland zat ik tussen mensen zonder me te hoeven aanpassen en zonder eerst goed te moeten luisteren en pas daarna voorzichtig iets te vertellen, niet te hard, niet te zacht, niet te lang, niet te kort en niet te herhalend.

Toen ik weer naar Elvis Presley ging, had ik naast de riem en de bal een klein kooitje in mijn hand met een kanarie erin. Jeffrey had mij overtuigd dat hij beter zong dat André Hazes. Ik knikte toen hij dat zei, niet wetende dat mijn knikken voor Jeffrey betekende dat ik het vogeltje had gekocht.

De kanarie zong beter dan André Hazes. En hij kostte mij, inclusief kooi en voer voor een week, vijfendertig euro. Een koopje volgens Jeffrey. Na een week belde hij mij en vroeg of ik voer had gekocht. Toen ik zei dat ik dat nog niet had gedaan, zei hij: 'Kom iets drinken, en dan neem je daarna wat voer van me mee.'

Ik zat weer tussen die familie en kreeg weer koffie. Na een uur of twee ging ik naar de flat met een andere kanarie en voer voor twee kanaries voor een week. Ik hing de kooi van de tweede kanarie naast die van de eerste op het balkon.

De derde keer zei Chérie tegen Jeffrey: 'Verkoop hem niet elke keer dat hij hier koffie komt drinken een kanarie.' Bij de deur, toen ik ging, vroeg Jeffrey of ik de twee kanaries niet wilde ruilen voor een andere, die duurder was en schitterend zong. Ik knikte. De keer daarop bracht ik hem de twee kanaries. Nog steeds wacht ik op die schitterende zanger van Jeffrey.

Na twee kanaries raakte ik niet alleen bevriend met Jeffreys familie, maar ook met hun buren. Als ik zonder afspraak de wijk in liep om koffie te drinken en er was niemand thuis, dan riepen de buren mij. Ik raakte ook bevriend met de buren van de buren. Ik begon er zonder riem en bal naartoe te gaan, en er was altijd iemand van die asociale Nederlanders die mij riep om iets te drinken, op een heel sociale manier. Daar leerde ik de Nederlandse muziek kennen, Arno & Gradje, John Spencer, Conny Vandenbos en Jan Boezeroen (zo kwam ik erachter dat Nederlanders niet altijd in het Engels zingen) en het Nederlandse eten: kroketten, frikandellen, patatje oorlog, stamppot andijvie en snert. Ik leerde er niet de Nederlandse stilte, maar het Nederlandse leven en de Nederlandse gastvrijheid. Daar leerde ik hoe het systeem omgaat met allerlei sociale problemen. Ik ontmoette er mensen die duidelijk van je houden, of je duidelijk haten. Ben je met ze bevriend, dan zijn ze echte vrienden. Haten ze je, dan zijn ze jouw ergste vijanden. Twijfelen is er niet nodig. Je weet meteen wat ze van je vinden. Je wordt er geen twee oren die luisteren en een nek die knikt. Voor de prijs van slechts twee kanaries werd ik een van hen.

97

Wat ik opmerkte in de Bloemenwijk was dat de bewoners zichzelf de normale Nederlanders vonden, en de andere Nederlanders de asocialen. Stel dat Nederland een schip was, dan waren de bewoners van de Bloemenwijk de sterke zeilers en de anderen slimme kapiteins. De bewoners van Elvis Presley zijn niet de muizen en ratten die in het water moeten worden gegooid, zodra ze het hout willen verslinden als de kaas op is, maar de reizigers, die stil in het ruim of op het dek moeten zitten op dat schip vol kapiteins, die allemaal gelijk willen hebben, en zeilers, die allemaal gespierd moeten zijn. De reizigers moeten zwijgend wachten tot ze aankomen in een haven en dan stilletjes vertrekken. Niet omdat ze niet meer welkom zijn op dat schip, maar zodat het schip niet zinkt door het grote gewicht, want dan zinken zij ook.

Met de riem en de bal ging ik vaak naar het park. Op een dag kwam Malik naar me toe, een jongen van een jaar of acht die met zijn vader en moeder en twee zusjes in een flat op de negende verdieping van Elvis Presley woonde. Hij was altijd nieuwsgierig naar mij en maakte graag een praatje. Nu zag hij de riem en de bal in mijn hand.

'Je hebt een riem. En je roept Rocky, maar ik heb jouw hond nog nooit gezien,' zei hij.

'Dat is een geheim. Als je me belooft het aan niemand te vertellen, vertel ik het jou.'

'Ik beloof het,' zei hij.

'De hond die ik heb, is onzichtbaar,' zei ik geheimzinnig.

'Dat kan niet. Ik geloof er niks van.'

'Toch is het zo. Kom anders mee naar het park, dan zul je het zien.'

Nadat hij naar zijn moeder riep dat hij met me meeging, en zij vanaf het balkon zwaaide dat dat goed was, liepen we het park in.

'Eigenlijk heb ik geen hond. Dat is het geheim,' zei ik.

'Zie je wel. Zei ik toch. Maar je loopt altijd met die riem en die bal. Je bent gek. Je denkt dat je een hond hebt.'

'Weet je wat het is, Malik. Met een riem in je hand, denken de Nederlanders dat je een hond hebt. Dan denken ze dat je misschien wel moslim bent, maar een goede, niet zo streng en eng.'

'Wat zeg je nou?'

'Ja, als de Nederlanders zien dat een hond met een moslim kan leven, dan geloven ze best dat ze dat zelf ook kunnen. Dan zijn ze minder bang.'

'Wat raar,' zei Malik.

In het park gingen we op een bankje zitten. Al snel kwam er een Nederlandse man met een hond langs. Hij groette ons en ging verder. Malik begon de bal weg te gooien en ik bracht die naar hem terug. Toen we al van ver een meisje zagen komen met haar hond los, zaten we allebei op de bank. Gespannen keek Malik wat er zou gebeuren. Ze groette ons.

'Chica,' riep ze haar hondje. Chica rook aan de riem en de bal in mijn hand. Toen Chica weer naar het meisje liep, deed ze het hondje aan de riem. 'Ik moet haar vasthouden, ze is erg bang voor andere honden.'

'Rocky is heel sociaal,' zei ik. 'En heel lief en nieuwsgierig naar andere honden.' Ik wees op de struik achter de bank waarop we zaten. 'Hij zoekt daar naar mollen.'

'Is hij een Friese stabij?'

'Half. En half teckel. Eigenlijk zijn zijn poten te kort om de mollen te pakken te krijgen,' zei ik, terwijl Malik met open mond van mij naar haar keek. Chica begon te blaffen en het meisje ging verder.

'Ze gelooft dat je een hond hebt, die Rocky heet!' zei Malik stomverbaasd.

'Niet alleen zij, haar hondje ook. Nederland is een prachtig land. Je hebt soms alleen maar een riem nodig en je hebt een hond.' Lachend liepen we terug naar Elvis Presley.

Ik begon de tijden te bestuderen waarop de bazin van Chica naar het park kwam en probeerde op die momenten daar ook naartoe te gaan. Je kon me om half elf, half drie en half acht in het park vinden met de riem en de bal. In plaats van de bazin van Chica zag ik drie verschillende mannen met Chica wandelen. Ik hoopte dat ik de vierde man kon worden die Chica uit zou laten. En eens, na veel half elven, half drieën en half achten, zag ik Chica met haar bazin. Ze glimlachte naar mij, stopte, vroeg mij hoe het met mij en met Rocky was en ging verder. De keer daarop gaf ze me een hand, vertelde dat ze Irene heette en begon te vertellen over Chica. Ik praatte over mezelf en in plaats van het woord 'ik' zei ik 'hij' en 'Rocky'.

'Hij is een asielhond. Gevoelig beestje, hoor. Hij houdt van privé, maar dat mist hij waar hij woont. Hij is wel lief en heeft zoveel meegemaakt in zijn leven. En hij is allergisch voor politieagenten.'

'Snap ik,' zei ze. 'Hij is een asielhond.'

'Ja, zijn ziel is beschadigd, maar hij gelooft nog steeds in schoonheid, met name in het park.'

Elke keer als ik over mezelf praatte en het woord 'Rocky' gebruikte in plaats van het woord 'ik', kreeg ik het gevoel dat ik een stapje dichter bij Irene kwam.

Een keer daarop kwam Chica mij kwispelend tegemoet. Voor Irene was het niet belangrijk dat ze mij zag zonder een hond. De riem was al voldoende.

'Rocky is een beetje eigenwijs. Soms wil hij het gevoel krijgen dat hij vrij is na zijn lange verblijf in het asiel,' zei ik. 'Hij gaat het liefst zijn eigen gang.'

'Dat heb ik gemerkt.'

Ik kan me niet herinneren op welk moment ik over mezelf begon te praten en 'ik' zei in plaats van 'Rocky'. Ook Irene begon over haarzelf te praten en het woord 'Chica' niet te gebruiken. Zo kwamen we nader tot elkaar. Een keer wisselden we onze telefoonnummers uit en ze belde mij eens en vroeg of ik Chica kon uitlaten. Dus werd ik de vierde man die Chica uitliet. Irene was een magisch meisje. Ze toverde mannen om in hondenuitlaters.

Eens, toen ik met de riem en de bal terugliep naar Elvis Presley, kwam ik haar weer tegen. Ze had een heel kort jurkje aan en een jas. Met die jas leek het alsof ze niet tegen de kou kon, maar als je naar haar benen keek, zou je denken dat het hartje zomer was.

'Waar ga je naartoe?' vroeg ze mij.

'Naar huis.'

'En waar is Rocky?'

'Ik ben hem kwijt. Ik denk dat hij al thuis is. Hij staat vast op me te wachten bij de deur.' Ze liep met me mee en we spraken tot we bij de deur van Elvis Presley kwamen, waarvan het glas in de ramen die net gemaakt waren, gebroken was. Ik vroeg haar of ze iets wilde drinken en ze knikte. Toen de woorden uit mijn mond schoten, schrok ik van wat ik had gevraagd. Ik dacht meteen aan Yousef met zijn snor in de studio van Malti en hier in de flat had ik meer dan tien Yousefs. Niet alleen met snor, maar ook met baard. Dat zou een ramp worden. Maar woorden keren helaas nooit terug naar de mond.

98

Irene in de flat van Abud Alami was als een ijsje dat de hel binnenkomt. Toen Chica negen baarden en vijf snorren zag, sprong ze van angst meteen hoog tegen Irene op. Ik realiseerde me dat ik een smoes moest bedenken en vertelde haar dat ik vandaag jarig was, en dat alle karatespelers van mijn team op bezoek waren.

'Karate?' vroeg ze verbaasd.

'Ja, van de islamitische karateschool waar ik train,' zei ik. Ze feliciteerde mij met drie zoenen.

'Ik ook jarig,' zei een andere man en ook hem gaf ze drie zoenen. Zo werden alle mannen van de islamitische karateschool jarig. Chica bleef bang en de mannen ongelovig: een meisje met zo'n jurkje en zulke benen in de flat van Abud Alami, waar de afgelopen jaren geen vrouw een voet over de drempel had gezet...

Een man kwam naar mij en fluisterde: 'Een vraagje: mag ik die riem en de bal eens van je lenen?'

'Na Abdulrazaq, die heeft ze net gereserveerd.'

'Wat is jouw werk?' vroeg een van de mannen aan Irene.

'Hondenkapster,' zei ze.

'Wat?'

'Honden. Kapster.'

'Wat?'

'Hondenkapster.' Ik vertaalde het in het Arabisch. Een man begon te jammeren.

'O schattige, lieve vrouw. Jammer jij hondenkapper, niet moslimkapper. Wij allemaal problemen hebben met haren. Geen kapper.'

'Wat zeg je?' zei Irene.

'Hij zegt,' vertaalde ik. 'Ik wou dat ik twee hondjes was, dan kon jij mij twee keer knippen.'

'Wat zeg je?' vroeg de man.

‘Ik vertelde dat jij klant bij haar zou worden.’

‘O ja, ja, zeg dat maar.’ Toen Irene haar vierde of vijfde thee op had, van de vierde of vijfde man, ging ze weg omdat ze over drie kwartier moest werken, en, omdat het donderdag was, tot negen uur. Ik liep met haar naar de ingang.

‘Kom de volgende keer maar bij mij op bezoek,’ zei ze. ‘En neem Rocky dan wel mee.’ Voor ik in haar woonkamer zou belanden, om daar te dromen over haar slaapkamer, stal een telefoontje mijn kansen met haar. Het onderwerp had mij juist dichter bij haar moeten brengen: de inburgering.

Neeltje uit het studentenhuis, ken je haar nog? Ze belde mij en vertelde dat Stef haar had gebeld omdat hij mijn nummer niet had en dat er een aangetekende brief was gekomen. Meteen fietste ik ernaartoe, want ik gebruikte het studentenhuis als mijn officiële adres voor de gemeente en wilde niet dat ze zouden ontdekken dat ik er niet meer woonde.

Bij het studentenhuis deed Levi open. Ik wilde hem omhelzen, want we waren een soort van broers, we hadden onder een dak gewoond en van hetzelfde brood gegeten. Maar zijn blik was killer dan een Elfstedenwinter. Hij verlamde mijn blijheid om hem weer te zien.

‘Wil je binnenkomen?’ vroeg hij en voor ik antwoordde, zette hij de deur verder open, draaide zich om en liep naar de keuken. Toen Foetsie en Mien naar mij kwamen en zich klaarmaakten om hun rug tegen mijn been te schuren, riep hij hen met een strenge, zachte stem terug. Ze draaiden zich om en renden weg.

In de keuken zag ik Ard ook. Hij was afstandelijk. Ik bleef staan in de keuken, wachtend op iemand die zou zeggen: ‘ga zitten’ of ‘welkom terug, wat leuk dat je er weer bent’, maar niemand zei zoiets. Tot Stef binnenkwam, die me gelukkig koffie aanbood.

Ik dacht aan mijn dagen in dat huis. Dagen die ik nooit zal vergeten. Stef zette zwarte koffie voor me neer.

‘Hoe is het?’ vroeg ik aan Ard, toen ik zag dat hij somber keek. Die grote brede kerel, die zo goed kon acteren als hij met een grote groep mensen was, kon zijn echte gevoelens eigenlijk niet goed verbergen. Als het niet goed met hem ging, zag je dat meteen.

'Niet zo best.'

'Wat is er dan?'

'Lang verhaal,' zei hij en zweeg. Ik begon de koude stilte te drinken en staarde naar de donkere hete koffie. Even later stond Ard op en ging.

'Wat is er met Ard?' vroeg ik Stef. Die haalde ongeïnteresseerd zijn schouders op. 'Is er iemand dood?' vroeg ik. Ook nu antwoordde Stef slechts met een schouderophaling. 'Hoe is het met jou?' vroeg ik Stef.

'Zijn gangetje,' zei hij. Was ik misschien te nieuwsgierig? Of had ik het recht verspeeld om te weten hoe het ging met de bewoners van het huis omdat ik er niet meer woonde?

Een nieuwe jongen kwam de keuken in gelopen. Hij gaf me een hand, stelde zich voor als Gert en vroeg of ik honger had. Hij maakte plek voor mij vrij op de tafel, omdat hij zag dat ik mijn koffiekopje niet kwijt kon. Wat raar, dacht ik. Niet de tijd die je met Nederlanders doorbrengt maakt dat je verwelkomd wordt, maar de nieuwsgierigheid.

Neeltje kwam de keuken in, slaakte een opgewekt gilletje en omhelsde mij.

'Hoe is het met jou?' vroeg ik haar.

'Goed. Maar ik moet snel weg, anders mis ik de trein van kwart over, dan kom ik te laat!' Ze ging snel naar haar kamer, rende de trap weer af, riep nog even 'Daaag, tot de volgende keer!' en vloog de voordeur uit. Stef ging nadat zijn koffie op was. Net voordat ik wilde gaan, kwam Mare glimlachend naar me toe. Ze gaf mij drie zoenen en ging tegenover me zitten met haar rustige gezicht.

'Hoe is het?' vroeg ik haar.

'Heel goed. Ik ga trouwen,' zei ze.

'Echt? Hoe oud ben je?'

'Drieëntwintig. Ik heb de ware liefde gevonden. Kom je op mijn bruiloft als ik je uitnodig?'

‘Je hebt mij niet nodig op je bruiloftsfeest. Er zullen genoeg mensen zijn, maar als je wilt scheiden, nodig mij uit, dan kom ik zeker.’

‘Ik trouw met mijn grote liefde. Dan zie ik je dus nooit meer.’ Tot nu toe heb ik haar inderdaad gelukkig nooit meer gezien.

99

De aangetekende brief waarvoor ik naar het studentenhuis was teruggegaan, was van de gemeente. Hij bleek te gaan over inburgering. Ik belde het telefoonnummer dat erin stond en kreeg een medewerker Inburgering aan de lijn. Ze zei dat ik nog steeds niet begonnen was met de Nederlandse lessen en de inburgering. En dat het hoog tijd werd.

'Sorry, mevrouw, ik heb nooit iets te maken gehad met de inburgering of de gemeente. Ik kan prima Nederlands en red mezelf.'

'Dat kan wel zo zijn,' antwoordde ze. 'Maar als je niet snel begint, raak je je uitkering en je woning kwijt.' Ik wilde haar vertellen dat ik geen woning had en geen uitkering ontving, maar ze liet mij niet uitpraten. Ze maakte een afspraak met mij bij de afdeling Inburgering achter het gemeentehuis. 'Aanstaande dinsdag, kwart voor twee.'

Die dinsdag zat ik om vijf over half twee in de wachtruimte van de inburgeringsafdeling. 'Mijn' medewerker Inburgering Caroline Ommen kwam niet om kwart voor twee, maar om elf voor twee, zag ik op de klok aan de muur van de wachtruimte. Vier minuten te laat.

'Meneer Kariem, u hebt een maand de tijd, en niet langer, om de inburgeringscursus te starten.' Streng keek ze me aan. 'Het is echt belangrijk om Nederlands te leren en kennis te maken met de Nederlandse cultuur.' Ze droeg een bril, maar als ze sprak keek ze eroverheen. Dan leek het alsof ze met vier ogen naar me keek.

Wat ik grappig vond was dat Caroline Ommen van de inburgering wilde dat ik lessen ging volgen in de taal die ze probleemloos met mij sprak. Bovendien was zij vier minuten te laat geweest, volgens haar eigen muurklok en die van de wachtruimte. Dat vond ik nou niet bepaald ingeburgerd overkomen.

'U hebt ook geen cursus Nederlands gehad, zie ik. Hoe kunt u al die tijd de uitkering hebben behouden zonder cursus taal en inburgering?' Ik dacht: wat een trut. Vertel ik haar dat ik geen uitkering heb en nooit heb gehad? Dan bewijs ik voor haar dat zij haar werk niet goed deed, en dat is het laatste wat je moet doen met een Nederlander. Dan zal ze mij willen bewijzen dat ze het wel goed doet, en nog strenger worden. Ze bleef kijken in mijn dossier in de computer, tot ze opstond en me vroeg mee te lopen. Buiten op de stoep haalde ze een pakje sigaretten uit haar zak, stak er een op en nam een trek. Ze keek me aan alsof we oude vrienden waren die op de stoep van een kroeg stonden waar we elkaar na jaren weer tegen waren gekomen.

'Luister Semmier,' zei ze. 'Je spreekt goed Nederlands en je hebt het al die jaren prima gedaan. Maar je hebt geluk dat de IND nog niet weet dat je niet bent ingeburgerd. Zorg dat je zo snel mogelijk dat examen doet, voor zij erachter komen.' Ze gebruikte geen Kariem meer en geen u. 'Succes, hè,' voegde ze er met een glimlach aan toe. Ik bedankte haar en liep weg. Ik dacht: als de afdeling Inburgering die vrouw binnen een paar minuten laat veranderen van een trut in een engel moet het mogelijk zijn dat ik met de inburgering verander van een asielzoeker in een burger.

Op internet vond ik informatie over de Korte Vrijstellingstoets. Het was de snelste en goedkoopste optie. Vanaf het moment dat ik het azc verliet, behalve de tijd dat ik in Elvis Presley woonde, had ik tussen de Nederlanders gewoond. In het azc had ik meer dan negen jaar letterlijk samengewoond met het systeem. Die Korte Vrijstellingstoets, zo dacht ik, zou ik met mijn ervaring zeker moeten kunnen halen. Makkelijker dan een worteltje eten voor een konijn. Achteraf zou die toets moeilijker blijken dan dat een wortel een konijntje opeet.

Ik belde een telefoonnummer in Groningen voor een afspraak om de toets te maken, en kreeg nadat ik het geld had overgemaakt en na lang wachten een verre datum toegestuurd. Toen die was aangebroken, nam ik de trein naar het gebouw, liep er de trap op en kwam bij een receptie, die leek op de douane bij Schiphol. Daarna werd ik doorverwezen naar een wachtruimte waar twee vrouwen zaten, een brunette en een Indiase vrouw in een gekleurd gewaad, twee Afrikaanse mannen en een paar Arabische asielzoekers. Aan de muur hing een foto van koning Willem Alexander in een hermelijnen mantel. Hoe lang was ik al in dit land... Toen ik in februari 1998 op Schiphol aankwam hing in het kantoor van de politie een foto van koningin Beatrix. Willem Alexander was van een jonge prins in volwassen koning veranderd en ik was nog steeds asielzoeker. Misschien zal ik dat wel blijven tot Amalia ooit koningin wordt. Dan word ik asielzoeker des vaderlands, tijdgenoot van drie kronen.

We werden in een zaal gelaten, waar losse tafels met computers stonden. Een vrouw die Jannie Draaisma heette, gaf instructies. Ze vermeldde luid en duidelijk dat we vijfenveertig minuten hadden, 'en geen minuut meer', dat de toets na die tijd automatisch werd stopgezet, dat we de zaal niet mochten verlaten, 'ook niet voor toiletbezoek', dat we geen foto's mochten maken, vragen mochten overschrijven of na de toets ook maar iets naar buiten mochten brengen over de inhoud van de toets. Daarna zei ze dat de computers aangingen en de tijd voor de toets startte. 'Nu.'

Ik vroeg me na de eerste minuten af waarom ik om te bewijzen dat ik een asielzoeker was, negen jaar, negen maanden, een week en drie dagen de tijd had gekregen, en om te bewijzen dat ik een burger ben, slechts vijfenveertig minuten kreeg. Waarom niet bijvoorbeeld een uur? Of anderhalf uur?

De Korte Vrijstellingstoets bestond uit dertig vragen die allemaal startten met een filmpje en een stuk tekst over de film, waarna de vraag werd gesteld. Dat alles kostte al veel tijd, en dan bleven de filmpjes ook nog regelmatig hangen. Volgens Jannie Draaisma moest je de muis 'gewoon af en toe droog vegen, dan werkt hij wel weer'. Toen een van de anderen vroeg of hij niet zijn eigen laptop kon gebruiken, omdat die wat sneller was, leek ze zijn vraag op te vatten als een belediging. En toen een ander vroeg of ze haar eigen oortjes mocht gebruiken, omdat de koptelefoon siste, de mijne trouwens ook, mocht dat ook niet. Als er meer tijd was geweest, was het een kwestie van geduld, maar met de wegtikkende drie kwartier voelde het alsof elke seconde telde. Met een omafiets kan je toch ook de Giro d'Italia niet rijden?

Wat me het meest verbaasde was de inhoud van de vragen. Ik had ervaring met Nederland, maar niet met Marokko, daar was ik nooit geweest. Meer dan de helft van de vragen ging over Mo en Amal, twee Marokkanen die in Nederland waren komen wonen, en hoe het zat met hun toeslagen en uitkeringen en de kinderopvang. Allemaal zaken waar ik niets mee van doen had.

Jannie Draaisma liep streng met haar handen op de rug door de zaal. Hier en daar beantwoordde ze een vraag (met 'nee') en keek ze of we geen telefoons of andere hulpmiddelen gebruikten. Ze was wel zo vriendelijk om me erop te wijzen dat de tijd snel voorbijging. Elke seconde nam een hapje van mij als burger. Na de eerste vijfentwintig minuten was ik nog maar bij vraag zeven. Daarom raffelde ik de andere vragen af en zo zakte ik.

De tweede poging was duurder. Daarvoor moest ik boeken kopen en die goed bestuderen. Dit examen bestond uit vijf verschillende toetsen. Dus kocht ik de boeken en bestudeerde ze. Niet om Nederland te begrijpen, maar om de inburgering te begrijpen. Na vele maanden en euro's haalde ik, met de details zal ik je niet vermoeien, het inburgeringsexamen.

De inburgering was wel een leerzame ervaring. Zoals je bij vaccinaties de ziekte in verzwakte vorm krijgt toegediend, waardoor je niet meer ziek wordt van de sterke vorm, ben ik ingeburgerd om nooit burger te worden. Ik lette niet meer op hoe ik toenadering kon zoeken tot de Hollanders, maar hoe ik op afstand kon blijven.

Ik begon Elvis Presley te waarderen. Daar was ik een mens. Daar hoeft de kanarie geen papegaai te zijn en de papegaai hoeft geen eieren te leggen als een kip.

De inburgering maakte me positief. Ik begon de politieagenten die de hele tijd om Elvis Presley draaiden, anders te bekijken. Niet alsof ze Nederland beschermden tegen Elvis Presley, maar Elvis Presley tegen Nederland. Ik ging niet meer naar het park om Irene te zien en zocht geen plek om tussen de Nederlanders te wonen.

Helaas was de situatie van het kalf in McDonald's duidelijker dan de mijne in de inburgering. Het kalf komt McDonald's binnen als kalf en gaat eruit als burger, maar ik ging de inburgering in als asielzoeker en kwam eruit als asielzoeker, niet als burger.

Kort na de inburgering opende ik een van de berichten op Facebook van een man die ik eerst niet leek te kennen. Toen ik het bericht las, voelde ik dat het ene dunne haartje dat mij nog aan Nederland bond, was geknapt. Het gebeurde na de verdwijning van Malik uit Elvis Presley.

100

De jihad in het Midden-Oosten verwisselde bewoners van Elvis Presley. Sommige families verdwenen geruisloos, andere kwamen er ontheemd voor in de plaats. Als Elvis Presley niet het gebouw was, maar de rocker, was hij blij geweest met die verandering. Hij werd minder radicaal vanbinnen.

Op een avond verscheen Abdullah. Hij stond midden in de woonkamer.

'Lieve broers, als ik ooit een fout heb gemaakt, vergeef het mij. Ik neem afscheid van jullie. Morgen na het ochtendgebed ga ik. Eindelijk is mijn droom uitgekomen. Ik ben blij dat ik mag meemaken dat het kalifaat uitgeroepen is.' Iedereen omhelsde Abdullah. 'Broers, bid voor mij dat ik het haal en niet gepakt wordt voor de grens en terug wordt gestuurd.'

De familie van Malik was een van de families die naar het Midden-Oosten vertrok. Zijn ouders hadden mij gevraagd om hem klassiek Arabisch te leren. Terwijl ik in de winkel van Ibo zat, waar ik vaak niet veel te doen had, kwam Malik regelmatig bij me langs voor Arabische les. Dan gaf ik hem een halfuur Arabisch en las ik hem een halfuur voor uit het werk van Annie M.G. Schmidt, want ik vond het jammer dat Aboe Bakr al-Baghdadi bij Elvis Presley was aangekomen en Annie M.G. Schmidt niet.

De vader van Malik schonk mij een horloge als dank voor de lessen, toen hij vertelde dat Malik niet meer zou komen. En nadat ik hem twee weken lang niet meer had gezien, vertelde Talib dat hij de sleutel had van een lege flat op de negende verdieping. We konden er tijdelijk gratis, maar in het geheim verblijven. Het was de flat waar de familie van Malik had gewoond.

Talib keek rechts en links de galerij in en deed daarna de deur van de flat open. We sloten de deur meteen achter ons. De flat zag er netjes en bewoond uit, alsof de mensen die er hadden gewoond niet al twee weken weg waren. Talib vertelde dat ze expres alles op hun plek hadden gelaten, zodat ze, als ze onderweg naar het kalifaat gepakt zouden worden, konden zeggen dat ze naar Turkije gingen voor vakantie. Maliks vader had de sleutel aan Talib gegeven zodat hij de spullen kon verkopen en het geld naar hen kon sturen, als ze hem hadden laten weten dat ze veilig in het kalifaat waren aangekomen. Er was nog warm en koud stromend water, elektriciteit en gas en er was zelfs internet en een vaste telefoonlijn. Aan de muren hingen foto's van Malik en zijn beide zusjes. Er hingen zelfs zwemdiploma's A en B van Malik en zijn oudste zusje.

'Zie die zwemdiploma's,' grapte Talib. 'Nederland leerde de moslimkinderen in water te zwemmen zodat ze niet zinken. Daar zullen de moedjahedien ze leren zwemmen in bloed, zodat anderen erin verdrinken.' We keken naar de diploma's, maar zelfs de grap van Talib kon ons echte gevoel niet overstemmen. 'Eén ding begrijp ik niet, Semmier, en ik zal het nooit begrijpen. Ouders die met hun kinderen alles achterlaten als er oorlog is en naar een veilige plek vertrekken, dat snap ik. Maar een veilige plek zoals hier ontvluchten om naar de oorlog te gaan? Met drie kleine kinderen? Daar kan ik echt niet bij.'

'Je kan hier slapen de komende tijd, maar niemand mag het weten,' zei Talib.

'Ik slaap liever in de flat van Abud Alami. Hij leeft nog in zijn dood, maar deze mensen zijn dood in hun leven,' zei ik en ging naar buiten. Ik keek hoe laat het was en zag dat ik nog een uur en twintig minuten had voor ik in de winkel van Ibo moest zijn. Ik dacht aan Malik. Dat jongetje van acht. Hoe zou zijn leven eruitzien in het kalifaat? Hoe zou hij kijken naar al die afschuwelijkheden die daar gebeurden? Zou hij af en toe nog terugdenken aan de zeven eskimootjes, of aan Dikkertje Dap?

Ik keek door het raam en zag dat het regende. Ik besloot thee te maken en wat op internet te surfen voor ik naar mijn werk moest.

Ik zat op een matras met mijn thee, deed de laptop aan en opende Facebook. Daar zag ik een bericht van iemand die Lazar Azikiwe heette.

Hallo Semmier, hier Calvin, je oude vriend. Ik hoorde net dat Lidewij zichzelf voor de trein heeft gegooid. Sorry voor mijn heel late reactie. Heel veel sterkte.

Ik keek naar de foto van Lazar Azikiwe. Het was inderdaad Calvin. Ik las het bericht opnieuw en was verlamd. Het was alsof een snel voorbijrijdende auto mij net niet geraakt had.

Ik sloeg de laptop dicht, trok mijn kleren aan en fietste weg, zonder de regen te voelen. Bij de deur van de trein voelde ik dat de koude regen mijn botten raakte. Ik bedacht me dat ik nog geen kaartje had gekocht en toen ik de trap nam naar beneden, bedacht ik ook dat ik bloemen moest kopen. Bij het bloemenwinkeltje op het station zag ik buiten een wit boeket staan. Ik nam het uit de emmer en ging weer richting spoor 5.

'Sorry, meneer,' hoorde ik een meisje achter mij. Ik draaide me om. 'U heeft de bloemen niet betaald.' Ik gaf haar twintig euro. 'Nog 2,95 graag.' Ik keek in mijn portemonnee, gaf haar een tientje en liep verder om op de volgende trein te wachten. Op het dak van het station klonk de regen harder. Op het perron droop het boeket mijn weg.

In heel mijn leven had ik nooit zo'n rust gevoeld en nooit zo'n duidelijkheid ervaren. Ik zag alles om me heen zo helder, alsof ik net een donkere bril had afgezet. Ik zag de mensen met hun verregende gezichten, de sigaretten op de tegels, sommige vertrapt, sommige nog brandend of gedoofd door het natte perron. Ik zag een plantje tussen de glimmende stenen op het spoor. Zelfs de vrouwenstem die de vertragingen van de treinen omriep, die ik jarenlang had gehoord, hoorde ik op dat moment als nieuw. Een trein stopte en toen ik instapte, dacht ik weer aan het kaartje dat ik niet had gekocht. Ik ging zitten en toen de conducteur kwam en om mijn kaartje vroeg, gaf ik hem vijftig euro. Hij vroeg mij waar ik naartoe ging.

'Dan moet er nog 3,70 euro bij, want u krijgt ook een boete van

35 euro voor zwartrijden.' Ik voelde in mijn natte broekzak, gaf hem vier natte euro's. Hij haalde een boekje uit zijn borstzak, schreef de boete uit, gaf het mij met dertig cent terug. 'Fijne dag verder,' zei hij voor hij verderging.

Van het station nam ik de bus die Lidewij altijd nam op die vervlogen vrijdagen en bij de bushalte waar ik met Diesel op haar wachtte stapte ik uit. Ik liep naar het huis van Van der Weerde over de weg waar ik ooit voor het eerst met Calvin had gefietst. Er was niets veranderd. De gezichten, de grijze haren, de ramen, de nieuwsgierige oude honden en katten.

Ik klopte aan. Daniëlle deed open. Ze leek twintig jaar ouder geworden. Toen ze het witte boeket zag, zei ze met een brok in haar keel: 'Je komt voor...' Ze kon het woord 'Lidewij' niet uitspreken.

'Waar is ze...?' Ik wilde 'begraven' zeggen, maar het woord kwam eruit als tranen.

'Wacht, ik breng je naar haar toe.'

Ze ging naar binnen. In de gang lag Diesel te slapen, alsof hij de energie die hem soms om Lidewij heen deed vliegen, verloren was. Daniëlle kwam naar buiten met de autosleutel en zwijgend reden we naar een kerk net buiten het dorp. Daar stapten we uit. Als ik alle woorden in alle talen in alle tijden had, zou ik nog niet kunnen vertellen over het verdriet dat ik voelde, terwijl ik naar de grafsteen liep, waar Lidewij was veranderd in haar naam.

101

Het was laat toen ik weer in de flat kwam. Iemand lag op mijn matras. Ik zocht naar een lege matras en liet me erop neervallen. Ik sloot mijn ogen en dacht aan alle mensen die ik verloren was. Ze kregen allemaal het gezicht van Lidewij. Om half negen 's ochtends belde Ibo waarom ik niet op het werk was. Toen ik zei dat ik moe was en misschien ziek, zei hij: 'Neem rust en bel als je weer kunt.' Hij vroeg niet verder. Ik bleef liggen, besloot om tot twaalf uur door te slapen en zakte in diepe slaap. Om vijf voor twaalf werd ik wakker, stond op en zonder mijn gezicht te wassen of thee te drinken, deed ik mijn spullen in de tas en stopte vijftig euro in het blik van de flat. Ik nam de vuilniszak met fotoalbums en belde een man die op de zevende verdieping van Elvis Presley woonde, en met zijn auto zwart als taxi werkte. Toen ik buiten wachtte, hoorde ik Talib roepen vanaf de galerij.

'Waar ga je heen met je vuilniszak?'

'Naar een klooster.'

'Wat? Iedereen gaat van Elvis Presley naar de jihad en jij gaat naar het klooster? Heb je iets in het geldblik gegooid?'

'Ja.'

'Hoeveel?'

'Vijftig euro.'

'Dat is toch veel te veel.'

Na twee uur en een kwartier stond ik bij de receptie van het klooster.

Die plek was de juiste geweest toen ik Lidewij ooit verloor, en het was ook de juiste plek toen zij haar leven verloor.

'Hoe lang wil je deze keer blijven?' vroeg Lea van Dijk, de vrouw bij de receptie die ik nog kende van de vorige keer.

'Ik zou het niet weten. De vorige keer was ik hier drie weken, maar nu...'

'Ik herinner me je nog.'

'Ik heb...,' zei ik en keek in mijn portemonnee hoeveel geld ik nog had.

'Het is niet zo druk op dit moment, neem de tijd en vind de rust die je zoekt,' zei Lea. 'Geld is niet zo belangrijk. Als je iets wilt doen tijdens je verblijf, kun je af en toe wat werken in de tuin als je zin en energie hebt. Maar alleen als het je rust geeft. Kan ik even zien wat er in die zak zit?' Ze keek nieuwsgierig naar de vuilniszak, precies zoals de vorige keer, maar dit keer kon ze zich niet inhouden er even in te kijken. Ik knikte. Ze kwam achter de balie vandaan en keek snel in de zak. 'O ja, oude fotoalbums. Wil je dezelfde kamer als de vorige keer?'

'Heel graag.'

Lea van Dijk liep met mij door dat grote stille gebouw naar mijn kamer. O, hoe vredig is het inchecken bij een hemel.

Uitgeput gooide ik mijn spullen neer, deed mijn schoenen en jas uit en kroop onder de deken.

Ik droomde dezelfde droom als tijdens de eerste nacht in de schuur van Van der Weerde. Ik was een dier en liep in het donker. Het puntje van mijn staart gaf licht en ik draaide rond, dat lichtje volgend. Ik hoorde mijn oudste broer roepen: 'Word wakker! Loop toch je staart niet achterna!' En zoals ik toen tevergeefs probeerde wakker te worden, zakte ik ook nu dieper in de slaap. Ik hoorde gekras van kraaien en dacht: krassen ze in mijn droom en moet ik er geen aandacht aan schenken, of zijn ze buiten en moet ik ervan wakker worden? 'Semmier! Semmier!' hoorde ik de stem van Calvin.

Toen ik wakker werd was het kwart over vier 's ochtends en had ik enorme hoofdpijn. Ik herinnerde me dat naast de koelkast in de keuken een EHBO-kist stond met medicijnen. Daaruit haalde ik twee paracetamols en maakte thee voor mezelf. Ik zat onder het raam van de keuken thee te drinken en naar het donker te kijken, dat de bomen van de kloostertuin verstopte. Toen de bomen zichtbaar begonnen te worden in de schemering, was mijn hoofdpijn verdwenen. Ik ging naar mijn kamer, hing de foto van Lidewij aan de muur en keek ernaar. De riem in haar rechterhand, de bal in haar linker. Diesel keek naar haar met zijn tong uit de bek, zij glimlachend in de camera. Herfstbladeren bedekten de grond om haar heen.

Ik herinnerde me van mijn eerste verblijf dat Lea tijdens haar lunchpauze klassiek zong en haar stem de receptie en de gang ernaast vulde. Haar stem maakte van het dak ramen waardoor je de hemel kon zien. Om twaalf uur ging ik elke dag op de stenen bank bij de receptie zitten en luisterde naar haar gezang. Na een paar dagen begon ik om meer rust te krijgen te werken in de tuin. Ik veegde bladeren bij elkaar, snoeide takken die voor de ramen van kamers hingen, als die kamers leeg waren, en ruimde dode takken op rond de bomen in de boomgaard.

Eens luisterde ik om twaalf uur naar Lea. Ik zat op de stenen bank tot ze klaar was met het lied *Amarilli Mia Bella* en liep de tuin in. Ik groef om een dode boom de grond weg, maar de wortels zaten te diep. Ik groef en groef, maar de dode boom bleef stevig staan. Terwijl ik probeerde de boom uit de grond te trekken, stopte ik plots. Er was iets in mij gebeurd. Op mijn kamer haalde ik de foto's een voor een voorzichtig uit alle albums. Lidewij moest opnieuw geboren worden uit de mooiste momenten van alle generaties en uit de vrolijkste gezichten die ik had.

Ik zocht tussen de foto's naar levendige gezichten. Ik trok de ene familie uit elkaar en liet één gezicht ervan verhuizen naar een andere familie. Ik liet glimlachen elkaar ontmoeten en vanuit elkaar geboren worden. Ik liet een twinkeling in een oog van de ene generatie zeilen naar een andere. Soms zag ik een lach in een verre seconde glimlachen naar het nu en dan liet ik een lach teruggaan in de tijd, zodat het die andere lach kon ontmoeten. Geen enkele glimlach mocht ik laten verdwijnen in sombere gezichten.

Ik ging niet meer aan het werk in de tuin. Uren, dagen en nachten keek ik naar de foto's, terwijl ik probeerde de zielen erachter te schatten, die Lidewij de mogelijkheid zouden geven om door een zachte deur deze wereld te betreden. Ik schudde de foto's als tarotkaarten, pakte ze op goed geluk en veranderde de volgorde. Dit gezicht moest hier en deze misschien daar. Als ik niet wist wat de juiste tijd voor een gezicht was, liep ik onder de bomen van de kloostertuin, denkend aan Lidewij in die verre winter, tot ik het wist. Soms verscheen in mijn gedachten een gezicht. Dan zocht ik tot ik het vond en legde het op de juiste plek in het nieuwe leven van Lidewij. Soms werd ik wakker, terwijl ik net had gedroomd dat een andere man de grootvader van Lidewij moest zijn, en zocht dan tussen de foto's tot ik hem vond. Of ik droomde dat Lidewij mij vertelde wie ze moest zijn toen ze tien was en welke foto's bij haar pasten toen ze veertien was. Na een tijdje voelde het alsof Lidewij, dat zachte, lieve, mooie meisje voor wie mijn hart had geklopt, en voor wie het nog steeds klopte, bij mij in het klooster kwam wonen en zelf mee begon te denken over haar nieuwe leven.

Aan dat meisje aan wie ik mijn leven niet had kunnen geven, schonk ik het leven van anderen, die het zelf niet meer hadden. Daar, in de tijd, in de eeuwige secondes van anderen die een glimlach geworden zijn, leeft Lidewij en zal ze voor altijd blijven leven.

102

Nederland heeft mij veranderd en die verandering is groter dan de verandering van riet naar fluit. De rietstengel die een fluit geworden is, is haar wortels verloren. En ze krijgt een paar gaatjes. Ze kan niet meer groeien in haar leven en niet meer dansen in de wind, maar ze kan verdwijnen in de adem van anderen. Ik ben mijn wortels verloren, mijn grond, mijn water en mijn lucht. En ik heb overal gaatjes, in mijn ziel, in mijn hart, in mijn hand, in mijn tas. Dat is de prijs voor iemand die vlucht en zijn land in de steek laat, terwijl het hem daar nodig heeft.

Op de zevenendertigste dag rinkelde mijn telefoon.

'Zeg, Semmier, waar woon jij?' hoorde ik Jelena zeggen.

'In een klooster.'

'Kloosterstraat welke nummer?' vroeg ze.

'Ik woon in een klooster, niet in een straat,' zei ik. 'Waar ben jij nu?'

'In Amsterdam. Ik wil je zien. We zijn bij de zus van Vlad. Stuur me je adres.' Ik gaf haar het adres van het klooster.

Wat ik me vooral van haar herinnerde was haar schoonheid. Hoe zou ze er nu uitzien? Na een uurtje ging de telefoon weer. 'We zijn er. Bij een kerk. Het adres klopt niet.'

'Wacht even, ik kom eraan.' Buiten de houten poort van het klooster zag ik een auto met Duits nummerbord. Achter het stuur zat een blonde man, die eruitzag alsof hij net in Madame Tussauds zijn rijbewijs had gehaald en zijn eerste rit hierheen had gemaakt.

Zij was niet veranderd. Misschien kwam dat door haar ogen. Meteen realiseerde ik me hoe ik veranderd was.

'Jij bent oud en lelijk geworden,' zei ze tegen mij. 'Kom, we gaan ergens iets drinken.' In plaats van naar de auto, liep ze eerst naar de deur van het klooster. Ze stak haar hoofd naar binnen.

'Nederlanders zijn echt raar,' zei ze daarna tegen mij. 'Ze hebben een receptie daarbinnen.' Ze deed haar ogen wijd open, zoals ze ook deed toen we in het azc woonden. 'Niet alleen het kamp, ook Jezus heeft in Nederland een receptie!' Ze wees naar de auto. Ik opende het portier. 'Nee, niet die.' Ik opende een andere. 'Nee, niet op die spullen zitten, wacht even. Leg dit hier maar neer. Voorzichtig. Het is merkspul. Geef maar. Ik leg het achterin.'

De man achter het stuur was een jaar of vijfendertig. Hij gaf me een hand, keek me aan met een stoïcijnse blik en draaide weer naar voren.

'Zijn naam is Vlad Dovoryanchikov.' De man knikte met zijn hoofd toen hij zijn naam hoorde, als een telefoon die trilt als je de juiste pincode intoetst. Ik zei mijn naam en hij herhaalde het twee keer, precies met het accent van Jelena. Daarna glimlachte hij en zweeg weer.

'Ken je een plek waar geen Nederlanders zijn, om iets te drinken?' vroeg ze.

'Alaska,' zei ik.

'Nog steeds dezelfde flauwe grappen,' zei ze. 'Je bent nog precies als in het kamp in 1998.' Toen ze dat jaartal noemde, liepen tranen over haar wangen. Ze wendde haar gezicht af. Ik wees Vlad de weg naar een theehuis tussen de bomen bij de Vecht.

'Heb je de naam Dovoryanchikov onthouden? Zijn voornaam is wel makkelijker,' zei Jelena en klopte op zijn schouder. 'Zijn familienaam is niet meer Dimitriev, moeilijk, moeilijk. Hij is niet meer Dimitriev, maar Dovoryanchikov. Mijn familienaam is niet meer Novakova, maar Reyntiens.' Ze praatte alsof ze niet stil wilde zijn en haar gevoel het zou overnemen. Ze praatte maar door en Vlad en ik luisterden naar haar. Ze keek op haar horloge. 'Nog een uur,' en praatte door.

'Je belde mij ooit toen ik als kippenvanger werkte en je zei dat je nieuws had,' zei ik. 'Ik ben wel benieuwd.' Droevig keek ze me aan, daarna keek ze weer op haar horloge. 'Nog een uur.' Luisterde ze niet naar mij of wilde ze er niet over praten? Ze sprong van het ene onderwerp naar het andere en leek op een USB-stick met heel veel erop, maar zonder scherm om het te laten zien. Elke keer als ze een gevoelig punt bereikte, zei ze: 'Dat vertel ik je de volgende keer.' Opeens draaide ze zich om naar mij. 'Ga weg uit Nederland,' zei ze, zacht, maar beslist. 'Je hebt nog steeds dezelfde jas en dezelfde schoenen als in het kamp, maar gelukkig niet dezelfde sokken.'

'Dat klopt niet, die zijn ook niet nieuw,' zei ik. Ze lachte, maar in het midden van de lach barstte ze uit in gehuil. Toen we de auto parkeerden en het theehuis binnengingen, liep ze even naar de wc. Pas een kwartier later kwam ze terug. Ik zag dat ze haar make-up had bijgewerkt.

'Sorry, Semmier, ik wilde pas huilen als we weggaan, maar ik kon het niet meer inhouden.'

'Waarom moet je huilen?' Ze maakte aanstalten dit te vertellen, maar begon weer te huilen en vroeg me of we even een wandelingetje konden maken. Ze zei iets in het Russisch tegen Vlad, die knikte en achterbleef in het theehuis en wij liepen stilletjes tot de Vecht.

'Waarom praat je niet? Waarom zeg je niets?' zei ze. 'Heb je dat geleerd van de Nederlanders?'

'Ik zeg niets omdat jij de hele tijd op je horloge kijkt en zegt: "Nog een uur." Ik denk dat je haast hebt.' Ze keek weer op haar horloge.

'Ik heb geen haast, we hebben nog een uur.' Weer begon ze te huilen. 'Wat is de naam van deze rivier?' vroeg ze.

'De Vecht.'

'In het kamp las je veel. Ken je een gedicht over een rivier?'

'Ja, van een Nederlandse dichter.'

'Nee, ik haat de Nederlanders en ik haat hun gedichten ook.'

'Van een Poolse dichter dan.'

'Ik haat de Polen ook.'

'Ik ken een gedicht van een Joegoslaaf, en zeg niet dat je de Joegoslaven haat, want Joegoslavië bestaat niet meer.'

'Draag het dan voor.'

'Ieder mens zou een rivier moeten zijn, komen
zonder verlangen te blijven, gaan zonder heimwee.'

'Wat mooi. Hoe heet die dichter?'

'Rutger Koplanowich.'

Ze begon iets te typen op haar telefoon. Ik keek naar haar, dat meisje, een oude droom, en dacht aan een andere oude droom, Tarifa. Ze keek op haar horloge en belde in het Russisch met Vlad.

'Hij gaat betalen en komt. En wat ga jij doen?'

'Er is een stad in het verste zuiden van Spanje, Tarifa. Daar waait het altijd. Ik wilde ernaartoe gaan nadat ik uit het azc ging en daar gaan wonen, maar dat is er nog niet van gekomen.'

'Ga,' zei ze.

Toen ik naar haar zwaaide terwijl ze wegreed, draaide ze het raampje open, stak haar hoofd naar buiten en riep: 'Semmier, nu!'

Die Russische wind had ik nodig.

103

'Dus je gaat,' zei Lea toen ze me de receptie van het klooster binnen zag lopen met mijn tas.

'Ja, ik heb de rust die ik nodig had gekregen.'

'Waar zijn je fotoalbums?' vroeg ze glimlachend, toen ze de vuilniszak waarmee ik ruim een maand geleden was gekomen niet meer zag.

'Ze zijn één fotoalbum geworden. Nu past het in mijn tas,' zei ik. Ik denk niet dat ze het begreep. Ik gaf haar het geld dat ik had, maar Lea duwde zacht mijn hand terug.

'Je hebt het geld buiten het klooster nodig. Bovendien heb je veel gedaan in de tuin. We zijn er heel blij mee.' Ik dacht even: hoe rijk is dat klooster. Rijke armoede is rijker dan arme rijkdom.

Op het station nam ik zonder te denken aan geld of papieren de trein naar Schiphol. De tijd die ik in het klooster had doorgebracht, liet me geloven in de kleine dagelijkse wonderen. In 1998 had ik, toen ik net in Nederland was aangekomen, in de trein gezocht naar een plek om naast iemand te zitten. Nu zocht ik een plek om alleen te kunnen zijn. Maar de trein zat vol. Ik nam plaats naast een Nederlandse man.

'In de stiltecoupé zijn er meer plekken, maar hier is het gezelliger, hè,' hoorde ik hem zeggen, het had tegen iedereen kunnen zijn. Zwijgend bleef ik naar voren kijken. 'Beheers je het Nederlands?' vroeg de man dit keer. Nu was het duidelijk dat de vraag voor mij was bedoeld.

'Ja, meneer, maar de cultuur niet,' zei ik.

Op Schiphol zag ik een jongen zitten met rastahaar, die met koffie in zijn hand op zijn laptop keek. Naast hem een grote rugzak met zwarte vegen en een slaapmatje erbovenop gebonden. Het was duidelijk dat hij uren moest wachten voor hij verder zou reizen. Hij keek niet om zich heen en niet op zijn horloge.

'*Can you do me a favor?*' vroeg ik hem.

'*Sure.*'

'Ik zoek een ticket naar Malaga, zo goedkoop mogelijk.'

'Wacht even.' Na een minuut of tien zei hij: 'Je hebt geluk. Kijk: 49,95 euro en je vliegt naar Malaga. Maar het is wel pas morgenochtend.'

'Checken ze de paspoorten naar Malaga?'

'Als je online incheckt en alleen handbagage hebt, kun je naar de transit gaan en als het druk is bij de douane, checken ze alleen de foto in het paspoort en soms alleen de boardingpass. Ligt aan het moment. Heb je geen paspoort dan?'

'Nee, maar wel een IND-pas. Ik reis er voor het eerst mee.'

'Heb je een creditcard dan, om het ticket te kopen?'

'Nee, maar als jij dat kan doen, betaal ik je meteen terug.'

'Prima.' Hij nam de IND-pas om mijn gegevens over te nemen. Ik gaf hem vijftig euro en zo had ik na een paar minuten een vliegticket naar Malaga.

'Ik heb nog een vraagje...'

'Wil je dat ik je online incheck?'

'Graag.'

Nog geen vijf minuten later stond de boardingpass op mijn telefoon. Ik bleef met hem kletsen en toen hij wilde slapen, ging ik weg. Toen ik na zes uur 's ochtends zag dat het heel druk was, liep ik naar de security. Ik kwam probleemloos door de douane en liep door de transithal.

Ik keek door de grote ramen van Schiphol naar buiten, denkend aan de eerste keer dat ik hier was geland met China Airlines op 9 februari 1998. Het grijs buiten was hetzelfde, maar ik niet. Ik dacht aan die verandering, ik was van een mens een asielzoeker geworden. Het kostte mij mijn leven, zoals het anderen hun tijd, hun geld en soms hun menselijkheid kostte. Ik hoorde een oproep voor mijn vlucht en liep naar de gate. Ik was de laatste. De vrouw scande mijn boardingpass, wenste me een goede reis en zei me snel door te lopen naar stoel 27a.

Om half twaalf was ik in Malaga. Ik nam de bus naar de stad, liep er rond en vond mezelf die nacht om twintig over een in een park naast de zee. Ik legde mijn tas met het nieuwe leven van Lidewij erin onder mijn hoofd en sliep. Nadat ik wakker was geworden van het gekwetter van parkieten, vroeg ik een voorbijganger naar de bus naar Tarifa. Bij de bushalte wachtte ik met een brok in mijn keel. Het was slechts één bus, niet meer, waarmee ik bij die oude droom zou raken. In de bus bladerde ik door het boek dat Lidewij mij ooit gaf om Spaans te leren, dat geen taal meer was, maar een herinnering, en dacht aan haar stem toen ze in het Spaans het gedicht van César Fernández Moreno oplas over de zoete tijd.

Aangekomen in Tarifa, miste ik de wind waardoor ik naar Tarifa had gewild.

Wel zag ik de witte huizen die ik vaak op internet en in toeristische boeken in de bibliotheek had gezien, en waarover ik vaak had gedroomd. En de balkonnetjes vol kleurige bloemen en de bougainvilles aan de muren. Ik wandelde tussen de witte muren en zag op een klein plein een leeg terras. Ik ging zitten en bestelde thee. Ik keek naar boven en voor het eerst zag ik de hemel zoals ik die wilde zien: als toerist. Het verbaasde mij, het was alsof ik de hemel nooit eerder had gezien. Hoe diep was ze, en hoe ver. En zo anders dan het grijs in Nederland, dat soms drie meter boven je kop hangt en dat je met een trapje zou kunnen aanraken.

'Kom je uit India?' vroeg de ober in slecht Engels.

'Ja, ik kom uit India.'

'Toerist?'

'Toerist.'

'Is het daar mooi weer?'

'Heerlijk.'

Twee anderen kwamen op het terras zitten. Ik keek naar de muren om me heen en haalde diep adem. Tarifa, de mooiste stad ter wereld. Ooit had het mij een droom gegeven en zojuist gaf het mij India. Ik dronk mijn thee en legde drie euro op tafel. Anderhalve euro voor de thee en anderhalve voor India. Ik liep over de witte stranden, ging rechtop staan en ademde de zeelucht diep in. Aan de overkant van het water, daar waar de Middellandse Zee en de Atlantische Oceaan met elkaar botsen, kon ik Afrika zien liggen.

Toen de zon onderging, liep ik over de weg die ik kende, terwijl ik er nooit gelopen had. Via een stenen trappetje kwam ik op een strand. Zachtjes stapte ik met mijn schoenen en kleren aan het water in. Ik voelde dat het rood van de zon mij aanraakte met een hand van water. In die eindeloze golven die zowel mijn leven als de zon beroerden, begon ik de foto's uit het album een voor een in het water te leggen. Daar zag ik in de golven de glimlachen waaruit Lidewij herboren was verdwijnen, nadat het rood van de zon ze tot leven had gewekt. Eindelijk begon het te waaien. Toen ik bij de foto van Lidewij kwam, keek ik ernaar tot het donker werd, boog voorover en legde hem zachtjes in het water.

Dromen weten niet dat je te laat bent aangekomen.

...Semmier, die puber was, die ik was. Die ik met vele wonden van onwetendheid het levenspad heb laten afleggen. Die door boeken en tongen gestolen werd van zijn leven. Hoe graag zou ik nu een uurtje met hem willen zitten. Een minuutje. En dan vertel ik hem dit:

'Semmier, jongen, luister. De wereld is dragelijk als hij onder je schoenen is, en niet in je hoofd.'

MIX
Papier van
verantwoorde herkomst
FSC® C004472